문순태 중단편선집

4

문신의 땅

문신의 땅 문순태 중단편선집 4

초판인쇄 2021년 2월 20일   초판발행 2021년 3월 10일
지은이 문순태 엮은이 조은숙 펴낸이 박성모 펴낸곳 소명출판
출판등록 제13-522호 주소 서울시 서초구 서초중앙로6길 15, 2층
전화 02-585-7840 팩스 02-585-7848 전자우편 somyungbooks@daum.net 홈페이지 www.somyong.co.kr

값 20,000원
ISBN 979-11-5905-591-1 04810
ISBN 979-11-5905-587-4 (세트)

ⓒ 문순태, 2021

❶ 1959년 광주고 문예부 시절. 중앙이 수 필가 송규호(문예부지도교사), 좌측 이성 부, 우측 문순태

❷ 1974년 봄. 왼쪽부터 시인 조태일, 소설 가 한승원, 이문구, 문순태

❸ 2001년 가을 장흥에서. 우측부터 문순 태, 최일남, 김현주, 임철우, 은미희, 황 충상, 윤흥길, 박범신 등 호남 출신 소설 가들과 함께

❹ 2010년 광주고 동기생인 절친 이성부 시 인과 함께

❺ 2013년 용아문학제에서. 우측부터 김준 태 시인, 문병란 시인과 함께

❻ 2013년 생오지에서. 좌측부터 송수권 시 인, 신경림 시인과 함께

문순태 중단편선집

4

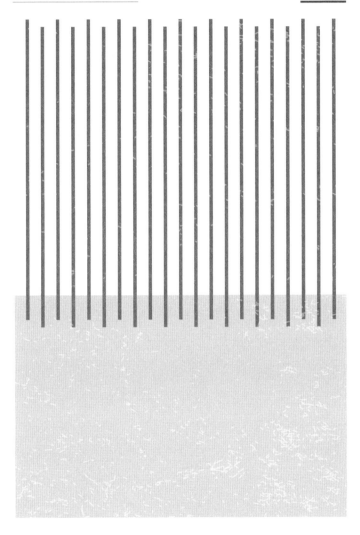

문신의 땅

소설은 내 스승이었고,

종교였으며 생명이었다.

소설을 쓸 때만이

내 자신에 대한 실존을 확인할 수 있었다.

　　　　　　　　　　　　　　　　　　　　　　　—산문집 『꿈』

　문순태 작가에게 소설은 삶 자체였다. 평생 그와 동고동락을 해온 소설이 있었기에, 삶의 고비마다 찾아온 아픔을 치유할 수 있었다. 그가 소설에게 위로받았듯이, 그의 소설은 많은 이들의 가슴을 따뜻하게 적셔주었다. 그는 밖으로 꺼낼 수 없는 이야기를 안고 살아가는 사람들의 삶을, 자신만의 언어로, 구수한 된장처럼 감칠맛 나게 풀어냈다. 된장은 오래 묵을수록 맛이 좋다. 또 어떤 재료와 섞어도 그 풍미를 잃지 않고 다른 음식과도 잘 어울린다. 문순태 작가의 소설도 그러하다. 그래서 독자는 그의 소설을 읽으며 자신의 이야기처럼 쉽게 공감한다.

　좋아하는 작가의 전체 작품과 그와 관련된 텍스트를 아울러 읽을 수 있었다는 것은 한 독자로서 큰 기쁨이었다. 동시에 작가가 살아오는 동안 축적된 삶의 지혜와 이야기들을 직접 들을 수 있었다는 것은 한 연구자로서 축복이었다. 이렇게 독자로서 그리고 연구자로서 나는 문순태 작가 부부와 맛있는 밥을 먹고 핸드드립 커피를 마시며 지난 8년간 호사를 누렸다. 이러한 만남을 통해 나는 그간 작가의 삶과 작품을 나란히 펼쳐놓고 그 둘 사이의 공백을 촘촘히 메우는 작업을 해왔었다. 그 결과 『생오지 작가, 문순태에게로 가는 길』(역락, 2016)이라는 작가론을 낼 수 있었으며, 이번 중·단편선집 작업도 편안하게 진행할 수 있었다.

작가론을 쓰는 일과 작품선집을 엮는 일은 큰 차이가 있다. 작가론이 작가와 내가 대화를 하듯 당시 작가의 삶과 그때 쓰인 작품을 읽으며 그 둘 사이의 퍼즐을 하나씩 맞춰가는 지극히 개인적인 작업이었다면, 작품선집을 엮는 일은 한 작가가 피땀으로 남긴 작품을 독자에게 어떻게 온전히 전달할 것인가에 초점을 맞춘 막중한 책임과 부담이 수반되는 작업이기 때문이다. 특히 문순태는 1974년 「백제의 미소」로 『한국문학』의 신인상을 수상하면서부터 장편 23편(38권)과 중·단편 약 147편, 중·단편집과 연작소설집 17권, 기행문 3권, 시집 2권, 산문집 6권, 동화집 2권, 어린이 위인전 2권, 평전 1권, 소설창작이론서 4권, 희곡 2편 등 방대한 양의 작품을 남겼다. 이처럼 방대한 작품으로 인해 작품선집을 엮으면서 가장 큰 고민은 작품을 어떤 기준으로 설정할 것인가였다.

애초에는 문순태 중·단편전집을 엮을 계획이었다. 그래서 이미 출간된 단편소설집 『고향으로 가는 바람』(창작과비평사, 1977), 『흑산도 갈매기』(백제, 1979), 『피울음』(일월서각, 1983), 『인간의 벽』(나남, 1984), 『살아있는 소문』(문학사상사, 1986), 『문신의 땅』(동아, 1988), 『꿈꾸는 시계』(동광출판사, 1988), 『어둠의 강』(삼천리, 1990), 『시간의 샘물』(실천문학사, 1997), 『된장』(이룸, 2002), 『울타리』(이룸, 2006), 『생오지 뜸부기』(책만드는집, 2009), 『생오지 눈사람』(오래, 2016), 연작소설집인 『징소리』(수문서관, 1980), 『물레방아 속으로』(심설당, 1981), 『철쭉제』(고려원, 1987), 『제3의 국경』(예술문화사, 1993) 등에 실려 있는 중·단편 147편을 발표한 순서대로 정리했다. 그러나 작품 수가 너무 많아서 작가와 상의한 끝에 7권의 중·단편선집을 내기로 생각을 바꾸었다. 이때부터 시기별로 중요하다고 여겨지는 작품 100편을 선별하기 시작했다. 그러나 선별된 작품 가운데 중편소설이 다수 포함되어 다시 75편으로 줄이는 과정을 거쳤다. 그럼에도 7권으로 엮기에는 분량이 너무 많았다. 작가에게는 작품 한 편 한 편이 모두 자식처럼 소중한 존재이기에, 고민의 시간이 길어졌다. 얼마 후 작가와 다시 만나 작품 선정에 대해 이야기를 나누었다. 그 자리에서 작가는 "많이 싣는 것도 좋겠지만, 독자들이 읽으면 좋을 작품으로 선정하는 것이 더 의미가 있지 않을까요?"라고 부담을 덜어주었다. 이러한 과정을 거쳐 문순태 작가의 중·단편 중에서 오래도록 독자들과 호흡을 같이 할 65편의 소설이 선정되었다. 한 작가의 문학적 여정을 살펴보기 위해서는 중·단편뿐만 아니라 장편까지 함께 엮는 것이 맞겠지만, 여건상 이는 차후 과제로 남기기로 했다.

선집의 편집체제는 작가가 이전에 발표했던 중·단편집과 연작소설집 17권에 실린 순서를 따르지 않고, 가능한 작가가 발표한 연대를 기준으로 하되, 각 권의 분량을 고려하여 주제별로 재구성했음을 밝힌다. 작품이 발표된 시기에 따라 초기 소설에서는 한자가 많이 섞여 있었다. 그래서 독자의 가독성을 위해 한자를 한글로 바꾸거나 한자를 생략 또는 병기하기도 했다. 그리고 된소리는 내용을 강조할 경우와 대화 글에서는 그대로 살렸으며, 서술 부분에서는 표준어 규정에 맞게 수정했다. 또한 용어 사용에서는 '국민학교'를 '초등학교'로, '뻰치'를 '펜치'로 바꿨으며, 혼용해서 사용하고 있는 '5월과 오월', '6·25전쟁과 유월전쟁' 등은 서술 부분에서는 5월과 6·25전쟁으로, 대화에서는 '오월과 육이오전쟁'으로 일치시켰다. 의미가 불분명한 문장이나 문단은 작가와 상의하여 삭제했으며, 단어와 문장도 많은 부분 수정했다. 초판 발표 당시의 작품명과 다르게 작품명을 바꾼 경우는 각각 작품의 말미에 표기했다. 참고로 작품명을 바꾼 경우는 「금니빨」을 「금이빨」로, 「흰 거위산을 찾아서」를 「흰거위산을 찾아서」로, 「늙은 어머니의 향기」를 「늙으신 어머니의 향기」로, 「은행나무처럼」을 「은행잎 지다」로, 「아버지와 홍매화」를 「아버지의 홍매」로, 「안개섬을 찾아」를 「안개섬을 찾아서」로, 「생오지 눈사람」을 「생오지 눈무덤」으로, 모두 일곱 작품이다. 「생오지 눈무덤」은 초판 발표 당시에는 「생오지 눈무덤」으로 발표되었으나, 단편집으로 엮으면서 「생오지 눈사람」으로 작품명을 바꾼 경우이다.

특히 이번 7권의 선집에는 문순태의 창작집 『고향으로 가는 바람』(1977)부터 『생오지 눈사람』(2016)까지 각각 창작집 초판에 실린 '작가의 말'과 평론가의 '해설'을 각 권에 나누어 실었다. 이는 두 가지의 의미를 지닌다. 하나는 작품을 독자들에게 내놓았을 당시, 작가의 소회와 고백을 생생하게 느낄 수 있다는 점이다. 예를 들면, 『고향으로 가는 바람』에서 문순태는 "이 산 저 산 쫓기며 전쟁의 총알받이가 되었던 유년 시절, 지게 목발 두드리다가 부모 몰래 광주로 튀어나왔던 소년 시절, 퀴퀴한 하수구 위의 판잣집 단칸방에 네 식구가 뒤죽박죽으로 벌레처럼 엉켜 살았던 청년 시절, 그러다가 어른이 되어선 제법 으스대고 사치와 허영에 길들어지면서, 고향은 두 번 다시 생각하기도 싫었던 삼십 대 느지막에, 나는 비로소 번데기가 되어 다시 태어난 셈"이라고 고백한다. 그리고 문순태가 어느 정도 중견 작가의 반열에 오른 뒤에 쓴 『시간의 샘물』에서 "어렴풋이나마 소설이 무엇인가를 깨닫게 되고 차츰 나이가 들어가면서부터 소설쓰기가 마치 끝없는 절망과 싸운 것처럼 힘들어진다. 이제는 전통적 소설쓰기로는 살아남기조차 어려울 것 같은 위기감마저 느낀다"라고 하면서, 90년대 소설문학의 지각변동에 대한 작가로서의 소회를 밝힌 것과, 일흔여덟에 출간한 『생오지 눈사람』에서 "아마도 내 생의 마지막 창작집이 될 것 같다. 이제야 어렴풋이 소설이 보이는 것 같은데 내 영혼이 메마르게 되었구나 싶어 아쉽다. 이럴 줄 알았더라면 더 치열하게 붙안고 매달릴걸…… 어영부영 흉내만 내다보니 어느덧 길의 끝자락이 보인다"라고 하면서 회한을 드러낸 점 등이 그러하다. 이처럼 선집의 각 권마다 실려 있는 초판 '작가의 말'은 작품을 쓸 당시, 작가의 마음을 엿볼 수 있게 구성되어 독자들에게 새로운 재미를 줄 것으로 기대된다.

다른 하나는 작가 의식의 변모 양상과 함께 소설의 주제가 확장되는 지점을 포착할 수 있다는 점이다. 가령, 초기에 쓴 『고향으로 가는 바람』에서 문순태는 자신이 소설을 쓰는 이유를 "지적인 칼로 잘못된 사회와 역사를 담대하게 베어내고 새 싹이 돋게 하기 위해서"라고 말한다. 그러다가 1980년대 5·18 민주화운동을 체험한 이후에 쓴 『철쭉제』에서는 "작가가 된 지금 누구인가 나에게 왜 소설을 쓰느냐고 묻는다면, 먼저 나 자신을 구원받기 위해서"라고 말한다. 즉, 젊은 시절에는 소설이 역사의 칼로서 역할을 해야 한다고 생각했던 그가 중년에 이르러서는 소설이 '구도의 길 찾기'로서 역할도 해야 한다고 주장한 것이다. 그리고 최근에 쓴 『생오지 눈사람』에서는 소설이 "날카로운 침으로 잠든 영혼을 깨울 수 있다면 족하다"라고 하면서, 소설에 대해 '성찰의 거울'로서의 역할을 강조한다. 이렇듯 문순태는 초기에는 소설이 인간의 삶과 사회를 변화시키는 데 도움을 줄 것이라는 확신에서 '일상성 안에서 의미 찾기'와 '이질적인 것들의 어울림'을 추구했다면, 중년에 들어서 쓴 작품에서는 6·25전쟁, 5·18 민주화운동의 체험을 객관화하여 '구원'의 문제로까지 심화시켰으며, 노년에 쓴 작품에서는 성찰의 깊이가 더해져 노년의 삶과 소통 문제, 그리고 후손에게 물려줘야 할 자연의 생태문제로까지 주제를 확장시켰음을 '작가의 말'과 '해설'을 통해 확인할 수 있을 것이다.

이번 편집을 하면서 '작가의 말'과 '해설' 부분에서도 독자의 가독성을 위해 한자를 한글로 바꾸었다. 다만, 의미 파악을 위해 반드시 필요하다고 생각될 경우에는 한자를 병기했다. 또한 '해설'의 경우 각 권마다 해설자가 다르고, 초판 출간 당시 편집체제가 일치하지 않아 홑화살괄호(〈 〉)와 홑낫표(「 」)의 경우, 강조 시에는 작은따옴표(' ')로, 대화 글이나 인용 시에는 큰따옴표(" ")로 바꿨다. 그리고 '르뽀'를 '르포'로 바꾼 것처럼 외래어나 한글 맞춤법 표기법 개정 이전의 단어와 용어는 개정된 한글 맞춤법 표기법 규정에 따랐다.

마지막으로 문순태 소설의 많은 독자와 연구자를 위해 이번 선집에 수록한 작품의 발표지면과 작가 연보를 실었다. 만약 이를 참고하여 작가의 삶과 시대를 연관 지어 소설을 읽는다면 독자들은 훨씬 더 깊고 다양한 재미와 울림을 느낄 수 있을 것이다. 유년시절을 소환하거나 잃어버린 고향을 찾고 싶은 이에게는 1권 『고향으로 가는 바람』과 2권 『징소리』를, 아버지에 대한 그리움이 간절한 이에게는 3권 『철쭉제』와 6권 『울타리』를, 어머니에 대한 사랑이 그리운 이에게는 4권 『문신의 땅』과 5권 『된장』을, 인생을 되돌아보고 싶거나 삶을 아름답게 갈무리 짓고 싶은 이에게는 7권 『생오지 뜸부기』를 추천한다. 그리고 소설 쓰기를 준비하는 예비 작가는 이 중·단편선집을 통해 지난 51년간의 작가 인생이 농축된 창작에 대한 열정을 배울 수 있을 것이다. 또한 문순태 소설에 대한 본격적인 연구를 준비하는 연구자는 작가에 대한 기초 자료와 중·단편선집이 확보된 만큼 다양하고도 활발한 연구가 가능할 것으로 보인다. 이처럼 이번 중·단편선집은 문순태 작가의 주요한 작품을 한데 묶음으로써, 독자들이 그의 작품 세계에 보다 쉽게 접근할 수 있도록 했다는 데 그 의의가 있을 것이다.

1965년 작가가 김현승 시인의 추천을 받아 『현대문학』에 처음 이름을 올린 지 56년이 되는 해에, 그의 중·단편선집을 발간하게 되어서 엮은이로서도 매우 기쁘다. 이 선집 작업은 많은 이들의 사랑과 관심이 있었기에 가능했다고 본다. 먼저 선집 작업을 시작할 때부터 "한국문학사에 남을 의미 있는 작업을 하고 있다"라고 격려해 주신 이미란 교수께 감사드린다. 그리고 바쁜 와중에도 기꺼이 기초 작업에 도움을 준 전남대학교 국어국문학과 석·박사 과정 연구자들과 감수 과정에서 독자의 눈으로, 때로는 교감자의 시선으로 꼼꼼하게 읽고, 교정에 참여해 준 이영삼 박사에게 감사를 드린다. 또한 편집과 세세한 부분에 신경을 써 준 편집부와 이 선집 작업을 누구보다 기뻐하며, 어려운 여건에서도 기꺼이 맡아주신 박성모 대표께도 감사드린다. 마지막으로 만날 때마다 얼굴 가득 웃음 머금고, 두 손으로 내 손 꼬옥 잡아주시며 힘을 주셨던 문순태 작가 부부께 감사드린다. 더불어 문순태 작가의 소설 작품들이 오랫동안 우리 곁에서 눈향나무와 같은 향기를 품고 살아 숨쉬기를 소망한다.

2021년 2월
엮은이 조은숙

차례

어머니의 성城

1

먼지를 가라앉히는 가랑비에도 황토가 질컥거리는 극락재 너머, 골짜기가 원추형으로 좁아지는 심록색의 할미산 후미진 곳에, 고향은 꿈꾸듯 졸고 있다.

손기태는 문득 그의 삶이 극락재를 넘나드는 것으로부터 시작되고 끝나는 것 같은 생각에 사로잡혔다. 그는 극락재를 넘을 때마다 인생의 시작과 끝을 생각했다. 35년 동안 살아오면서 이백 번 가까이 극락재를 넘나들었으나, 앞으로 남은 생애에는 잘해야 대여섯차례 정도 다시 넘게 될지 모를 일이었다.

손기태는 나이가 들수록 극락재를 넘는 횟수가 뜸해졌다. 할미산 골짜기 월전리에서 40km쯤 떨어진 광주에서 중학교에 다니던 때는 1주일에 한 번씩은 꼬박꼬박 극락재를 넘나들었지만, 고등학교 시절엔 2주일에 한 번꼴로, 그리고 서울에서 2년 동안 대학에 다니던 무렵에는 방학 때나 한 차례씩 재를 넘었으며, 고향을 떠나 서울에 자리를 잡고 살기 시작하면서부터는 잘해야 1년에 한 번 혹은 2년이나 3년에 한 번 무거운 마음으로 극락재를 넘었다.

그는 학창시절에 극락재를 넘을 때는 마치 삶의 매듭을 한 가닥씩 풀어

나가는 것 같은 기쁨을 느꼈으나, 어른이 된 후로는 되레 삶의 가닥이 홀 맺히는 듯한 고통을 맛보았다. 어른이 되고 극락재를 넘어 고향에 갈 때마다 실의와 부끄러움과 죄책감에서 헤어나지 못했다.

극락재는 언제나 시간의 한가운데에 있었다. 학창시절 고향에서 광주나 서울로 가기 위해 넘을 때의 극락재는 미래로 통하는 희망의 문이었고, 서울에서 살면서 기끔 고향에 가기 위해 넘을 때는 과거로 되돌아가는 회한의 통로처럼 느껴졌다. 그러나 학창시절에 미래로 통했던 광주나 서울은 이제 미래가 아닌 현실이 되었다.

극락재 고갯마루에서 한눈에 내려다보이는 심록색의 할미산 골짜기는 어머니의 얼굴처럼 예나 지금이나 변함이 없었다. 골짜기는 언제나 지난날의 희미한 한 도막의 꿈처럼 공허하게 비어 있었다.

손기태는 심하게 흔들리는 버스의 차창 밖으로, 점점 더 낯설어 가는 고향의 산천을 멍멍한 기분으로 바라보았다. 그는 지금 3년 만에 극락재를 넘어 고향에 가고 있었다. 3년 전에는 아버지의 부음을 받고 극락재를 넘었고, 지금은 어머니가 실종되었다는 전화를 받고 부랴부랴 고향으로 달려가는 길이었다.

어제 오후 늦게, 고향에서 어머니를 모시고 사는 동생 기수한테서 출판사로 어머니가 실종되었다는 내용의 다급한 전화가 걸려왔을 때, 손기태는 오히려 코웃음을 쳤다.

"어머니는 육십 평생 극락재 한 번 넘어보지 못한 분인데, 어디를 가셨겠느냐, 극락재 안에 계실 테니까, 잘 찾아봐!"

손기태는 송수화기에 대고 큰 소리로 동생을 나무랐다.

"글쎄, 할미산 안 통은 이 잡드끼 다 찾아봤지만 엄니는 없다니께요. 블써 사흘째나 소식이 없어요."

동생은 우는 목소리로 말했다.

그러나 손기태는 어머니의 실종을 믿지 않았다. 동생한테 전화로 말한 것처럼 그의 어머니는 아직 극락재를 넘기는커녕 월전리를 떠나본 일이 한 번도 없었다. 기만, 기태, 기수 세 아들이 월전리에서 10리 길도 안 되는 극락초등학교를 졸업할 때까지 운동회 한 번 나오지 않았다. 어머니 대신에 부엌데기 끝순이가 도시락을 가져왔으며, 운동회 종목 가운데서 엄마와 함께 뛰는 경기에서는 언제나 몸피가 절구통만큼 우람한 귀머거리 끝순이와 함께 뛰곤 했다. 그때마다 아이들은 손기태를 '먹보아들'이라고 놀려 댔다. 세 형제가 초등학교를 졸업할 때까지, 운동회 때마다, 부엌데기 끝순이가 어머니 노릇을 대신했다. 그 때문에 기태는 운동회가 싫었다. 그의 형 기만은 3학년이 되면서부터는 아예 운동회 때만 되면 꾀병을 앓고 학교에 가지 않았으며, 기태는 4학년 이후부터 '엄마와 함께 뛰는 경기'는 포기해 버렸다. 6년 동안 한 번도 빠지지 않고 끝순이와 함께 뛴 것은 막내 기수뿐이었다. 기수는 끝순이와 함께 열심히 뛰어 상을 받아 오기까지 했다.

손기태는 나이가 들면서부터 어머니와 함께 있는 것이 부끄러워졌다. 그의 형 기만은 어머니와 마주 앉아 있는 것조차 싫어했다.

손기태는 얼굴이 고운 어머니를 가진 친구들이 늘 부러웠다. 한 번은 미술 시간이었는데, 선생이 어머니의 얼굴을 그리라고 했다. 손기태는 어머니의 얼굴을 천사처럼 아름답게 그렸다. 박꽃보다 더 희고, 달걀껍질처럼 깨끗하고 매끈하게 그렸다. 눈은 아침 첫 이슬처럼 영롱하게 빛났고 작은 입은 야무지게 닫혀 있었다. 손기태는 선생한테 그림을 잘 그렸다는 칭찬을 받았으며, 그의 아름다운 어머니상은 최우수작품으로 뽑혀 교실의 '우리들 솜씨 자랑판'에 붙여졌다.

손기태의 어머니를 잘 알고 있는 월전리의 같은 반 아이들은 그가 그린 어머니상을 가리키며 키득거렸고, 그때마다 손기태는 책상 밑으로 숨고 싶기만 했다.

어느 날 손기태는 수업이 끝난 후 혼자 교실에 남아 있다가, 그가 그린 어머니상을 우리들 솜씨 자랑판에서 뜯어내어 찢어 없애 버렸다. 그 일로 그는 담임선생한테 호되게 벌을 받았다.

그러나 그가 찢어 없애 버린 아름다운 어머니상은 그의 머릿속에서 사라지지 않고, 그림보다 더욱 선명하게 살아 움직였다. 그리고 그 아름다운 어머니상은 꿈속에서까지 나타나곤 했다. 그가 그린 어머니상은 꿈속에서 말도 하고 웃기도 했다.

어느 날 밤에 손기태는 꿈속에서 아름다운 어머니상을 만나고 있었다. 어머니상은 그에게 어디론가 멀리 떠나야만 한다면서 나비처럼 날아가 버렸다. 그는 허공을 향해 손을 휘저으면서 어머니를 외쳐 불렀다. 누구인가 흔들어 깨우기에 잠에서 눈을 떴을 때, 희끄무레한 호롱불 불빛 아래서 험상궂은 어머니의 얼굴이 그를 내려다보고 있었다. 그것은 사람의 얼굴이 아니었다. 손기태는 자지러지게 비명을 지르고 말았다. 그런 일이 있고 난 뒤부터 어머니가 더욱 싫어졌다. 무서웠다. 그는 어머니와 함께 있을 때는 언제나 시선을 돌려버리곤 했다. 잠시도 어머니한테서 떨어지지 않고, 치마 끝을 잡고 도깨비바늘처럼 붙어 다니는 동생 기수까지도 싫어졌다.

손기태는 소름이 끼칠 정도로 험상궂은 얼굴을 가진 어머니를 아내로

맞은 아버지가 그렇게 바보스럽게 생각될 수가 없었다. 그런 어머니의 아들로 태어나게 한 아버지가 원망스럽기까지 했다. 손기태의 꿈은 이 세상에서 가장 아름다운 여자한테 장가가는 것이었다.

어머니 박탄실은 월전리에서 가장 부자였던 박 참봉의 막내딸이었고, 아버지 손막동은 참봉집의 머슴이었다. 손막동의 아버지는 담양에서 동학군에 가담했다가 관군에 쫓기는 몸이 되어, 단신으로 극락재를 넘어 할미산에 숨어들어 숯을 구우며 살았으며, 늙마에 주막의 과부 주모와 눈이 맞아 손막동을 혈육으로 떨구어 놓고 죽었다.

손막동은 어려서 박 참봉집 꼴머슴으로 들어갔다. 그때까지만 해도 박탄실은 흰제비꽃처럼 여리고 아름다운 소녀였다. 손막동은 그보다 7살 아래인 탄실에게 봄이면 할미산에 올라가 철쭉이며 노란 세잎양지꽃을 꺾어다 주었고, 여름이면 극락천에서 물매미며 장구애비를 잡아다 주었으며, 가을에는 도라지꽃이며 꽃보다 더 아름다운 참단풍 가지를 한 아름씩 안겨주곤 했었다. 꼴을 베거나 나무를 하러 산에 올라갈 때면 탄실을 기쁘게 해줄 것들을 찾느라고 정신을 팔았다.

아버지를 닮아 뼈대가 굵고 힘이 센 손막동은 20살도 못 되어 월전리 안에서는 나뭇짐이 가장 큰 상머슴 대우를 받았다. 마음이 착한데다가 일을 잘 한 탓으로 박 참봉은 그를 놓아주지 않았다.

손막동은 25살 때 6·25를 만났으며 꼬챙이로 귀청을 꿰뚫는 듯한 총소리를 처음 들었다. 그리고 어느 무덥던 여름날 밤에 박 참봉의 집이 불길에 휩싸이게 되었다. 사랑채에서 깊이 잠들어 있었던 손막동이가 어둠을 찢는 비명에 놀라 밖으로 뛰어나갔을 때는 이미 안채가 시뻘건 화염에 묻혀 지붕이 내려앉고 서까래가 튀었다. 누구인가 울부짖는 듯한 목소리로 탄실이를 불렀다. 탄실이의 대답은 들리지 않았다. 탄실은 혼자 그녀의 방에서 잠을 자다가 불길을 만나 미처 뛰쳐나오지 못한 것이었다. 딸이 불길 속에 갇혀 있는 것을 알아차린 탄실의 어머니는 딸의 이름을 미친 듯 외쳐대고 있었다.

손막동은 두 눈을 부릅뜨고 무서운 불길을 꼬나보았다. 불길은 어두운 밤하늘을 통째로 삼켜 버리기라도 할 것처럼 뻘건 혀와 이빨을 널름거리며 더욱 거세게 치솟아 올랐다. 손막동은 그 무서운 불길 속에서 흰제비꽃보다 더 여리고 아름다운 탄실이의 모습을 떠올렸다. 온몸에 불이 붙은 채 살려달라고 소리치는 그녀의 목소리가 들리는 듯했다. 탄실이가 자신의 이름을 외쳐 불러대고 있는 것 같았다. 탄실이가 죽어가고 있다. 막동이 네가 살려라 하고 하늘이 그에게 말하고 있는 듯했다. 손막동은 다시 불길을 보았다. 우지끈, 서까래가 내려앉고 있었다. 탄실이의 방은 대청 안쪽에 있었다. 손막동은 불길 속으로 뛰어 들어갔다. 뜨거운 열기와 매콤한 연기 때문에 숨이 막혔다. 불똥이 온몸에 엉겨붙었다. 그러나 그는 돌아서지 않았다. 탄실이와 함께 불어 타죽어도 좋다는 생각으로 대청을 가로질러 이미 불길이 번져 있는 탄실이의 방문을 힘껏 걷어찼다. 탄실의 방은 연기와 불길에 휩싸여 지척을 분간할 수조차 없었다. 손막동은 숨을 쉴 수가 없어, 손으로 입과 코를 쥐어 막으면서 기침을 토해냈다. 기침을 토하면서 탄실이의 이름을 불러 댔으나 대답이 없었다. 그는 연기와 불길 속을 더듬으며 탄실이를 찾았다. 방바닥에 쓰러져 있는 탄실이가 발에 밟혔다. 손막동은 의식을 잃고 쓰러져 있는 그녀를 안고 방에서 뛰어나갔으나, 불길을 뚫을 수가 없었다. 그도 곧 쓰러질 것만 같았다. 우지끈, 천장이 내려앉으면서 불길이 그를 덮쳤다. 손막동을 탄실이를 안은 채, 소리를 지르면서 불길 속으로 뛰어들었다. 그리고 죽었구나 생각하면서 두 다리에 힘을 주고 불길 속을 헤쳐나갔다. 그는 불더미에서 마당으로 뛰쳐나가자 그대로 탄실이를 안은 채 흐물흐물 주저앉고 말았다. 사람들의 웅성거리는 소리가 희미하게 들려왔다.

손막동이가 의식을 회복했을 때는 여름날의 아침 햇살이 불길처럼 따갑게 그의 얼굴에 꽂혀내리고 있었다. 그는 텃밭의 석류나무 그늘 밑에 누워 있었다. 빨갛게 익어터진 석류가 햇살과 함께 무서운 불길처럼 그의 동공에 꽂혀왔다.

"아이구메, 이제사 정신이 돌아왔구만 그려."

눈을 떴을 때 손막동의 옆에는 탄실이네 부엌데기 점덕이가 앉아 있다가 안도의 한숨을 섞으며 말했다.

"탄실이, 탄실아가씨는 어찌 되었남?"

손막동은 우선 탄실이가 어떻게 되었는지 알고 싶었다.

"탄실아가씨도 깨어났어. 그런듸……."

"그런듸 어쩌?"

"얼굴이 옴싹 불에 데었다드만. 시방 의원이 와 있어."

손막동은 탄실이가 살아났다는 것만으로 일단은 안심이 되었다.

"어쩌자고 겁도 없이 불 속으로 뛰어들었어! 하마트면 불에 타 죽었을껴!"

점덕이는 훌쩍거리면서 가볍게 손막동을 나무랐다.

손막동은 눈을 감았다. 불길처럼 따가운 햇빛이 보기 싫었다. 눈을 감고 있는 그의 머릿속에 지난밤의 불길이 악몽처럼 무섭게 떠올랐다. 그는 마음속으로 비명을 삼켰다. 그것은 그가 어렸을 때, 그의 집이 불에 타던

날 밤의 처절한 기억에 비하면 아무것도 아니었다.

손막동의 아버지는 거의 할미산의 숯막에서 살았다. 손막동의 모자가 살고 있는 비석거리 주막에는 사흘에 한 번이나 닷새에 한 번쯤 내려와서, 하룻밤을 자고 이슬이 마르기 전에 숯막으로 돌아가곤 했다.

아버지는 철이 들기 시작하는 아들에게, 어른이 되어 숯을 굽고 살려면 미리 숯 굽는 것을 배워야 한다면서, 숯막에서 함께 지내자고 했으나, 손막동은 머리가 아프다는 핑계로 아버지의 말을 듣지 않았다. 그는 숯막에 가기만 하면 이상하게 숯내 때문에 생머리가 아팠다. 아버지는 그것을 숯머리라고 했다. 처음 얼마 동안은 숯머리를 겪게 되지만, 숯막 생활이 익숙해지면 아무렇지가 않다는 것이었다. 그러나 손막동이가 아버지의 뜻을 따르지 않고 주막에 눌러사는 것은 어머니 때문이었다. 어머니는 그가 제일 좋아하는 빨간 목단화보다 더 예뻤다. 훗날 생각해 보아도 어머니는 어렸을 때의 탄실이보다 훨씬 아름다웠던 것 같았다.

손막동은 꽃보다 더 예쁜 어머니와 함께 사는 것이 자랑스러웠다. 그런 어머니에 비해 아버지는 옷이나 얼굴이 숯거멍투성이인데다가, 땀 냄새와 숯내 때문에 함께 자는 것조차 싫었다. 그리고 아버지의 주변에는 숯거멍투성이인 숯장수들뿐인 데 비해, 어머니의 곁에는 냄새가 좋은 기름을 바른 머리에 가리마가 가지런하고, 양복을 입은 멋장이 남자들이 많았다. 손막동의 꿈은 숯거멍투성이의 아버지보다, 머리에 기름을 뒤발질하고 양복을 입은 그런 어른이 되고 싶었다.

아버지 대신 이따금 머리에 기름 바른 하이칼라 남자들이 어머니와 함께 자고 갔다. 그러면 손막동은 이상하게도 차츰 하이칼라 남자들이 싫어지면서 아버지가 좋아지기 시작했다. 그러나 그 무렵엔 아버지가 숯막에서 내려오는 발걸음이 점점 뜸해졌다.

비석거리 같은 마을의 병태 아버지가 주막에서 손막동의 어머니와 함께 자고 간 날 아침, 병태 어머니가 목단화처럼 예쁜 어머니의 머리끄덩이를 휘어잡고 흔들며 한바탕 욕을 퍼붓고 갔다. 비석거리 마을의 아이들 어른들 할 것 없이 주막으로 몰려와서, 손막동의 어머니가 병태 어머니한테 쌍스러운 욕지거리를 바가지로 퍼들으면서 때기질을 당하는 것을 구경했다. 아무도 어머니 편을 들어주는 사람이 없었다. 손막동의 어머니는 맞대들지도 울지도 않았다. 손막동은 그런 어머니가 바보스러웠다. 꽃보다 예쁜 어머니가 자랑스럽기만 하던 생각이, 하루아침에 부끄러움과 울분으로 변해 버렸다.

그날 낮에, 손막동은 그보다 1살 아래인 병태를 할미천의 후미진 미루나무숲 속으로 끌고 가서, 아침에 그의 어머니가 했던 것보다 더 심하게 직신직신 밟아 주었다. 병태한테 분풀이를 해주고 나자 울컥 슬픔이 목구멍 가득히 뻗질러 올랐다. 그는 얼굴이 피투성이가 되어 울고 있는 병태보다 더 큰 소리로 울며 주막으로 돌아왔다. 주막으로 돌아오면서, 아버지를 따라 숯막으로 갈 결심을 했다. 아버지와 함께 숯막에서 살면서 숯쟁이가 되고 싶었다. 그는 아버지가 빨리 와 주었으면 하고 생각했다.

주막에 돌아오자 어머니는 아침에 병태 어머니한테 당한 일은 까맣게 잊은 듯, 아무렇지도 않은 얼굴로 하이칼러 남자들에게 술을 따르면서 히히덕거렸다. 손막동은 그런 어머니가 싫어졌다. 그는 이 세상의 모든 아름다운 것들이 싫어졌다. 주막 앞의 보라색 초롱꽃을 우두둑 쥐어뜯어 발로 짓이겼다. 할 수만 있다면 비석거리 방죽의 연꽃들도 모두 짓이겨 없애 버리고만 싶었다.

그날 밤 비석거리 손막동의 집에 불이 났다. 손막동이가 골방에서 혼자 잠을 자다 온몸이 뜨겁고 숨이 막힌 듯 답답하여 눈을 떠보았더니, 문풍지에 불이 붙어 있었다. 웃통을 벗은 채 뛰어나갔다. 불길이 할미산의 아버지 숯막만큼이나 자그마한 주막을 통째로 삼키고 있었다. 어머니가 잠들어 있을 큰 방은 이미 화염이 커다랗게 기둥을 이루어 돌개바람처럼 하늘로 치솟았다. 손막동은 목이 터져라고 어머니를 불렀으나 대답이 없었다. 할미산을 훑고 내려온, 숯장이 아버지처럼 성질 급한 마파람에 불길은 순식간에 주막을 태우고 말았다. 비석거리 마을 사람들이 미처 물동이를 들고 뛰어오기도 전에 옴씰하게 잿더미가 되어 버렸다.

아침이 되어서야, 타다 남은 기둥뿌리에서 아버지의 깊은 한숨 같은 연기만이 가느다랗게 바람에 흔들리고 있는, 잿더미 속에서 숯등걸처럼 검게 탄 어머니와 병태 아버지의 시체를 끄집어냈다.

박 참봉네 텃밭의 빨간 목단화처럼 예쁜 어머니의 모습이 하룻밤 사이에 숯등걸처럼 변해 버린 것을 본 손막동은 눈에 보이는 이 세상에서 아름다운 것은 아무것도 없다고 생각했다. 어쩌면 진짜 아름다운 것은 그가 어머니를 사랑하는 마음처럼 눈에 보이지 않는 것일지도 모른다는 생각을 했다.

숯등걸 같은 어머니의 모습을 보고도 그는 울지 않았다. 어린 소견에도 잠자는 그의 주막에 누가 불을 질렀을까 하는 의문뿐이었다. 그는 곧 불을 지른 사람이 병태였다는 것을 알았다. 그날 이후 병태가 소리도 없이 비석거리 마을에서 자취를 감춰 버렸기 때문이었다. 어른들의 이야기로는 손막동이네 주막에 불이 난 다음 날 아침 일찍이 병태가 극락재를 넘어가더라고 했다. 이틀 후 병태의 어머니도 아들을 찾아 극락재를 넘었다.

어머니와 병태의 아버지가 개 그을리듯 검게 불에 타 죽고, 병태와 그의 어머니가 비석거리 마을을 떠나 극락재를 넘어가 버린 후에야 비로소 손막동은 자신의 잘못을 뼈저리게 느꼈다. 그것은 지난여름 할미천에서 동갑내기 또삼이와 싸움을 하여, 눈퉁이에 멍이 들고 코피가 터졌을 때보다 훨씬 견딜 수 없는 아픔이었다. 그가 병태를 그렇게 직신직신 짓밟지만 않았어도 그와 같은 끔찍한 일들이 일어나지 않았을 것이라고 생각했다. 그는 비로소 병태 어머니한테 머리끄덩이를 잡힌 채 쌍스러운 욕설을 바가지로 퍼듣고, 마을 사람들 앞에서 창피를 당하고도, 언제 그런 일이 있었냐는 듯이 술청에서 남자들과 히히덕거리고 있던 죽은 어머니의 깊은 속마음을 얼추 짐작할 수가 있을 것 같았다.

손막동은 할미산 숯막으로 혼자 아버지를 찾아가면서 소리 내어 울었다. 그것은 어머니를 잃은 슬픔 때문만은 아니었다. 주막에 불을 지른 사람이 병태가 아니라 손막동 자신 같은 죄책감 때문에서였다.

불에 타죽은 어머니의 시신을 꺼내놓고, 마을 사람들이 연락했으나 아버지는 얼굴을 나타내지 않았다. 손막동은 어린 소견에도 아버지가 오지 않은 것을 다행스럽게 생각했다. 아버지는 아들도 데리러 오지 않았다.

"내일쯤에 너를 데릴러 갈려고 했는디 잘 왔다."

손막동이가 숯막으로 찾아갔을 때 그의 아버지는 숯가마에 참나무 토막을 쌓아 올리면서 말했다. 아버지의 표정은 언제나처럼 냉담했다.

"네 에미 생각은 잊어뿌러! 언젠가는 이렇게 될 줄 알았단다. 네눔을 낳아준 것만도 고마운 여잔디……."

그렇게 말하는 아버지는 참나무 토막을 쌓아 올리면서 숨을 헐떡거렸다. 어머니보다 12살이나 위인 아버지는 이제 노인이 다 되었다는 것을 알 수 있었다.

"네늠은 후담에 커서 얼굴 반지르르한 여자한테는 마음을 주지 말거라."

아버지는 그 말을 하고는 산이 컹컹 울리도록 심하게 기침을 토했다. 손막동은 그날부터 아버지와 함께 숯막에서 살았다. 그러나 아버지는 그 해 겨울에 갑자기 피를 쏟고 눈을 감아 버렸다. 손막동은 숯막에서 내려와 참봉네 꼴머슴으로 들어갔다.

한여름의 햇살이 화염의 입김처럼 쏟아지고 있는 텃밭의 석류나무 밑에 반듯하게 누워 있던 손막동은 천천히 상반신을 일으켜 앉았다. 그는 목구멍 안에 불길이 솟아오르는 것처럼 견딜 수 없는 갈증을 느꼈다. 점덕이는 그때까지도 그의 옆에 앉아 있었다. 손막동은 그녀에게 냉수를 부탁했다.

점덕이가 냉수를 가지러 간 사이, 막동은 텃밭 모퉁이에 흐드러지게 피어 있는 빨간 모란꽃들을 바라보았다. 햇살을 받아 더욱 눈부시게 아름다운 모란꽃은, 그의 머릿속에 아직도 뚜렷하게 남아 있는 탐스러운 어머니의 모습 그대로였다. 그리고 바람에 실려와 콧구멍을 헤집고 스며드는 꽃향기가 15년 전에 맡았던 어머니의 냄새처럼 톡톡 쏘아댔다. 또 흐드러지게 핀 한 무더기의 빨간 모란꽃들은 무섭게 타오르는 불길처럼 보였다.

"오메오메, 시상에도…… 우리 탄실 아가씨 얼굴이 몽땅 없어져 뿌렀당만 그려."

바가지에 냉수를 떠온 점덕이가 혀끝을 차며 말했다. 손막동은 바가지의 물을 쿨럭쿨럭 마시고 나서,

"탄실아가씨 얼굴이 없어져 뿌렀다니 무신 말이냐?"

하고 물었다.

"시상에 클씨, 우리 탄실아가씨가 코도, 귀도, 눈퉁이도, 입술도 몽땅 불에 타서 없어져쁘렸다고 헌당게."

점덕이는 계속 혀끝을 찼다.

손막동은 빈 바가지를 팽개치듯 하고 비척거리며 일어섰다. 그리고 텃밭을 가로질러 오이며 호박덩굴이 꿈틀대듯 기어오른 바자울을 지나 안채 마당으로 걸어갔다. 간밤에 불타버린 안채에서는 아직도 연기가 피어오르고 있었다. 그는 한동안 걸음을 멈추고 서서 회색 연기만이 피어오르는 잿더미를 들여다보았다. 15년 전에 숯등걸처럼 검게 타버린 어머니의 주검을 다시 보는 듯싶었다. 그것은 후회스러운 삶의 마지막 모습처럼 처절하고도 허무하게 느껴졌다.

손막동은 잿더미 앞을 지나, 불길이 닿지 않아 온전하게 남은 사랑채로 갔다. 사랑채 마루 끝에 박 참봉 어른이 잿더미 같은 얼굴을 하고 앉아서 담배통만 뻐끔뻐끔 빨고 있었다.

"하마터면 막동이 네 생명을 잃을 뻔했구나."

손막동을 보자 박 참봉이 말했다.

"탄실아가씨는 어떻습니까요?"

그는 당장 탄실이가 누워 있는 사랑방 안으로 뛰어 들어가고 싶었다.

"네가 목숨은 건졌다만, 차라리 죽는 것만 못하게 되었구나."

박 참봉은 담배 연기를 길게 빨며 한숨을 토하듯 말했다. 손막동은 점덕이의 말이 거짓이 아니라는 것을 알고는 그 자리에 풀석 주저앉았다. 박참봉도 손막동이도 아무 말이 없었다. 사랑방 안에서는 탄실이의 가느다란 신음과, 참봉댁의 한숨 섞인 말소리만이 희미하게 흘러나왔다.

그 후, 열흘이 지나고 한 달이 되도록 탄실이는 밖에 얼굴을 내밀지 않왔다. 그녀는 방 안에만 붙박여 있었다. 손막동은 밥상을 들고 그녀의 방에 드나드는 점덕이를 통해서만이 탄실이의 거동을 들어 알 뿐이었다. 점덕이의 말로는 점덕이가 밥상을 들고 방 안으로 들어갈 때도 언제나 그녀는 홑이불을 둘러쓴 채 방구석에 돌아앉아 있었고, 빈 밥상을 가지러 갔을 때도 얼굴을 내보이지 않는다고 했다. 말을 걸어도 받아 주지 않는다는 것이었다.

손막동은 누가 참봉댁 안채에 불을 질러 탄실이를 그렇게 만들었는지 알고 싶었다. 들리는 말은 여러 가지였다. 참봉네 식구들은 불을 지른 것이 누구의 소행인지 굳이 알려고 하지 않는 듯싶었다. 참봉네 분위기는 잿더미처럼 가라앉아 있었을 뿐이었다.

초겨울이 되자 다시 세상이 바뀌었다. 세상이 다시 바뀌었어도 탄실이는 얼굴을 내밀지 않았다. 그녀의 방은 언제나 주검처럼 싸늘한 분위기였다. 밤에도 불이 켜지지 않았다. 사랑채의 탄실이 방에는 숯등걸처럼 검게 탄 주검이 싸늘하게 도사리고 있는 듯했다. 박 참봉은 봄이 되자 불탄 자리에 새집을 지었다. 전엣 것보다 훨씬 큰 집이었다. 그러나 탄실이가 사랑방에서 새집으로 옮겨갈 때도 손막동은 그녀의 얼굴을 볼 수가 없었다.

손막동이가 탄실이의 얼굴을 다시 보게 된 것은 10달 만이었다.

돌담 밑에 가지가 휘어질 듯 열린 앵두가 터질 것처럼 빨갛게 익고 논에서는 모내기가 한창인 6월 어느 날 저녁나절에 써레질하다 말고 배탈이 난 손막동은, 언제나 배탈이 나면 그랬듯이 텃밭 모퉁이에 열린 매실을 따먹으려고 잠시 하던 일을 멈추고 집으로 갔다. 집에는 아무도 없었다. 참봉댁 내외는 친정아버지 제사에 갔고, 집을 지키던 점덕이마저 두렛밥을 이고 들에 나가, 탄실이 혼자 그녀 방에 박혀 있었다.

손막동은 탄실이를 만날 수 있는 기회는 이때뿐이라 생각하고 부엌 안쪽에 있는 그녀의 방 앞을 서성거렸다.

"탄실 아가씨! 나 막동인듸……."

그는 차마 방 문고리에 손을 대지 못한 채, 떨리는 목소리로 겨우 입을 열었다.

"탄실 아가씨, 나 막동이랑께."

그는 되풀이해서 말한 후, 방 안에서 기척이 없자 그냥 돌아서려고 했다. 그가 몸을 돌려세우고 부엌에서 나가려고 했을 때,

"막동이!"

하고는 탄실이의 가느다란 목소리가 그의 발걸음을 붙잡았다. 그리고 삐그덕, 방문 열리는 소리가 들렸다. 손막동이가 떨리는 마음으로 돌아섰을 때, 탄실이의 방문은 반쯤 열려 있었고, 그녀는 등을 돌린 채 앉아서 두 어깨를 가볍게 들먹거렸다. 탄실이는 소리 없이 울고 있는 것이었다.

"막동이…… 나를 살려줘서……."

탄실이는 차마 말끝을 맺지 못했다. 촉촉히 젖은 그녀의 목소리는 예나 다름없이 아름답게 들렸다. 손막동은 탄실이의 목소리를 들은 것만으로도 너무 기뻐서 모두뜀이라도 뛰고 싶었다. 그녀가 죽지 않고 살아있음을 비로소 실감한 것이었다.

"탄실 아가씨, 나를 좀 똑바로 쳐다봐 줘!"

손막동은 탄실이의 등을 보고 말했다.

"내 얼굴을 봬주고 싶지 않어."

탄실이의 목소리는 비 맞은 풀잎처럼 떨고 있었다.

"탄실 아가씨 얼굴이 어째서?"

"나는 내가 무서워."

"누가 뭐라고 해도 탄실 아가씨는 옛날 그대로여!"

"그것은 막동이가 나를 놀리는 소리로밖에 안 들려!"

"진짜로 아름다운 것은 눈에 안 보이는 것이라는 것을 나는 엣날부텀 알고 있구먼."

"막동이, 시방 무신 말을 허는거?"

"나는 말이여, 탄실 아가씨의 진짜 아름다운 것은 얼굴이 아니라 마음 이라고 생각허고 있당께!"

"그것은 말짱 헛소리여."

"참말이랑께!"

"나를 놀리는 헛소리여!"

탄실이는 울부짖듯 말하며 손막동이가 서 있는 쪽으로 얼굴을 돌려 앉았다. 순간 손막동은 탄실이의 방문턱을 두 손으로 짚은 채 부엌의 땅바닥에 주저앉고 말았다. 결코 탄실이의 소름이 끼칠 만큼 힘상궂은 얼굴을 보고 충격을 받았기 때문만은 아니었다. 알 수 없는 큰 슬픔의 덩어리가 그의 몸에서 힘을 깡그리 빼앗아 버렸기 때문이다. 손막동은 폭풍 같은 슬픔에 뿌리가 썪은 고목이 내려 앉듯 몸을 가눌 힘을 잃어버렸다.

"내 눈에는 말여, 탄실 아가씨가 여전히 제비꽃 모양 이쁘게만 보이는 구만."

손막동은 떨리는 목소리로 말했다. 그것은 거짓 없는 솔직한 그의 심정이었다.

"문을 닫아줘, 그리고 언능 가줘."

탄실은 애원하듯 말했다.

손막동은 방문을 닫아 주었다. 그는 방문을 닫으면서,

"사람한테 젤로 귀한 것은 얼굴이 아니고 마음인 게여. 그러고 마음보다 더 귀한 것은 목숨인 게여."

하고 말하면서 돌아섰다. 그는 부엌을 나오면서도 몇 번인가 탄실이의 방을 되돌아보았다.

손막동은 텃밭에 열린 매실을 따먹을 생각도 잊고 다시 들로 나갔다. 탄실이의 마음 고통에 비하면 그까짓 배앓이쯤 아무것도 아니라는 생각이 들었다. 그는 마을의 고샅을 빠져나가 달천을 건너 들로 나가면서 15년 전에 불에 타 죽은 어머니의 모습을 보았을 때보다 더 마음을 아프게 한, 탄실이의 얼굴을 잊어버리려고 몇 번인가 눈을 감았다. 그러나 탄실이의 얼굴 모습은 머리 위의 태양보다 더욱 선명하게 그의 뇌리에서 살아 움직였다. 손막동의 생각에 탄실이는 얼굴에 귀면 탈을 쓰고 있는 것만 같았다. 그 흉측스러운 탈바가지를 벗겨 버리기만 한다면, 제비꽃처럼 아름다운 옛날의 얼굴이 깨끗하게 드러날 것만 같았다. 조금 전 손막동이가 10달 만에 다시 본 탄실이의 얼굴은 사람의 모습이 아니었다. 눈두덩도 코도 입도 없이, 자귀로 마구 찍어 놓은 것 같았다. 그것은 얼굴이라기보다는 바다에 사는 껍질이 울퉁불퉁한 우렁쉥이처럼 보였다.

그는 써레질을 하면서도 논바닥 위에 탄실이의 얼굴 모습이 자꾸만 떠올라 몇 번이고 주저앉을 뻔했다.

그날 밤 점덕이가 사랑채로 손막동을 찾아와, 탄실이가 그를 만나고 싶다는 말을 전했다. 손막동은 자꾸만 흐물흐물 힘이 빠지는 것 같은 심신을 단단히 죄며, 탄실이를 만나러 갔다. 그는 점덕이를 돌려보내고 혼자 부엌문을 열고 들어갔다. 부엌 안으로 들어서면서 헛기침을 하자, 불을 밝히지 않은 탄실의 방문이 천천히 열렸다.

"바깥바람이 좀 쐬고 싶어서……."

탄실은 방 안의 어둠 속에 얼굴을 묻은 채 꺼져가는 목소리로 말했다.

"참말이여? 그려! 나랑 함꾸네 나가드라고잉. 시방은 한밤중이라 아무도 보는 사람이 없을 거여!"

손막동은 너무 기뻐서 어둠 속에서 탄실이의 손을 잡았다. 촉촉하게 땀이 밴 그녀의 손은 부드럽고 따뜻하게 느껴졌다.

손막동은 탄실이를 부축하고 마당으로 나왔다. 식구들이 모두 잠든 집 안은 새벽처럼 조용했다. 그들은 마당을 가로질러 대문 밖으로 나갔다. 손막동이가 앞을 서고 탄실이는 그의 등뒤에 얼굴을 가리듯 무겁게 고개를 떨군 채 걸었다. 마을은 조용히 잠들어 두 사람의 발자국 소리만이 고샅의 돌담을 울렸다.

그들은 동구 밖에서 달천을 따라 물방앗간 둑을 타고 올라갔다. 마을을 벗어나자 달빛이 한결 밝아진 듯싶었다. 넉넉하게 쏟아져 내린 달빛에 탄실이의 얼굴이 희끄무레하게 드러나 보였다. 그녀는 달을 쳐다보며 크게 숨을 들이마셨다. 달빛과 버무려진 여름의 밤바람이 시원했다.

"바깥바람 쐰께 좋제?"

손막동이가 묻자 탄실은 고개만 끄덕거렸다.

"우리덜 밤마다 바람 쐬로 나올까?"

탄실은 대답 대신 버릇처럼 한숨을 토하듯 숨을 크게 내쉬었다.

달천 징검다리를 건널 때, 손막동은 탄실이를 등에 업었다. 그는 탄실이네 꼴머슴으로 처음 들어왔을 때 어린 그녀를 자주 업어주곤 했었다. 탄실이는 스스럼없이 그의 등에 업혔다. 손막동은 징검다리를 건너지 않고 점벙점벙 물속으로 들어갔다. 물이 무릎 위까지 올라왔다. 탄실이를 업고 물속으로 들어가자 답답했던 그의 가슴이 순식간에 풀려 버린 듯싶었다.

달천을 건넌 손막동은 탄실이를 업은 채 달빛이 부드럽게 깔린 들판으로 마구 뛰었다. 멀리 극락재가 보였다. 그는 극락재를 향해 달빛 속을 뛰었다. 탄실이를 업고 극락재를 넘어가고 싶었다.

손막동은 문득 그의 아버지가 숯막에서 마지막 눈을 감으면서 유언으로 남긴 말이 떠올랐다.

"네가 커서 색시를 얻고, 세상이 좋아지면 극락재를 넘어서, 조상님들 뼈가 묻힌 고향으로 돌아가야 헌다."

아버지는 그러면서 극락재를 넘어 녹두장군이 싸웠던 마을을 찾아가면 그곳이 바로 조상의 뼈가 묻힌 고향이라고 했다.

손막동은 언젠가는 아버지 유언대로 고향을 찾아가기라 마음을 비끌어 매고 살아왔다. 그는 탄실이를 업을 채 새벽이 오기 전에 극락재를 넘고 싶었다. 그러나 그는 비석거리 못 미쳐 야트막한 밭 둔덕 위에 그녀를 내려놓았다. 그들은 둔덕 위에 나란히 앉았다. 그들이 앉아 있는 둔덕 주위에 노랗게 핀 버들금불초꽃들이 달빛에 젖어 하얗게 빛났다. 보라색의 엉겅퀴꽃도, 분홍빛의 메꽃도 모두 하얗게 보였다. 손막동은 밭둔덕에 피어 있는 버들금불초꽃이며, 메꽃, 엉겅퀴꽃, 톱풀꽃을 한 웅큼 꺾어 탄실이에게 주었다. 탄실은 꽃잎에 얼굴을 비벼댔다. 그리고 꽃으로 얼굴을 가린 채, 손막동을 똑바로 바라보았다. 탄실의 얼굴에 온통 꽃이 피어 있었다.

그들은 달빛이 갈색빛으로 두꺼워질 때까지 비석거리 옆 밭둔덕에 앉아 있다가, 첫닭이 홰를 쳐서야 집으로 돌아왔다. 탄실은 밭둔덕에서부터 그녀의 방으로 들어갈 때까지, 손막동이가 꺾어 준 꽃으로 얼굴을 가리고 있었다.

그들 두 사람은 그 후부터 달이 떠오른 밤이면 슬며시 집을 빠져나가 들로 나가곤 했다. 그때부터 손막동은 그녀에게 들꽃을 꺾어주었고, 그녀는 언제나 손막동이가 꺾어준 꽃으로 얼굴을 가리고 똑바로 고개를 들어 손막동을 마주 보았다. 가을에는 남보라빛 쑥부쟁이꽃과 노란 산국을, 겨울에는 꽃 대신 동백나무 가지나 향나무 가지를 꺾어주었다. 그래야만 그녀는 그것으로 얼굴을 가리고 손막동을 똑바로 쳐다볼 수 있었기 때문이었다.

2년 후, 참봉어른은 손막동과 탄실이를 짝지어 혼례를 올려 주었다. 혼례식 때 신부는 족두리에 망사를 내려 얼굴을 가렸다.

"두 사람은 평생 얼굴보다는 마음을 보고 살어야 헌다."

손막동의 장인이 된 박 참봉이 그들 두 사람에게 당부했다. 참봉은 목련꽃이 무더기로 핀 텃밭에 새 집을 지어 두 사람의 살림을 내주었다. 장구배미논 다섯 마지기도 떼어 주었고, 부엌데기 점덕이까지 딸려 보냈다.

새집으로 살림을 차려 나간 손막동은 방보다 더 큰 뒤주를 손수 만들었다. 쌀이 50가마니도 더 들어갈 만큼 큰 뒤주였다.

"이 뒤주를 쌀로 가득 채울 만큼 부자가 될 거로구만!"

보름이나 걸려 큰 뒤주를 만든 손막동은 뒤주에 들어가 탄실이에게 고함치듯 큰 소리로 말했다. 그때 탄실은 얼굴이 상한 뒤로 처음 웃었다.

"막동이네가 쌀로 이 큰 뒤주를 가득 채운 날에는, 그 상금으로 이 뒤주를 가득 채울 만큼의 쌀을 너한테 주겠다."

뒤주를 구경한 탄실이의 아버지 박 참봉이 그렇게 말하며 손막동의 그 꿈이 이루어지기를 바랐다. 그러면서 박 참봉은 손막동이가 만든 뒤주가 할미산만큼이나 크니 '할미산 뒤주'라고 하라면서 뒤주의 이름까지 붙여 주었다. 그 때문에 마을 사람들은 손막동을 부를 때 할미산 뒤주라고 했으며, 인근 마을에서까지 그 뒤주를 구경하러 오기도 했다.

2

손기태는 버스가 월전리의 새마을 창고 앞에서 멎자 서둘러 내렸다. 버스는 손기태를 내려 놓기가 바쁘게 종점을 향해 뿌연 흙먼지를 일으키며 달렸다.

손기태는 흙먼지가 가라앉기를 기다렸다가, 마을로 들어가기 위해 헝클어진 머리를 손가락으로 긁어 올리며 비석거리 쪽으로 천천히 걸었다. 그는 할머니가 정부와 함께 타죽은 비석거리 옛 주막터 앞에서 잠시 걸음을 멈추어 섰다. 집터 자리에는 모란꽃나무들이 파릇한 움을 돋우고 있었다. 손기태의 아버지는 장가를 들자 불에 탄 자리에 잡초만이 우거져 있는 옛 주막터부터 말끔히 치우고 모란을 가득 심었다. 주막터의 목단꽃밭에서는 해마다 5월이 되면 빨간 모란꽃들이, 죽은 그의 어머니의 혼처럼 화사하고 탐스럽게 피었다. 그리고 아버지 손막동은 모란꽃이 시들기 시작할 무렵이면 세 아들들을 비석거리 목단밭에 데리고 가서 모란뿌리를 잘랐다.

"내가 죽은 뒤에도 이 목단밭을 잘 가꿔야 헌다. 이 애비가 여기에 목단밭을 가꾼 것은, 목단 뿌리를 잘라서 한약재로 팔아묵기 위한 것만은 아니고, 다른 뜻이 있단다."

아버지는 그러면서, 그의 어머니가 불에 타 죽은 이야기를 아무렇지도 않게 말해 주었다.

"이 애비의 운명은 불이었단다. 내 어머니가 불에 타죽지만 않았어도 참봉댁 꼴머슴으로 들어가지 않았을 것이고, 참봉댁에 불이 나지만 않았어도 그 댁 사위가 되지 못했을 꺼인듸······."

손기태는 목단 뿌리를 자르면서 세 아들들에게 해주었던 아버지의 말을 떠올렸다.

"불은 이 애비를 울리기도 했고, 기쁘게도 해주었다."

아버지가 운명이라고 말한 그 불은 어쩌면 평생 아버지의 마음속에서 타오르고 있었는지도 모를 일이었다. 아버지는 마지막 눈을 감는 순간까지도 불을 말했다.

"진짜로 사람을 죽게 허는 것은 마음에 불인 게여. 기만이, 기태 네눔들 두 자식들은 이 애비 가슴에 불을 질렀으니, 네눔들은 자식이 아니고 웬수여."

아버지가 그에게 남긴 마지막 말이었다. 그때 손기태는 아버지의 그 말을 듣는 순간 자신의 삶이 서서히 전소되고 있는 듯한 아픔을 느꼈다.

아버지가 홧병으로 숨을 거둔 그해 5월, 비석거리 목단밭에는 모란꽃이 한결 흐드러지게 피었다. 손기태는 그 목단밭의 너무도 화려한 꽃송이에서 생명보다 찬란하고 죽음보다 더 허무한 아버지의 불을 느꼈다.

아버지가 세상을 뜬 후, 어머니가 대신 그 목단밭을 가꾸었다. 어쩌면 아버지의 불이 어머니 가슴으로 옮아 붙게 된 것인지도 몰랐다. 그리고 손기태는 아버지가 세상을 뜬 후, 고향에 발길을 끊고 멀리 떨어져 있으면서도 해마다 5월만 되면 그의 가슴속 가장 깊숙한 곳에 화염보다 더욱 붉고 뜨거운 모란꽃이 피어나곤 하는 것이었다. 그러나 모란꽃에 대한 그의 아픈 기억은 차라리 형벌이었다. 그것은 아버지에 대한 불효의 통회였으며, 손기태 자신의 좌절에 대한 고통이며 슬픔이었다. 그는 결코 아버지의 목단꽃밭을 좋아하지 않았다.

목단꽃밭을 손기태보다 더 싫어한 것은 그의 형 손기만이었다. 손기만은 그 꽃밭이 어머니의 얼굴보다 더 보기 싫다면서 꽃밭에 불을 질러 버리고 싶다고까지 말했었다. 손기만은 아버지의 목단꽃밭은 가문의 수치라고 했다. 할머니가 주막에서 정부와 함께 불에 타죽은 것도, 아버지가 논 다섯 마지기에 팔려 흉측스러운 참봉의 딸과 결혼을 한 것도 부끄러운 일이라는 것이었다.

그러나 그들 세 형제 가운데서 유별나게 어머니를 좋아했던 막내 손기수만이 아버지 못지않게 목단꽃밭을 정성을 들여 가꾸었다. 확실히 손기수는 두 형들과는 다른 데가 있었다. 그는 아버지를 그대로 닮은 듯싶었다. 그 때문에 아버지 어머니의 사랑을 독차지했고, 아버지의 뜻에 따라 지금껏 고향을 지키고 있었다.

"어머니가 가실 만한 곳은 다 찾아봤지만 아무데도 안 계셔라우."

손기태가 마당 안으로 들어서자, 마루 끝에 앉아 있던 그의 동생 기수가 뒷짐 진 걸음으로 걸어나오며, 어머니의 부음이라도 전하듯 잿빛 얼굴을 들어 참담한 표정으로 말했다. 기태는 동생의 걸음걸이가 꼭 아버지를 닮았다고 생각했다. 버릇처럼 뒷짐을 지고 엉덩이를 삐딱하게 뒤로 내밀며 어기적어기적 오리발 걸음을 걷는 모습도 그렇거니와, 거뭇한 구레나룻하며, 찝찝한 이마에 툭 불거진 광대뼈와 팽이 끝처럼 뾰죽한 턱끝이, 영락없는 아버지의 젊었을 때 모습 그대로였다.

"블써 나흘째나 소식이 없는듸, 으쩔까요잉."

도시 아이들 같으면 유치원에 다닐 나이의 아들을 업고 동생의 뒤를 따라나오며 기수의 아내가 말했다. 그녀의 얼굴빛도 말라비틀어진 시래기 잎처럼 누르께했다. 손기태는 병색이 짙게 보이는 동생 내외의 얼굴을 대하자 마음이 무겁게 내려앉았다. 손기태는 자책감 때문에 무거워진 마음으로, 햇살이 화사하게 깔린 마루 끝에 앉아서 다시 동생의 얼굴을 바라보았다. 그는 고향에 돌아와서 젊은 농사꾼답지 않게 벌레 먹은 나뭇잎처럼 조금씩 시들어가고 있는 동생의 얼굴을 볼 때마다 죽은 아버지를 다시 대하는 것 같아 마음이 아팠다.

위로 두 형은 대학 문턱을 밟았지만, 동생은 고향에서 고등학교를 중퇴했다. 그것은 돈이 없어서가 아니라, 아버지의 뜻이었다.

"네 두 놈들 땜시, 우리 집안이 폭싹헌 거여. 그놈에 대학 땜시, 고향도 우리 집안도 망쪼가 든 거랑게. 나는 말여, 네놈들 고향흐고 우리 집안을 지키기 위해서 기수는 고등학교로 끝낸 거여. 네 두 놈들헌테 걸었던 기대를 막내 기수헌테 건 거여!"

아버지는 늘 그렇게 말했었다. 기수도 아버지의 뜻에 따라 고등학교를 중퇴하고 고향에 남아 농사꾼이 되었다.

"외삼촌댁에도 가봤겠지?"

손기태는 동생의 전화를 받고 행방불명된 어머니를 찾기 위해 고향에 내려오긴 했지만 그가 할 수 있는 일은 아무것도 없다는 것을 알았다.

"외삼촌댁에는 두 번씩이나 갔었구만이라우."

기수는 지쳐버린 목소리로 말했다. 그의 외삼촌은 극락재 너머에 살고 있다. 그의 외가는 새 집을 짓고, 탄실이를 손막둥이한테 시집을 보낸 뒤,

한동안 살림이 불어났으나, 손막동이가, 쌀이 50가마니가 들어가는 할미산 뒤주에, 한 해 농사만으로도 가득 채우고도 남을 만큼 되면서부터, 알게 모르게 집안이 기울기 시작하다가, 박 참봉의 외아들인 손기태의 외삼촌이 한지 공장에 손을 대어 실패한 뒤로 거덜이 나고 말았다. 손기태의 외삼촌은 부모가 세상을 뜨자 극락재 너머로 이사를 가버렸고, 손막동은 처가의 새 집을 사서 옮겼다. 마을 사람들은 박 참봉의 운세가 사위인 손막동한테로 기울었다고들 했다. 한때 손막동은 처가의 논들을 거의 사들일 만큼 부자가 되었다.

"혹시 어머니를 서운하게 해드린 일이라도 있었냐?"

손기태는 동생에게 묻고 나서 곧 후회했다. 어머니를 속상하게 한 것은 언제나 기만이와 기태 두 형제였고, 막내 기수는 두 형들이 못다 한 효도까지 도맡아 큰 소리 한번 없이 잘 모셔왔기 때문이었다.

"열흘 전에, 우리 명철이가 뜬금없이 할머니 얼굴이 무섭다고 할머니랑 같이 안 잘라고 떼를 쓴 일이 있었는듸……."

기수의 아내가 등에 업은 아들 명철이를 추석거리며 말끝을 흐렸다.

"그 땜시 아범이 철없는 명철이를 을매나 때렸던지 코피가 터지고 귀꺼정 상했었지만 그 일로 서운허게 생각흐시지는 안 했을 것이로구먼요. 어머니가 을매나 명철이를 귀여워흐셨다고요."

손기태의 생각도 어머니가 그만한 일로 집을 나갔으리라고는 믿지 않았다. 그런 일은 손자들한테 이전에도 여러 차례 당해왔기 때문이었다.

아버지가 세상을 떴을 때, 기만의 세 아들과 기태의 두 아들들이 부모를 따라 시골에 왔을 때도 그런 일이 있었다. 어머니는 남편을 잃은 슬픔보다 한자리에 모인 손자들이 더 오달진 마음에 한 번씩 안아보고 싶어

했으나, 모두 할머니를 무서워하며 도망치곤 했다. 그것을 보고도 기만이와 기태는 결코 아이들을 나무라지 않았다.

그 후 기태의 아이들은 시골에 가려고 하지 않았다. 이번에도 고향에 오는 길에 둘째를 데리고 가고 싶어 넌지시 말을 꺼내 보았더니,

"할머닌 무서워. 왜 우리 할머니는 귀신처럼 생겼어?"

하면서 썰레썰레 고래를 흔들어 댔다. 기태는 그런 아이들을 호통쳤으나, 아내가 한사코 아이들을 감싸주었다.

"어른인 나도 싫은데, 아이들이야 당연하지 뭘 그래요?"

아내의 말에 기태는 화를 내지 못했다. 그는 아직 아이들한테 왜 할머니의 얼굴이 그렇게 되었는지에 대해서 설명을 해주지 않았다. 아내가 싫어했기 때문이다. 아내는 시아버지가 참봉댁의 머슴이었다는 사실을 부끄럽게 생각하고 있었다.

아이들은 할머니의 이야기가 나올 때마다 제 어머니와 할머니를 비교하여 말하곤 했다. 그럴 때면 그는 어렸을 적의 자신을 돌이켰다. 그리고 혼자 마음속으로 부끄러움을 삼켰다.

손기태의 아내는 미녀였다. 손기태는 그의 아내가 그가 어렸을 때 아름답게 그렸던 어머니의 모습과 닮았다고 생각했다.

"어머니는 그렇게 속이 좁으신 분은 아닙니다. 명철이 때문에 집을 나가시지는 않았을 겁니다."

손기태가 말했다. 어머니는 손자들이 할머니에게 안기지 않으려고 도망쳤을 때도 결코 언짢은 내색을 하지 않았다. 속마음이야 대꼬챙이로 후벼 파는 듯 아팠겠지만, "이눔덜이 핼미를 도깨비 취급을 허는구나" 하고 말하면서 소리 내어 웃기까지 했던 것이다.

"어머니가 속이 상허셨다면 큰아주버님 때문이었을 거로구만요."

기수의 아내가 남편의 눈치를 살피며 말했다. 기태는 동생 내외의 표정에서, 기만이 형이 또 일을 저질렀구나 하고 짐작했다.

"형님이 어쨌는데?"

기태는 동생을 향해 물었다. 기수는 한동안 대답을 않고 시무룩한 표정으로 시선을 텃밭 쪽으로 멀리 던졌다. 텃밭의 싱그러운 향나무 가지에 하루의 마지막 햇살이 또아리를 풀듯 서서히 시들어가고 있었다. 이른 봄의 햇살이 숨을 죽이자 바람이 제법 스산해졌다.

"어머니는 오늘도 안 돌아오실 모양이구먼!"

기수는 기태가 형님에 관해서 묻는 말에 대답하지 않고 쓸쓸한 얼굴로 혼잣말처럼 중얼거렸다.

"형님이 다녀가셨어?"

기태가 다그치듯 다시 물었다.

"보름 전에 오셔갖고 장구배미논을 팔어가셨구만이라우."

기수의 아내가 말끝에 가벼운 한숨을 매달며 대신 말해 주었다. 기수 아내의 말투는, 장구배미논을 팔아 버린 것이 못내 섭섭한 듯싶었다.

"그 논은 어머니 앞으로 된 것인데 형님이 어떻게 그 논을 팔아갔다냐?"

그렇게 묻고 있는 손기태는 그제서야 어머니가 집을 나간 이유를 어림할 수 있을 것 같았다. 하기야 기만이 형은 이제 더 팔아먹을 자기 앞으로 된 논이 한 뼘도 남아 있지 않았다.

아버지는 세상을 뜨면서, 남은 땅을 세 아들과 어머니 앞으로 똑같이 나눠주었다. 장남인 기만이 형한테 가장 많은 토지를 물려줘야 했겠지만, 기만이 형은 이미 아버지가 살아있을 때 전 재산의 반이 넘는 토지를 팔아서 탕진을 해버렸기 때문에, 남은 네 식구 앞으로 각각 다섯 마지기씩을 나눠준 것이었다. 그리고 어머니 앞으로 떼어 준 다섯 마지기와 집은 세 아들 중에서 아무라도 고향을 지키는 사람의 몫이라고 못을 박아놓았다. 그것은 은연중에 기수의 차지로 하겠다는 뜻이었다.

기만이와 기태는 아버지가 세상을 뜬 그해 겨울에 자신들의 몫을 팔아기 버렸기 때문에, 고향에는 이미 두 사람의 땅이라고는 한 떼기도 남아 있지 않게 된 것이다.

"장구배미가 어떤 논인데, 그걸 팔아가?"

기태는 동생을 나무라는 투로 쏘아붙였다.

"당장 셋집에서 쫓겨나서 길바닥에 나앉게 되었다고 하시는데 낸들 어쩝니까?"

"그렇다고 장구배미논을 팔아가다니!"

"큰아주버님이 자기는 장남인께, 당연히 어머님 앞으로 된 것은 당신이 물려받아야 헌담시로……."

기수 아내는 논을 팔아간 것이 못내 아쉬운 듯 말끝을 촉촉히 얼버무리며, 저녁 준비를 위해 부엌으로 들어가 버렸다.

장구배미 다섯 마지기는 어머니의 땅이었다. 그 땅은 어머니의 핏줄이고 육신이며 혼이었다. 어머니는 그 땅에 눈물과 땀과 한숨과 꿈을 묻으며 살아왔다. 어머니는 언제나 장구배미에 있었다. 극락재 안통에서 가장 많은 토지를 가진 부자가 된 후에도 어머니는 장구배미논에서 흰 수건으로 머리를 깊숙이 감싸고 머슴처럼 일만 했다.

머리의 정수리가 닳도록 흙을 이어 날마다 객토를 하고, 퇴비를 묻고, 모를 내고 호미질과 벼를 베는 일을 했다. 다른 논에는 얼씬하지도 않으면서 장구배미 농사만은 손수 지었다.

"남들 보기에도 천덕스러웅께, 임자는 지발 장구배미에 좀 그만 나가! 이만허면 살만헌듸, 뭣 땜시 천덕은 떨어쌓는가!"

언젠가 아버지가 밉지 않게 나무람했을 때도, 어머니는 다른 것은 다 하자는 대로 따르겠으나 장구배미논에 나가는 것만은 말리지 말아 달라고 했다.

"그 논은 우리 아부지 어머니나 같어라우. 우리 부모는 이 세상에서 나 흐고 장구배미논을 물려주셨당께요. 나는 말여라우, 장구배미논에서 우리 아부지 어머니 숨소리를 듣는당께라우. 아부지 어머니가 이 마을에서 혼인을 흐고 처음 장만헌 땅이 바로 장구배미 아닌그라우."

어머니는 그러면서, 눈이 펄펄 내리는 한겨울에도 벼그루터기만이 남아 있는 황량한 장구배미논에 나가서, 한 바퀴 논둑을 돌고 와야만 직성이 풀린다고 했다.

"영감도 비석거리 주막터에서 목단꽃밭을 맹글지 안혔소? 영감도 목단꽃밭에서 영감 어머니의 살냄새를 맡는다고 말흐시지 안혔소?"

아버지는 그 말을 들은 후부터는 어머니가 장구배미논에 나가는 것을 말리지 않았다. 어머니는 아버지가 세상을 뜬 후에는 더욱 그 땅에 자주 나갔다. 아버지를 잃은 슬픔을 장구배미논에 묻고 오는 것인지도 모를 일이었다. 그 땅은 어머니의 슬픈 과거이며, 숨쉬는 현재이고, 미래의 꿈이었다.

장구배미 다섯 마지기는 어머니가 시집올 때 가지고 온 논이었다. 그 땅을 발판으로 삼아서 7년 만에 쌀 쉰 가마니가 들어가는 큰 뒤주를 가득 채우게 된 것이었다.

"기만이 아부지, 당신은 솔직이 말혀서, 나보담도 장구배미논이 더 욕심나서 나혼티 장개왔지라우?"

쌀로 그 큰 뒤주를 가득 채우게 되고, 홍두깨 같은 세 아들을 줄줄이 낳은 후에, 기태 어머니가 뚜벅 남편한테 물었을 때, 그의 남편은,

"솔직이 말혀서 나는 그때 임자를 덤으로 생각했었구만!"

하고 말했었다.

"아니? 장구배미논이 우수리가 아니고, 나를 우수리로 생각했단말이오?"

기태 어머니는 남편으로부터 등을 돌려 누우며, 울컥 목구멍에 불덩이가 뻗질러 올라오는 것 같은 것을 삼켰다.

"헌디 말이시, 시방은 장구배미논이 덤이 되얏당께. 이제는 극락재 안통 논을 다 준다고 해도 임자흐고는 안 바꿔. 아암, 안 바꾸고 말고! 시방 생각해 보니께 말여, 그때 임자 집에 불을 지른 것은 우리 어머니 혼령이었는지도 모르겄당께. 우리 어머니가 말이시, 임자를 내 마누라로 맹글아 줄라고 말이시…… 참 고마운 불이었재잉. 불만 나지 않었더라면 장구배미고 임자고 택도 없었재잉!"

그 말은 진심이었다. 기태 아버지는 숨을 거두기 며칠 전, 세 아들들에게 지난날의 기억들을 땀땀이 바늘로 뜨듯 말했다. 그러면서 세 아들들에게 어떤 일이 있어도 장구배미논만은 팔지 말라고 마지막 당부를 했다. 장구배미논을 부모의 몸으로 여기고 대대로 물리게 하라고 거듭 일렀다.

그런 땅을 기만이 형이 팔아 버렸다는 것이다. 어쩌면 기만이 형은 고향으로부터 자신의 뿌리를 철저하게 뽑아 버리기 위한 것이었는지도 몰랐다. 그것은 살아있는 어머니에 대한 마지막 항거였다.

아버지도 자신이 죽게 되면 기만이 형이 그 땅을 팔아 버리게 될지도

모른다는 것을 예감하고 있었던 것 같았다. 그 때문에 아버지는 특별히 기만이 형한테 장구배미를 팔지 말라고 거듭 당부했었다.

아버지는 기만이 형을 믿지 않았다.

"불에는 두 가지가 있는디, 하나는 바람같이 일어나는 불이고, 또 하나는 태워서 없애며 꺼져가는 불이다. 기만이 네 눔은 우리 살림을 몽땅 태워서 없애는 불이여!"

언젠가 사업을 한답시고 논 스무 마지기를 한꺼번에 팔아 가지고 서울로 올라간 뒤, 3년도 못 되어 깡그리 없애 버리고 빈손으로 돌아온 기만이 형한테 아버지가 화를 내며 한 말이었다.

아버지는 마지막 눈을 감는 순간에도 기만이 형을 보지 않으려고 했다. 임종 순간에 아버지는 손짓으로 기만이 형을 방에서 나가게 했다. 임종을 지켜보던 자리에서 쫓겨나온 기만이 형은 아버지가 숨을 거둔 순간에, 슬픔이 아닌 분노의 감정으로 주막에서 미친 사람처럼 소리소리 지르며 술을 퍼마셔 댔었다.

기만이 형이 대학에 들어가던 때까지만 해도, 아버지는 큰아들밖에 몰랐다.

"나는 장구배미논으로 시작해서 7년 만에, 한 해 농사로 쉰 가마니가 들어가는 뒤주에 쌀을 가득 채웠재만, 우리 기만이는 말이여, 앞으로 사 년 후면, 그 이름으로 극락재 안통을 채울 거로구만!"

아들의 대학 입학식에 갔다 온 아버지는 난생처음으로 대취하여, 마을이 삐걱거릴 만큼 큰소리를 쳤었다. 그러나 4년이 지난 후에 아버지의 꿈은 잿더미처럼 바람에 흩날려 버렸다. 기만이 형은 대학을 졸업하고도 취직을 못 하고 고향에 돌아와 반거충이 생활을 했다. 어영부영하면서 마을 처녀들이나 건드렸고, 술에 취해 행티가 사나와졌다. 걸핏하면 큰소리를 쳤고 아버지 어머니한테까지 대들기 일쑤였다.

기만이 형은 1년 남짓 반거충이 생활을 하다가 사업을 하겠다고 논을 팔아달라고 졸라 댔다.

"소도 언덕이 있어야 비빈다고 허지 않습니까. 아버지도 외가에서 준 징구배미논을 기반으로 살림을 이루지 않았어요? 그러니 저한테도 사업 자금을 좀 대주셔요. 아버지가 장구배미논을 발판으로 살림을 이룬 것처럼, 나도 아버지가 사업자금만 대주신다면 오 년 안에 성공하겠습니다!"

기만이 형의 들볶임에 아버지는 논을 팔아주었다. 아버지는 기만이 형이 반거충이가 되어 눈앞에 얼씬거리는 것이 보기 싫었기 때문에, 요구대로 갖고 있는 토지의 반을 팔아 선뜻 내주었는지도 몰랐다.

"이 돈을 애비 에미의 땀방울이라고 생각하고 동전 한닢도 허비 말고, 꼭 성공을 해야 된다. 성공을 못 하면 집에 돌아오지도 말거라."

아버지는 다시 한번 기만이 형에게 꿈을 걸었다. 그러나 아버지의 꿈은 두 번째도 무산되고 말았다. 기만이 형한테 빚을 준 사람들이 고향에까지 찾아와서 아버지를 괴롭혔다.

"농사꾼은 모든 꿈을 흙 속에만 묻어야 허는 건듸, 자식한테 묻으라고 헌 내가 잘못이재."

아버지는 기만이 형을 받아들이지 않았다. 이미 살림은 기울기 시작했다. 그 무렵 기태는 대학 2학년이었다.

"기태 너라도 잘 되야서, 네 형놈 대신에 애비 한을 풀어주거라."

아버지는 큰아들에게 걸었던 기대를 포기하고, 대신 둘째인 기태한테 꿈을 묻기 시작했다.

손기태는 어려서부터 야무지고 공부도 잘했다. 초등학교 때부터 고등학교를 졸업할 때까지 한 번도 빼지 않고 내리 반장을 했다. 그는 오히려 지나치게 똑똑한 것이 걱정이었다.

초등학교 5학년 때의 일이었다. 면장이 월전리에 와서 마을 사람들을 당산에 모아놓고 연설을 했다. 손기태도 면장의 연설을 들으러 나갔다. 면장은 연설 끝에 노골적으로 국회의원에 출마한 특정 정당의 후보를 찍어달라고 호소했다. 면장의 그 말끝에 기태는 당돌하게 손을 들고 벌떡 일어서서 할 말이 있다고 하고는, 어떻게 면장 자리에 있으면서 선거연설을 할 수가 있느냐고 따졌다. 그는 우리나라는 민주주의 국가이기 때문에 유권자가 자기 뜻대로 투표할 수 있다고 배웠다고 하면서, 면장이 마을 사람들을 모아놓고 ×××후보를 찍으라고 했다고 대통령한테 편지를 쓰겠노라고 당당하게 말했다. 면장은 순식간에 얼굴이 노래졌고, 당산에 모인 마을 사람들은 너무도 놀라 혀를 널름거렸다.

마을 사람들은 월전리에 아기장수가 다시 태어났다면서 쑥덕거렸다. 그리고 그들은 손기태를 마치 전설 속의 아기장수를 대하듯 했다. 손기태를 보는 그들의 눈초리에는 지레 겁먹은 듯한 막연한 공포 같은 것이 엉켜 있었다.

손기태도 이미 아기장수에 대한 전설을 알고 있는 터였다.

아주 먼 옛날 월전리에 아기장수가 태어났다. 그 아기장수의 성씨조차 알려지지 않은 것으로 보아 까마득한 옛날의 전설임이 분명했다. 아기장수는 커갈수록 힘이 세어져서 10살이 되었을 때는 한창 힘깨나 쓴다는 청년들도 겨우 무릎 위까지밖에 들 수 없었던 당산 밑의 큰 들독을 어깨 위로 공 넘기듯 했다고 한다. 그는 지나치게 영특하고 똑똑하여 친구 하나 없었으며, 늘 어른들 틈에 끼어들기를 좋아했다. 사리가 분명하여, 만약 어른들이 그의 앞에서 책잡힐 만한 말이나 행동을 했다가는 여지없이 힐책을 당하기 일쑤였다. 그 때문에 마을 어른들은 아기장수를 꺼려했다. 큰일을 할 만한 인물이라며 칭찬을 아끼지 않았던 어른들은, 장차 큰일을 저지를 위험한 아이라고들 쑥덕거렸다.

어느 날 아기장수는, 관아에서 조세를 내지 못하는 가난한 마을 사람들의 집을 뒤지며 행패를 부리고 간 것을 보고, 나라에서 백성들을 못살게 들볶는 것은 임금이 백성을 잘 다스리지 못한 탓이라면서, 마을 사람들 앞에서 큰 소리로 임금을 비난했다. 그러면서 아기장수는 이다음에 그가 커서 어른이 되면 원성을 사고 있는 임금을 몰아내겠다고 하였다. 그 말을 들은 마을 사람들은 소스라치게 놀라며 아기장수가 틀림없이 자라서 역적이 될 것이라면서, 그가 역적이 되어 마을이 폐촌이 되기 전에 미리 화근을 없애 버려야 한다고들 했다.

마을 사람들은 아기장수를 굶어 죽게 하려고 마을 뒤 대밭 모퉁이에 있는 귀목나무에 묶어놓았다. 나무에 묶인 아기장수는 살려달라고 울부짖었다. 그 울부짖음은 마치 하늘이 찢어지는 듯한 벼락 치는 소리, 무서운 호랑이의 포효하는 소리로 들리기도 했다. 이틀 동안 하늘에 마른 번갯불이 쉬지 않고 튕겨 대더니 사흘째 되는 날에는 한여름인데도 진눈깨비가 쏟아졌다. 귀목나무에 묶인 아기장수는 꼬박 사흘 낮과 밤을 울부짖다가, 나흘째 되는 날 아침부터 갑자기 조용해졌다. 마을 사람들이 이상하게 여겨 대밭 모퉁이로 올라가 보았더니, 아기장수의 모습은 보이지 않고, 그가 입었던 옷이며 신발 두 짝만이 나무 밑에 정연하게 남아 있었다. 마을 사람들은 아기장수가 지상의 부모에게서 얻어 입은 옷을 벗어놓고 하늘로 올라간 것이라고들 했다. 어떤 사람들은 새벽에 아기장수가 발가벗은 몸으로 날개 달린 백마를 타고 하늘로 올라가는 것을 보았다고도 했다. 그들은 아기장수가 벗어놓은 옷과 신을 모아 귀목나무 아래에 무덤을 만들었으며, 그 무덤을 아기장수 무덤이라고 했다.

손기태는 철이 들기도 전에 아기장수에 대한 전설을 들었다. 그리고 10살쯤 되어서부터는 자주 아기장수 무덤에 가서 놀았다. 다른 아이들은 아기장수 귀신이 나온다면서 아무도 그곳에 가려고 하지 않았기 때문에, 언제나 기태 혼자서만 갔다.

마을 사람들이 기태를 가리켜 아기장수가 다시 태어난 것이라고 말한 후부터, 그는 더욱 아기장수 무덤에 자주 갔다. 손기태는 아기장수가 불쌍해졌다. 그리고 마을의 어른들이 무서워졌다. 그는 정말 자신이 아기장수라면 마을 사람들 손에 묶임을 당하지 않으리라 생각했다. 정말 아기장수 귀신이 있다면 한번 만나보고 싶기까지 했다.

어느 여름날 한낮에, 기태는 아기장수 무덤에서 놀다가 깜박 잠이 들고 말았다. 그는 꿈속에서 아기장수를 만났다. 그런데 이상한 것은 아기장수는 옛날 사람의 모습이 아니었다. 기태처럼 짧은 머리에 낡은 양복바지에 구멍 뚫린 러닝샤쓰를 입고 있었다. 마치 그의 친구 같은 모습이었다. 고목이 된 귀목나무에 어슷하게 기대서서 희미한 미소를 흘리는 그의 모습은 어디선가 많이 본 낯익은 얼굴이었다.

"나는 큰일을 하고 싶다. 후담에 커서 어른이 되면, 나쁜 사람들을 몽땅 없애 버릴 테다. 나는 세종대왕 같은 사람이 되고 싶다."

아기장수가 친구처럼 그에게 말했다. 그렇게 말하는 아기장수의 목소리는 차분하고도 분명했으며, 두 눈에서는 불꽃보다 더욱 눈부신 광채가 빛났다.

기태가 잠에서 깨어났을 때는 해가 그림자를 길게 들이며 할미산으로 기울고 있었다. 그는 손등으로 눈을 비비며 귀목나무 쪽을 보았다. 아기 장수의 모습은 보이지 않았다. 기태는 바지를 털고 일어서다 말고 흠칫 놀라며 자신의 모습을 되작거려가며 살펴보았다. 그가 입고 있는 낡은 양복바지며 구멍 난 러닝샤쓰, 검정 고무신 등이 꿈속에서 보았던 아기장수의 입성과 똑같았다. 그러고 보니 꿈속에서 보았던 아기장수의 모습은 바로 기태 자신이었다. 기태는 황홀해졌다. 그는 황혼을 몸에 담뿍 받으며 신비로운 꿈에 잠기듯 대밭 모퉁이를 내려왔다. 그는 집으로 내려오면서 "저놈은 옛날 아기장수가 다시 태어난 게여!" 하면서 흘끗거리던 마을 어른들의 말을 자꾸만 떠올렸다. 그는 어깨를 펴고 목을 빳빳하게 세우며 걸었다.

그런 일이 있고 난 뒤, 기태의 태도는 한결 의젓해졌다. 그는 마음속으로 나는 옛날의 아기장수다, 아기장수의 뜻을 내가 대신 이룰 테다, 하고 되뇌곤 했다.

기태는 중학도 고등학교도 대학도 일류로만 들어갔다. 나이가 들수록 아기장수의 꿈이 현실로 여물어 갔다. 그는 아기장수와 함께 자라고 있다고 생각했다. 때로는 그의 마음속에 그와 함께 커가고 있는 아기장수가 그의 행동을 감시하고 명령하기도 했으며, 생각도 함께 했다. 아기장수만이 그의 친구이고 선배이며 지도신이고 안내자가 되어주었다. 기태 자신이 결정지을 수 없는 곤란한 문제에 부딪혔을 때, 아기장수에게 물어보면 분명하게 방향을 제시해 주었던 것이다. 그는 철저하게 아기장수가 시키는 대로 따라서 행동했다. 아기장수에게 거역하는 것은 스스로에 대한 거역으로 생각했다. 아기장수는 언제나 고향 마을의 대밭 모퉁이 늙은 귀목나무 밑에 어슷하게 기대서서 그에게 말을 했다. 그가 고향을 떠나 서울에서 대학에 다닐 때도 아기장수의 집으로 여겨지는 그 늙은 귀목나무는 언제나 기태의 마음속에, 변함없는 꿈처럼 단단히 자리하고 있었다. 마치 기태 자신과 아기장수가 늙은 귀목나무 집에서 함께 살아가고 있는 듯싶기도 하였다. 때로는 기태 자신이 수백 년 전의 전설 속의 인물인 아기장수의 삶을 대신 살고 있는 것 같기도 했지만, 전혀 저항감을 느낄 수가 없었다. 오히려 아기장수의 꿈을 대신 이루어지는 것만이 기태 자신의 인생의 성취감을 얻을 수 있다고 믿었다. 그는 자신이 전설 속의 인물이라는 황홀감에 도취하기까지 했다. 그 때문에 때로는 현실적으로 너무 동떨어진 생각을 할 때가 많았다. 그는 주위 사람들로부터 이상주의자라는 말을 들었다. 그러나 그의 이상주의는 결코 비현실적인 것만은 아니라고 생각했다. 적어도 그의 이상주의는 현실을 관통한 것으로 믿고 있는 터였다. 그는 현실 위에 꽃 피운 이상주의만이 가치가 있다고 생각했으며, 현실을 관통하지 않는 이상주의는 이루어질 수 없는 꿈이라고 믿었다.

대학교 2학년 때, 손기태는 아기장수의 명령대로 학생시위운동에 앞장을 섰다. 그는 개헌의 부당함을 주장하는 유인물을 만들어서 뿌렸고, 학생들을 모아놓고 정부를 비난하는 연설을 했으며, 학생들을 이끌고 거리로 뛰쳐나가 스크럼을 짜고 구호를 외쳤다.

손기태는 마치 전투에 임하는 용사처럼 행동했다. 그의 눈에 보이는 지금의 사회는 부패했다고 믿고 있었기 때문에, 그러한 사회와 역사를 부정하고 나섰다. '국민들로부터 지지를 받지 못하는 빈껍데기, 독재 정권은 물러가라'는 구호를 외치며, 학생 대열의 선두에 선 손기태는 그의 마음에 자리 잡은 아기장수의 명령에 따라 더욱 용감하고 격렬하게 행동했다. 그들은 최루탄 가스를 뒤집어쓴 채 돌진했으며, 그들의 진로를 차단하는 진압 경찰들과 여러 차례 충돌했다.

손기태는 머리가 터져 피를 흘린 채 고층빌딩의 양장점 쇼윈도 앞에 쓰러졌다. 그는 잠시 후 낯모르는 여자의 부축을 받으며, 양장점 안으로 옮겨졌다. 그를 양장점 안으로 옮겨준, 양장점 쇼윈도 속의 마네킹처럼 잘생긴 여자가, 얼굴에 범벅된 피를 닦고 약을 바른 뒤 붕대로 머리를 동여매 주었다. 그는 다시 거리로 뛰쳐나가려고 했으나, 한쪽 발목을 삐어 걸음을 걸을 수조차 없었다.

손기태는 머리를 동여맨 채, 향수 냄새가 콧구멍을 간지럽히고, 여자들의 허드레 옷가지들이 걸려 있는 양장점의 좁은 안방에 누워 있었다. 접골사를 데려다준 것도 달걀처럼 희고 갸름한 얼굴에 적당한 콧날이며 눈이 시원스럽고, 가늘고 긴 목에 몸피가 얄팍한 쇼윈도우 속의 마네킹처럼 생긴 여자였다. 손기태는 문득, 자기를 도와주고 있는 그 여자의 얼굴이 그가 어렸을 때 그렸던 아름다운 어머니상과 너무도 닮았다는 생각을 했다. 어쩌면 그가 그렸던 그림보다 아름다운 것인지도 몰랐다. 그 여인의 얼굴을 바라보고 있는 동안만은 조금도 시간이 아깝지가 않았다. 그는 너무 감격하여 그 순간만은 아기장수마저 잊어버릴 수가 있었다. 아기장수를 생각할 때보다 훨씬 황홀했던 것이다.

거리에서 계속 함성이 들려왔으나 그는 여자의 얼굴만 쳐다본 채 누워 있었다. 그는 그날 밤을 양장점 안방에서 마네킹 같은 여자와 함께 잤다. 그리고 다음 날 머리를 싸맨 채 학교에 갔다가, 학교 정문 앞에서 붙들려 대기해 놓은 트럭에 실려 갔다. 그는 시위의 주동자로 찍혀 학교로부터 제적을 당했으며, 1년 동안이나 감방에 갇혀 있었다. 그가 교도소에 있는 동안 마네킹처럼 생긴 미스 오가 옥바라지를 해주었다. 석방된 후에도 양장점의 미스 오한테 빌붙어 살았다. 그는 매일 아침 미스 오한테서 교통비와 점심값을 타가지고 나와, 학교 앞 다방이나 싸구려 소줏집에서, 시위 때문에 학교에서 쫓겨난 친구들과 어울려, 비위에 거슬리는 교수들이나 정치인들의 이름이나 짓씹으며 시간을 보내다가, 통행 금지 시간이 다 되어서야 패잔병처럼 휘주근한 모습으로 양장점으로 돌아오곤 했다. 좌절과 궁핍으로 암울했던 그 시절에, 다행스럽게도 미스 오는 그런 손기태에 대해서 조금도 불만을 나타내지 않았다. 그녀는 머리가 좋고 똑똑한 그에게 희망을 품고 있는 것이 분명했다. 언젠가는 기태가 학교에 다시 다니게 되고, 졸업한 다음에, 좋은 위치에 오를 것으로 믿고 있는 듯싶었다.

"내가 젤루 부러워하는 것은 머리 좋고 똑똑한 사람이라구요. 우리 형제들은 생긴 건 모두 미끈미끈하지만 머리가 젬병인데다가 하나같이 물러터졌다구요. 우리가 결혼하면 머리는 자기를 닮고 미모는 나를 닮은, 아주 이상적인 아기를 갖게 될 거라구요."

미스 오는 늘 스스러워하지 않고 그런 말을 했다. 손기태는 두 사람의 관계가 사랑이 아니라는 것을 알고 있었다. 두 사람의 사이를 적당히 지속시켜주고 있는 것은 열정적 사랑이 아닌, 서로의 기대에 부합되는 이해관계인지도 몰랐다. 손기태는 그녀의 사랑보다는 미모를 소유하고 싶었고, 그녀는 손기태의 머리로 자신의 열등감을 메우고 싶어 했다. 결정적으로 손기태로서는 그녀의 양장점 안방보다 더 포근하고 감미로운 안식처는 없었다.

이미 손기태의 마음속에서 아기장수가 사라져 버렸다. 아기장수와 함께 살고 있다고 생각한 고향 뒷산의 늙은 귀목나무가 뿌리 뽑힌 지 오래 되었다. 아기장수와 늙은 귀목나무의 자리를 미스 오의 미모와 안락함이 대신 차지하고 만 것이었다. 그는 이제 아기장수의 명령을 듣지 않았다. 아기장수 역시 그에게 아무 명령도 하지 않았다. 학교 앞의 싸구려 소줏 집이나 다방을 기웃거리면서, 아기장수 모습을 닮은 친구들과 어울려 얼음처럼 차가운 불만이나 짓씹는 것에도 싫증이 났다. 차라리 그 시간에, 멋진 미스 오와 함께 명동을 거닐거나, 감미로운 음악이 흐르는 경양식집에 앉아서, 양식을 먹고 커피를 마시는 것이 훨씬 즐거웠다. 그것은 이미 그의 마음속에서 아기장수가 떠나 버렸기 때문이었다.

그러나 그러는 손기태는 늘 허전했다. 그는 친구들에 대한 배신감 때문에 쓰라린 불안과 외로움을 맛봐야 했다. 그녀의 미모와 어떤 포근함도 결코 그 외로움을 메워주지는 못했다. 그리고 한번 그의 마음속에서 멀리 떠나버린 아기장수는 다시는 돌아오지 않았다.

손기태는 미스 오가 바라는 대로 결혼을 하고, 그녀가 저축한 돈으로 소규모의 출판사를 차려 그럭저럭 살아가는 동안 아기장수의 모습마저도 까맣게 잊고 말았다. 그에게는 이미 용기도 꿈도 서리 맞은 꽃잎처럼 엷은 갈색으로 시들어 버린 것이었다.

손기태가 학교에서 제적을 당하고 부모에게 알리지도 않고 결혼한 것을 뒤늦게야 알게 된 그의 아버지는 손수 만든 뒤주에 머리를 쿵쿵 찧으며 통곡보다 더 처절하게 긴 한숨을 쉬다가, 할미산 할아버지의 낡은 숯막에서 하룻밤을 지내고 내려왔다. 손기태는 아버지의 실망해 하는 모습이 삶이 끝나버린 사람처럼 너무 절망적이어서 변명을 하거나 용서를 비는 말조차도 꺼낼 수가 없었다. 아버지의 실망은 기만이 형이 사업에 실패하고 돌아왔을 때보다 훨씬 더 큰 듯싶었다. 아버지는 손기태를 나무라지도 않았다.

"네 눔도 이제 내 자식이 아녀!"

한 마디뿐이었다. 그 말 한마디를 도끼질하듯 내뱉고 난 아버지는 몸을 가누지도 못하고 술 취한 사람처럼 비틀거렸다. 그리고 다음 날 극락재를 넘어 광주에 가서, 고등학교에 다니는 막내 기수를 끌고 왔다.

"애비의 뒤주와 땅을 지킬 자식은 기수 너 한 눔뿐인 것 같다."

기수를 집에 데려온 아버지는 남은 땅과 뒤주를 모두 물려주겠으니, 학교를 더 다닐 생각은 말고 살림을 지켜달라고 하였다. 아버지는 기만이와 기태 두 아들을 대학에 보낸 것을 후회하고, 남은 땅을 지키기 위해서는 마지막으로 기수를 고향에 붙잡아 두는 수밖에 없다고 생각한 것이었다.

고등학교에 다니면서도 어머니가 보고 싶어서 주말보다 꼬박꼬박 집에 와서 어머니의 젖무덤을 더듬으며 자고 간다는 기수는 아버지의 뜻대로 학교를 그만두고 고향에서 아버지를 도와 농사를 짓겠다고 하였다.

그때부터 아버지와 어머니의 꿈은 다시 흙으로 돌아갔다. 아버지는 대학에 다닌답시고, 피와 땀으로 장만했던, 자신의 몸뚱이만큼이나 아까운 전답들을 무시로 축내버린 두 아들이 집에 오는 것조차도 싫어했다.

"애비 에미의 소망은 첨부터 뒤주에 쌀을 가득 채울 땅을 장만허는 것이었다. 이름으로 세상을 가득 채울 만큼 출세헌 아들을 갖고 싶었던 내가 잘못이었다. 기수 너는 더도 말고 덜도 말고 애비가 맹글아놓은 뒤주만 가뜩 채우고 살어라. 이제 애비의 소원은 그것 뿐인겨!"

아버지의 마지막 꿈은 남은 땅을 지키는 것이었다. 그러나 아버지가 세상을 뜨자마자 그 꿈마저 흩어져 버리고 말았다. 기만이, 기태 두 형제가 자기 몫의 논을 팔아가 버렸기 때문이었다. 기수의 몫 다섯 마지기와, 어머니 앞으로 된 장구배미만으로는 그 큰 뒤주를 가득 채울 수가 없었다. 그 땅으로는 뒤주를 가득 채우기는 고사하고 기수가 거느리고 있는 식구들의 식량이며, 가용을 충당하기에도 빠듯했다. 가을걷이를 하기가 바쁘게 정미도 못한 채 수매에 내고, 빌려 쓴 농사비용을 갚고 나면 남은 것이 없었다. 뒤주는 언제나 아버지의 꿈처럼 비어 있게 마련이었다.

기수는 뒤주를 비워두는 것이 그렇게 마음이 아플 수가 없었다. 헛세상을 살고 있는 것처럼 늘 허전했다. 아버지 어머니한테 큰 불효를 하고 있는 것만 같았다. 농사를 짓는 것조차도 싫어졌다. 아버지 어머니의 꿈이었던 뒤주를 가득 채우지 못할 바에야 고향에 남아 있을 필요가 없다는 생각까지 들었다.

어머니의 낙망함은 주검을 마주보는 것만큼이나 처절한 것이었다. 기수는 그런 어머니를 마주 대하기조차 죄스러웠다. 어머니는 참담한 모습으로 빈 뒤주 앞에 앉아 있을 때가 많았다.

"뒤주를 채우지 못하고 죽으면, 저승에 가서 네 아부지를 어뜨케 대할끄나."

어머니는 한숨 섞인 말만을 되풀이했다. 어머니는 죽기 전에 기어이 뒤주를 채우고 말겠다면서 더욱 열심히 일을 했다. 그러면서 날마다 장구배미논에서 살았다. 그것은 어머니의 마지막 몸부림이었다.

3

"큰아주버님께서 장구배미논을 팔아주지 않으면 도끼로 뒤주를 패서 없애뿔란다고 허셨다요."

저녁을 먹으면서 기수 아내가 말했다.

"어머니한테 그랬단 말입니까?"

기태는 비록 보지는 않았어도, 기만이 형이 장구배미논을 팔아가기 위해 어머니한테 어떻게 했는가를 짐작할 수 있을 것 같았다.

"큰아주버님이 무서워서 혼났구만요. 논문서를 내주지 않으면 당장 집에 불을 지르겠담서……."

"쓰잘데 없는 소리 그만혀! 그런다고 한번 팔아 버린 장구배미가 다시 우리 것이 되는 것도 아니잖여!"

기수가 밥을 먹다 말고 숟가락을 놓으며 아내한테 쏘아붙였다. 기태는 마치 그 자신이 장구배미논을 팔아버리기라도 한 것처럼, 죄책감 때문에 고개를 들 수가 없었다.

"어머니가 집을 나가신 이유를 알 것 같네요."

기태는 어머니가 보고 싶어졌다. 어머니는 자식들이 아무리 마음속을 후벼 파도 여지껏 나무람을 하거나 서운한 내색을 보이지 않았다. 자식들이 서운한 말을 할 때는 버릇처럼 두 손으로 얼굴을 가리는 것뿐이었다. 눈물을 보이지도 않았다. 속이 상할 때는 밤에도 장구배미에 나갔고 며칠이고 말을 하지 않는 것이 고작이었다.

"내일부터 다시 찾아보자. 외삼촌댁에 가시지 않았으면 극락재 안통에 계실 것이 아니냐. 할미산 골짜기를 이 잡듯이 뒤져서라도 찾아내자."

기태가 할 수 있는 말은 그것뿐이었다.

"사흘 동안을 다 찾아봤지만 헛수고였어요. 할미산 숯막에도 골짜기에도 다 가봤당께요."

기수가 경대 서랍에서 약봉지를 꺼내 입속에 털어 넣고 물로 입안을 헹구고 나서 말했다.

"기수, 너 어디 아프냐?"

기태는 동생이 약을 먹는 것을 보고 물었다.

"밥만 묵고나면 속이 후비칼로 도려내는 것같이 아프다네요."

기수 아내가 남편을 향해 걱정스러운 빛으로 눈을 흘기며 대신 말했다.

"언제부터?"

기태가 동생을 보며 다시 물었다.

"이삼 년째 그래요. 밥을 안 묵으면 힘이 쪽 빠져서 손가락도 꼼지락허기가 싫고, 밥을 묵으면 속이 쓰리고……."

"병원에는 가봤냐?"

"클씨, 병원에 가서 진찰을 받아 보라고 혀도 저러케 쇠고집을 부림시로, 소다가리만 묵는다요."

기수 아내가 일러바치는 투로 말했다. 그제서야 기태는 낮에 보았던 동생의 얼굴이 마른 떡갈나무처럼 엷어진 이유를 알 수 있을 것 같았다.

"내 병은 내가 알아요."

"무슨 병인데?"

"농사꾼병이지요."

"농사꾼병이 어떤 거냐?"

"도열병이나 문고병, 잎마름병 같은 것이지요."

"그것은 병충해가 아니냐."

"곡식이 그런 병에 걸리는듸, 농사를 짓는 농사꾼이라고 해서 어찌 그런 병에 안 걸리겠는가요."

"그렇다고 원, 사람이 도열병에 걸린다는 말은 너한테서 처음 듣는다."

"곡식에 걸리는 병충해는 농약을 뿌리면 되지만, 그렇다고 농사꾼이 농약을 묵을 수도 없고……."

"당장 병원부터 가보거라."

"이제는 땅도 병들고 농사꾼도 병들었구만요. 한때 다수확을 올린다고 통일벼를 심고, 비료를 강제로 떠맡겨갔고 마구 뿌려 댔을 때는, 소출이 많아서 흥청망청했는지 몰랐지만서도, 이제야 땅도 농사꾼도 병이 들었다는 것을 안 거지요. 흐지만 지금부텀이라도 농사꾼들 살기가 좋아지면 곧 나을 병이지라우, 그러니께 농사꾼병을 고칠 사람은 병원 의사가 아니당께요."

기태는 동생의 말을 듣고서야 농사꾼병을 얼핏 짐작할 수 있을 것 같았다.

"동생은 농사가 짓기 싫어서 죽겠당만이라우."

기수 아내가 말했다.

"싫다는 것보담 무섭구만요. 겨울이 지나고 농사철이 되면 농사지을 일이 죽을 일만치나 끔직스러워요. 다 그눔에 농사꾼병 때문이겠지요. 그러니께, 농사철만 되면 더 아퍼요."

"그렇다고 농사를 안 지을 수도 없지 않느냐."

"차라리 나도 극락재를 넘어가서 장사를 허고 싶구만요. 장사를 허면 농사꾼병은 없어지겠지요."

"너, 아버님 유언을 잊었느냐?"

기태는 가볍게 동생을 나무람 하는 투로 반문했다.

"이미 아버님 유언을 실행허기는 틀렸지 않어요? 농사짓기가 무서운 내가 어뜨케 뒤주를 다시 채울 수가 있겠남요?"

기태는 더 이상 할 말을 잃어버리고 말았다.

"형님도 고혈압이오?"

기수가 대뜸 물었다.

"내가 왜 고혈압이냐?"

"텔레비전을 보니께, 도회지 사람들은 몽땅 성인병인가 뭔가 허는 병에 걸린 것 같드구만요. 거의가 고혈압이고 간이 나쁜 것같이 야단들입디다. 농촌 사람들 농사꾼병에 걸린 것은 제쳐두고 도회지 사람들 잘 묵고 너무 편해서 생긴 병만 갖고 떠들어 대는 것을 보면 우리 촌사람들 맘이 지랄 같어라우. 우리 농사꾼들은 일을 허기 위해서 사는 것 같고, 도회지 사람들은 병에 걸리지 않고 오래 살기 위해서 사는 것 같드만요."

"그래도 농촌도 옛날보다는 좋아졌지 않으냐."

"좋아졌지라우. 몰라보게 좋아졌어라우. 어지간허면 양옥으로 새집을 지어 칼라텔레비전, 냉장고 다 들여놓고, 연탄을 때고 라면을 끓여 묵고 그러지라우. 허지만 그런 것들이 참말로 농촌을 좋게 만들었는지는 모르겠당께요. 푹신헌 소파가 놓인 응접실보담은 옛날 같은 사랑방이나 농사 짓는 데 요긴한 허드레것을 넣어둘 헛간이 더 필요허고, 칼라텔레비전보담은 옛날같이로 마을 사람들이 함께 어울리는 씨름판이나 놀이잔치가 더 필요하구만요. 시방은 씨름판도 큰 도회지에서만 열리지 않는감요. 월전리에서 장고나 징, 꽹과리 칠 줄 아는 사람이 하나도 없당께요. 원래 농사꾼들 놀이판이었던 농악도 시골에서는 없어지고 텔레비전에서나 구경하는구만요. 또 김치나 넣을 냉장고가 무신 필요가 있겄는가요. 텔레비전 땜시 사랑방도 놀이잔치도 없어졌지라우. 그러고 솔직히 말해서 농사꾼이란 뱃심으로 일을 허는 것인디, 라면 하나 끓여 묵고 무신 뱃심이 생기겄는가요. 겉으로 보기야 비까번쩍허게 좋아졌지요. 근데 그것이 다

빚이당께요. 융자 얻어서 그림 같은 양옥집 짓고, 월부로 칼라텔레비전, 냉장고 들여놓고 새마을 점포에서 라면 외상으로 사다가 끓여 묵고……일 년 내 뼈빠지게 농사 지어 갖고 수매에 내서 외상 갚으면 끝나는 거지요. 옛날같이 쌀뒤주 채우기 위해서 농사짓는 것이 아니고 시방은 융자, 월부, 외상 갚기 위해서 농사를 짓는당께요. 농사꾼들이 갖고 있는 칼라텔레비전이며 냉장고, 비까번쩍한 양옥집이 우리 집에 있는 빈 뒤주와 같은 거라요. 그런듸 놀라운 것은 농사꾼들이 빚진 것을 하나도 무서워하지 않는다는 것입니다요. 헌다허는 재벌들도 알고 보면 은행 빚 갖고 떵떵거리는듸, 농사꾼들이 그까짓 몇 푼 빚진 것이 뭐가 그리 대수냐는 배짱이어라우. 요새는 농사꾼들이 세상일을 더 잘 압디다요. 아는 게 병이지요. 아무것도 몰랐던 옛날에는 색갈이 한 말만 안아도 벌벌 떨었는듸, 요새는 기백만 원씩 빚을 지고도 뜬뜬해요. 그것이 모두 농사꾼병에 걸린 탓이로구만이라우."

기수는 이야기 도중에 여러 차례 끄윽끄윽 헛트림을 했다.

"아버지 때까지만 해도, 이 근동에서 젤로 큰 뒤주를 갖고 있다는 것이 자랑이었는듸, 시방은 그렇지가 않아요. 큰 뒤주는 되레 부끄러운 것이 되고, 냉장고, 세탁기가 자랑스러운 것이 되었구만요. 요새는 말이어라우. 농협에서 융자 많이 내는 사람이 똑똑한 사람이랑께요. 내 것이 내 것 아니고, 네 것이 네 것 아니라는 배짱이에요. 정부에서 농사꾼들이 빚진 것 한꺼분에 회수한다치면 하루아침에 알거지 될 사람들 많어요."

"기수 너도 빚이 많으냐?"

"농사꾼이 어찌 빚 없이 농사를 짓는당가요? 농자금이며 비료대며 옴니암니 솔찬해라우."

기태가 묻는 말이 기수 아내가 대신 대답했다.

"이렇게 되고 보니께, 되레 두 형님들이 부럽구만요. 고향을 등진 것 백 번 잘헌 것이었어라우. 나는 말이어라우, 자나깨나 아버지가 남긴 그 큰 뒤주를 어깨가 빠지도록 짊어지고 있는 것 같은 기분이구만요."

기수의 말에 기태는 동생이 너무 안쓰러워 다시 할 말을 잃어버렸다.

"이제는 아버지가 남긴 뒤주가 원망스럽구만요. 도회지로 이사를 가자 도 뒤주 땜시……."

"그것을 가지고 갈 수도, 내버리고 갈 수도 없으니께."

"그런 말을 어머니 듣는 데서 했느냐?"

"큰아주버님이 장구배미논을 팔아간 날 해뿌렀다요."

기수 아내가 다시 일러바치듯 말했다. 기수 아내는 고향을 떠나기가 싫 다는 말투였다.

"홧김에 그 말을 허고 말았어요. 이제 장구배미논도 팔아 뿌렀으니, 뒤 주만 없어지면 홀가분하게 고향을 떠날 수 있게 되었다고 했구만요."

"그날 어머님은 왼종일 아부님 산소에 계셨어라우. 진지도 안 드시고 기운이 빠져갖고 시들시들허시데요."

기수 아내가 말했다. 그제서야 기태는 어머니가 집을 나가게 된 것이, 어쩌면 장구배미논을 팔아버린 것보다, 아버지의 뒤주를 주체스러워하 는 기수의 말 때문인지도 모른다는 생각이 들었다.

그날 밤, 오랜만에 극락재를 넘어 고향에 온 기태는 잠을 이루지 못하고 악몽에 시달리듯 잠자리에서 뒤척였다. 고향의 밤은 너무 조용했다. 할미 산을 빗질하듯 훑고 내려온 바람 소리만이 어머니의 깊은 한숨처럼 을씨 년스럽게 들려왔다. 어디선가 어머니의 숨소리가 희미하게 들려오고 있는 것만 같았다. 그것은 가야금 산조의 신음처럼 뼛속을 파고들었다.

손기태는 주섬주섬 옷을 꿰입고 밖으로 나갔다. 흰제비꽃이 묶음으로 쏟아지는 듯한 달빛을 밟고 마당을 가로질러 대문을 열었다. 새마을 사업으로 넓어진 고샅은 고즈넉하게 비어 있었다. 아직 밤 10시도 못 되었는데도 오가는 마을 사람 하나 눈에 띄지 않았다. 집집마다 전깃불이 켜져 있고 텔레비전 소리가 새어 나왔지만 사람들의 그림자는 보이지 않았다. 그는 아파트 복도처럼 한적한 고샅을 빠져나오면서, 낯선 타향에 온 듯한 기분이었다. 그것은 견딜 수 없는 외로움이었다.

기태는 징검다리 자리에 새로 놓은 시멘트 다리를 건너 장구배미 논에까지 가보았다. 혹시 그곳에 어머니가 와 있을지도 모른다는 생각 때문이었다. 그러나 그곳에도 어머니의 그림자는 보이지 않았다. 그는 달빛이 깔린 장구배미의 논둑을 밟고 한 바퀴 돌아보았다. 처음으로 돌아본 장구배미의 논둑은 마치 그가 살아온 지난날의 궤적처럼 아득하게 느껴졌다. 장구배미가 큰 땅이라는 것을 비로소 처음 알았다. 그것은 다섯 마지기의 논이라기보다는 널따란 삶의 광장처럼 느껴졌다. 장구배미가 아버지 어머니의 끝없는 인생의 터전이라는 것을 알 수가 있었다. 아버지와 어머니는 수십 년 동안을 해마다 풀이 닳도록 논둑을 밟으며 흙 속에 꿈을 심었을 것이었다. 그 흙 속에 땀을 쏟으며 세 아들을 키웠을 것이었다. 어쩌면 그것은 흙이 아니라 외할아버지한테서 물려받은 또 하나의 어머니 생명인지도 몰랐다.

기태는 장구배미 한가운데로 들어가 쪼그리고 앉아서 손으로 논바닥의 흙을 쓸어 보았다. 거친 어머니의 손등처럼 느껴졌다. 논바닥 깊은 곳으로부터 어머니의 숨소리가 들려오는 듯싶었다. 기태는 논바닥에서 그가 너무 어려서 어머니의 얼굴을 무섭게 느낄 수조차 없는 나이에, 눈을 지그시 감은 채 어머니의 젖을 물고 포만의 만족감에 젖어 있을 때, 그의 귀를 쿵 쿵 울렸던 어머니의 심장 뛰는 소리를 다시 들을 수가 있는 것 같았다. 논 바닥 깊은 곳으로부터 울려오는 소리는 점점 더 커졌다. 기태는 이상하게 도 그 소리가 무서워졌다. 달빛은 푸르스름한 색깔로 변하기 시작했고, 바 람 소리마저 불길한 일을 예언하듯 음산해졌다. 그는 도망치듯 장구배미 에서 벗어났다. 마을로 돌아오는 길에 새로 놓은 달천의 다리 가까이서, 밤늦게 오토바이를 타고 오던 초등학교 때 친구 병식이를 만났다.

"아니, 이거 애기장수 아냐?"

오토바이의 헤드라이트에 비친 기태를 먼저 알아본 병식이가 천천히 멈추어 서며 큰 소리로 말했다. 마을의 옛날 친구들이나 어른들은 지금도 옛날처럼 기태의 이름 대신 '애기장수'라고들 불렀다. 대학에 다닐 때까 지만 해도 '애기장수'라는 부름을 받으면 마음속으로 어깨를 우쭐대고 싶 었지만, 지금은 부끄럽게만 느껴졌다. 그렇게 부른 마을 사람들의 마음 도 옛날과 지금은 달랐다. 기태가 대학에 다닐 무렵까지만 해도, 뭔가 한 자리 해먹을 인물로 기대하는 말투였으나, 지금은 어딘가 비꼬는 구석이 있었다. 기태는 오토바이를 탄 병식이의 말투에서도 그것을 분명히 느낄 수가 있었다. 더구나 병식이는 초등학교에 다닐 때 공부가 반에서 꼴찌였 고, 기태가 늘 병신이라고 놀려대며 함께 놀아주지도 않았기 때문에 기태 에 대해서 열등감을 느끼고 있었던 것도 사실이었다.

병식은 초등학교를 졸업한 뒤, 면사무소 있는 극락재 너머의 사립 중학 교에 다니다가 공부를 포기하고 원예를 시작하더니, 지금은 월전리의 새 마을지도자가 되었고 경제적으로는 단단하게 기반을 잡은 터였다.

이제 월전리 사람들은 아기장수라는 전설 속의 이름을 다시 부를 만큼 영리하고 똑똑한 기태와 어렸을 때 늘 아기장수 기태의 ×구멍이나 빨아 먹으라고 놀림을 받던 멍텅구리 병식이를 곧잘 비교하여 이야기하기를 좋아했다.

"요새 세상에는 너무 영리허고 똑똑해도 탈이여. 멍청헌 듯해야 성공을 헌다니께. 애기장수 기태와 꼴쟁이 병식이를 보라고! 옛날에는 애기장수가 나라를 망쳤는듸, 요새 애기장수는 집안을 망친다니께!"

하면서 노골적으로 기태를 비아냥거렸다.

"병식이로구만, 밤늦게 어디 갔다 오는가?"

기태는 병식이 쪽에서 먼저 내미는 손을 잡고 악수를 하면서 켕기는 목소리로 입을 열었다.

"면에서 지도자 회의가 있어서 늦었구만."

병식은 빨간 색깔의 헬멧을 고쳐 쓰며 자랑스럽게 말했다.

"병식이 자네는 여전히 바쁘구만."

"지도자 허기가 워낙 바쁘다니까. 회의다, 시찰이다, 교육이다, 집에 붙어 있을 새가 없네."

병식은 지도자라는 말에 힘을 주었다.

"바쁜 게 좋은 거네."

"참, 기태 자네 모친 땜시 왔구만 그려."

기태는 병식이와 긴 이야기를 하고 싶지가 않았기 때문에 천천히 몸을 돌려세웠다.

"글치 않아도 오늘 내가 면에 나간 김에, 지서에 들러서 자네 모친의 가출 신고를 헐라고 했네만, 주민등록증이 없다고 신고를 받아주지 않드란 마시."

"뭐, 그렇게까지 수고를……."

"정식으로다가 신고는 못했지만서도, 자네 모친 얼굴 생김생김에 대해서 자세히 이야기 해줌시로 혹여 발견을 하면 즉각 연락을 해 달라는 부탁을 해 놨구만. 주민등록번호만 있었으면 가출 신고를 허는 것인듸……."

어머니는 주민등록번호가 없었다. 어머니가 한사코 사진 찍기를 마다하여 끝내 주민등록증을 발급받지 못한 것이었다. 죽을 때까지 극락재 한번 넘어가지 않고 월전리 안에만 붙어살 것인데 주민등록증이 무슨 필요가 있겠느냐 싶어, 어머니 하자는 대로 내 버려둔 것이었다.

"뒤에 올라타소, 오랜만에 꽤복쟁이 친구를 만났응께. 우리 집에 가서 술이나 한잔 허세."

병식이가 그의 팔을 잡으며 오토바이에 올라타라고 했으나, 기태는 선뜻 마음이 내키지 않아, 그와 헤어질 구실을 찾느라 미적거리고만 있었다.

"나도 피곤하고 자네도 고단할 테니 그만 헤어지세."

기태는 술을 마시고 싶은 기분이 아니었다.

"그러지 말고 올라타소. 기태 자네, 시방도 애기장수티를 낼라고 내 호의를 거절허는 겐가?"

병식이가 기태의 아픈 데를 찔렀다. 기태는 하는 수 없이 오토바이에 올라탔다. 병식이는 헤드라이트를 켜고 빵빵 기세좋게 클랙슨을 울리며 오토바이를 몰았다.

"이 오토바이도 군에서 지도자들한테 준 것이네."

병식이가 자랑스럽게 말했다.

"군에서까지 자네를 인정해 주는구만 그려."

"면에서뿐 아니라 군에서도 극락재 너메 월전리 조병식이라고 하면 다 아네."

기태는 병식이의 그 말에 결코 조소를 보내지 않았다.

"병식이 자네 출세했구만."

"나 말이지, 지난번 지도자 대회 때는 텔레비전에도 나왔었다네. 극락 재 안통 사람들은 다들 봤당께!"

"좋겠구만 그려!"

"참, 그렇지 않아도 오늘 면 총무계장이 그러는듸, 군에서 대학교수님 허고 자네 집에 한번 나올 거라고 허드구먼."

"우리 집에?"

"군에서 무슨 책을 내는듸, 자네 집 뒤주를 사진 찍어서 싣는다고 허드 만. 자네 집 뒤주가 이 고장 안에서는 젤로 크다고 허든가, 암튼 그것이 명 물이라고……."

병식의 말에 기태는 아무 대꾸도 하지 않았다.

병식이의 집은 마을에서 조금 떨어진 아랫당산 부근에 있었다. 그가 외 등이 환하게 켜진 새로 지은 이층양옥 앞에서 빵빵 클랙슨을 울리자, 분 홍색 잠옷을 입은 병식의 부인이 뛰어나왔다. 병식은 집 안에 들어서기가 바쁘게 애기장수 친구가 왔다면서 그의 아내에게 술상을 봐오라는 말부 터 했다.

"어머니는 애기들허고 광주에 계시네, 애기들 교육문제 땜시 융자 좀 내갖고 맨션아파트 하나 장만했구만. 이 집에는 우리 내외 뿐이여!"

그러면서 병식은 기태의 손을 잡아끌며 그의 안방으로 안내했다. 그의 안방은 도시의 중류가정보다 더 잘 꾸며져 있었다. 십장생을 붙인 비싼

자개농이며, 경대, 문갑 외에도 컬러텔레비전, 비디오, 오디오 시설까지
갖추어져 있었다. 병식은 방에 들어서자, 그가 지난번 지도자 대회 때 텔
레비전에 나왔다는 장면을 비디오 필름으로 보여주었다.

"잘해 놓고 사는구먼 그려."

기태가 방안을 둘러보며 말했다.

"농촌도 이제는 머리만 잘 쓰면 살만해졌어!"

기태는 병식이한테 머리를 잘 쓴다는 것이 어떤 것이냐고 물으려다가
그만두었다.

"나도 고향에 내려와서 살고 싶어지는구만 그려."

기태가 지나가는 말로 가볍게 튕겨내자, 병식이의 표정이 갑자기 긴장
해 보였다.

"애기장수 손기태가 고향에 와서 살고 싶다고?"

"자네 사는 것이 부러워서……."

"뭣을 허고 살라고?"

"자네처럼 머리를 잘 써갖고……."

기태는 웃으면서 농담조로 말했다.

"애기장수 머리는 시골에서는 맞지 않을 텐듸?"

"왜 안 맞지?"

"자네 머릿속에는 엉뚱한 생각들만 들어 있기 땜시 안 되야."

"엉뚱한 생각이라니?"

"농촌에 사는 사람들 머릿속에는 흙이 들어 있어야 허는듸, 기태 자네
머릿속에는 뭣이든지 따지려고 허는 생각만 잔뜩 들어있단 마시. 오늘날
농촌에서 사는 사람들은 잘 살아 볼려는 생각 하나만 해야 허네, 그런듸,

자네 모양으로 뭣이든지 트집을 잡고 따질랴고만 헌다면 안 되야. 농촌에서 머리를 잘 쓰는 것은 그저 어쩌든지 남보듬 잘 살아볼랴고 하는 생각, 그 생각만으로 밀고 나가야 허네. 어듸, 따져감시로 농사를 짓는당가? 농촌에서는 따져감시로 사는 사람치고 잘되는 것 못 봤구만. 애기장수 자네는 고향에 다시 내려올 생각은 말어. 그냥 월전리의 전설 같은 인물로 남아 있는 겨!"

기태는 순간 아찔한 현기증을 느꼈다. 월전리의 전설 같은 인물로만 남아 있어야 한다는 병식의 말에 뼈를 갉듯 마음이 아팠다.

기태는 우울한 기분에 병식이가 따라주는 대로 술잔을 비웠다. 어쩌면 아버지는 자식들이 병식이처럼 되기를 바랐는지도 몰랐다. 기태는 문득 현실에 만족하며 자신 있게 살고 있는 조병식의 모습에서 젊은 시절의 아버지를 다시 보는 듯싶기도 했다. 50년 전 손막동이라는 젊은이가 뒤주에 쌀을 가득 채우려는 일념만으로 살아왔다면, 오늘날의 조병식은 오토바이로 밤길을 밝히며 면사무소를 출입하고 머리를 잘 쓰며 살아가는 것이었다. 예나 지금이나 그들만이 농촌에서 부러움을 받으며 큰기침 토하고 사는 중심세력이라는 것을 알 수가 있었다.

기태는 병식의 앞에서 자신이 초라하게 느껴졌다. 그는 자신이 어렸을 때 늙은 귀목나무 밑에서 낮잠을 자다가 보았던 아기장수만큼이나 왜소하게 생각되기도 했다. 그는 이상하게도 조병식을 비웃을 수가 없었다. 서울에서 이따금씩 조병식의 이야기를 들을 때는 '초등학교 졸업할 때까지 구구단 하나 못 왼 그 멍텅구리 밥통' 하면서 가볍게 비웃어 버릴 수가 있었는데, 막상 그의 앞에서는 오히려 기태 자신이 초라해져 버린 것이었다. 어쩌면 기태가 조병식을 경멸하는 것은, 아버지 손막동의 젊은 시절을 비웃게 되는 것과 같이 생각되었기 때문인지도 몰랐다.

기태는 술에 취해 비틀거리며 자정이 넘어서야 집으로 돌아왔다. 그는 방에 들어서자마자 곯아떨어지고 말았다. 그는 꿈속에서, 25년 만에, 늙은 귀목나무에 결박당한 채 울고 있는 아기장수의 모습을 다시 보았다. 꿈속의 아기장수는 어른이 되어 있었다. 말 한마디 없이 고개를 무겁게 떨군 채 슬픈 얼굴로 울고 있는 어른이 된 아기장수는, 장수라기보다는 병든 졸장부처럼 나약하고 비굴해 보이기까지 했다. 아기장수는 누구에겐가 도움을 청하고 싶은 얼굴이었다. 기태는 그런 아기장수가 보기 싫어졌다. 오히려 비굴한 졸장부라고 욕을 해주고 싶었다. 그는 꿈속에서 비굴한 졸장부가 된 아기장수를 향해 침을 뱉었다.

술이 깨면서 눈을 떴다. 방문 쪽이 아기장수의 꿈에서 깨어나는 그의 영혼처럼 희번하게 밝아오고 있었다. 기태는 목이 타는 듯한 조갈증 때문에 방문을 열고 밖으로 나가, 우물에서 두레박으로 물을 떠 올려 벌컥벌컥 마셨다. 그제서야 정신이 맑아졌다. 그는 갑자기 마을 뒤의 늙은 귀목나무가 보고 싶었다. 혹시 그곳에 어머니가 꿈속의 아기장수처럼 울고 있을지도 모른다는 생각이 스쳤다.

대밭으로 올라가는 가파른 황톳길 양켠의 탱자나무 울타리에서는 참새들이 밤이 가고 아침이 오고 있음을 알리느라 부산하게 날개를 털며 우짖어댔다. 늙은 귀목나무는 멀리서도 보였다. 아직 이른 봄이라 새잎이 돋아나지 않고 있는 메마른 가지들도 참새들처럼 마지막 어둠을 털고 있었다. 늙은 귀목나무는 기태의 어머니처럼 해마다 조금씩 작아지고 있은 듯싶었다. 기태는 탱자나무 울타리를 지나 대밭 모퉁이를 돌면서, 문득 500년도 더 되었음 직한 그 귀목나무가 바로 아기장수일지도 모른다는 생각이 들었다. 그렇다면 아기장수는 죽지 않고 살아있는 것인지도 몰랐다.

귀목나무 근처에도 어머니의 그림자는 보이지 않았다. 늙은 귀목나무 주위는 한밤중의 장구배미논처럼 물기 젖은 음산한 바람만이 맴돌고 있었다. 기태는 해가 떠오를 때까지 늙은 귀목나무 밑에 앉아서 마을을 내려다보고 있었다. 옛날처럼 밥 짓는 연기는 어느 집에서도 피어오르지 않았다. 등교와 출근을 서두르는 아파트 단지처럼 조금씩 설레기 시작할 뿐이었다.

이윽고 마을회관 스피커에서 라디오의 영어회화 강좌가 쩌렁쩌렁 마을을 뒤흔들기 시작했다. 영어회화 강좌가 끝나자 공지사항을 알리는 조병식의 목소리가 육중하게 튀어나왔다.

"월전리 새마을 주민 여러분, 안녕히 주무셨습니까? 지도자 조병식입니다. 지금부터 3월 29일의 공지사항을 말씀드리겠습니다. 어제 면에서 열린 새마을지도자 회의에서는 봄철 산불을 철저히 조심하라는 내용이 시달되었습니다. 산불이 일어나지 않도록 각별히 조심해주시기 바랍니다. 그리고 월전리에 손님이 오셨습니다. 월전리 애기장수 손기태 씨가 모친 일 때문에 오셨습니다. 주민 여러분들께서는 닷새째가 되도록 소식이 없는 손기태 씨의 모친을 찾는 데에 적극적으로 협조해주시기 바랍니다……."

귀목나무 밑에 앉아 있던 기태는 얼굴이 화끈 달아오름을 느꼈다. '월전리의 애기장수'라고 일부러 힘주어 말한 조병식의 소이가 밉기까지 했다. 그는 마을회관의 스피커에서는 매일 아침에 월전리 아무개 집에 아무개가 손님으로 왔다는 것까지 알려주고 있다는 것을 알고 있는 터였지만, 고향에 온 그를 손님이라고 말한 데에 적이 부끄러움을 느꼈다.

스피커에서는 공지사항이 끝나고 경쾌한 음악이 흘러나왔다.

기태는 아침을 먹을 시간이 된 것을 알고 천천히 황톳길을 내려갔다. 스피커의 음악소리 때문에 새들이 지저귀는 소리조차 들을 수가 없었다. 어쩌면 왕왕거리는 스피커소리에 새들이 놀라 멀리 날아가 버렸는지도 모를 일이었다.

"저 사람이 애기장수다……."

가방을 메고 등교하는 조무래기 아이들이 숙덕거리며 지나갔다. 그것이 기태의 귀에는 그를 놀려 대는 소리처럼 들렸다. 기태는 자신을 놀려 대는 것 같은 월전리의 조무래기들이 귀목나무의 옛날 아기장수와 기태 자신을 어떻게 구별하여 생각하고 있는지 궁금했다. 귀목나무의 아기장수는 임금을 비난했기 때문에 마을 사람들한테 묶임을 당했다. 백마를 타고 하늘로 올라갔다는 것은 전설로 남았지만, 기태에 대해서는 어떤 줄거리로 꾸며져서 이야기되고 있는지 알고 싶었다. 어쩌면 월전리 사람들은 기태에 대해서, 너무 영리하고 똑똑해서 어른들이 하는 일에 반대했다가, 감옥살이한 후, 학교에서까지 쫓겨나서 백마를 타고 하늘로 올라가지도 못하고 바보처럼 휘청거리며 살아가고 있다고 이야기할지도 몰랐다. 기태는 월전리 아이들이 그를 보는 눈빛이 결코 자신이 어렸을 때, 아기장수를 생각했던 것처럼 신비스럽게 느끼거나 두려워하지 않고 있다는 것을 알 수 있었다. 아이들은 이미 전설 따위는, 만화보다도 흥미를 느끼지 않고 있었다.

기태가 생각할 때, 자신의 가계도 전설이 되어가고 있는 듯싶기도 했다. 동학군이었던 할아버지가 목숨을 부지하기 위해 극락재를 넘어와 할미산에서 숯을 굽고 살다가 늙마에 주막집 주모와 눈이 맞아 아버지 손막동을 낳고 그 아버지 손막동은 박 참봉 집에서 머슴살이를 하던 중 불길 속에서 주인집 딸을 구해, 얼굴이 불에 데어 험하게 된 그 딸과 논 다섯 마지기를 덤으로 받고 혼인을 하여, 쌀 50가마니가 들어가는 큰 뒤주를 채우고도 남을 만큼 부자가 된 것이며, 대학을 졸업한 큰아들은 사업을 한답시고 살림을 결딴내고, 둘째 아들은 옛날 아기장수를 흉내 내다가 바보가 되었으며, 고향과 남은 살림을 지키라고 학교에 다니던 것을 끌어다가 농사꾼을 만든 셋째 아들은 농사꾼병에 걸려 뒤주에 갇혀 있는 신세가 된 것들이 영락없이 살아있는 전설인 것이었다.

기태는 전설의 한가운데를 걷는 듯, 힘없이 두 발로 허공을 허우적거리는 걸음으로 집 안에 들어서다가 말고, 잎보다 먼저 꽃을 피운 매화나무가 아침 햇살을 받고 화사하게 연분홍빛을 뿜어 대고 있는 텃밭 쪽으로 걸음을 옮겼다. 그곳에 기태가 초등학교에 다닐 때까지 살았던 옛집이 있었다. 지붕만 청회색의 슬레이트로 바뀌었을 뿐 옛날 그대로였다. 아버지 손막동이가 참봉 딸 박탄실이와 혼인을 하고 살림을 난 그 집이었다. 슬레이트 지붕으로 바뀐 삼칸 옛 집 부엌 앞마당 가운데에 아버지가 만든 뒤주가 놓여 있었다. 기와로 지붕을 얹은 뒤주는 기태의 키보다 훨씬 높아 까치발로 서서 목을 길게 뽑아도 부엌이 마주 보이지 않을 정도였다. 아버지가 뒤주를 부엌 앞에다 만든 것은 부엌을 맡은 조왕신의 도움을 받지 않고는 부자가 될 수 없다고 믿었기 때문이었다. 기태가 어렸을 때까지만 해도 아버지는 해마다 정월이면 인근 절의 스님을 불러다가 뒤주 앞에 돼지머리를 차려놓고 조왕경竈王經을 염하게 했다.

뒤주는 너무 커서 옮길 수조차 없었다. 외가 식구들이 극락재 너머로 떠나가고, 기태네가 외가의 큰 집을 사서 이사를 할 때 마을의 장정들을 불러와 뒤주를 큰 집 부엌 앞으로 옮기려고 했지만 꿈쩍도 하지 않았다. 식구들이 큰 집으로 이사를 한 후에도 아버지만은 뒤주가 있는 옛집을 떠나지 않았다. 옛집을 사랑채로 꾸며 혼자 기거하다가, 그 집에서 숨을 거두었다. 아버지가 옛집에서 떠나지 않는 것은 뒤주를 지키기 위한 것이었다. 아버지가 세상을 뜬 뒤로는 어머니가 대신 그 집에서 살아왔다.

기태는 뒤주 가까이 가지 않고, 화사하게 꽃을 피운 매화나무 밑에 멀찍이 서서 어머니가 혼자 지키며 살아온 옛집과, 마치 옛집의 새끼처럼 느껴지는 뒤주를 바라보았다. 이상하게도 그는 옛집과 뒤주가 섬뜩하게 느껴졌다. 어렸을 때 어머니의 얼굴이 보기 싫었던 것처럼 한사코 시선이 튕겼다. 그 뒤주가 상엿집처럼 보이기까지 했다. 뒤주 속에 아버지의 혼이 상여의 모습을 하고 웅크리고 있을 것만 같았다.

아침 햇살이 눈부시게 꽂혀 내리는 뒤주의 잿빛 기와지붕 위에, 흰 바탕에 검은 점이 얼룩진 큰 고양이 한 마리가 죽은 듯 모로 누워 있다가, 기태가 기침을 해서야 눈을 흘깃거리며 부엌 쪽으로 몸을 감추었다.

4

기태와 기수는 어머니를 찾기 위해 뒷산으로 올라갔다. 그들 형제는 산에 오르기 전 대밭부터 뒤지기 시작했다.

대밭에는 독수리의 부리 같은 죽순들이 비주룩하게 솟아나기 시작했고, 물렛가락처럼 곧게 뻗은 대나무들은 봄날의 태양을 끌어당기기라도 하려는 듯 일제히 하늘로 머리를 쳐들고 있었다. 참새들은 대밭에 모여 살았다. 대밭은 참새들의 집이 되고 있었다. 어렸을 때 그들 형제는 밤에 손전등을 들고 대밭에 들어와서 대나무를 흔들어 잠자던 참새를 잡곤 했었다. 기태는 어려서 대밭에 들어와 참새 떼들을 볼 때마다 참새들은 왜 혼자 살지 않고 무리를 이루고 있을까 하는 것에 늘 의문을 품었다. 꾀꼬리나 휘파람새, 두견처럼 목소리가 아름답거나, 매나 독수리같이 힘이 센 새들은 홀로 의연하게 살아가는데, 왜 참새나 갈매기, 갈가마귀, 제비처럼 힘도 약하고 목소리도 아름답지 못한 새들은 무리를 짓고 있을까 하고 생각했다. 언젠가 그는 그 의문을 풀지 못하고 안타까워하다가, 중학교에 다니는 기만이 형한테 물어보았었다.

"인마, 사람도 잘난 사람은 독불장군인 거여. 잡동사니 모양 짜잔헌 사람들이나 모여 사는 거지."

하고 말했었다. 그러나 기태는 그 말을 믿을 수가 없었다. 어머니는 잘나지도 않았는데도 늘 혼자 있기를 좋아했기 때문이었다. 더구나 그는 잘난 새와 못난 새가 따로 있다고 생각하지 않았다. 그는 홀로 사는 새처럼 되고 싶지도 않았다.

형제는 대밭을 샅샅이 뒤지고 나서 아기장수 무덤이 있는 귀목나무 옆을 지나, 꿀참나무와 떡갈나무들이 듬성듬성한 뒷산으로 올라갔다. 기수는 산을 오르면서 계속 헐떡거렸으며, 자꾸만 이마의 땀을 훔쳤다.

"농사꾼이 그렇게 허약해 가지고 어떻게 땅을 이겨내겠느냐."

골짜기 어귀의 세잎양지꽃이며 노루귀풀이 파릇하게 햇볕을 받고 돋아난 양지쪽 바위등걸에 앉아서, 동생이 뒤따라 올라오기를 기다리던 기태가 걱정스러운 듯 큰 소리로 말했다. 기태는 자기보다 나이가 5살이나 아래인 동생이 너무 허약해진 것을 보고, 마치 다시는 일으켜 세울 수 없을 만큼 찌들어 버린 그의 집안을 대하는 듯하여 자괴하는 마음에 우울해졌다.

"요새 농사꾼들은 모두 나 모양으로 허약해져뿌렀어요. 비상보담 독한 농약 때문이지라우."

기수는 헐떡거리며 말했다.

"그래도 너보다 나이가 많은 조병식이는 살모사처럼 팔팔허던데?"

"조병식이가 으디 농사꾼이다요. 그 사람은 지도자여라우. 지도자가 뭣헌다고 농약에 손을 댈 끄시오?"

"그동안 어머니도 많이 쇠약해지셨지야?"

"몸 보담은 마음이 더 허약해지셨어라우. 집을 나가신 것도 마음이 쇠약해진 탓이지라우."

기태는 뾰조록이 혀를 내밀고 있는 검은 약쑥의 잎을 뜯어 손가락으로 으깨며 앉아 있었다. 검은 잎에서 푸른 쑥물이 나왔다. 그는 쑥물을 코끝에 발랐다. 쌉쌀하고 상큼한 냄새가 허파 속 깊숙이까지 스며들었다. 그것은 어머니의 냄새와 같았다. 그는 어머니의 품속에서 잠자는 것을 거부한 후 지금껏 너무 오랫동안 어머니의 냄새를 잊고 살아왔다.

"큰형님이 장구배미를 팔아버린 다음 날 저녁에, 어머니는 뜬금없이 돼지고기가 잡숫고 싶다고 허시드랑께요. 그것도 돼지비계를 말이어라우. 어머니가 고기가 잡숫고 싶다는 말을 허신 것은 평생 처음이었지라우."

어머니는 몸에 두드러기가 난다는 평계로 밥상에 오른 고기를 좋아하지 않았다. 그러면서도 식구들이 남긴 고기는 찌꺼기도 남기지 않고 먹어 치우곤 했다. 어머니는 결코 두드러기 때문에 고기를 싫어한 것은 아니었다. 그것을 안 아버지는 언제나 어머니 몫으로 고기를 남기곤 했다.

"버스를 타고 읍에 나가서 돼지고기 비계 두 근을 사다가 푹 삶아드렸지요. 어머니는 돼지비계를 한꺼번에 한 근이나 잡수셨당께요. 그러면서 허시는 말씀이 아직 몸은 나무토막 같이로 탄탄헌듸도, 마음이 허심허심해서 손발을 까딱하기도 싫다고 허시드만요."

기수는 말을 하면서 두 눈이 크렁하게 젖었다.

"어머니 마음이 빈 뒤주 모양으로 텅 비어 뿌린 탓이지라우."

기태는 아무 말도 하지 않았다.

바위등걸에 앉아서 잠시 땀을 식힌 형제는 다시 서로 보일락 말락 한 거리를 유지하면서 골짜기를 더듬어 올라갔다. 그들은 해가 머리 위에서 마을 쪽으로 서너 뼘 간격이나 기울어졌을 때에야 골짜기를 더듬어 산등성이에서 다시 만났다. 점심때가 훨씬 지났으나, 밥을 먹으러 마을로 내려가지 않았다. 그들은 다시 등성이를 더듬기 시작했다. 온종일 뒷산을 헤맸다. 등성이 너머 가파른 너덜겅까지 내려갔다가, 산을 한 바퀴 휘돌아, 아기장수 귀목나무가 발부리 밑으로 내려다보이는 꿀참나무숲에 되돌아 왔을 때는 해가 할미산 봉우리에 매달리듯 기울고 있었다.

"어머니이……."

꿀참나무숲의 푸석푸석한 돌비늘 위에 지친 모습으로 주저앉은 기수가 갑자기 하늘을 향하여 울부짖듯 소리쳤다. 메아리조차 대답해 주지 않았다. 너무도 공허한 울부짖음이었다.

"내일 다시 찾아보기로 하고, 어둡기 전에 그만 내려가자."

기태가 동생을 달래듯 말했다.

"어머니를 찾지 못할 것만 같구만요."

기수가 목이 잠긴 소리로 말했다.

"불길한 생각은 하지 말자."

"우리 어머니는 이 세상에 계시지 않는지도 몰라라우."

"왜 그런 말을 하느냐?"

"어머니의 땅이 없어져 뿌렸는듸, 무슨 낙으로 이 세상에 남어 있고 싶었겠어요? 돼지비계 한 근을 한꺼끈에 잡수신 것으로, 이 세상의 모든 미련을 마지막으로 다 채우셨는지도 몰라요."

형제는 해 질 무렵의 두꺼워지기 시작하는 산 그림자를 밟으며 마을로 내려갔다. 온종일 신을 헤맸지만 어머니를 찾지 못한 그들의 마음은 하루의 태양이 마지막 숨을 거두고 있는 칙칙한 하늘처럼 답답하고 안타깝기만 했다. 그들이 집에 도착했을 때는 어둠이 하늘을 덮어 버린 후였다.

저녁을 먹고 있는데 마을회관의 확성기에서 손기태한테 전화가 왔다는 소리가 울려 나왔다. 기태는 숟가락을 놓고 스프링이 튀기듯 방에서 뛰어나가 마을회관으로 달렸다. 기수와 그의 아내까지도 혹시 어머니한테서 소식이 온 것인지 모른다면서 기태의 뒤를 따랐다.

마을회관의 매점 아주머니가 송수화기를 건네주었다. 서울 집에서 온 전화였다. 기태의 아내 목소리가 풀잠자리 날개 떠는소리처럼 희미하게 들려왔다.

"여보, 당신이우? 너무나 기쁜 소식이 있어서 전화했어요. 글쎄 말이우, 우리 명곤이가 반장이 됐지 뭐에요. 당신 빨리 와서 축하 해주셔야죠. 그럼, 명곤이 바꿀께요."

기태의 아내는 어머니에 대해서는 한 마디도 묻지 않고 전화를 명곤이한테 바꿨다. 기태는 빈 총 맞은 기분으로 큰아들 명곤이가 기쁨을 억제하지 못하고 흥분한 목소리로 조잘대는 소리에 건성으로 대답만 하고 송수화기를 놓아버렸다. 전화를 받고 나자 갑자기 온몸에서 힘이 빠져나가는 듯했다.

"무슨 전홥니까?"

동생이 긴장된 표정으로 물었다.

"명곤이가 아프다는구만."

기태는 거짓말을 할 수밖에 없었다.

"많이 아프답니까?"

"그저, 조금……."

기태는 힘없이 마을회관을 나오며 대답했다. 그는 어둠을 밟고 집에까지 오는 동안 한마디도 하지 않았다.

"형님은 올라가셔야겠구만요."

기태가 우울해 있는 것을 본 동생이 걱정스러운 듯 말했다.

"그럴 필요 없다."

기태는 소리 내어 울고 싶어졌다. 어머니가 더욱 그리웠다. 그는 아내와 명곤이가 일주일째 소식이 없는 어머니에 대해서 한 마디도 묻지 않은 것은, 따지고 보면 모두 그 자신한테 잘못이 있는 것이라고 생각했다. 결국 그가 뿌린 씨를 스스로 거두고 있는 것이었다. 그는 아내의 그 같은 전화를 가혹한 형벌로 받아들였다.

다음날은 마을회관의 확성기가 울리기 전에, 점심까지 싸 들고 새벽바람을 맞으며 할미산 쪽으로 향했다. 할미산에 가기 전에 비석거리 목단밭을 지나, 마을 앞 노루 모양의 작은 구릉 잘록한 목 부분에 있는 아버지의 무덤을 찾아갔다.

기수는 어머니가 집을 나간 후 거의 날마다 아버지 무덤을 찾아 왔었다고 하였다. 어머니는 늘 아버지 옆에 나란히 묻히고 싶다는 말을 했기 때문에, 행여나 그곳에 가 있을지도 모른다는 생각에서였다.

그들이 노루목에 있는 아버지의 무덤에 당도했을 때 하늘은 새벽의 마지막 미명의 껍질을 벗고 엷은 은회색으로 밝아졌다. 산의 물기 오른 수목들이 내뿜는 수액과 마을 앞을 흐르는 달천에서 토해놓은 봄 안개 때문에, 대지는 아직 마른 모습을 드러내지 않고 있었다. 그들은 무덤 앞에 앉아 안개가 걷히기를 기다렸다. 아버지의 혼은 어머니가 어디에 있는지를 알고 있을 것이었다. 어쩌면 아버지가 못된 자식들한테 고통을 주려고 어머니를 깊숙한 곳에 숨겨놓은 것인지도 모른다는 생각이 들었다.

　해가 떠오르자 안개가 사그라졌다. 그들은 아버지의 무덤 주위에서도 어머니의 흔적을 발견할 수가 없었다. 노루목을 더듬은 다음, 할미산으로 가기 전에, 바람 모퉁이의 할머니 무덤에도 가보았다. 할머니 무덤 옆 쥐똥나무숲에서 등이 초록색으로 아름다운 작은 동박새 한 마리를 보았다. 새는 울지 않고 날아갔다.

　어머니는 늘 비석거리 주막에서 불에 타죽은 할머니의 미모에 관해서 이야기하기를 좋아했다. 어머니는 할머니의 고운 얼굴을 닮은 딸을 갖기를 원했다. 기수를 잉태했을 때 희고 작은 달걀의 꿈을 꾸었기 때문에 딸을 낳을 것으로 믿었다고 하였다. 어쩌면 기수는 딸을 낳은 태몽을 꾸고 태어난 탓으로 큰 욕심 없이 시골에 묵혀 살면서 어머니를 사랑하게 되었는지도 모른다.

　기태는 할머니가 바람 모퉁이의 무덤 속에 누워 있는 것이 아니라 비석거리의 목단밭에서 1년에 한 번씩 봄이 되면 목단꽃으로 피어나는 것이라고 생각했다. 할머니와 마찬가지로, 숯장이였던 할아버지는 할미산 중턱의 검게 그을린 숯가마로, 아버지는 뒤주 속에 남은 한 톨의 쌀로 처박혀 있을 것으로 생각했다. 그리고 어머니는 죽어서 장구배미논의 흙으로 돌아갈 것이라고 믿고 있었다. 비석거리의 목단밭은 할머니의 무덤으로, 할미산의 숯가마는 할아버지의 무덤으로, 그리고 옛집의 뒤주는 아버지의 무덤처럼 생각되었다. 장구배미논은 어머니의 영혼이 언제까지나 살아 있을 어머니의 무덤이 될 것이었으나, 기만이 형이 팔아 버렸기 때문에 어머니의 혼은 돌아갈 곳이 없어 구천에 떠돌음을 계속하게 될 것이었다.

비석거리 목단밭과, 할미산의 숯가마, 옛집의 뒤주, 장구배미논은 그에게 전설로 살아남아 있는 것이나 다를 바 없었다. 그것들은 마치 대밭 모퉁이의 귀목나무처럼 보였다. 동학군 할아버지가 극락재를 넘어온 지 90년이 지났지만, 4대째 내려온 지금 유산으로 남은 것은 전설뿐인 것이었다. 그의 가계가 구차하고 변변치 못한 것은 예나 지금이나 마찬가지라고 생각했다.

"할미산으로 올라갑시다."

안개가 걷히자 기수가 천천히 일어서면서 말했다. 그들은 오동나무가 듬성듬성 서 있는 황토밭을 가로질러 할미산으로 올라갔다. 아침 햇살을 받은 황토밭의 흙 빛깔이 자줏빛으로 물들었다. 햇살은 황토밭의 자줏빛 고랑에서 길게 꿈틀거렸다.

할아버지의 무덤은 황토밭 윗머리 할미산의 펀펀한 산자락에 있었다. 그들은 할아버지의 무덤 앞을 그냥 지나쳐, 좌우로 나뉘어 각각 등성이를 타고 올라갔다. 할미산에는 꼬부랑소나무와 가시나무, 떡갈나무, 갈참나무, 개옻나무, 쥐똥나무들이 빽빽하게 들어차 있었다. 등성이를 향해 오를수록 월전리 마을이 점점 넓게 보였다. 멀리 극락재가 갈매빛으로 출렁였다.

할아버지가 관군을 피해 할미산으로 피신을 해 들어올 때까지만 해도,

극락재를 넘나들기가 무서웠다고 한다. 옛날에 극락재에는 극락사라는 큰 절이 있었는데, 이 절의 중들은 절간의 사천왕처럼 험상궂고 성질이 고약하여 극락재를 넘는 행인들에게 행패가 심했다고 한다. 그들은 고개를 넘는 사람들에게 극락에 들어가는 통행세를 받고, 신행하는 신부들을 겁탈하기도 했다고 한다. 그 때문에 극락재 안통 사람들은 무서워서 극락재를 넘지 못하고 지옥에 갇혀 살 듯했다. 동학군이었던 할아버지가 극락재를 넘어올 때는 극락사가 폐찰이 된 뒤라서 고약한 중들은 없었지만, 그 대신 산적들이 우글거려 몸에 지닌 것은 담배쌈지 하나까지도 내놓지 않으면 안 되었었다고 한다.

쥐똥나무숲 덤불 속에서 장끼 한 마리가 푸드득 날아갔다. 기태는 잠시 걸음을 멎고, 꿩이 날아간 쪽을 바라보았다. 갑자기 하늘이 음산하게 가라앉았다. 태양은 구름 속에 있었다. 바람도 불지 않았다.

기태는 할미산의 오른쪽 산등성이를 한 바퀴 더듬어 숯가마가 있는 중턱까지 올라갔다. 할아버지가 숯을 구우며 기거했던 숯막은 흔적조차 보이지 않았고, 연기에 검게 그을린 숯가마만이 불에 탄 모습으로 남아 있었다. 기태는 숯가마 옆에 쪼그리고 앉았다. 갈참나무 사이로 비석거리 목단밭이 내려다보였다. 할아버지는 이곳 숯막에서 할머니가 다른 남자들과 어울리는 것을 내려다보며, 자신의 간장을 태우듯 그렇게 나무를 태워 숯을 구웠는지도 몰랐다.

숯쟁이로 변신한 동학군 할아버지가 사랑한 것은 비석거리 주막의 화냥기 많은 과부 주모가 아니라, 극락재 너머에 있는 그의 고향이었다. 그러나 그는 숯막에서 숨을 거둘 때까지 다시는 고향에 돌아갈 수가 없었다. 할아버지는 숨을 거두면서 어린 아들 손막동에게 고향을 가르쳐주었지만, 손막동은 그것을 오래 기억하지 못했다. 지금도 할아버지는 지하에서 손자들이라도 고향에 돌아와 주기를 바라고 있을 것이었다. 그러나 손자들은 할아버지의 고향이 정확히 어디인지 알지 못하고 있다.

"어머니가 여기에는 안 오셨을 것 같네요."

잠시 후에 기수가 여전히 헐떡거리며 숯가마 쪽으로 올라와 말했다.

"내 생각도 그렇구나."

기태는 이제 어머니를 찾기 위해 어디로 가봐야 할지조차 막연해졌다.

"어머니는 사람이 살지 않는 곳으로 가셨을 거로구만요. 사람들이 어머니를 가까이하려고 하지 않는다는 것을 알고 계셨으니께요."

"사람들이 살지 않는 곳이 어딘데?"

"할미산보다 더 큰 산, 깊은 골짜기 같은……."

그런 곳이라면 달천을 따라 반나절쯤 내려가면 물살이 센 섬진강이 흐르고, 섬진강 건너에 할미산보다 몇 배나 더 높고 깊은 흰가마귀산이 있었다. 옛날부터 아무리 불질을 잘하는 이름난 포수라도 한 번 흰가마귀산 골짜기에 들어가면 다시 돌아나오지 못했다고 한다.

"언젠가 어머니가 뜬금없이, 새는 어디 가서 죽는지 모르겠다고 허시드만요."

기수가 기태 옆에 무릎을 세우고 앉으며 말했다.

"새나 들짐승들은 사람들같이로 집에서 죽지 않고, 홀로 깊은 곳에 숨어 들어가서 죽는답시로, 어머니도 그랬으면 좋겠다고 허시드라니께요."

"그렇다면 어머니가 흰가마귀산 속으로 가셨단 말이냐?"

"그럴지도 모르겠구만요."

"그러면 내일 흰가마귀산으로 가보자."

기태는 점심을 먹기 위해 도시락 보자기를 풀었다. 그 사이 기수는 숯막 아래 옛날에 할아버지가 파놓은 샘에서 물을 떠 왔다. 기태는 도시락을 먹기 전에 할아버지의 샘물을 마셨다. 샘물을 마실 때마다, 할아버지의 기억들이 맑고 차갑게 되살아났다. 할아버지에 대한 기억과 함께, 할머니, 아버지, 어머니, 그리고 세 형제들의 삶이 긴 덩굴손의 줄기처럼 이어졌다.

기수는 태엽에 풀린 괘종시계의 접시같이 생긴 무거운 추처럼 꼼짝하지 않고 힘없이 서 있었다. 산 아래에서 입김처럼 희미하게 불어오는 솜털바람에 기수의 앞머리가 일어섰다. 기수는 도시락을 먹고 나서, 언제나처럼 소다가루를 입에 털어 넣고 샘물로 입을 헹구었다.

기태는 담배 한 대를 태우고 나서, 쇠 트림을 하고 앉아 있는 동생을 재촉하여 할미산 뒤로 넘어갔다. 해가 떨어지기 전에 할미산 너머에서부터 달천 하류까지 더듬어봐야 할 것 같았기 때문이다.

할미산 너머에는 사람이 살지 않는 깊은 매제비 골짜기가 갈색 밭고랑처럼 달천까지 연결되어 있었다. 옛날 이 골짜기에 사나운 매와 순한 제비들이 많이 살았다고 하였다. 매들은 날씨가 풀리기 시작하면서부터 제비떼들이 골짜기가 떠나갈 듯 시끄럽게 우짖어대는 소리가 늘 듣기 싫었다. 제비들이 지저귀는 소리가 마치 자기들을 욕하는 것처럼 들렸기 때문이다. 어느 날 매들은 제비들을 모두 죽여 버렸다. 이것을 본 할미산 산신령이 벼락을 치게 하여 매들을 제비떼 위에 떨어져 죽게 했다. 그때부터 월전리 사람들은 제비와 매가 함께 묻혔다고 하여 이곳을 매제비골짜기라고들 불렀다고 한다.

할미산 너머 매제비골짜기는 바닷가처럼 고즈넉했다. 태양은 여전히 구름 속에 갇혀 있었고, 가벼운 솜털바람만이 희미하게 불어와, 죽은 갈대를 수초처럼 가볍게 흔들었다. 매와 제비는 한 마리도 보이지 않고, 물이 찔끔찔끔 흐르는 좁은 계곡의 앙상한 찔레나무 덤불 위에서 참새와 곤줄매기들만이 인기척을 알고 후두둑 부산하게 이리저리 옮겨 앉았다.

기태가 고향을 떠나 있는 동안에는 매제비골짜기가 좀처럼 머리에 떠오르지 않았다. 사실 그는 월전리에서 자라는 동안에도 이 골짜기에 와봤던 것은 잘해야 두서너 차례밖에 되지 않았다. 그 때문에, 오랜만에 와본 매제비골짜기는 너무 생소하게 느껴졌다. 때로는 매제비골짜기뿐만 아니라, 할미산의 숯가마며 비석거리 목단밭도 생각이 나지 않을 때가 많았다. 그것은 그가 도시에 나가 있는 동안, 할아버지와 할머니의 전설 같은 삶의 이야기를 잊고 있었기 때문이리라.

그들은 매제비골짜기의 실낱처럼 흐르는 물줄기를 따라 달천까지 내려갔다. 기태는 골짜기를 빠져나오는 동안, 어머니를 찾고 있다는 생각을 깜박 잊고 있었다. 골짜기를 더듬어 내려오는 동안 구름 속에 갇혀 있던 태양이 눈부신 햇살을 넉넉하게 내리쏟아, 골짜기 안의 나무와 갈색 풀잎들이며 웅크린 바위들까지도, 참새 떼와 곤줄매기들의 날개 치는 소리와 함께 부스스 깨어나고 있는 듯한 신비로움을 느꼈기 때문이다.

기태는 아름답고 신비로운 매제비골짜기의 모습을 잊지 않기 위해 두렷두렷 주위를 살피며 눈여겨보았다. 어머니마저 잃게 되면 언제 다시 후미진 매제비골짜기를 찾아오게 될지 모른다는 생각에서였다. 설령 고향에 다시 온다고 해도 혼자 멋 적게 이곳까지 들어올 수도 없을 것이기 때문이다. 그는 할 수만 있다면 매제비골짜기뿐만 아니라, 할미산의 숯가마와 비석거리 목단밭이며 대밭 모퉁이의 귀목나무까지라도 사건을 찍어

가고 싶었다.

"섬진강 쪽으로 더 내려가볼까요?"

달천에 이르렀을 때 기수가 이마의 땀을 훔치며 물었다. 동생은 지친 모습이었다.

"내일 새벽에 흰가마귀산으로 다시 가보기로 하고, 오늘은 그만 돌아가는 게 좋겠다."

기태는 얼핏 섬진강 쪽을 바라보고 나서 말했다. 그들은 달천을 거슬러 월전리를 향해 걷기 시작했다. 달천은 상류로 올라갈수록 강폭이 좁아졌다.

"큰형님은 언제 만나셨는가요?"

미류나무숲을 지나 야트막한 모래언덕을 걸으면서 기수가 뚜벅 물었다. 기태는 기만이 형을 만난 지가 언제쯤이었을까 하고 어림해 보았다. 그들 형제는 같은 서울의 지붕 밑에서, 날마다 똑같이 남산 타워를 바라보고 살면서도 자주 만나지를 못했다. 가장 최근에 만났던 것이 지난해 가을이었으니까, 반년쯤 된 듯싶었다. 그때 기만이 형은 서리 맞은 고춧잎처럼 후줄근한 모습으로 출판사로 찾아와서는 그냥 지나는 길에 잠깐 들렀다면서 한 시간쯤 우두커니 소파에 앉아 있다가 돌아갔다. 기태는 기만이 형이 무엇 때문에 찾아왔는가를 알면서도 커피 한 잔만 시켜주고 빈손으로 돌려보냈다. 기태는 맥이 빠져 있는 기만이 형을 대할 때마다 왠지 울화가 치밀어 마음속으로는 그러지 않으려고 다짐을 하면서도 쌀쌀맞게 행동했다.

"큰형이 작은형한테, 장구배미논을 팔아가겠다는 말 안합디까?"

기수가 다시 물었다.

"글쎄다. 만난 지가 반년쯤 돼놔서……."

그 말에 기수가 걸음을 멈추고 뒤따라오는 기태를 멀뚱히 보고만 있었다.

"같은 서울에 살면서도 그렇게 만나기가 어려운감요? 그것도 친형제끼리…… 남들이 알면 부끄러운 일이구만요. 같은 서울에 살면서도 그런듸, 멀리 떨어져 있는 내 생각은 손톱만큼이나 허겠는가요."

기수는 참담한 표정으로 시선을 내리깔더니 말없이 다시 걸었다.

"어머니 돌아가시면 우리 세 형제 남남이 되겠구만요."

한참 후에야 기수가 혼잣말처럼 가라앉은 목소리로 중얼거렸다.

"피차 먹고 살기에 바쁜 탓이다."

기태는 자기가 한 말을 곧 후회했다.

"우리 형제 의가 찐덥지고, 형님들이 자주 고향에 찾아왔더라면, 큰형이 장구배미논을 팔지도 안했을 것이고, 어머니가 집을 나가시지도 안하셨을 것인듸……."

기태는 동생의 말이 백번 옳다고 생각했다. 동생의 그 말이 화살처럼 그의 심장에 깊숙이 꽂혀왔다. 그는 무엇이 그들 세 형제의 사이를 떼어놓았을까 하고 생각해 보았다. 그것은 오랫동안 그가 고향을 잊고 살아왔기 때문일지도 몰랐다. 그의 마음속 깊숙한 곳으로부터 아기장수가 떠나버리고 고향 뒷산의 귀목나무마저 뿌리가 뽑힌 후, 그는 이미 고향을 잊어버린 것과 같았다. 고향을 잊게 된 후부터 이 세상에는 그 혼자뿐이며, 혼자뿐인 자신만을 위해서 전쟁을 치르듯 살아야 한다는 생각에 파묻히고 말았다. 그 때문에 그는 비굴한 타협자, 비정한 이기주의자가 되었던 것이다. 그는 자기의 자식들도 그렇게 될 것이라고 미리 짐작하고 있었다.

기태와 기수는 두 조각 난 유리그릇의 맞물린 틈서리가 서로 어긋난 기분으로 집에 돌아왔다. 마루 끝에 걸터앉아서 목단꽃 빛깔로 저물어가는 석양을 바라보고 있을 때, 조병식이가 오토바이를 대문 밖에 세워두고 헬멧을 쓴 채 마당 안으로 들어섰다. 그들 형제는 대문 밖 통샘거리 골목에서 오토바이 소리가 들려왔을 때부터 조병식의 모습을 떠올리고 있었지만 아무도 먼저 입을 열지는 않았다.

"자네들이 마을로 들어오는 것을 보고 곧장 뒤따라왔네."

조병식은 기태와 기만이가 참담하게 가라앉아 있는 것엔 아랑곳하지 않고 기분 좋은 표정으로 연싯 벙싯거리며 말했다.

"나 시방 면에서 오는 길인듸, 낼 아침에 뒤주 땜시 군에서 사람들이 나온다는구만 그려. 군 공보실에서 나온 직원들헌테 뒤주가 만들어진 연대라든가 뒤주에 얽힌 사연이라든가 하는 것들을 설명해줘야 헌다니께, 내일은 기태 자네 어디 나가지 말고 집에 꽉 붙어 있어야 쓰겠네."

조병식의 말에 한동안 잠자코 앉아서 쇠진해가고 있는 하루의 마지막 햇살처럼 눈빛이 희미해지기 시작하던 기수가 화들짝 고개를 들었다.

"뒤주 땜시 누가 와요?"

기수가 쥐어짜는 듯한 목소리로 물었다.

"자네 형한테 아무말 못 들었는가? 다른 것이 아니고 군에서 무슨 책을 내는듸, 자네 집 뒤주를 사진꺼정 찍어갖고 소개를 헌다드라니께. 자네집 뒤주가 명물이 되게 생겼어! 을매나 자랑스러운 일인가. 그러면 나는 가볼 테니께, 내 말대로 기태 자네 내일 암데도 가지 말어잉."

조병식은 벙싯거리며 돌아갔다.

"뒤주를 책에다 내다니, 무신 말이당가요?"

조병식의 오토바이가 타맥기 돌아가는 소리를 내며 멀어져간 뒤에 기수가 따지듯 물었다.

"어저께 병식이가 그러더구나."

"나 참, 환장허겄네!"

"우리 뒤주가 크고 오래된 것이라고……."

"형님은 우리 뒤주가 책에 실리는 것이 자랑스럽다고 생각허시요?"

기수의 목소리는 불만과 역정으로 가늘게 떨고 있었다.

"결국 아버지의 이름이 뒤주와 함께 남게 되는구나."

"그렇게 되면 내가 뒤주 속에 갇히게 된거나 같다는 것은 모르시요?"

"뒤주에 네가 갇히게 되다니?"

"월전리 손기수가 보관허고 있는 뒤주라고 책에 나오게 될 것이 아닙니까요."

"그럴 테지."

"그것이 바로 나를 뒤주 속에 가두는 것이로구만이라우. 그렇게 되면 나는 평생 뒤주에서 떠날 수 없게 된당께요. 나뿐만 아니고, 내 자식 명철이까지도……."

기수는 말끝을 흐리며 갑자기 벌떡 일어섰다가 다시 앉았다.

"형님들 땜시 고향에 결박당한 내 심정 누가 알어줄 껏이요. 내가 왜 형님들 대신에 텅텅 비어 있는 주쳇덩어리 뒤주와 운명을 같이해야 헙니까요."

기태는 할 말이 없었다. 그는 동생의 심정을 충분히 이해할 수 있었다.

"어찌하면 좋겠느냐?"

기태는 자신이 할 수 있는 일이라면 어떻게 해서라도 동생을 도와주고 싶었다.

"모르겠구만요. 나는 새벽 일찍 흰가마귀산으로 갈 텐데, 형님이 군에서 나온 사람들한테 뒤주를 삶어주든 구워주든 알어서 허셔요."

기수는 튕겨대듯 말하고 방으로 들어가 버렸다. 그는 저녁도 먹지 않았다.

"결국은 아버지가 만든 뒤주에 내가 갇히게 되얐구만. 쌀로 뒤주를 다시 채우지 못헐 바에야 나라도 대신 갇혀 있어야겠지!"

기수는 벽에 등을 기대고 허물어지는 자세로 두 발을 쪽 뻗고 앉아서 푸념처럼 허탈하게 말했다.

그날 밤 기태는 동생이 정말로 빈 뒤주 속에 갇히기도 한 것처럼 안타깝고 애틋한 생각 때문에 쉽게 잠을 이룰 수가 없었다. 동생의 말마따나 그를 고향에 결박 짓고, 도열병에 걸려 삐들삐들 말라 죽어가는 벼 포기처럼 농사꾼병에 걸리게 한 것도, 빈 뒤주를 가득 채우라는 아버지의 유언과 함께 그 속에 동생이 갇히게 된 것도 모두 기만이 형과 기태 자신의 탓이라고 생각했다. 어머니를 다시 찾게 되거나, 아니면 그 자신이 죽을 때까지 찾지 못하고 뼈저린 죄책감에 짓눌려 살게 되거나 하는 문제는 차치하더라도, 동생을 이대로 두고 고향을 떠날 수만은 없을 것 같았다.

기태는 마치 자신이 뒤주 속에 갇히기라도 한 듯, 절망적인 생각에 잠긴 채 동생을 도울 수 있는 일이 무엇인가를 되작거려 보았다. 그는 잠이 들어 얼핏얼핏 꿈을 꾸었으나 줄거리가 하나도 연결되지 않았다. 그는 꿈을 꾸고 나면 언제나 조갈증으로 온몸이 바싹바싹 타는 듯했다. 아마 그의 꿈은 수초처럼 몸속에 들어있는 물기를 빨아 먹고 피어나는 것인지도 몰랐다. 조갈증으로 목구멍이 타는 듯하면서 골치가 아팠다. 머릿속이 하얀 백지처럼 텅 비어 버린 느낌이었다.

그는 우물에 가서 찬물을 떠 마실 생각으로 방문을 열고 나왔다. 새벽별이 아기장수의 혼처럼 반짝이는 하늘은 서서히 어둠의 껍질을 벗기 시작하고 있었다. 기수는 아직 일어나지 않는 듯싶었다.

기태는 우물로 가서 두레박으로 샘물을 퍼 올려 배가 불룩해지도록 마셨다. 조갈증이 가라앉자 텅 빈 머릿속에 오만가지 생각들이 연기처럼 자욱하게 피어올랐다. 그는 생각들을 퍼 올리며 뒤주가 있는 옛집 마당 안으로 들어섰다. 하늘은 희번하게 밝아오고 있었지만 대지는 아직 검은 치마를 두른 채 깊이 잠들어 있었다. 뒤주가 있는 옛집 안마당의 어둠은 한결 무겁게 느껴졌다. 그는 잠시 뒤주 앞에 서 있었다. 뒤주 뒤쪽 어디선가 고양이 울음소리가 앓는 소리처럼 들려왔다. 어제 저녁에 보았던 검은 점박이 고양이일 것이었다. 한동안 뒤주를 꼬나보고 서 있던 기태는 다급하게 뒤주의 문을 열었다. 그리고 그 안에 짚 다발을 처넣었다. 뒤주 속은 주검처럼 깜깜하고 음음했다. 짚 다발을 뒤주 속에 처넣은 기태는 성냥불을 그어댔다. 불길이 확 번지면서 주위의 어둠을 삼켰다. 그는 불길을 피해 뒤주에서 물러섰다. 뒤주 속의 불길은 바람도 없이 촉촉한 냉기에 젖은 새벽공기를 빨아들이면서 어지럽게 춤을 추었다.

잠시 후에, 기수 내외가 "불이야!"를 외치며 뛰어나왔고, 뒤이어 이웃사람들이 옛집의 마당에 가득 들어찼다. 이미 불길이 뒤주를 거칠게 에워싸고 하늘로 치솟고 있었으므로 아무도 불을 끌 생각을 하지 못했다. 그들은 뒤주가 타는 모습만을 지켜보고 있었다. 기태는 뒤주 속에서 희미하게 새어 나오는 긴 신음을 들었다. 그것은 고양이 울음소리가 아니었다. 어쩌면 뒤주 속에 상여의 모습으로 웅크리고 있던 아버지의 혼이 비명을 지르고 있는 것인지도 몰랐다.

뒤주 위에 얹혀 있는 기왓장들이 튀며 내려앉았다. 기왓장이 내려앉으면서 마지막 불길이 높이 솟아올랐다. 기수 내외도 아무 말 없이 뒤주가 타는 모습만을 바라보고 있을 따름이었다. 기태는 점점 쇠진하고 있는 불빛에 비쳐 보이는 기수의 얼굴을 지켜보았다. 기수의 얼굴은 불빛처럼 밝았다. 해방감을 맛보고 있는 것인지도 몰랐다. 오랜 결박에서 풀려나는 해방감인 것이었다. 어쩌면 기수는 기태형이 뒤주에 불을 지른 것을 알고 있으면서도 잠자코 있는 것인지도 몰랐다. 뒤주의 기왓장이 내려앉아 불길은 나머지 널판때기를 태우면서 소담한 꽃불로 변했다. 그것은 태워 없애는 소멸의 불길이라기보다는 차라리 다시 살아나는 찬란한 생명의 꽃처럼 피어나고 있었다. 뒤주의 형체가 무너져 버린 몇 조각의 널판때기에는 붉은 나비 떼들이 엉겨 붙어 날개를 파닥거리고 있는 것처럼 보였다. 생명의 불꽃은 찬란한 모란꽃의 무더기로 남아 있었다.

꽃이 떨어지듯 불꽃이 사그라지면서 한 줄기 검은 연기만이 꼬리를 기다랗게 늘이며 머리를 풀고 하늘로 올라갔다. 어둠이 걷히고 동이 터오자 마을 사람들이 돌아갔다. 기태와 기수 내외만이 작은 무덤처럼 기왓장에 덮여 있는 뒤주의 잿더미를 내려다보고 있었다.

"이제는 네가 뒤주 속에 갇히지 않게 되었구나."

기태가 뒤주의 잿더미를 내려다보면서 허탈하게 말했다.

"기왓장들을 치워 버려야겠네요."

잠시 후에 기수가 양동이에 물을 떠 와 잿더미 위에 뿌렸다. 한 무더기의 재가 수증기와 함께 치솟았다.

"뒤주가 놓였던 자리에 꽃나무나 한 그루 심었으면 좋겠어요."

기수가 말했다.

"흰가마귀산에 갔다 오면서 이 자리에 심을 만한 꽃나무를 캐오자꾸나."

"어떤 꽃나무가 좋을까요?"

"아버지는 목단화를 좋아했고, 어머니는 설토화를 좋아하셨는데……."

"절간 옆에 부처님 머리 모양으로 피었던 설토화를 심읍시다. 어머니가 그러시는듸, 설토화를 보고 있으면 근심 걱정이 없어진담서라우."

"흰가마귀산에 설토화가 있을지 모르겠다."

"이 기왓장들을 치우고 어서 흰가마귀산으로 가봅시다."

기수는 서둘러 잿더미 위의 기왓장들을 들어내기 시작했다. 그때까지도 기태는 한 줄기 희미한 연기조차 숨을 죽여 버린 잿더미만을 참담하게 내려다보고 서 있었다. 이상하게도 그의 머릿속에 불타버린 뒤주의 형체가 커다랗게 되살아나고 있었다. 아무리 머릿속의 형체를 지워 버리려고 해도 그것은 성벽처럼 튼튼해졌다. 그의 머리, 심지어는 육신까지도 뒤주의 모양으로 변신을 하고 있는 듯싶었다. 그는 그 순간 점점 뚜렷해지는 커다란 뒤주의 형체 속에 자신이 갇히고 있다는 것을 의식할 수가 있었다.

"동생을 자유롭게 해주려고 뒤주를 불태워 버렸더니, 이제는 내가 대신 보이지도 않는 뒤주 속에 갇히게 되었구나."

기태는 침울한 얼굴로 혼잣말처럼 기수가 들을 수 없게 낮은 목소리로 중얼거렸다. 그러나 보이지 않는 뒤주 속에 갇힌 순간 그는 오히려 감미로움을 느꼈다. 아기장수의 귀목나무에 결박당하는 대신, 불태워 없애 버린 아버지의 뒤주 속에 갇히게 된 것이 황홀하기까지 했다. 어쩌면 아버지도 지금 기태와 같은 심정으로 비석거리 주막터에 목단화를 심었었는지도 모를 일이었다. 이제 그는 불타서 없어진 뒤주의 그 자리에, 설토화를 심으려고 하고 있다.

"아이고, 형님······."

기태가 옛집 안마당에 부처님 모습으로 희게 피어 있는 설토화를 떠올리고 있을 때, 동생이 비명처럼 울부짖으며 기왓장을 손에 든채 잿더미 옆에 힘없이 주저앉았다.

"형님, 어머니가, 어머니가······."

기수가 계속 울부짖었다. 그는 기왓장을 든 손으로 잿더미를 가리켰다. 기수가 가리킨 잿더미 속에 검은 물체가 불에 타다만 나무토막처럼 확연하게 드러나 있었다.

"어머니여라우!"

기수는 잿더미를 헤치고 검은 물체를 끌어안았다. 그것은 어머니였다.

"어머니가 뒤주 속에 있는 것도 모르고······."

기수는 검게 탄 어머니의 시신을 안고 울부짖었다. 순간 기태는 심신이 일시에 잿더미가 되어 가벼운 바람에 날리듯 힘없이 주저앉고 말았다.

아침 해가 떠오르고 있었다. 검게 탄 어머니의 시신 위에 햇살이 눈부시게 꽂혀 내렸다. 기태는 그 햇살 속에서 대밭 모퉁이의 늙은 귀목나무가 꺾이고, 할미산의 숯가마가 헐리고, 비석거리 목단밭이 한꺼번에 뒤집히는 것을 보았다. 월전리의 모든 전설이 햇빛 속에서 백지처럼 하얗게 바래져 가고 있는 것을 보았다.

1984

제3의 국경

1

"아버지, 오늘 낮에 인도 친구분한테서 전화 왔었어요."

"인도 친구?"

"인도에 계시다가 이틀 전 서울에 오셨다던데요. 이기철 씨라는 친구 분 모르세요?"

"이기철이라고 했느냐?"

"틀림없이 이기철 씨라고 했어요."

"살아있었구나!"

"전화 목소리가 당당하던데요 뭘."

"암, 살아있다면 당당해 할 만허지. 그 친구 옛날에도 매사에 당당했으니까 말이다."

"아버지 친구분 중에서 자신 있게 사는 사람도 다 있군요."

"기철이 그놈 살아있었구나!"

"전화 목소리가 활력이 넘쳤어요. 나이 든 사람 같지 않더라구요."

"그러면 왜 학교 전화번호를 이야기해 주지 않았느냐? 학교 전화번호를 알려 주었더라면 내가 직접 그 친구 전화를 받을 수 있었을 텐데 말이다."

"아버지가 학교 수위라는 것을 말하고 싶지 않아서 그랬어요. 학교 전화번호를 알려 주려면 수위실로 연결하도록 하시라는 말을 해줘야 하잖아요."

"그 친구와 나는 체면 같은 것 따질 사이가 아니다. 내가 살아있다는 것만으로도 하느님께 감사해 할 친구지. 이게 도대체 얼마 만인데……."

한여름의 기나긴 해가 요동을 치다가 서서히 기울고도 한 시간쯤 후에 희미한 연기처럼 흐늘거리고 학교에서 집에 돌아온 박동실은 아들한테서 예기치 않았던 이기철의 소식을 듣고 꿈에서 막 깨어나기라도 한 듯 오랫동안 표정이 몽롱해졌다.

"분명히 이기철이라고 하더냐?"

박동실은 아들이 경영하는 손바닥만한 라디오 수리가게의 덧문을 밀고 안채로 들어가다 말고, 삐걱거리는 좌판에 엉덩이를 붙이고 앉으며 다시 물었다.

"분명하다니까요. 정확하게 오늘 오전 11시 15분에, 가게로 전화가 왔어요. 밤에 다시 전화하겠다고 했으니 기다려 보세요."

아들 박만기는 박동실의 머릿속처럼 복잡하게 뒤얽힌 트랜지스터라디오의 내부를 까발려 놓고 끝이 날카한 송곳으로 회로와 광석을 꾹꾹 눌러가면서 검파檢波를 실험하며 말했다.

박동실은 그래도 아들의 말을 믿을 수가 없다는 듯 여전히 꿈속에서 헤매는 것 같은 애매한 얼굴을 하고, 회구懷舊의 가늘고 긴 실꾸리를 풀 듯 시선을 늘여 멀리 던졌다. 박동실은 헤어진 지 32년이 되도록 꿈속에서조차 단 한 번도 이기철을 만날 수가 없었기 때문에 그의 옛날 모습을 떠올리기가 고통스럽기까지 했다. 이상하게도 이기철의 얼굴 윤곽 중에서 눈, 코, 입 같은 것은 유치원 아이들의 크레용으로 박박 칠한 그림처럼 선명하게 떠오르지 않은 채 커다란 덩어리로 뭉뚱그려졌고, 그 대신 마지막 헤어지던 뒷모습만이 생생하게 되살아났다.

체구가 우람한 이기철은 담갈색의 꼭 낀 미군 군복을 입고 있었는데, 초여름이었는데도 그는 버릇처럼 윗도리의 목깃을 곧추세우고 땟물에 절고 휴지처럼 꾸적꾸적해진 옅은 풀빛 전투모를 깊숙이 눌러썼었다. 등은 진흙처럼 무겁게 가라앉았으나 뒤 한번 돌아보지 않고 절뚝거리며 걸어가 버린 발걸음은 싸우러 가는 전사와도 같이 절도가 있었기 때문에, 그의 걸음걸이를 슬픈 눈으로 지켜보고 있던 박동실은 더욱 그가 야속하게만 보였다. 마지막 그의 뒷모습을 끝까지 쏘아보고 서 있었던 박동실은 견딜 수 없는 슬픔과 외로움을 느꼈다. 이기철의 그런 뒷모습은 지난 32년 동안 단 한 번도 박동실의 머릿속에서 떠나지 않았다. 그는 이기철의 오기스러울 만큼 당당해 보이려고 한 그 쓸쓸한 뒷모습에서 마지막이라는 말의 슬픈 의미를 뼈저리게 느낄 수가 있었다. 그것은 마치 아들을 싸움터에 보내던 날 어머니의 비명처럼 처절한 울부짖음과, 동구 밖 모퉁이 신작로까지 따라 나오며 연신 담배 연기만 뿜어 대던 아버지의 굳어진 모습, 그리고 12살밖에 안 된 나이에, 부모님 잘 모시고 있을 터이니 집안일은 걱정 말고 꼭 살아서 돌아오라고 눈물 콧물 훌쩍이던 하나뿐인 동생 동수의 마지막 모습에서 느꼈던 것과 똑같은 심정이었다. 박동실의 그와 같은 불길한 느낌대로, 그 후 그는 부모 형제를 다시 만날 수가 없었다.

의리도 인정도 없는 여우 같은 자식. 박동실은 윗도리 등에 빨간 페인트로 P라고 잠자리채만큼 크게 씌어 있는 이기철의 마지막 뒷모습을 보면서 잘 가라는 말 대신 큰소리로 욕을 퍼부어 댔었다. 그 후에도 문득문득 이기철의 당당하고도 오기스러운 뒷모습이 떠오를 때마다, 가슴속 깊숙한 밑바닥에서부터 목구멍 가득히 뻗질러 오르는 허적함을 이겨 내려고 가끔씩 욕을 퍼부어 댔다. 한바탕 욕을 퍼붓고 나면 햇살이 밀려나는 봄날 아침 안개처럼 이기철의 뒷모습이 희미하게 사라지곤 했다.

"아버지 그만 들어가 계세요. 전화가 다시 걸려 오면 알려 드릴게요. 밤에 다시 전화를 하시겠다고 하셨으니까요."

아들 박만기가 고장난 라디오의 끊어진 회로에 납땜을 하여 튜너를 돌려 주파수를 맞추고 소리의 볼륨을 키웠다 줄였다 하며 말했다.

박동실은 아들의 말은 들리지도 않는 듯, 언제나 이기철의 뒷모습을 떠올릴 때마다 버릇처럼 짓곤 하는 공허하고 쓸쓸한 침잠의 표정에 깊이 잠겨 있었다.

"참 이상한 일이지."

박동실은 여전히 꿈꾸는 듯한 얼굴을 하고 혼잣말처럼 중얼거렸다.

"뭐가요? 아버지, 뭐가 이상하다고 그러세요?"

"그 이기철이라는 친구 말이다. 아무리 애를 써 봐도 도무지 얼굴 모습이 떠오르지 않으니……."

"별로 친한 사이가 아니셨던 모양이죠."

"아니다. 목숨을 바꿀 수 있을 만큼 가까운 친구였다. 그런 특별한 친구가 셋이 있었다. 우리가 포로가 된 것도 이기철이 그 친구의 생명을 구하기 위해서였다."

"그 이야기는 한 번도 듣지 못했는데요."

"옛날을 돌이키고 싶지가 않았기 때문이지. 과거라는 시간이 눈에 보이는 물건이라면, 애비의 과거는 깊고도 끈끈한 진구렁창과도 진배없다. 눈물과 한숨과 공포와 분노가 범벅이 된 그런 진구렁창 말이다."

그러면서 박동실은 자신이 말한 그 진구렁에 깊숙이 **빠져** 허우적거리고 있는 표정으로 괴로워했다. 아들 박만기는 아버지의 그런 표정을 보지 않으려고 한껏 고개를 돌려 버렸다. 아버지는 북에 두고 온 가족들을 생각할 때마다, 진흙처럼 무겁고도 고통스럽게 가라앉은 표정으로 몇 시간씩 말없이 앉아 있곤 하는 버릇이 있었다. 그러나 좀처럼 그 고통을 입으로 말하지는 않았다. 박만기의 생각에 아버지는 자신의 슬픈 과거를 혼자서만 고통스럽게 삭이고 싶은 것인지도 몰랐다. 이것은 애비의 슬픈 과거이니 자식들한테까지 넘겨주고 싶지 않구나 하는 각오로 인내하며 살아가는 것인지도 몰랐다.

"아버지, 그만 들어가서 저녁 잡수시고 기다리시라니까요."

"지금 와 있는 곳이 어디라고 하더냐?"

"서울이라고 아까 말씀드렸지 않아요."

"참 그랬었지. 여수에 내려오겠다는 말은 안하더냐."

"그런 말은 하시지 않던데요. 아버지를 찾기에 안 계신다고 했더니 그렇다면 밤에 다시 전화하겠다고만 하셨어요."

"다른 말은 없고? 처음부터 다시 한번 조단조단 이야기해 봐라."

"아버지도 참…… 지금이 아홉 시니까 곧 전화가 다시 올 거예요. 어서 저녁부텀 잡수시고 느긋하게 기다리시라니까요. 아버지는 왜 그리 매사에 자신이 없고 당당하지 못하세요."

"망할 놈에 친구. 한국에 나올 양이면 미리 전보라도 쳐줄 것이지. 그랬더라면 내가 제백사하고 공항으로 마중을 나갔을 텐디, 공항에서 만나 삼십이 년 만에 본 그 친구 녀석 얼굴에 똥물이라도 한 바가지 퍼부어 줄 텐디……."

그러면서 박동실은 삐걱거리는 좌판에서 천천히 일어섰다. 그는 한동안 빈 도시락 보자기를 들고 바보처럼 우두커니 서서 손바닥만한 라디오 수리가게의 유리문을 통하여, 여름밤의 끈끈한 어둠이 두껍게 깔린 좁은 골목을 몽롱한 시선으로 바라보았다. 골목의 어둠 속 어디에선가 이기철이 우람한 체구를 경쾌하게 흔들며 불쑥 나타날 것만 같았다. 그리고 장대처럼 큰 이기철의 등 뒤에 왜소한 배출도가 그나마 작은 체구를 꺾쇠처럼 상반신을 구부리고 손을 흔들어 보일 것만 같았다. 몸피가 작아 꼬맹이라고 부른 배출도와 키가 커서 껑충이라고 한 이기철, 그리고 꼬맹이와 껑충이를 한데 합하여 둘로 나눈 것만큼이나 두 사람의 중간치 같아 어중이라고 부른 셋은 어렸을 때 함경남도 부전호 옆 작은 산골 마을에서 함께 자라고, 그곳에서 중학교를 졸업한 뒤에, 세 사람이 나란히 인민군 병사가 되어 싸움터에 나가게 되었다. 그리고 임진강 전투에서 다리에 총상을 입은 이기철을 구하려고 포위망 안으로 뛰어들었다가, 박동실과 배출도, 이기철 셋은 함께 포로가 되었으며 1953년 6월 18일 광주 포로 석방과 함께 민들레 꽃씨가 바람에 날리듯 서로 흩어지고 말았다. 그때 이기철은 자신은 남쪽도 북쪽도 싫다며 제 3국 인도를 택했고, 배출도는 결혼한 지 한 달 만에 헤어진 색시를 죽어도 잊을 수 없어 북쪽으로 돌아갔으며, 박동실만이 남쪽 끄트머리에 남게 되었다.

　　이때 이기철은 박동실에게 한사코 함께 제 3국을 택하자고 했고, 배출도는 부모 형제가 있는 북으로 돌아가자고 졸라댔었다. 그러나 박동실이 두 친구의 설득을 한사코 뿌리치고 혼자서 남쪽에 남은 것은 피붙이가 있어서도 아니었고, 공산주의보다 자본주의가 더 좋아서도 아니었다. 5대 독자 아버지 때문이었다. 삼팔선이 그어지고 땅덩이가 남과 북으로 갈라지자 아버지는 두 아들을 앉혀 놓고 각기 남과 북으로 떨어져 있어야 둘 중에 하나라도 살아남아 집안의 대를 이을 수가 있을 것이라면서, 나이가 들고 슬거운 동실이가 남으로 내려가는 것이 좋을 것 같다고 했었다. 박동실이가 인민군에 징집이 되지만 않았더라면 그는 아버지가 시키는 대로 삼팔선을 넘어 남으로 내려갔을 것이다. 반공포로 석방의 물결에 휩쓸려 남쪽에 남기로 결정한 그는 머지않아서 남과 북 어느 한쪽이 이겨 전쟁이 끝나고, 갈라진 땅덩이가 하나로 이어질 것으로만 믿었고, 그날까지만 살아남아 있게 되면 북쪽에 있는 가족도 다시 만날 수 있을 것이라고 생각했었다. 그러나 그때 그의 생각과는 달리 분단의 장벽은 해가 갈수록 천국과 지옥의 문턱처럼 살아서는 넘을 수 없을 만큼 두꺼워져, 삼팔선은 차라리 사선이 되어 버렸고 남쪽에 남게 된 지 32년이 지난 오늘날까지 북에 있는 가족의 생사조차도 까맣게 모르고 있는 것이 아닌가.

어둠이 끈끈하게 괸 창밖의 골목을 바라보고 서 있는 박동실은 한번 어둠 속에서 키 작은 배출도의 희미한 환영을 찾아보려고 했다. 겁이 많고 잔정에 약한 배출도는 언제나 담력이 크고 잔인하기까지 한 키 큰 이기철의 등 뒤에 얼굴을 가리고 숨기를 좋아했다. 마음 약한 배출도는 북으로 돌아가기로 작정한 후에도 세 친구가 은밀히 함께 한자리에서 이기철이만 남쪽에 남는다면 자기도 마음을 돌려 보겠다고 말했었다. 땅딸보 배출도는 그렇듯 그보다 두 뼘이나 더 큰 이기철의 그늘 밑에 있고 싶어 했다.

"얀정머리 없는 놈들!"

박동실은 어두운 골목으로부터 시선을 회수하며 혼잣말로 튕겨 댔다. 아들 박만기는 고장 난 라디오를 수리하느라 아버지의 존재조차 잊어버린 듯싶었다.

"그러면 나 저녁 먹고 나올란다. 저녁 먹는 사이에 전화가 오거들랑 지체 말고 알려라."

그러고 나서야 박동실은 가게에서 안마당으로 나 있는 작은 판자 덧문을 열고 허리를 구부렸다. 태양이 사그라진 지 한 시간이 훨씬 지났는데도 손바닥만한 마당에서는 지열이 후끈후끈 솟았다. 라디오 수리가게에서 안채까지 열 걸음도 안 되는 거리였는데도, 박동실은 마당을 건너 마루 끝에 100년쯤 지나 낡은 대로 낡은 영화의 필름을 빠른 속도로 돌리듯 여러 차례 이기철의 뒷모습을 떠올렸다.

여느 때 같았으면 더위에 지쳐 집에 돌아오자마자 중학교에 다니는 막내딸을 큰 소리로 불러, 등물을 쳐달라고 모두 거리로 마루 위에 몸을 부리며 숨을 몰아쉬었을 터인데, 이날만은 마치 몽유병 환자처럼 멀뚱한 모습으로 마루 끝에 앉아 있을 뿐이었다. 그는 옷을 갈아입지도 손발을 씻지도 않은 채 저녁밥을 재촉했고, 그의 부인이 밥상을 차려 오자 서너 술갈 뜨는 둥 마는 둥 하고 상을 물린 뒤 서둘러 라디오 가게로 다시 나갔다.

"저녁 드시고 차분히 기다리고 계시라니까 또 나오셨어요?"

빈 도시락 보자기를 들고 안채로 들어간 지 이십 분도 못 되어 되짚어 나온 아버지를 보고 아들이 언짢은 어투로 말했으나, 박동실은 아들의 말에는 개의치 않고 삐걱거리는 좌판에 앉아 다시 기억의 기나긴 실꾸리를 풀 듯 깊은 생각에 잠긴 얼굴을 했다.

"혹시…… 그쪽 전화번호를 말해 주지는 않더냐. 전화번호를 알면 이쪽에서 한번 걸어 봤으면 좋겠구나."

갑자기 박동실이가 용수철이 튀듯 무겁게 떨구고 있던 고개를 번쩍 쳐들며 큰 소리로 말했다.

"여기서 서울까지 전화 요금이 얼만데요!"

"전화 요금은 내가 내겠다."

"전화번호 같은 것 알려 주지도 않았어요. 아버지 참 이상하시네요. 삼십이 년 동안이나 소식이 없던 친구라면 통속이 뻔한데, 뭣 때문에 그렇게 속을 태우세요."

"통속이 뻔하다니, 무슨 말버릇이 그러냐."

"아버지를 정말 친구로 여긴 사람이라면 삼십 년이 넘도록 소식 한마디 없었을까요. 이기철이라는 사람 삼십이 년 만에 외국에서 돌아와 나는 이만큼 잘 되었으니 한번 봐라 하고 뻐기고 싶어 이제야 연락을 한 것이 아니겠어요? 아버지가 출세를 하셨다면 인도 아니라 지구의 끝에 있을지라도 오래전에 소식을 주었을 겁니다요."

"아니 이놈에 자석이!"

박동실은 아들이 자신을 비아냥거리는 듯한 말투에 발끈 화를 냈다. 그러나 그는 이내 목소리를 가라앉히고,

"네 놈은 죽었다 깨어나도 그런 친구 얻지 못헐 거여. 지금은 남으로, 북으로, 제3국으로 저마다 흩어졌으니께 그런다만 우리는 그래도 한때 친구를 위해서 목숨을 걸었으니께……."

하고 푸념처럼 말했다.

이기철로부터 전화는 이내 걸려 오지 않았다. 밤 열 시가 지나고 열한 시가 넘어 자정이 가깝도록, 라디오 수리 가게의 너무 낡아 모서리에 녹이 슨 앉은뱅이 캐비닛 위에 앙증스럽게 올라앉은 검은 전화기의 벨은 고장이나 난 듯 울리지 않았다. 밤 열한 시가 지나면서부터 박동실은 눈심지를 팽팽하게 당겨 캐비닛 위의 전화기만 바라보고 있었다. 밤이 깊도록

울릴 줄 모르는 전화기가 그의 눈에는 마치 100년쯤 엎드리고 있는 공허한 무덤처럼 보였다. 무덤처럼 생명을 잃은 그 전화기를 바라보고 있는 순간, 전쟁터에서 죽어 간 낯익은 얼굴들이 하나 둘 떠올랐다. 그에게 있어서 무소식은 곧 죽음이었다. 그의 고향에 남아 있는 가족과 친구들, 그리고 제3국을 택한 이기철도 그동안 단 한 마디의 소식도 없었기에 그에게는 살아있는 존재로 남아 있지 않았다. 그에게는 볼 수 없고 만날 수 없는 것은 곧 죽음 그 자체였다. 전쟁터에서 총에 맞아 숨을 거둔 낯익은 얼굴들과 다를 바 없었다.

"아버지 가게 문 닫아야겠으니 그만 들어가서 주무셔요."

12시가 가까워져 오자 아들 만기가 낡은 벽시계를 쳐다보며 말했다.

"기왕 늦었으니 조금만 더 기다려 보자. 그 친구 밖에 나갔다가 한잔하느라 아직 숙소에 돌아오지 않았을지도 모르지 않느냐. 늦게라도 숙소에 돌아오면 꼭 전화를 할 게야. 그 친구 원래 술이 과하거든."

박동실이 전화벨이 울리지 않는 것이 마치 자신의 잘못이라도 되는 것처럼 겸연쩍고 자괴하는 눈길로 아들을 보았다. 만기는 그런 아버지가 더없이 측은하게만 보여 짜증이 났다. 이기철이라는 아버지의 옛 친구가 어디에 있는지만 알면 당장 쫓아가서 한바탕 욕을 퍼부어 대고 싶기까지 했다.

"인도에서 왔다는 그 양반, 한국에 아버지 말고 다른 친구는 없나요?"

만기가 짜증스럽게 물었다. 그는 신경질적으로 묻고 나서 아버지 얼굴 대신 시침과 분침이 12라는 글자 위에 하나로 겹쳐지고 있는 벽시계를 쳐다보았다.

"우리는 친구라고는 딱 셋뿐이었다. 남쪽에 애비의 친구라고는 하나도 없는데 그 사람이라고 있겠느냐."

박동실은 슬픈 목소리로 말했다. 아들 만기는 그런 아버지가 이 세상에서 가장 외로운 사람으로 보였다.

홀로 남쪽 끄트머리에 떨어진 박동실은 새 친구를 사귀지 않았다. 반공 포로의 생활을 정착시켜 주기 위해 시청에서 주선해 준 여수시의 공립 여학교 수위 자리를 천직으로 알고 30년 동안 한결같이 그 자리만을 지켜 왔을 뿐이다. 그에게는 그 이상의 꿈도 없었다. 그의 단 한 가지 간절한 소망은 둘로 쪼개진 땅덩이가 하나로 이어지는 것뿐이었다. 날마다 해가 떠오르면 도시락 보자기를 들고 집에서 나가 세 평 남짓의 교문에 딸린 둥근 수위실의 벽돌 상자 속에 앉아 있다가 어둠과 함께 어둠의 점액질처럼 끈끈하게 가라앉은 모습으로 돌아오는 것이 그의 삶의 전부였다. 30년 동안 그 붉은 벽돌 상자 속에 갇혀 살면서 결혼을 하고 두 아들과 딸 하나를 얻었다.

박동실의 삶이 지난 30년 동안 아무런 변화도 없이, 시작도 끝도 분명하지 않은 작은 도롱대처럼 일상적인 궤적만을 되풀이하고 있는 것이 안타까울 만큼 무기력하게 보였던지, 이따금 그의 아내가 친구들이라도 좀 사귀어 보라고 할라치면,

"내게는 목숨과 바꿀 친구가 둘이나 있었네. 그만하면 족한데 새 친구는 더 사귀어 뭣 하겠나."

하고 씁쓸하게 웃곤 했다.

"아버지 열두 시 반입니다. 이제는 틀렸어요."

갓이 둥근 등황색의 파리버섯 모양을 한 플라스틱 원통 의자에 불안하게 앉아서 꾸벅꾸벅 졸고 있던 만기는 술꾼들이 골목을 휘젓고 지나가며 떠들어대는 소리에 퍼득 고개를 들고 벽시계를 쳐다보며 말했다. 만기는

원통 의자에서 일어나 하품을 삼키며 가게 문을 닫았다. 그때까지도 박동실은 꼼짝도 하지 않고 삐걱거리는 좌판에 앉아 주검처럼 검은빛으로 얼어붙어 버린 듯 엎드려 있는 전화통만 뚫어져라 바라보고 있었다.

"너 먼저 들어가 자거라. 한 오 분만 더 있다가 불 끄고 들어가마."

"젠장, 이기철이라는 양반 괜히 전화를 해갖고……."

만기는 누구에게랄 것도 없이 투덜거리며 쏟아지는 잠을 이겨 낼 수 없다는 듯 덧문을 밀고 안으로 들어가 버렸다.

박동실은 아들이 가게에서 나간 후로도 반 시간쯤 전화통에 시선을 매달린 채 앉아 있었다. 그리고 아무래도 오늘 밤은 전화벨이 울리지 않을 것을 알았음인지 가게에 불을 끄고 안채로 들어가려다가, 그래도 아쉬워 다시 딱딱한 좌판에 웅크리고 앉았다. 그는 벽시계가 두 시를 칠 때까지도 어둠 속에 달걀 껍질처럼 공허하게 앉아 있었다. 그의 아내가 데리러 오지 않았더라면 그는 그대로 가게에 앉아서 날을 새웠을지도 몰랐다.

"삼십 년 동안 잘 참아 온 당신이 뜬금없이 이 무슨 청승이요 청승이. 당신 말로도 삼십 년 전 가족이나 친구는 다 죽었거니 허고 살아가겠다고 해놓고, 그까짓 전화 한 통화에 왜 심난해져서 그러시요잉."

깜박 잠이 들었다가 깨어 보니 2시가 지났는데도 남편의 모습이 보이지 않기에 허겁지겁 뛰어나왔다는 박동실의 아내는 어린아이 어르듯 하여 남편을 일으켜 가게 덧문을 밀고 안채로 들어갔다.

그날 밤 박동실은 자신이 32년 전으로 되돌아가 그의 영혼이 흥분과 분노와 슬픔과 실망으로 뒤틀림당하는 듯하여 잠을 이룰 수가 없었다. 그는 지난 32년 동안에 1년에 한 차례씩은 열병이 도지듯이 그의 영혼이 과거로 급회전하여 심한 뒤틀림을 겪곤 하였다. 그러던 것이 2, 3년 전부터 가까스로 그 병이 가라앉는가 했는데, 이기철의 전화로 인하여 다시 덧나게 된 것이다.

박동실의 아내는 그가 해마다 6월이면 그 병을 앓았으므로 유월병이라고 불렀다. 그가 배출도, 이기철과 함께 싸움터에 나간 것도, 반공포로가 되어 각기 세 갈래로 흩어진 것도 6월이었기 때문에 6월이면 어김없이 그 병에 한바탕 시달리곤 했다. 짧으면 일주일쯤, 심하면 한 달 내내 흥분과 분노와 고통과 실망으로 영혼이 뒤틀림 당하고 불면에 시달렸다.

유월병을 앓는 동안 그는 마치 소나기와 포탄과 총알이 한꺼번에 쏟아지는 한여름 고지의 질척한 참호 속에 갇혀 있는 기분이었다. 그리고 그 병을 앓는 동안 그는 오늘을 살고 있다는 것을 까맣게 망각한 채, 싸움이 한창 치열했던 1950년에서부터 52년 사이에 살고 있는 것 같은 착각에 사로잡혔다. 그럴 때면 지금의 삶은 꿈처럼 현실감이 없었다. 그는 나이도 망각한 채 아내도 자식들도 무의미하게 생각되었고, 다만 그의 머릿속에 살아 움직이는 존재는 북에 두고 온 부모 형제와 헤어진 두 친구뿐이었다.

유월병을 앓는 동안 그가 날마다 열세 시간 이상 붙박여 있는 학교 수위실의 벽돌 상자 속마저도 포로수용소의 칸막이로 느껴지기도 했다.

다음 날 아침이 되어서도 이기철로부터 전화는 걸려 오지 않았다.

"누가 장난 전화를 한 것이 아니우?"

한동안 잠잠했던 남편의 유월병이 이기철이라는 사람의 전화 한 통화 때문에 다시 도진 것을 걱정한 그의 아내가 아침 밥상머리에서 뚜벅 입을 열었다.

"남쪽 땅에서 이기철이라는 이름을 기억하고 있는 사람은 나와 배출도의 아내뿐인데, 누가 그런 장난 전화를 한단 말이오."

박동실은 아내의 말에 발끈 화를 냈다. 그는 아들에게 다시 이기철에게서 전화가 걸려 오면 꼭 학교로 연락을 해달라는 당부를 하고, 과거라는 참호의 진구렁 속에 갇힌 포로가 된 기분으로 무기력하게 집을 나섰다. 그리고 역시 포로가 된 기분으로 수위실에 갇혀 지난 32년만큼이나 긴 하루를 보냈다. 그러나 그날 밤에도 전화는 다시 걸려 오지 않았다.

박동실은 사흘째 되는 날 밤에야, 그것도 자정이 거의 가까운 시간에야 이기철의 전화를 받았다.

"네미럴 자식, 인정머리 없는 새끼, 똥통에 대갈통을 처박을 자식, 벼락이나 맞아서 뒈질 새끼!"

처음에는 흥분을 가라앉히고 점잖은 말을 주고받다가, 전화를 걸어 온 사람이 이기철이가 분명한 것을 확인한 박동실은 갑자기 욕을 퍼부어 댔다. 한동안 큰소리로 욕을 퍼부어 대는 것을 처음 보게 된 박동실의 가족들은 너무 놀라 표정이 얼음처럼 차갑게 굳어졌다.

"그래 그래 미안허이. 삼 년 전에 사업차 잠깐 나왔으나 그때는 너무 바빠서 동실이 자네를 찾아볼 수가 없었네. 이번에는 자네를 찾아보려고 작정을 했네. 이북오도청 사무실에 연락을 했더니 자네집 전화번호를 알려주더구만. 그래 그동안 잘 살았는가."

박동실의 흥분한 목소리에 비해 이기철은 처음부터 차분하고 점잖았다.

"이 똥개 같은 자식아, 나는 꿈 속에서나마 네놈의 쌍판때기를 생각해 내려고 그동안 얼마나 고통을 겪었는데, 네미럴 네놈은……."

박동실은 평소에 그답지 않게 계속 욕을 퍼부어 대기만 했다.

"우리 한번 만나세."

"너 같은 놈 저세상에서나 만나지 뭣 때문에 살아서 만나? 아니지, 네놈은 멀고 먼 나라로 가버렸으니 죽어서도 만날 수 없겠지. 너같이 인정머리 없는 놈은 만나서 뭣하게……."

박동실의 눈에서는 눈물이 흘렀다. 그런 그의 모습을 옆에서 지켜본 가족들의 마음도 홍건히 젖어 있었다.

"모레쯤 만나세. 내일 오전에는 사업차 상공부에 들어가 장관을 만나고 오후에 평화그룹 회장과 골프 약속이 있으니 모레 오후 두 시에 호텔로 오소. 내가 묵고 있는 호텔은 롯데호텔이야. 프론트에 내 이름을 대면 안내해 주도록 해놓겠네."

이기철의 목소리는 극히 사무적이었다.

"네미럴 당장 내일 새벽 기차로 올라가서 네놈 얼굴에 똥물을 한 바가지 퍼부어 주겠다."

"이봐 동실이, 내일은 안 되네. 모레 오후 두 시 롯데호텔이야."

"야 이놈아. 나를 만나려고 한국에 나왔다면 당장 나부터 만나야지."

"그래 그래, 이번에 꼭 자네를 찾아볼 작정이었네. 그렇지만 사업도 중요하거든. 무역선을 한 척 갖고 있는데, 그 일 때문에 내일은 스케줄이 꽉 짜여 있네."

"허, 네깐놈이 무역선을 갖고 있어?"

"그럼 모레 만나기로 하고 그만 전화 끊겠네."

그러면서 이기철 쪽에서 일방적으로 먼저 전화를 끊었다.

"야 이놈아. 이런 불쌍한 놈, 전화 요금 내가 부담할 테니 이야기 좀 더 하자 이놈아!"

박동실은 전화가 끊긴 후에도 한동안 송수화기를 든 채 큰소리로 욕을 퍼부어 대고 있었다.

2

이기철과 통화를 한 다음날, 박동실은 바람을 타고 솟아오르는 고무풍
선처럼 설레는 마음으로 학교 수위실에 온종일 갇혀 있기가 싫어, 아들
만기로 하여금 대신 수위실을 지켜 달라고 부탁한 다음 해가 뜨기도 전에
터미널로 가서 버스에 올랐다. 그는 시간이 거꾸로 돌아 과거가 현실로
돌아온 듯한 기분이었다. 그런가 하면 현실이 과거로 돌아가 버린 것 같
기도 했다. 아무튼 그는 과거도 아니고 현실도 아닌 그런 애매한 시간의
한가운데에 있는 듯 어정쩡한 기분이었다.

박동실은 이기철을 만날 때까지만이라도 32년 전의 과거로 돌아가고
싶었다. 그 때문에 그는 여수에서 이십 리쯤 떨어진 월계리로 가고 있는
것인지도 몰랐다. 완행버스의 운전사 뒷좌석에 바짝 다가앉은 그는 차창
을 활짝 열어젖히고 눈부신 아침 햇살이 싱그러운 초록빛 초목 위에 깔리
기 시작하는 포실한 산야를 보고 있었다. 그 눈부신 유월의 아침 햇살은
32년 동안 무거운 잿빛으로 얼룩진 자신의 심장 깊숙이까지 찔러 오는 듯
하여, 찌릿찌릿한 흥분을 느꼈다. 쾌적한 아침이었다. 참으로 오랜만에,
진흙구덩이에 박혀 있는 듯한 압박감으로부터, 초록빛의 상큼한 해방감
을 맛볼 수가 있었다. 그것은 고통스러운 과거로부터의 탈출인 동시에,
무의미한 삶의 현실로부터의 해방이기도 했다.

햇살과 잘 버무려진 초록 빛깔의 시야는 끝없이 펼쳐져 있었다. 그것은
잠시나마 그에게 권태로움의 소멸을 가져다주었다. 참으로 감미로운 한
때였다.

32년 전, 이기철이 제3국으로 떠나고, 배출도마저 북으로 돌아가 버린
후, 박동실 혼자 이 길을 갔다. 그때도 6월이었고 눈부신 태양은 초록빛

산야에 넉넉하게 쏟아져 내렸었다. 그러나 그때의 밝은 햇살과 싱그러운 초록빛 산야는 희망이 아니었다. 구름과 나무, 바람까지도 허적감만을 권태스럽도록 자아낼 뿐이었다. 사람들과 만나도 조금도 기쁘거나 반갑지가 않았다.

1953년 6월 18일 0시를 기해 석방된 반공포로 2만 7천 명은 남쪽 땅 곳곳에 분산되었는데, 그때 박동실은 혼자 여수에서 조금 떨어진 월계리라는 바다가 빠끔히 보이는 마을에 한 톨의 밤처럼 떨구어졌다. 월계리 이장집에 떠맡겨진 식객이 된 것이었다.

마을 앞에는 마을이 생길 때 심었다는 300년쯤 된 늙은 느티나무가 구름처럼 가지를 늘어뜨리고 있었는데, 그 느티나무 아래로 서면 끝없이 펼쳐진 간척지의 둑 너머로 하늘과 맞닿은 바다가 은회색 빛깔로 출렁여 보였다. 남쪽 끝의 바다를 보고 있으면, 자신은 북의 고향과는 정반대 쪽에 멀리 와있다는 생각에 외로움이 하늘에 닿을 만큼 부풀어 올랐고, 사랑방에 불을 끄고 철 지난 허수아비처럼 홀로 누워 있을 때는 간척지 둑을 핥아 대는 파도 소리가 아들의 이름을 부르는 어머니의 통곡처럼 그의 심장을 후벼 팠다.

월계리에서의 1년 동안은 그의 생애에서 가장 외로운 한때였다. 이때처럼 헤어진 두 친구를 절실히 그리워해 본 일이 없었다. 그는 이기철이나 배출도를 따라가지 못했던 것을 얼마나 후회했는지 모른다.

박동실이가 기식하고 살아온 월계리의 이장은 그에게 참으로 잘해 주었다. 이장은 그를 특별한 손님으로 대우하여 아무 일도 시키지 않았다. 어쩌다가 논일을 거들어 주려고 하면 무색할 만큼 화를 내며 그를 논에서 마구 몰아냈다.

그가 월계리 이장집에서 하는 일이란 초등학교 5학년에 다니는 12살짜리 이장의 아들 귀돌이와 함께 놀아주는 것이 고작이었다. 어쩌면 박동실이가 그 꼬마와 놀아 준 것이 아니고, 그 아이가 박동실의 외로운 처지를 동정하여 친구가 되어준 것인지도 몰랐다. 그 기나긴 1년 동안 박동실은 확실히 이장집 아이를 통해서 회한과 번민으로 가라앉은 외로움을 위로받을 수가 있었다. 그 아이와 함께 있는 동안 그는 어린 시절로 되돌아가고 싶은 마음뿐이었다.

박동실은 이장집 아이 귀돌이와 함께 고누도 두고, 땅뺏기 놀이며 자치기를 하면서 하루하루를 의미 없이 소멸시키고 있었다. 하루의 삶은 희망도 성장도 아닌, 다만 무료와 외로움을 메우기 위한 작은 꿈틀거림에 지나지 않았다.

이장집 아이가 학교에 가고 없을 때는 마을 앞 늙은 느티나무 아래에 혼자 오도카니 앉아서 남북을 갈라놓은 휴전선처럼 느껴지는 간척지의 둑을 하염없이 바라보았다.

이따금 근동의 학교에 초청되어 '나는 왜 자유를 택하였는가'라는 주제로 연설 아닌 연설을 하기도 했다. 그러나 그는 그런 연설을 할 때마다 견딜 수 없는 곤혹스러움을 느꼈고 그것이 자신에 대한 배신행위임을 알고 고민했다. 기실 그는 자유로움 때문에 남쪽에 남기로 작정한 것은 아니었다. 자유를 선택한 것이 아니었다. 그가 택한 것은 오직 나약한 삶 자체뿐이었다. 그는 연설 아닌 연설을 끝내고 월계리로 돌아올 때마다, 자유란 무엇인가 하고 스스로 묻곤 했다. 진정한 자유란 가고 싶은 고향에 마음대로 갈 수 있고 만나고 싶은 사람 만나고, 있고 싶은 사람과 함께 있는 것이라는 결론을 얻기까지는 그리 깊은 생각도 필요하지 않았다. 만날 수 없는 사람은 죽은 사람과 마찬가지라는 그의 생각과, 만나고 싶은 사람을 만나는 것만이 진정한 자유라는 생각은 일치했다. 자유는 바로 생명 그 자체라고 생각하기에 이른 것이다.

이장집 아이가 학교에서 돌아오기를 기다리며, 마을 앞 늙은 느티나무 아래 홀로 앉아 있을 때마다 그는 언제나 자유에 대해 생각했다. 그러나 생각의 끝은 한결같이 삼팔선이나 휴전선과 같은 죽음의 벽에서 헤어나오지 못했다.

야트막한 야산을 감고 돌자 눈앞에 월계리의 바다가 옛날처럼 그렇게 빠끔히 열려 보였다. 바다는 예나 지금이나 그 빛깔로 그 위치에 그만한 넓이의 모습으로 출렁이고 있었다. 바다가 가까워지자 월계리 앞의 늙은 느티나무도 보였다. 그는 이상하게도 마음이 설레지 않았다. 월계리 사람들이 자신을 알아보면 어쩌나 싶은 가벼운 두려움만이 간척지 둑 너머 6월의 바다처럼 잔잔하게 일렁였을 뿐이다.

월계리 앞 비석거리 술집 앞에서 세 사람의 아낙과 함께 버스에서 내렸으나 아무도 그를 알아보지 못했다. 박동실은 세 사람의 아낙들 중에서 그 나이 또래가 되는 이장의 제수를 알아볼 수 있었으나 알은체하지 않았다.

박동실은 월계리에 가서 아무도 만나지 않았다. 자신보다 21살 위였던 이장은 지금쯤 이 세상 사람이 아닐지도 몰랐고, 그때 초등학교 5학년이었던 이장집 아들 귀돌이는 44살이 되었을 것이라고만 헤아림하며, 늙은 느티나무 아래에 옛날처럼 허수아비와 같은 모습으로 서 있었을 뿐이었다. 32년 만에 돌아와 그때 그 나무 밑에 서서, 희망도 욕망도 없이 다만 무료와 고적함을 메우기 위해 무의미하게 삶을 소멸시켰을 뿐인 그 기나

긴 1년 동안의 기억을 돌이켜 보려고 했지만, 어찌된 일인지 32년 전이나 지금이나 조금도 변함없는 기분이었다.

박동실은 한 시간쯤 월계리 앞 늙은 느티나무 아래 서 있다가 여수로 돌아가는 버스에 올랐다. 그는 32년 만에 처음 월계리를 찾아갔을 때나 마을 앞 늙은 느티나무 아래서 한 시간쯤 서 있다가 서둘러 버스를 타고 돌아올 때나 조금도 기분이 달라지지 않았다. 어쩌면 그는 처음부터 마음이 달라질 것을 기대하지 않았었는지도 몰랐다. 달라지지 않은 것은 그의 기분만이 아니었다. 월계리 앞에 구름처럼 그늘을 늘어뜨린 늙은 느티나무와 삶과 죽음, 자유와 속박의 한계선처럼 보인 간척지의 둑, 넉넉하게 일렁이는 바다, 낯선 사람들에 무관심한 마을 사람들마저도 예나 지금이나 변함이 없었다.

어쩌면 박동실이가 난데없이 월계리를 갔다 온 것은 이기철을 만나기 전에, 한때 그를 간절하게 그리워했던 기억을 되살려 보기 위한 것이었는지도 몰랐다. 이기철을 그리워했던 기억이라면 모두 되살려 그에게 털어 놓고 싶었던 것이다.

"아버지 친구분에게 제 부탁 좀 해주세요."

박동실이가 이기철을 만나러 가기 전날 밤, 아버지 대신 온종일 수위실을 지키고 늦게 돌아온 그의 아들이 저녁밥을 먹으면서 말했다.

"부탁이라니?"

박동실은 아들의 말에 정색을 하고 반문했다.

"그분 무역선을 갖고 있다고 하시던데요."

"그래서?"

"뻔하지 않아요?"

"당신도 참, 만기가 또 배를 타고 싶어서 허는 소리가 아니오?"

아들이 말하는 속마음을 이미 헤아림하고 있던 박동실의 아내가 남편에게 쏘아붙이듯 뱉어냈다. 실은 박동실이도 아들이 이기철에게 무엇을 부탁해 달라고 하는 것인지 첫마디에 이미 알아차리고도 짐짓 시치미를 떼고 있었던 터였다.

박동실의 아들 만기는 여수에서 공업고등학교를 졸업하고 무선통신기사 자격을 취득한 후, 일본 상선을 탔다. 그가 탄 히로마루 호는 일본 시모노세키와 인도의 봄베이 사이를 정기적으로 운항하는 화물상선이었다. 히로마루 호가 봄베이를 출발하여 실론 섬을 거쳐 캘커타, 싱가폴을 지나 남지나해에 접어들었을 때 예기치 않았던 폭풍을 만나게 되었다. 심한 풍랑으로 배가 요동을 치고 있을 때, 히로마루 호의 선원들은 그들의 시계 앞에 사람을 쉰 명쯤 싣고 있던 10톤급의 작고 낡은 통통배 한 척이 폭풍에 휘말려 가랑잎보다 더 가볍게 뒤집히는 것을 보았다. 통통배에 타고 있던 사람들은 풍랑 속에 허우적거리며 히로마루 호를 향하여 손을 흔들며 살려 달라고 울부짖었다. 신참 선원들이 젊고 마음 씀씀이가 꼼꼼한 일본인 선장에게 그들을 구조해 주자고 했으나, 선장과 고참들은 신참 선원들의 제의를 거절했다. 그들을 구조해 주자거니 구조할 수 없다거니 잠시 입씨름이 벌어졌다. 이때 박만기는 일본인 선장에게 본사에 무선으로 연락하여 가부를 물어보자고 제안했다. 박만기는 선장의 승낙을 얻어 익사 직전에 있는 베트남 보트피플들의 구조여부를 타전했다. 박만기는 그가 히로마루 호를 탄 지 석 달 뒤, 남지나해를 지나 싱가폴로 가고 있을 때 처음으로 베트남 보트피플들을 만난 일이 있었다. 그때 베트남 난민들을 가득 실은 통통배는 히로마루 호가 오기를 기다리고 있기라도 하는 듯,

항로를 지키고 있다가 손을 흔들며 구조를 요청해 왔다. 항로를 가로막은 난민선은 계속 히로마루 호를 향해 직진해 왔다. 그러나 히로마루 호의 선장은 속력을 멈추지 말라고 명령했다. 난민선은 히로마루 호가 그들을 구조하기 위해 멈춰 줄 것으로 알고 전속력으로 직진해 오다가 상선이 속력을 늦추지 않는 바람에, 충돌을 피하려고 급회전하는 순간 큰 배의 파랑에 휩쓸려 뒤집히고 말았다. 히로마루 호의 선원들은 베트남의 난민들이 허우적거리며 살려 달라고 울부짖는 것을 뒤돌아보면서 그대로 지나쳐버렸다. 그 일로 히로마루 호의 신참 선원들은 선장의 비인간적인 처사에 불만을 품고 있으면서도 일자리가 소중한지라 노골적으로 항의하지는 못했다. 그러나 박만기는 오랫동안 그 일을 잊지 못했다. 그는 꿈속에서도 베트남 난민들이 물속에서 허우적거리는 모습을 보고 고통스러워했다.

선장은 신참 선원들이 그 일을 들먹일 때마다 "히로마루 호는 난민 구조선이 아니라 화물상선이야. 뱃길에서 만나는 베트남 난민들을 구조해 주고 싶으면 세계적십자 구조선을 타란 말야. 나를 비안간적이라고 말할지 모르나 난민 구조는 회사에서 원하지 않아" 하고 말했다.

기실 선장이 회사에 무전 연락을 해보겠다는 박만기의 제의를 쉽게 받아들인 것도, 회사에서 분명하게 안 된다고 타전해 오리라는 그 답을 알고 있었기 때문이었다. 박만기도 선장의 그런 속셈을 환히 들여다보고 있었다. 물론 회사로부터의 회신은 분명히 '노'였다. 그러나 박만기는 선장에게 회사에서 가능한 한 난민을 구조하라는 회신을 받았다고 거짓 보고를 했다. 처음에 선장은 박만기의 보고를 의심하는 것 같았으나, 박만기가 위조한 텔렉스 레코드를 받아 보고 나서야 구조를 명령했다. 이날 히로마루 호가 구조한 베트남 보트피플은 모두 35명이었다. 난민들 이야기로는 구조가 늦어 20명 가까이 실종되었다고 했다.

박만기는 배가 시모노세키에 귀항하는 대로 히로마루 호에서 쫓겨나게 되리라는 것을 잘 알고 있으면서도 조금도 불안하지 않았다. 오히려 자신의 힘으로 35명의 생명을 구했다는 가슴 뿌듯한 만족감에 젖어 휘파람이라도 씽씽 불고 싶어졌다.

예상했던 대로 박만기는 배가 시모노세키에 귀항하자마자 일자리에서 쫓겨나고 말았다. 그는 본사로부터의 회신 내용을 위조한 잘못보다는, 난민들을 싣고 온 모든 배들이 다 그렇듯이, 히로마루 호를 시모노세키 앞바다 한가운데 띄워 둔 채, 난민들의 입국 절차다, 검역이다, 수용시설 준비다 하여 일주일 동안이나 싣고 온 화물을 하역하지 못하게 하여 생겨난 회사 측의 손해가 엄청났던 것이다.

"다시 배를 탈 생각은 말거라. 그리고 이기철 그 친구에게 부탁할 것은 따로 있다."

박동실은 아들을 향해 단호하게 말했다. 그는 만기가 처음에 일본 상선을 타는 것도 반대했었다. 그는 다른 나라를 생각할 때마다 제3국을 택하여 떠나 버린 이기철이 떠올랐기 때문에, 아들 만기가 외국 배를 타게 되면 그마저도 제3국으로 가버리게 될 것만 같아 불안했다.

"여보, 다른 부탁이라는 게 뭐유? 인도에 가서 부자가 되었다는 친구분한테 당신 취직자리를 부탁하시려우?"

아내의 묻는 말에 박동실은 피식 바람 빠지는 소리를 내어 실소하며,

"배출도 처자를 좀 도와 달라고 부탁할 참이여."

하고 말했다.

"누구 처자요?"

"지난번 이산가족 찾기 때 텔레비에 나왔던 내 친구 부인 말이여."

2년 전 여름의 일이었다. 이산가족 찾기 텔레비전 방송을 지켜보고 있던 박동실은 오십 대의 부인이 남편 배출도를 찾는다는 말에 소스라쳤다. 그녀가 들고 서 있는 종이 피켓에는 〈1950년 1월에 결혼한 아내 김순자가 남편 배출도를 찾음. 남편의 고향은 한남 부전호 근처 솔뫼마을. 6·25 때 인민군으로 참전했는데 포로가 되었다는 말을 들었음〉이라고 씌어 있었다.

박동실은 더 이상 의심하지 않았다. 고생을 많이 한 탓인지 나이에 비해 환갑이 넘은 할머니처럼 쭈그렁이가 된 그 여자가 찾고 있는 사람은 그의 친구 배출도가 분명했다.

배출도는 징집당하기 두 달 전에 결혼했었다. 키 큰 이기철이가 함진아비가 되어 박동실과 함께 신부가 될 사람의 집에 갔었다. 처음 본 배출도의 신부감은 남편 될 사람보다 키도 컸고 몸피도 우람하여 얼핏 보기에 어울리지 않는 한 쌍 같았다. 얼굴은 냄비 뚜껑처럼 넙데데한 데다가, 눈은 퉁방울이고 넓은 얼굴에 어울리지 않게 작은 코며, 거무칙칙한 피부 색깔을 한 여자였는데도 사람 좋은 배출도는 징집이 되어 집을 떠나온 첫날부터 새색시를 잊지 못했다. 그가 두 친구와 헤어져 북으로 돌아간 것도 그 못생긴 아내를 죽도록 그리워했기 때문이었다.

박동실은 방송국으로 전화를 하여 배출도의 아내와 통화를 하게 되었고, 다음날 상경하여 만났다. 그 만남은 감격이 아닌 슬픔과 고통이었다. 결혼식장에서 보았을 때 여자답지 않게 덩치가 컸던 배출도의 아내는 얼굴이 손바닥 하나로 다 덮을 수 있을 만큼 좁아진 데다가 고사리 잎 같은 주름투성이에 살 껍질이 누렇게 떠 있었고, 키도 줄고 몸피도 오그라져 가냘프고 왜소해진 것이었다. 처녀 시절의 굵은 뼈가 오그라질 만큼 무서운 고생을 겪고 살아온 것을 한눈에 알 수가 있었다.

배출도의 늙은 아내 말로는, 배출도가 징집에 끌려 전쟁터로 나간 후 삼팔선이 터졌고, 두 달쯤 후에는 대구에서 조금 떨어진 곳에 있다는 편지가 왔었다고 했다. 그 무렵 그녀는 임신 오 개월이 되었는데도 남편을 만나보고 싶은 간절한 그리움 때문에, 시부모가 한사코 말리는 것도 뿌리치고 남편을 찾아 남으로 내려왔다고 했다. 그러나 남으로 내려온 지 한 달이 지나도록 남편을 만날 수가 없었고, 뒤이어 유엔군의 인천 상륙과 함께 남북의 길이 막혔으며 한동안 뚫렸던 삼팔선 대신 휴전선이 다시 생겨 지금껏 발이 묶여 있노라고 했다. 그녀는 아들을 낳아 기르면서 재혼도 하지 않고 이날까지 휴전선이 허물어지기만 기다리며 살아왔다는 것이었다. 그녀는 품팔이 막노동이며 시장 바닥의 채소장사 등 닥치는 대로 살아오면서 아들 하나를 고등학교까지 졸업시켰으나 안정된 일자리를 얻지 못하고 있다가 3년 전에야 운전면허를 따 트럭 운전사가 되었는데, 얼마 전에 사람을 치어 여섯 달째 교도소 생활을 하고 있다고 했다.

"출도는 아주머니를 간절하게 그리워한 나머지 북으로 갔습니다요."

박동실은 그녀에게 이 말을 하기가 얼마나 어려웠는지 모른다. 그러자 배출도의 아내는 공허하게 웃어 보이며,

"기대하지는 않았구만요. 오도청 사무실에서 우연히, 그이를 안다는 사람을 만났는데, 포로수용소에서 한번 봤다고 하기에…… 행망倖望으로 나와 본 것뿐이구만요."

하고 띄엄띄엄 말을 끊고 눈물을 참기 위해 숨을 몰아쉬며 이야기했다.

박동실은 괜히 배출도의 아내를 만났다 싶은 생각이 들기까지 했다. 그녀로부터 한 가닥 가느다란 희망을 빼앗아 버린 것만 같아 고통스러웠다.

"아주머니를 좀 더 일찍 만날 수 있었더라면 좋았을 것을 그랬군요."

박동실은 무슨 말로도 그녀를 위로해 줄 수가 없어 그렇게 말했다.

"아니지요. 그이가 북으로 올라가 버린 걸 진작 알았었더라면, 저는 혼자 사는 것을…… 포기하고 말았을 것이로구만요. 그이가 혹시 남쪽 땅에 있을지도 모른다는 한 가닥 기대를 갖고 지금까지 버텨 왔지요. 그러니께, 이제야 알게 된 것이 되레 잘된 일이구만요. 그이가 남쪽 땅에 없다는 것을 진작에 알았더라면 저는 지금까지 살아있지도 않았을 거로구만요. 그러니 잘된 일이고말고요."

배출도의 아내는 그렇게 말하면서도 끝내 눈물을 보이지 않았었다.

그로부터 반년 후 박동실은 교도소에서 출감한 배출도의 아들로부터 편지를 받았다. 그리고 답장을 보낸 지 석 달쯤 후에 그가 여수까지 박동실을 찾아왔다. 34살의 아버지의 모습을 그대로 빼다 박은 듯했다. 키도 작달막했거니와 양가발이 걸음걸이조차도 배출도를 그대로 닮아 보였다.

박동실은 배출도의 아들과 하룻밤을 함께 자면서, 그의 아버지에 관한 이야기를 해주었다. 박동실은 그때까지 자신의 과거를 그의 아내와 아들에게까지도 다 털어놓지 않았었는데, 배출도의 아들을 만나자 세 친구의 관계와 그들이 겪어 온 일들을 하나도 숨기지 않고 마치 배출도의 유언을 전해 주기라도 하듯 자세하게 말해 주었다.

"인도에서 온 그 친구랑 함께 내려올지도 모르니께, 집안이나 좀 개운하게 정리해 두고 기다리소."

박동실은 새벽차를 타기 위해 날이 밝기도 전에 나서며 아내에게 말했다. 그의 아내는 남편이 32년 전에 고향 친구를 만나러 가는 것에 대해 특별한 감흥을 느끼지 못한 듯했다. 갔다 왔다 하는 차비며, 수위실을 아들한테 대신 지키게 하여 라디오 수리 가게를 열지 못하게 된 것을 계산하는 눈치였다. 그의 아들 만기 역시, 자신의 부탁은 접어 두고 북으로 간 친구 아들을 부탁하겠다는 말에, 잔뜩 기분이 뒤틀린 표정으로 말 한마디 없이 역까지 따라왔다가, 기차가 떠나기도 전에 휑하니 돌아섰다.

새벽 열차는 미명을 가르며 박동실의 마음처럼 바쁘게 달렸다. 그는 자신이 기차에 실려 가는 것이 아니라 두 발로 힘껏 땅을 박차며 달려가고 있는 것 같은 기분이었다. 오랜만에 그는 잿빛 과거가 아닌 빛나는 미래를 향해 가고 있는 기분을 느꼈다. 지금껏 박동실은 단 한 번도 미래에 대해서 생각해 본 적이 없었다. 만나고 싶은 사람을 만나지 못하고, 가고 싶은 곳을 가지 못하는 한, 그의 미래는 언제나 밝은 희망이 아니고 어두운 죽음이었다. 그는 장래 자신의 삶에 대한 것도 생각하지 않았다. 그의 삶은 벽돌 상자 안에 갇혀 있음의 연속일 뿐이라고 생각했다.

섬진강을 거슬러 올라가면서 산하는 서서히 어둡고 끈적끈적한 미명의 허물을 벗기 시작했다. 박동실은 차창 밖으로 희끄무레하게 모습을 드러내고 있는 섬진강을 바라보았다. 지난날 그의 기억 속에도 한줄기 강물이 꿈틀거렸다.

세 친구는 약속이나 한 듯 어둠의 허물을 벗고 희미하게 모습을 드러내며 은회색빛으로 꿈틀거리는 강물을 내려다보고 있었다. 그들은 임진강이 발부리 아래로 내려다보이는 야트막한 구릉의 참호 속에서 새벽을 맞았다. 그들은 사흘 낮과 이틀 밤 동안 참호 속에 웅크린 채 포격을 받았다.

소나기가 퍼붓던 나흘째 되는 날 새벽 갑자기 포격이 멈췄다. 포격이 멎은 날 아침의 태양은 유난히 눈부시게 빛났으며 발부리 아래로 내려다보이는 임진강은 한여름 아침 햇살을 받으며 긴 잠에서 깨어난 듯 뒤척였다.

그들이 웅크리고 있는 구릉의 참호로부터 임진강에 이르는 완만한 경사의 들판에는 엷은 남보라색의 초롱꽃과 노란 버들금불초, 분홍의 톱풀꽃들이 흐드러지게 피어 여름 햇살을 담뿍 담고 있었다. 참호에서 몇 걸음 떨어지지 않은 구릉의 언덕배기에는 분홍빛에 가까운 보라색의 앵초꽃이 무더기로 피어 있었는데, 그 꽃무더기 옆에 시체가 피를 흘린 채 처박혀 있었다.

그들은 앵초꽃과 꿍겨 박힌 시체와 남보라색의 초롱꽃과 햇살 속에서 뒤척이는 임진강을 한눈에 보고 있었다. 죽어 있는 시체 옆의 꽃들은 싸늘한 주검과는 상관없이 그들의 눈에 아름답게 보였다. 그러나 오랜만에 한가하게 꽃들을 보고 있는 그들은 불안했다. 갑자기 포격이 멎었기 때문이었다. 한바탕 융단 포격이 있은 다음의 적막은 총공격이 뒤따른다는 것을 경험으로 알고 있었기 때문이었다.

태양이 머리의 정수리 위에 떠 올랐을 때 강 쪽으로부터 송장벌레들이 죽어 나자빠진 뱀에게로 몰려들 듯 여러 대의 탱크들이 구릉을 향해 구물구물 기어오르기 시작했다. 탱크의 캐터필러 돌아가는 소리가 참호의 바닥까지 울려 왔다.

다른 동료들은 일제히 총구를 탱크를 향해 겨눴으나, 박동실만은 두 눈을 총구처럼 싸늘하게 부릅뜨고 앵초꽃 무더기 옆의 시체를 질러보았다. 그는 몇 시간 후 자신의 처참한 모습을 보는 듯했다. 그도 기왕이면 앵초꽃 무더기 옆에 가서 죽고 싶었다.

얼마 후 격전이 시작되자 박동실은 산다는 생각보다 죽는다는 생각을 하면서 반사적으로 무감각하게 방아쇠를 잡아당겼다. 그는 언제나 싸움에 임할 때마다 적을 죽인다는 생각보다 자신의 죽음을 먼저 생각하곤 했다. 그것은 삶의 포기라기보다는 생명에 대한 강한 애착 때문인지도 몰랐다.

구릉을 빼앗고 지키려는 전투는 치열하게 계속되었다. 임진강이 내려다보이는 야트막한 구릉을 지키고 있는 이유는 인천상륙의 여세로 국군과 유엔군이 북으로 진격해 올라오는 것을 잠시라도 지연시켜 퇴로를 확보하기 위한 전략 때문이었다.

해넘이 무렵이 되어서야 구릉을 포기하고 후퇴하라는 명령이 내려지자, 박동실은 불 속에서 뛰어나오듯 참호 밖으로 잽싸게 몸을 날려 구릉으로부터 연결된 바위산의 능선 쪽으로 후퇴했다. 박동실과 배출도는 능선의 바위등걸을 엄폐물로 삼아 잠시 숨을 돌리는 사이에야 이기철의 모습이 보이지 않는 것을 알고 당황했다. 아무도 이기철을 보았다는 사람이 없었다. 박동실과 배출도는 동료들이 한사코 말리는 것도 뿌리치고 오던 길로 되돌아갔다. 그들이 구릉의 참호로 되돌아왔을 때, 이기철은 허벅지에 총을 맞고 끙끙거리고 있었다. 키 작은 배출도는 상처를 손볼 여유도 없이 키 큰 이기철을 들쳐업고 참호에서 빠져나가려고 했다. 이때 이미 탱크를 앞세운 미군의 보병들이 화염방사기를 뿜어 대며 참호를 향해 드밀고 올라오고 있었다. 이미 한 발짝도 움직일 수가 없었다. 그들은 심한 폭격으로 풀 한 포기 남아 있지 않은 흙바닥에 엎드렸다. 그리고 잠시 후에 뒤통수에 싸늘한 총구를 느꼈고, 포로가 되어 남쪽으로 실려 갔다.

포로수용소에 갇히게 된 박동실과 배출도는 이기철 때문에 포로가 되었는데도 조금도 이기철을 원망하는 마음이 없었다. 오히려 그들 두 사람은 다리의 상처를 치료받기 위하여 병원으로 실려 간 이기철을 걱정하고 있었다. 석 달 후 다리의 상처가 완쾌된 이기철을 포로수용소에서 다시 만났을 때, 그들은 약속이나 한 듯 함께 처음으로 하느님을 외쳐 불렀다. 그들은 죽는 날까지 헤어지지 말자고 약속했다. 그 약속은 그들 스스로를 위한 다짐이기도 했다. 그들은 비록 철조망 속에 갇힌 몸이었지만 전쟁터에 있을 때보다 심신이 편했다. NITS라고 부르는 중립국 감시단이 정기적으로 포로수용소에 와서 포로들의 권리와 이익 옹호를 위해, 무슨 불만이 있으면 말해보라고 했지만, 그들 세 친구는 아무것도 할 말이 없었다. 포로들은 때때로 플래카드나 빨간 별이 달린 깃발, 삐라들을 만들었으나, 그들 세 사람은 처음부터 그 일에는 관계하지 않았다. 세 사람의 마음은 편했다. 마음의 여유를 찾았기 때문에 비로소 고향에 두고 온 가족들은 그리워할 수가 있었다.

1952년 4월 어느 날 갑자기 포로수용소의 확성기를 통해 포로들의 송환 의사를 알아보기 위해 개별 신문을 할 것이라는 사실이 알려지자, 수용소 안은 죽고 죽이는 전쟁터보다 더 살벌해졌다.

포로들은 같은 철조망 안에서 공산주의자와 비공산주의자로 나눠지기 시작했다. 그리고 공산주의자 집단과 비공산주의자 집단 사이에 전쟁보다 더 치열한 무기 없는 싸움이 벌어졌다.

처음에 그들 세 친구는 아무 집단에도 끼어들지 않았다. 그들의 집단은 세 사람으로도 충분하다고 생각했다.

"동실이 너, 공산주의자가 되고 싶으냐?"

두 집단 사이에 피나는 싸움이 벌어져 세 명의 포로가 죽은 날 밤에, 이기철이 속삭이듯 물어 왔다.

"몰라."

박동실은 가볍게 고개를 흔들었다.

"그러면 어느 편이 되고 싶으냐?"

"몰라."

이기철의 다음 물음에 박동실은 똑같은 대답을 되풀이했을 뿐이었다.

배출도 역시 박동실과 같은 대답을 했다.

"기철이 네 생각은?"

박동실이가 묻자 이기철도 두 친구처럼 모른다고 했다. 공산주의자 집단과 비공산주의자 집단 포로들이 은근히 호의를 위장하여 넌지시 의향을 물어 왔을 때에도 그들의 대답은 역시 모르겠다는 것뿐이었다.

그러던 어느 날 그들 세 친구는 공산주의자 집단인 정리위원회 회장격인 소좌 계급장을 붙인 장교 앞으로 끌려갔다. 이 정리위원회는 포로들의 송환 희망자와 송환 거부자를 분리하는 일을 생명을 걸고 반대하고 나선 공산주의자 집단이었다.

"이기철, 너는 북조선 편이냐, 남조선 편이냐?"

키가 작달만한 몸피에 비해 어울리지 않게 두상이 큰 소좌가 먼저 이기철에게 날카롭게 물었다. 그들 세 친구의 주위에는 공산주의자 집단의 정리위원들인 인민군 사병들이 고철이나 구두의 쇳조각 등을 각목 끝에 꽂아 창처럼 들고 위협적으로 서서 소좌 앞에 끌려온 그들을 당장에 찔러 버릴 기세로 무섭게 노려보고 있었다.

"나는 이쪽 편도 저쪽 편도 되고 싶지가 않습니다."

이기철은 소좌가 묻는 말에 분명하게 대답했다.

"뭐야?"

구두의 쇳조각을 붙인 각목을 들고 서서 쇠갈고리처럼 휘어진 눈으로 이기철을 노려보고 있던 몸집이 큰 인민군 사병이 튕겨 댔다.

"나는 더 이상 이편저편 갈라서 싸우고 싶지가 않구만요."

이기철이가 계속 말했다. 그를 에워싸고 서 있던 정리위원들의 표정이 험하게 일그러졌다.

"네 생각온 어쩌냐?"

소좌가 허리를 곧추세우고 앉아서 뭉텅한 턱끝으로 배출도를 가리키며 물었다.

"내 생각도 이 친구하고 같습니다."

"뭐야? 넌 북조선에 있는 가족들을 만나고 싶지가 않단 말이냐!"

각목을 들고 서 있던 건장한 체구의 정리위원이 소리를 버럭 내질렀다.

"가족을 만나고 싶지 않은 사람이 누가 있겠습니까요?"

배출도는 두려움 없이 말했다.

"박동실, 너는?"

마지막으로 박동실에게 물어 왔다.

"나는 우리 세 친구들 편이고 싶습니다."

박동실의 말이 떨어지기도 전에, 그를 노려보고 있던 정리위원이 각목으로 박동실의 등짝을 힘껏 후려쳤다. 각목에 얻어맞은 것은 이기철과 배출도도 마찬가지였다. 그들은 저항할 수 없었다. 그들을 에워싸고 있던 정리위원들이 일제히 각목을 휘두르고 발길질을 해오는 바람에 세 친구는 비명을 지르며 쓰러지고 말았다. 그리고 의식을 잃었다. 얼마 후 눈을 떴을 때는 그들을 에워싸고 있던 정리위원들은 한 사람도 보이지 않았으며, 화장실 모퉁이 더러운 쓰레기 더미 옆에 그들 세 친구만이 타다 만 나무토막처럼 팽개쳐져 있었다.

그로부터 사흘 후, 이번에는 비공산주의자 집단에 끌려갔다. 그들은 그때까지도 각목에 얻어맞은 등짝과 허벅지의 환두뼈가 삐걱거릴 만큼 쑤시고 아파 제대로 걸을 수가 없었고, 얼굴엔 발길에 챈 상처 자국이 그대로 시퍼렇게 부어 있었다.

비공산주의자 집단 사람들은 계급장을 달고 있지 않았으나 대부분은 미군의 헌 파카나 누더기 같은 인민군복을 입고 있었다. 그들은 세 사람을 나란히 긴 나무 의자에 앉게 했다.

"당신들이 테러를 당했다는 말을 들었소. 우리는 당신들의 신념과 용기를 찬양하며, 앞으로 우리와 뜻을 같이하게 된 것을 진심으로 환영하는 바입니다."

그들과 마주 앉은 깡마른 사내가 연설 투로 말했다. 공산주의자 단체 사람들처럼 각목을 들지는 않았으나, 깡마른 사내 좌우에 위압적인 자세로 여남은 명이 팔짱을 끼고 거만하게 서 있었다. 세 친구는 잠시 말없이 그들 앞에 팔짱을 끼고 서 있는 인민군복 차림의 사내들을 쳐다보았다.

"우리는 당신들이 송환을 거부하고 자유의 몸으로 남한에 남게 되기를 바랍니다."

깡마른 사내가 다시 말했다.

"오해하지 마십시오."

이기철이 깡마른 사내를 보며 입을 열었다.

"오해하지 말라니……?"

깡마른 사내와 그의 좌우에 위압적인 자세로 늘어선 사람들의 표정이 순간적으로 어두워지는 것 같았다.

"우리는 남쪽 편이라고는 말하지 않았습니다."

"그렇소. 북쪽 편이 아니라고 해서 남쪽 편이라고 단정 짓는 것은 말도 안되오."

배출도의 말을 이기철이 받았다.

"우리는 공산주의가 뭔지 잘 모릅니다. 싸우고 싶어서 싸운 것도 아니오. 끌려와서 살기 위해 싸운 것뿐이오. 우리는 아무 잘못도 없어요. 제발 우리에게 공산주의자가 되어라, 민주주의자가 되어라 하고 강요하지 마십시오. 나는 이래라저래라 간섭하는 당신들이 싫소."

이기철이가 다시 큰소리로 외쳐댔다. 그러자 깡마른 사내의 오른편에 팔짱을 끼고 서 있던 사내가 이기철의 앞으로 나와 두 눈을 부라리고 쏘아보며,

"함부로 지껄이지 마, 이 새끼야!"

하고 으름장을 놓았다. 그러자 이기철이 벌떡 의자에서 일어섰다.

"이것 보슈. 당신들이 뭔데 같은 포로의 입장에서 이래라저래라하는 거요. 이편저편 갈라지자는 것은 또 한 번 싸우자는 것이 아니오? 갈라져서 싸우기를 좋아한다면 남쪽 편이나 북쪽 편이나 다를 것이 뭐가 있소!"

이기철은 한바탕 쏘아붙이고 나서 목구멍에서 가래침을 울궈내 그의 앞에 서서 도끼눈으로 쏘아보고 있는 사내 앞에 칵 뱉었다.

"이런 회색분자 같은 새끼!"

순간 도끼눈의 사내가 이기철의 눈덩이를 힘껏 후려쳤다. 사내가 헉하고 쓰러진 이기철을 직신직신 짓밟았다.

박동실과 배출도가 도끼눈의 사내에게 대들려고 하자 깡마른 사내의 좌우에 늘어선 사내들이 우르르 앞으로 나와 두 사람의 팔을 잡아 비틀었다.

"공산주의자들보다 더 나쁜 회색분자 새끼야, 이것도 저것도 아닌 너 같은 놈들은 이 땅에서 살 자격이 없다는 걸 단단히 가르쳐 줘야 한다!"

도끼눈의 사내는 초주검이 되도록 이기철을 마음 놓고 짓밟았다.

두 번씩이나 테러를 당한 이기철은 꼬박 사흘째 앓아누워 있었다.

포로들의 송환 의사를 묻는 개별심사가 있기 이틀 전이었다. 배출도가 풀이 죽은 얼굴로 박동실을 끌고 사흘째 앓아누워 있는 이기철 머리맡으로 가서는 자기는 북으로 가기로 결심을 했다고 은밀히 말했다. 그러면서 배출도는 이기철과 박동실도 함께 가족들이 기다리고 있는 북으로 돌아가자고 조심스럽게 설득을 하려 했다.

"출도, 너는 공산주의자가 좋으냐?"

"나는 공산주의보다 내 색시가 더 좋다. 공산주의보다 색시 때문에 북으로 가고 싶은 거다."

이기철이가 묻고 배출도가 대답했다.

"동실이 너는?"

다시 이기철이가 물었다.

"나는 네들 하자는 대로 따르겠다. 기철이 네가 북으로 가겠다면 나도 따라가겠어."

"나도 마찬가지여. 색시가 그립기는 해도 기철이나 네들이 남쪽을 택하겠다면 나도 네들과 함께 남겠다."

배출도는 다시 맥이 빠진 목소리로 두 친구의 눈치를 보며 말했다.

"나는 북쪽도 남쪽도 다 싫다. 내가 총에 맞아 절뚝발이가 된 것은 북쪽에도 남쪽에도 다 같이 책임이 있다고 생각한다. 나는 북쪽 사람한테도 남쪽 사람들한테도 피해만 당했어. 우리가 북쪽으로 가게 되면 남쪽과 다시 싸우게 될 것이고, 반대로 남쪽을 택하게 되면 또 북쪽과 싸우게 될 것이 뻔하다. 나는 더 싸우고 싶지 않으니까, 양쪽 다 싫다."

이기철이가 허리의 통증을 참느라 고통스럽게 표정을 일그러뜨리며 한숨을 섞어 말했다.

"양쪽 다 싫다면 어쩌자는 거냐?"

배출도와 박동실이 함께 놀라며 동시에 물었다.

"나는 남도 북도 아닌 제3국으로 가겠으니, 네들도 알아서 결정해라. 우리는 언제까지나 행동을 같이할 수는 없다고 생각한다. 나라가 두 쪽으로 갈라졌는데, 하물며 어떻게 우리들 행동이 일치할 수가 있겠느냐."

이기철은 그렇게 말하고 눈을 감은 채 돌아누워 버렸다. 박동실과 배출도는 그들이 자라온 고향 이야기며, 오랫동안 일제에 나라를 빼앗겼던 일, 그리고 셋이서 나란히 참전하여 싸우다가 이기철을 구하려다가 포로가 된 일들을 하나하나 까발리며 어떤 일이 있어도 조국을 떠나지 말 것을 설득했다. 박동실과 배출도는 만약 이기철이가 제3국으로 떠난다면 배출도와 박동실도 각각 북쪽과 남쪽으로 따로따로 갈라지겠노라고까지 말하면서, 세 사람이 헤어지지 말자고 했다. 그러나 이기철은 더 큰소리로 신음을 토해내면서,

"셋이 따로따로 떨어졌다가, 네들이 남북의 장벽을 허물고 다시 만나는 날 나도 돌아오겠다."

라고 말했다. 그리고 그로부터 얼마 후 이기철은 절뚝거리며 뒷모습만을 남긴 채 떠나고 말았다.

3

서울역에서 내린 박동실은 이기철이가 투숙해 있는 호텔을 찾아가는 동안 높다란 빌딩들이며 수많은 차량들을 보고, 위축감 대신에 심화가 끓어오르는 것을 억제하기가 힘들었다. 많은 사람이 둘로 갈라진 땅덩어리를 하나로 연결하려고 노력하지 않고 빌딩 올리고 자동차 굴리는 데에만 힘을 쓰는 것처럼 느껴졌기 때문이다. 그는 빌딩을 높이 올리고 많은 차를 굴리고 텔레비전에서 본 것처럼 걸핏하면 축제를 열고 하는 그런 힘을, 조각난 땅덩어리를 하나로 다시 잇는데 쏟았으면 하는 아쉬움과 안타까움으로 괜히 심화가 끓어오르는 것이었다. 그리고 그 심화는 곧 허적한 슬픔으로 변했다. 자기 혼자만이 동떨어진 생각을 하는 것 같았기 때문이다.

박동실의 그와 같은 슬픈 허적감은 이기철이가 투숙해 있는 거대하고 화려한 호텔에 들어섰을 때 더욱 그의 뼛속으로 깊이 파고들었다. 그는 이기철이가 전화에서 알려 준 대로 호텔 프런트 데스크의 종업원에게 인도에서 온 이기철 사장을 만나러 왔다고 말하자, 예쁘게 한복을 입은 아가씨가 그를 이기철이 투숙해 있는 방까지 친절하게 안내해주었다. 박동실은 안내하는 아가씨를 따라 엘리베이터를 타고 15층에 내려 이기철이가 투숙해 있는 방까지 가는 동안 엘리베이터와 열차의 객실처럼 긴 복도에서 많은 사람과 지나쳤는데, 그들은 모두 텔레비전 연속극에서처럼 먹고 살아가는 문제는 걱정 없고, 사랑이니 고혈압이니 하는 데에만 신경을 쓰는 속 편한 사람들 같았으며, 땅덩어리가 조각난 것에는 조금도 슬퍼하지 않는 표정들이었다.

32년 만에 그리운 옛 친구 이기철을 감격적으로 만나게 된 박동실은 이상하게도 입이 얼어붙기라도 한 듯 한동안 아무 말도 하지 않았다. 그는 이기철이가 내민 손을 조심스럽게 붙잡고 얼어붙은 듯한 위축감과 슬픔 허적감이 뒤엉킨 기분이 되어, 32년 전보다 훨씬 더 우람해진 이기철의 모습을 쓸쓸하게 바라볼 뿐이었다. 박동실은 이틀 전 전화를 통해 만났을 때처럼 욕을 퍼부어 대기는커녕 돌처럼 경직된 표정으로,

"참말로 꿈만 같구만그려."

하고 겨우 첫마디를 쥐어찌듯 가까스로 토해 냈을 뿐이다.

"동실이 자네를 다시 만나다니 참으로 꿈만 같네."

이기철은 우악스런 손으로 박동실의 손을 잡고 가볍게 흔들고 나서 그렇게 말하고 소파에 먼저 앉았다. 두 친구는 마주 보고 앉은 채 한동안 말이 없었다. 박동실도 할 말을 잃어버렸다. 생각 같아서는 주먹으로 이기철의 허구리라도 한 대 힘껏 지르며, 죽일 놈, 살릴 놈, 몰인정한 놈 하고 소리를 내지르고 싶었지만, 어쩌된 일인지 그는 이기철이가 처음 만나는 사람이기라도 한 듯 심신이 경직되어 버렸다.

박동실은 이기철의 얼굴만 외로운 생각에 잠긴 눈빛으로 바라보았다 지난 32년 동안에 그렇게도 그의 얼굴 윤곽을 떠올려 보려고 했으나, 얼굴의 모습은 전혀 눈에 잡혀 오지 않고 절뚝거리는 뒷모습만 밟혀왔었는데, 오늘 가까이서 마주한 이기철의 얼굴은 역시 어딘지 낯설어 보였다. 이기철의 얼굴이 역삼각형에 턱끝이 뾰족한 것도 비로소 처음 확연하게 알았고, 두 눈꼬리가 마치 여덟 팔 자를 뒤집어 놓은 것처럼 매달리고, 살한 점 없이 깎아 놓은 듯한 콧대며, 체구에 비해 작은 입도 처음 보는 것만 같았다.

박동실이가 32년 만에 만난 그리운 옛 친구 이기철 앞에서 처음으로 대면한 사이처럼 딱딱하고 서먹서먹해진 것은 이기철이 너무 변해 보였기

때문이었다. 박동실은 처음 만나는 사이처럼 아뜩한 거리감을 느꼈다. 그것은 그의 모습이 너무 달라졌다고 생각했기 때문인지도 몰랐다. 그리고 그런 기분은 이기철도 똑같이 느끼고 있는 듯싶기도 했다.

박동실이가 보기에 확실히 이기철은 옛날의 이기철이 아니었다. 이상하게도 박동실은 이기철에게 압도당하고 있는 기분이었다. 이기철이가 높고 튼튼한 성벽처럼 느껴졌다.

32년 전의 박동실은 자신이 이기철보다 키가 작다는 차이밖에는 느끼지 못했었다. 그런데 지금 박동실이가 느끼는 차이는 키의 크고 작음이 아니라 옛날 포로수용소 안에서 공산주의자 집단과 비공산주의자 집단 사이에서 볼 수 있었던 것만큼이나 엄청난 것이었다. 그것은 이 땅에 살고 있음과 살지 않음의 차이만은 결코 아니었다.

"결혼은 했겠지?"

"했고말고. 동실이 자네는?"

"나도 했네. 아이는 몇인가?"

"아들만 둘인데, 두 놈 다 미국에서 공부하고 있다네. 동실이 자네는 아이가 몇인가?"

이기철은 박동실이가 묻는 말에만 대답했고 똑같은 질문을 했다.

"기철이 자네, 신수가 아주 늘어졌구만그려. 그때 제삼국으로 떠나길 잘한 모양이야."

"동실이 자네도 좋아 보이는데 뭐."

"아닐세. 나는 보다시피 폭삭 늙어 버렸네. 자네는 아직 사십 대로 보이는구만."

"일을 열심히 하느라, 늙을 여유도 없었다네. 이 정도 기반을 닦기까지는 어려움이 많았네. 일하느라고 고향 생각도 친구들 생각도 잊어버렸구만."

"그랬을 테지."

이기철은 시종 웃으면서 말했으나 박동실의 표정은 여전히 동상처럼 두껍게 굳어 있었다.

"기철이 자네도 고향 소식은 모르겠지?"

"이년 전에 무역히는 중공 상인을 통해 우리 아버지가 오래전 세상을 떴다는 소식을 들었네. 의붓어머니와 이복 동생들이 옛날 집에서 살고 있다더구만."

이기철의 말에 박동실은 갑자기 신경을 곤추세워 긴장된 얼굴로 몇 번인가 상반신을 들썩거리며 자리를 고쳐 앉았다. 그는 이기철의 입에서 그의 가족과 배출도에 대한 이야기가 나오기를 은근히 기다렸다. 그러나 이기철은,

"옛날 사람은 잊어야지. 잊을 건 잊고 살아야 오늘에 충실할 수 있거든. 나는 사업 기반을 닦느라고 과거는 잊고 살았네."

하고 말했다. 잠시 두 사람의 대화가 끊겼다. 그 사이 이기철은 호텔방 안의 냉장고에서 맥주 두 병을 꺼내 마개를 땄다.

"자, 드세."

이기철은 박동실의 앞에 놓인 빈 잔을 채워 주었다. 박동실은 맥주 거품만을 들여다보고 앉아 있었다. 그는 조갈증으로 목구멍 안이 후끈거렸으나 맥주를 마시고 싶지는 않았다. 후끈거리는 가슴 밑바닥에 맥주 거품 같은 슬픔이 부글 끓어올랐다.

"이젠 서울로 다시 돌아와야지?"

한참 후에 박동실이가 음울하게 가라앉은 목소리로 물었다.

"그럴 생각 없네."

이기철은 단숨에 맥주잔을 비우고 나서 다시 빈 잔을 채우며 단호하게 말했다.

"자네는 이 나라 사람이 아닌가?"

"한국은 아직 불안하네. 밖에서 보면 곧 무슨 일이 터질 것만 같아서……."

"이제 우리는 늙었지 않은가. 뼈는 조국에 묻어야지."

"그건 감상일세. 인도라는 나라는 화장을 하기 때문에 무덤이 없다네. 죽으면 그만인데 뼉다귀를 조국 땅에 묻는다는 게 무슨 의미가 있는가."

"우린 한국 사람이야."

"지금은 지구촌 시대라네. 세계는 하나라는 말 안 들었나?"

"기철이 자네 조국을 버릴 셈인가."

"버림받은 건 날세."

"어디 그것이 이 땅 탓인가."

"싸움이 아직도 계속되고 있다는 것을 알면서 그런 말을 하는가? 진짜 싸움이 언제 터질지 모르지."

"아들들 생각은 어떤가? 자넨 아들이 둘이니까, 그래도 하나쯤은 조국에 뿌리를 내리게 해야 하지 않겠는가?"

"난 두 아들은 미국 시민으로 만들 생각이야. 그래서 고등학교 때부터 미국으로 유학을 보냈어. 어차피 지구는 하난데 어디에 뿌리를 내린들 무슨 상관이 있겠는가. 내 아들들을 한국으로 보냈다가 우리가 겪었던 아픔을 되풀이시키고 싶지는 않네."

이기철의 말에 박동실은 가슴이 미어지는 듯했다.

박동실과 이기철이 호텔 방에 마주 앉아 있는 동안에 10분 간격으로 전화가 걸려 왔다. 이기철은 영어를 섞어 가면서 전화를 받을 때마다 거대한 체구를 키질하듯 까불어 대며 호탕하게 웃었다.

"여기저기서 만나자는 사람이 많아서 원. 모두 나한테 신세를 진 사람들이지."

이기철은 소파에 몸을 푹신하게 파묻고 앉아서 자랑스럽게 말했다.

"남쪽에도 북쪽에도 얽매이지 않으니 이렇게 자유롭다네. 솔직히 말해서 내가 이 땅에 남아 있었다면 이렇게 자유로울 수가 있겠는가. 자유로울 수 있다는 것은 아무 쪽에도 가담하지 않는 거라니깐. 머지않아서 우리 두 아들들이 미국 시민권을 얻게 된다면 그때는 지구가 모두 내 땅이나 다를 것 없을 거로구만. 미국 시민권만 얻으면 이 지구 어디라도 갈 수 있을 테니까 말이네."

박동실은 우울한 얼굴로 이기철의 이야기를 듣고만 있었다. 마음속으로부터는 슬픔과 역겨움을 함께 느꼈지만 겉으로 표현하지는 않았다. 그는 32년 만에 만난 옛 친구에게 최소한의 예의를 지키고 싶었다.

"배출도의 소식은 아나?"

한동안 잠자코 있던 박동실이가 넌지시 물었다.

"알 턱이 있나. 내가 자유롭게 왕래할 수 있는 남쪽의 자네 소식을 알게 된 것도 최근인데, 허지만 중공 상인을 통해서 알아볼 수는 있겠지."

"배출도 아내가 서울에 있네."

"그러나?"

이기철은 별로 놀라지 않은 표정으로 양담배에 불을 붙이며 가볍게 반문했다.

"우리가 낙동강 전선에 있을 때, 그의 아내는 출도를 만나러 남으로 내려왔다더구만."

그때 다시 전화벨이 울리자 잠시 이야기가 끊겼다. 송수화기를 집어든 이기철은 예외 없이 육중하게 느껴지는 두 어깨를 사뭇 들먹거리며 긴 통화를 했다.

"지난번 이산가족 찾기 방송 때 만났다네. 서른네 살 된 아들이 하나 있더구만."

이기철이 통화를 끝내고 송수화기를 놓자 박동실은 이야기를 계속했다.

"출도가 징집을 당할 무렵 아내는 임신 중이었던 게야."

"바보 같은 자식. 그때 나를 따라 제삼국으로 갔더라면 처자를 만날 수 있었지 않았겠는가!"

"거야 배출도는 그때 색시가 남쪽에 있는 줄 몰랐었으니까 그랬지."

"하기는 출도 그놈은 마음이 약해서 나와 함께 제삼국으로 갔더라도 견뎌내지를 못했을 거로구만. 나와 같이 인도로 갔던 사람 중에서 상당수가 가족이 그리워 참지 못하고 중공으로 넘어갔는데, 그 사람들 가족을 만나게 되었는지 가다가 죽었는지 모르지. 배출도 그 자식, 나하고 함께 갔더라면 필시 그놈도 인도를 떠나고 말았을 거로구만. 그놈은 마음이 너무 약해서……."

"마음 약한 사람치고 악한 사람이 없다네."

"허지만 배출도 모양으로 마음이 약해 가지고는 이 불안한 세상 헤쳐나갈 수 없네."

"그런 말 말게. 출도나 나나 마음이 약했기 때문에, 총에 맞은 자네를 구하려고 되돌아갔다가 함께 포로가 되지 않은가."

박동실은 이기철이가 배출도를 비난하는 말에 울컥해져 한마디 쏘아붙였다. 그러나 박동실은 곧 후회했다. 그 말을 듣는다고 해서 이기철이가 옛날의 우정을 잠시라도 돌이킬 것 같지가 않았기 때문이었다.

"기철이 자네, 출도 처자 한번 만나 보지 않겠는가."

잠시 후 박동실은 부드럽고 나지막한 목소리로, 마치 지난날의 우정에 호소라도 하듯 말했다. 이기철은 담배 연기만 날리고 있었다.

"배출도는 만나지 못하더라도 그 친구 처자라도……."

"좋겠지."

이기철의 대답은 결코 시원스럽지가 않았다.

"내가 당장에 배출도의 부인과 아들을 호텔로 데려오겠네."

"오늘은 안 되네. 오늘은 조금 있다가 나가 봐야 하니까. 내일 열두 시 전에 그들을 만나기로 하세."

그러면서 이기철은 시계를 보았다.

"나 잠깐 나갔다 올 테니, 자네 여기서 좀 기다리고 있게나. 오랜만에 만났으니까 밤에 술 한잔 하면서 쌓인 회포를 풀어야 할 게 아닌가. 괜히 밖에 나가면 더웁기만 할 테니, 시원한 내 방에서 피서나 즐기게."

이기철은 두 시간쯤 후에 다시 돌아오겠다고 말하고 소파에서 일어섰다. 그는 밖으로 나가면서,

"냉장고 안에 마실 것 많으니 맘대로 꺼내 마시게!"

라고 말하고 떠났다..

박동실은 이기철이가 떠난 뒤 혼자 뎅그렇게 앉아서 호텔 빈방을 지키고 있었다. 그는 냉장고에서 얼음처럼 찬 맥주를 꺼내 홀짝거리면서 슬프고도 외롭고 무료한 시간을 죽였다. 4시쯤에 나간 이기철은 8시가 되어도 돌아오지 않았다. 이기철을 기다리는 동안 그는 냉장고 안에 들어있는 맥

주를 모두 꺼내 마셔 버렸다. 그가 혼자 호텔 방을 지키며 맥주를 홀짝거리는 사이에 여러 차례 전화벨이 울렸다. 그때마다 송수화기를 들고 한껏 목소리를 의젓하게 가다듬어 지금 이 사장님 안 계십니다 하고 말해 주었으며, 어쩌다가 낯선 혀 꼬부라진 소리가 흘러나올 때는 소스라쳐 송수화기를 놓아버리곤 했다.

냉장고 안에 들어있는 맥주를 몽땅 꺼내 마셔 버린 박동실은 술에 취해, 혼자서 욕을 퍼부어 댔다.

"나쁜 자식, 인정머리 없는 새끼! 그래 출도와 나는 마음이 약해서 이 땅에 남아 있고, 네놈은 무쇠 심장을 가져서 다른 나라로 가서 옛날 친구도 고향도 다 잊었단 말이냐? 나쁜 자식, 뭐 이편도 저편도 아니어서 자유스럽다고?"

박동실은 혼자서 욕을 퍼부어 대다가 소파에 파묻힌 채 잠이 들었다. 그가 잠에서 깨어났을 때는 밤 9시가 넘어서였다. 두 시간 만에 돌아오겠다고 박동실 혼자 두고 나간 이기철은 다섯 시간이 지나도록 늦는다는 전화조차 없었다. 박동실은 술이 깨자 비로소 부끄러운 생각이 들었다. 냉방이 된 방에서 에어컨 바람을 쐬고 잠이 들었던 탓인지, 골치가 떵하고 삭신이 느슨하게 풀리면서 자꾸만 재채기가 나왔다. 그는 에어컨을 꺼버리고 싶었지만 어떻게 끄는지를 몰라, 소파를 에어컨 바람을 피해 옮겨 놓고 앉아 있다가, 언제까지나 이기철을 기다릴 수가 없을 것 같아 천천히 일어섰다. 박동실은 호텔 방에서 나와 엘리베이터를 타기 위해 길고 답답한 복도를 빠져 나갔다. 엘리베이터를 탈 줄 몰라 잠시 미적거리고 있는데, 엷은 녹두 빛깔의 엘리베이터 문이 벌컥 열리면서, 거대한 몸집의 이기철이가 그의 가슴에도 안 차는 키가 작고 몸피가 잠자리처럼 얄팍

한 젊은 색시를 옆구리에 끼고 휘청거리며 밀려 나왔다.

"어?"

박동실과 눈이 마주치자 이기철은 난처해진 듯 어정쩡하게 발걸음을 멈추더니 어색하게 웃어 보였다.

"나 그냥 가겠네."

박동실은 이기철의 몸에 찰싹 달라붙어 있는 잠자리 같은 젊은 여자를 보지 않으려고 반쯤 고개를 돌리고 말했다.

"아닐세! 이 사람아, 오늘 밤 술 한잔해야지! 가기는 어딜 간다고 그래."

이기철은 너무 오래 기다리게 해서 미안한 생각 때문인지 애써 친절한 말로 뒷발질하려고 했다.

"나 술 많이 했네. 냉장고 안에 들어있는 맥주 내가 다 마셔서 미안허이."

"어디로 가겠다는 겐가."

"밤이 좀 늦긴 했지만, 출도 부인과 아들놈을 만나러 가야겠네."

"참 그렇구만."

"내가 내일 오전 중에 모자를 호텔로 데리고 오겠네."

"그렇게 해주겠나."

그때 엘리베이터 문이 열려 박동실은 시골 사람들이 만원 버스를 탈 때처럼 이기철을 돌아볼 겨를도 없이 다급하게 엘리베이터 안으로 쓸려 들어갔다. 그가 탄 엘리베이터는 한참 동안 위로 올라갔다가 다시 내려갔다.

호텔에서 나와 큰 거리의 귀퉁이에 선 채 어디로 가야 할지 방향을 잡지 못한 박동실은, 그가 30년 동안 갇혀 살아왔다고 생각했던 학교 수위실의 벽돌 상자 속에 있을 때보다 더 불안하고 부자유스러움을 느꼈다. 거리를 들쑤시며 질주하는 자동차의 불빛들은 전쟁터의 포화처럼 살기가 느껴졌고 하늘로 치솟은 거대한 빌딩들은 삼팔선의 철조망처럼 싸늘하게 보였다.

박동실은 남산 타워의 불빛을 가늠하여 서쪽이라고 생각되는 쪽으로 무작정 걸었다. 현기증 나는 도심지에서 빨리 벗어나고 싶었기 때문이다. 도심지의 불빛과 인파와 빌딩들이 그를 어지럽게 했다. 그는 전선에서 낙오병이 된 기분이었다. 본대에서 멀리 낙오되어 허탈감과 외로움과 불안에 떨면서 정처 없이 헤매고 있는 것만 같았다.

박동실은 세 시간 가까이 낙오병이 된 기분으로 서울의 밤길을 걷다가, 남산 타워의 불빛이 보이지 않는 변두리 싸구려 하숙옥에서 하룻밤을 자고 해가 떠오르기 전에 배출도의 처자가 사는 산동네로 찾아갔다. 그가 간밤에 서쪽으로만 걸었기 때문에 하숙옥에서 배출도의 처자가 사는 산동네까지는 그리 멀지 않았다.

땀을 뻘뻘 흘리며 허위허위 산동네로 올라가고 있는 박동실은 호텔 엘리베이터를 탔을 때보다 오히려 기분이 좋았다. 높이 올라갈수록 현기증 대신에 시원한 바람이 넉넉하게 불어와 땀을 식혀 주었다. 배출도의 처자가 사는 산동네 꼭대기에 거의 다 올라왔을 때는 어느덧 해가 머리 위에 있었다. 배출도의 처자가 사는 집은 산동네 꼭대기에 있었다. 블록을 쌓고 슬레이트를 얹어 방 두 개와 부엌을 만든 허름한 집이었는데, 그나마 마당도 담도 없어 방문 앞이 바로 산동네를 넘는 길이었다. 그래도 2년 전 배출도의 아내는 박동실을 끌고 오다시피 하여 집을 보여주고 그녀 혼자 힘으로 장만한 것이라면서 이 집을 자랑했었다.

박동실은 담 대신에 여름인데도 잎이 노란 어른 키 높이의 연필향나무 한 그루가 서 있는 배출도 처자의 블록집 앞에서 걸음을 멈추고 집 안을 기웃거렸다. 헛기침을 두어 차례 토하자 초록색 페인트칠을 한 부엌의 판자문이 지그시 열리면서 키가 작고 몸피가 가냘픈 젊은 여자가 아기를 업고 나왔다. 박동실은 낯선 젊은 여자를 보자 그사이에 배출도 처자가 딴 곳으로 이사를 하지 않았나 싶어 적이 실망했다.

"누구신가요?"

젊은 여자가 은행 알 같은 눈을 똥그랗게 뜨고 먼저 물었다.

"이집에 살던 사람 이사를 갔나요?"

"아닌데요."

젊은 여인은 등에서 칭얼대는 아기를 어르면서 말했다.

"그러면 배달수네가 아직 이 집에서 살고 있군요."

"맞아요. 근데 누구시죠?"

그제서야 박동실은 아기를 업고 있는 젊은 여자가 배달수의 처라는 것을 알았다. 배달수가 여수까지 그를 찾아온 두 달쯤 후에 결혼했다는 편지를 받은 일이 생각났다.

"아들이요, 딸이요?"

박동실은 여인의 등에 업힌 아기를 보며 물었다.

"아들인데요."

배달수의 아내는 그렇게 대답은 하면서도 낯선 방문객이 누구인지를 몰라 뜨악한 눈빛으로 박동실을 보았다.

"이놈이 출도 녀석의 손자로구나."

박동실은 등에 업힌 아직 돌이 지나지 않았음직한 아기의 얼굴을 짯짯이 들여다보며 혼잣말로 중얼거렸다.

"누구신지……."

배달수의 아내는 그제서야 경계하는 눈빛을 풀고 한껏 목소리를 부드럽게 가라앉히며 물었다.

"나, 여수에서 올라온 이 아이 할애비의 친구 되는 사람이오."

"아! 네, 이북에서 내려오셨다는……."

그러면서 배달수의 아내는 갑자기 박동실을 대하는 태도를 바꾸어 정중하게 예의를 갖추었다. 배달수의 아내는 방으로 들어가자고 했으나, 박동실은 토방의 그늘에 놓인 사과 궤짝 위에 앉았다. 배달수의 아내는 먼 곳에서 찾아온 손님을 어떻게 맞아야 좋을지 몰라 안절부절못했다.

"애기 할머니는 어디 가셨소?"

사과 궤짝 위에 앉아 숨을 돌린 후 집안을 둘러보며 물었다.

"어머님은 돌아가셨는데요."

배달수 아내의 공허한 목소리에 박동실은 용수철이 튀듯 벌떡 일어섰다. 그는 잠시 할 말을 잊고 온몸이 순식간에 연소되어 한 줌의 재로 변해 버리기라도 한 것처럼 풀석 주저앉고 말았다.

여수까지 찾아온 배달수한테서 그의 어머니가 박동실을 만난 후부터 갑자기 기력을 잃고 시름시름 앓기 시작했다는 이야기는 들어 알고 있는 터였으나, 그렇게 쉽게 세상을 떠날 줄은 몰랐다. 배출도의 아내가 기력을 잃어버린 것은 남편이 남쪽에 없다는 것을 알게 된 때문이라는 것을 헤아릴 수가 있었다.

"차라리 내가 만나지 말 것을……."

박동실은 울고 싶도록 통회했다. 그의 만남이 배출도 아내로부터 한줄기 가느다란 연줄 같은 희망을 끊어 버린 행위가 되고 말았다는 것을 알게 되자 그렇게 후회스러울 수가 없었다.

박동실이가 참담한 모습으로 머리를 쥐어뜯으며 괴로워하고 있을 때, 배달수 아내는 산동네 아래 시장통에서 노점을 보고 있는 남편을 데려오 겠다면서 파라솔 대신 비닐우산으로 구리철사 같은 햇살을 가리고 서둘 러 내려갔다.

박동실은 차라리 배출도의 부음을 접했더라면 이토록 가슴이 아프지 는 않았을 것이었다. 그는 늙고 초라한 한 여인의 죽음을 통해서 새삼스 럽게 별리의 슬픔과 허무와 분노를 느꼈다. 그의 머릿속에는 다른 두 모 습의 배출도 아내가 떠올랐다. 이기철과 함께 함을 지고 갔을 때 처음 보 았던 팽나무처럼 우람하고 성벽처럼 단단해 보이기만 한 모습과, 계절이 지난 들판의 허수아비처럼 초췌한 2년 전의 모습이 각각 별개의 존재로 찍혀 왔다. 박동실은 처음 보았을 때의 모습에서부터 마지막 모습까지의 일생을 하나로 연결해 떠올려 보았다. 그녀의 초라한 일생이 낡고 찢긴 플래카드처럼 그의 머릿속에서 어지럽게 펄럭였다. 박동실은 배출도 아 내의 구겨진 삶이 마치 자신의 삶처럼 생각되었다. 타인의 삶으로 규정지 어 버리기에는 너무도 아픔이 컸다.

"왜 나한테 알려 주지 않았나."

박동실은 땀에 젖은 러닝셔츠 바람으로 헐근거리며 가파른 산동네 길 을 추어 올라, 그의 집 안으로 바삐 들어서는 배달수를 보자 벌컥 화부터 냈다.

"아저씨……."

반가움에 더운 것도 잊고 한달음에 뛰어온 배달수는 인사할 여유도 없 이 박동실로부터 면박을 당하자, 무슨 영문인지조차 몰라 모래 씹은 얼굴 로 지싯거리고만 있었다.

"나까짓 거 힘이 되어주지는 못할지라도 알려 주기는 했어야지. 자네 아버님이 아셨다가는 나를 가만 두지 않을 텐데 이를 어쩌지?"

박동실은 푸념처럼 중얼거렸다. 배달수는 한참 후에서야 박동실이가 무엇 때문에 화를 내고 있는지를 가늠할 수가 있었다.

"죄송해요, 아저씨. 겨를이 없었구만요."

그러면서 배달수는 그의 어머니가 세상을 뜬 전후 사정을 이야기했다.

배달수의 어머니는 박동실을 만난 후부터 특별히 아픈 데도 없이 시름시름 기운을 잃어 갔다. 그가 교도소에서 나와 보니 어머니는 죽기를 작정하기라도 한 듯 음식을 입에 넣지 않았다. 날이 갈수록 야위어만 가는 어머니는 부쩍 아들의 결혼을 서둘렀다. 배달수가 결혼을 하던 날 어머니는 오랜만에 밥 한 그릇을 다 비웠다. 그리고 희미하게나마 힘겹게 웃음을 머금어 보이기까지 했다. 그것이 어머니의 처음이자 마지막 미소였다. 어머니에게서 웃는 모습을 별로 발견하지 못하고 살아온 배달수로서는, 비록 공허하기는 해도 마지막 그 미소를 잊을 수가 없었다.

결혼을 한 지 한 달쯤 후, 어머니는 느닷없이 안과 병원에 데려다 달라고 했다. 그의 어머니는 눈이 나쁘지 않았다. 배달수가 교통사고를 내 교도소에 들어가 있을 동안에도 어머니는 손수 바늘귀를 꿰어 삯바느질을 했었다.

"에미가 이 험한 세상에서, 혼자 몸뚱이로 너를 키우면서 살아남을 수 있었던 것은 돋보기모양 밝은 이 두 눈과 맷돌 같은 위장 덕분인 게여. 모래를 씹어도 소화가 될 만큼 튼튼한 위장 덕분에 그 가난 속에서도 아무 것이나 먹고 살아날 수 있었고, 이 밝은 두 눈으로 삯바느질하면서 너를 키울 수 있었던 게여."

배달수 어머니는 늘 그런 말로 자신의 밝은 눈과 튼튼한 위장을 자랑했었다. 그런 어머니가 갑자기 안과 병원에 데려다 달라고 한 것이었다. 눈이 보이지 않느냐고 물었지만 그의 어머니는 병원에 가보면 안다고만 대답했다.

그의 어머니는 안과 의사한테 자신의 눈을 기증하겠다고 했다. 어머니는 자기 눈만은 젊은 사람들 못지않게 잘 보인다는 것을 몇 번이고 되풀이하여 말한 후, 두 가지의 조건을 붙여서 기증하겠노라고 했다. 그 두 가지 조건이란 첫째 자신의 눈을 가져갈 사람은 되도록 나이가 어려야 하며, 둘째 남북이 통일되면 반드시 함경남도 부전호 옆에 있는 자신의 고향에 가서 남편 배출도라는 사람을 한번 만나 보는 것이었다. 젊고 유들유들한 안과 의사는 배달수 어머니의 두 번째 조건에 피식 웃고 말았는데, 배달수 어머니가 왜 웃느냐고 큰소리로 화를 내며 따지는 바람에, 안과 의사는 정색을 하고 사과했다. 기증서에 도장을 찍고 돌아오면서 그의 어머니는 아들에게 자신의 눈을 기증받은 사람을 만나면 꼭 아버지의 고향과 성함을 분명히 적어 주라고 몇 번이고 당부를 했다. 배달수는 안과 병원에서 집에까지 어머니를 모시고 오는 동안 아무 말도 하지 않았다. 죽은 후에라도 자신의 눈으로 고향과 남편을 보고 싶어 하는 어머니의 간절한 소망이 오히려 감당할 수 없을 만큼 큰 슬픔으로 가슴속 깊은 곳을 휘저어 왔기 때문이다.

안과 병원에 갔다 온 후 어머니는 죽을 날짜를 받아 놓기라도 한 듯 늦가을 찬바람 속의 나뭇잎처럼 눈에 띄게 시들어갔다. 그리고 눈을 감기 하루 전, 아들을 불러 숨이 끊어지면 몸이 식기 전에 서둘러 안과 병원에 연락부터 하라고 마지막 유언을 했다.

"어머님 유언대로 했구만요. 눈을 감으시자마자 병원에 연락했더니, 시신을 차에 싣고 가서 어머님 눈을…… 아저씨 죄송해요. 정말로 아저씨한테 기별할 겨를이 없었구만요."

배달수의 이야기를 듣고 난 박동실은 아무 말 없이 망연하게 구름 한 점 흐르지 않는 북쪽 하늘을 바라보았다.

"다행히 어머니의 두 눈을 기증받은 사람은 열일곱 살 된 아이였구만요. 어머님 소원대로 그 아이가 죽기 전에 통일이 되어 아버지 고향에 갈 수 있었으면 좋겠어요. 그 아이도 꼭 아버지를 만나겠다고 약속을 했구만요."

배달수는 어머니의 소망이 이루어지기를 비는 간절한 마음으로 말했다. 그러나 어머니의 소망을 이야기하는 배달수의 말은 박동실의 답답한 가슴에 화살처럼 잔인하게 꽂혀 왔다. 박동실은 배달수의 이야기를 듣는 것조차도 괴로웠다.

"지금 몇 신가?"

박동실이가 사과 궤짝에서 무거운 몸으로 일어서며 물었다.

"열한 시 반이구만요. 참, 여기 이러고 계시지 말고 방으로 들어가십시다. 애기 엄씨 곧 올라와서 점심 지을 것인께요."

배달수는 방문을 열고 박동실을 안으로 밀어 넣기라도 하려는 듯 두 팔을 벌리며 말했다.

"냉큼 옷 갈아입게나."

"왜요?"

"나하고 같이 갈 데가 있네. 만나 볼 사람이 있어."

"아주머님이랑 함께 올라오셨나요?"

"지난번에 내가 말했던, 아버님의 옛 친구가 인도에서 돌아왔네."

"아, 제삼국으로 가셨다는 친구분이 오셨구만요."

"그렇다네. 지금 호텔에서 기다리고 있네. 어서 서두르게."

"서두르고말고요."

배달수는 방 안으로 들어가더니 입다가 벗어 둔 흰 반팔 티셔츠를 손에 들고 나왔다.

"어서 가십시다."

그는 웃옷을 왼손에 바꿔 든 채 문지방 위의 눈썹선반에서 나들이용 구두를 꺼내 신으며, 마치 아버지라도 만나러 가는 것처럼 들떠 있었다. 박동실이가 집을 비워두어도 괜찮겠느냐고 하자 배달수는,

"훔쳐 갈 것이 있어야죠. 가난한 산동네에 사니까 도둑 걱정 없어 좋으네요. 도둑 걱정 없이 사는 것도 복이지요."

하고 히죽히죽 웃으며 앞장서서 가파른 고갯길을 내려가기 시작했다. 산동네의 중간쯤 내려오다 말고 배달수는 박동실에게 가져올 게 있으니 잠깐만 기다려 달라고 말하며 내려오던 길을 되짚어 뛰어 올라갔다. 배달수는 5분도 안 되어 돌아오더니,

"이걸 가져오는 것을 깜박 잊고 말았어요."

하면서 박동실의 코앞에 서리를 맞고 바람에 떨어진 황갈색의 떡갈나무 잎처럼 빛깔이 희읍스름하게 바랜 오래된 사진 한 장을 바싹 들이대는 것이었다.

"사진 아닌가?"

"어머니께서 아버지를 찾아 남쪽으로 내려오실 때 갖고 온 사진입니다."

박동실은 배달수한테서 담뱃갑 크기 정도의 낡은 사진을 받아들고 눈부신 여름날 한낮의 햇살에 비춰 보았다. 스무 살 안팎의 미루나무처럼

싱싱한 세 젊은이가 나란히 어깨동무하고 찍은 사진이었다. 키 큰 이기철이가 한가운데 왜가리 모양으로 정중하게 서 있고, 배출도와 박동실이가 양쪽에 웃고 있었다. 그들이 징집당하기 한 달쯤 전에 부전호의 둑에서 찍은 사진이었다. 봄날 호수 바람에 키 큰 이기철의 머리가 쑥대머리처럼 건듯 일어섰고, 건방지게 허리띠 안으로 꿍겨 넣지 않고 길게 늘어뜨린 배출도의 흰 와이셔츠 꽁무니 자락이 가볍게 호수 바람에 펄럭이고 있었다.

박동실은 눈앞이 어질어질해질 때까지 사진 속 세 사람의 얼굴을 들여다보았다.

"기철이 그 친구, 이 사진 보면 옛날 생각이 간절해지겠구만."

박동실은 전날 호텔에서 이기철을 만났을 때 느꼈던 어정뜬 기분은 잊어버린 듯 새로운 마음으로 흥분되어 말했다.

박동실은 이미 뇌리의 저편으로 날아가 버린 퇴색한 삐라와도 같은 옛날 사진을 든 채 그림자를 밟고 가파른 산동네 길을 내려갔다.

"겨울에는 힘들겠구만."

그는 정수리를 따금따금 쑤셔 대는 햇살을 쳐다보며 말했다.

"그래도 어머니는 한 번도 미끄러지지 않고 이 길을 오르내렸답니다."

배달수의 말을 드는 순간, 박동실은 눈이 쌓인 미끄러운 산동네 길을 허적허적 올라가고 있는 배출도 아내의 모습을 떠올렸다. 이 미끄러운 길에서 한 번도 넘어지지 않았다는 배달수의 말이 한동안 포성에 시달려 이명증으로 윙윙거릴 때처럼 귓속에 오래 남아 맴돌았다. 그런 배출도의 아내가 결국은 남편이 남쪽에 없다는 단 한 마디에 천길만길 낭떠러지 밑으로 아주 넘어지고 만 것이었다.

"그래도 우리 같은 사람들 살기는 좋은 동넵니다. 달밤에 이 길을 올라올 때는 말만 들어온 고향 생각도 나구요. 어쩌다가 수입이라도 짭짤해서 탁배기 한 잔 쫙 걸치고 달빛을 밟으며 이 길을 올라올 때는 걸어서 하늘로 올라가는 기분이랍니다."

박동실은 배달수의 말에 실소를 삼켰다.

"이 신동네 길을 올라갈 때마다 어머니는 아버지를 만날 수만 있다면 하늘까지라도 걸어 올라가겠다고 늘 말씀하셨답니다."

"고향에도 이런 고갯길이 있지. 마을에서 부전호로 가려면 그 밤나무 고개를 넘어야 했는데, 오월이면 툭툭 쏘아대는 밤꽃 향기 때문에 생머리가 아팠다네."

"어머니는 이 산동네 길에서 물비린내가 난다고 하시데요. 제 코에는 가난에 찌들어 쾨쾨한 땀 냄새만 나는데 말입니다."

"어머님은 이 산동네에서 고향의 부전호 물비린내를 맡으신 게로구만."

그들은 산동네 길을 내려와서도 한참 동안 우렁이 속 같은 골목길을 휘뚤휘뚤 꿰고 빠져나와 큰길 다리께에서 시내버스를 탔다. 박동실은 시내버스 안에서 그의 삶처럼 힘겹게 매달린 채 퇴색한 세 친구의 사진을 머릿속에 열심히 떠올렸다. 사진 속의 장면은 꿈처럼 희미했다. 사진의 빛깔이 퇴색해버린 것과 같이, 그들 세 사람의 생각도 가늠할 수 없을 만큼 달라져 버린 것이었다. 그러나 무엇보다 박동실의 마음을 아프게 후벼 파는 것은, 이제는 각기 퇴색해 버린 마음일지라도 다시 만나 함께 사진을 찍을 수 없다는 엄연한 사실이었다.

"아저씨도 우리 어머니처럼 고향 부전호의 물비린내를 맡으면서 살아오셨나요?"

박동실의 옆에 매달린 채 빈 좌석이 나기만을 여수고 있던 배달수가 조용히 속삭이듯 물었다.

"내가 맡을 수 있는 건 쓰레기 썩는 냄새뿐이었네. 학교 수위실 뒤에 쓰레기장이 있거든."

박동실은 그렇게 말하고 나서 푸 하고 이빨 사이로 바람 빠지는 소리를 내며 웃었다. 그것은 어쩌면 벽돌 상자 안에 갇힌 그 자신이 푹 썩고 있는 냄새인지도 모른다고 생각했다.

"내 코는 삼팔선 모양으로 꽉 맥혀 버려서 밤나무꽃 향기나 부전호의 물비린내를 맡을 수가 없다네."

박동실은 지친 목소리로 말하며 버스 손잡이를 잡고 있는 팔의 시계를 보았다. 12시가 가까워져 오고 있었다. 마음이 조급해졌다.

"너무 늦었어. 택시를 탈 걸 그랬네. 오전 중으로 가겠다고 약속을 했거든."

시내버스가 빨간 신호등에 묶이자 박동실이가 말했다. 그는 시간이 흐를수록 초조해진 듯 손목시계의 초침에서 눈을 떼지 않았다.

"기다려 주시겠지요. 아저씨는 삼십이 년 동안이나 기다려 오셨지 않아요."

"나는 기다려 온 것이 아니라 버텨 왔다네. 욕을 퍼붓고 원망하면서 버텨왔어."

그 사이 버스가 정류장에 멈추자 자울자울 조는 척하던 젊은 여자가 그들 사이를 밀치고 하차했고, 배달수가 잽싸게 빈 좌석을 차지했다가 박동실이 앉도록 내어 주었다. 호텔까지는 아직도 멀었다. 좌석에 앉은 박동실은 손목시계만 들여다보고 있었다.

"저는 지금 꼭 아버지를 처음 만나러 가는 기분이구만요."

배달수가 허리를 구부려 입을 박동실의 귀 가까이에 바짝 대고 마치 은밀한 비밀을 털어놓기라도 하는 것처럼 낮은 목소리로 말했다.

"여수로 아저씨를 뵈러 갔을 때도 그런 기분이었어요."

박동실은 배달수가 그를 찾아왔을 때 그 말을 했던 것을 기억하고 있었다. 그 말을 들었을 때 박동실은 너무 부끄러워 배달수의 얼굴을 마주 볼 수가 없었다. 배달수의 부자가 남북으로 헤어지게 된 것이 마치 박동실 자신의 잘못이기라도 한 것처럼 뼈를 깎는 자곡지심을 느꼈었다.

"이제 다시 한국에 돌아와 사시겠다고는 하시지 않던가요?"

버스에서 내려 헤엄치듯 횡단보도를 건너면서 배달수가 뚜벅 물었다.

"글세……."

박동실은 애매하게 말끝을 흐렸다. 그는 차마 배달수에게 이기철이가 두 아들 덕으로 미국 시민권을 얻으려고 한다는 말은 할 수가 없었던 것이다.

"한국에 나와 우리랑 같이 사시면 좋겠어요. 돈만 있으면 한국처럼 살기 좋은 곳이 없다고들 하지 않아요?"

박동실은 배달수의 말에 씁쓸하게 웃었다.

"인도 아저씨를 만나거든 그 말만은 하지 말아라."

호텔 앞에 이르자 잠시 걸음을 멈춘 박동실은 휴전선 가시울타리처럼 기어오를 수 없는 장벽으로 느껴지는 높은 빌딩을 쳐다보며 당부했다. 그는 현기증 때문에 눈을 감았다. 배달수도 얼핏 호텔의 건물을 쳐다보고 나서, 왜 그 말을 묻지 말라고 하느냐고 의아스러운 얼굴로 반문했다.

"누가 우리들한테, 왜 고향을 버리고 내려와서 찔찔거리느냐고 묻는다면 기분이 좋겠느냐."

"그건 경우가 다르지요. 인도 아저씨는 자유스럽지 않아요?"

"너는 지금 자유스럽지 못하단 말이냐?"

"글쎄요."

"옛날엔 우리도 자유스러운 때가 있었다. 적어도 선택할 자유가 있었지."

"제게는 단 한 번도 그런 자유가 없었어요."

"네 아버지가 북쪽을 택하고 내가 남쪽을 택했듯이, 인도 아저씨는 제삼국을 선택했다."

"그렇다면 고향에 못 가신 것을 후회하지 않으시겠네요."

두 사람은 다시 호텔의 꼭대기를 쳐다보았다.

"이런 으리으리한 호텔에 드신 걸 보니 인도 아저씨는 선택을 잘하셨군요."

배달수는 이기철을 부러워하는 것처럼 말했다. 그러나 박동실은 제3국을 선택하여 32년 만에 성공한 모습으로 돌아온 이기철이가 부럽기보다는 측은하기도 하고 다른 한편으로는 괘씸하기까지도 했다. 그것은 어쩌면 초라한 자신을 스스로 위안하기 위한 억지인지도 모를 일이었다. 기실 박동실이가 이기철한테 자랑할 것이란 지난날의 우정을 잊지 않고 있다는 것뿐인 터에, 이기철이 생각하기에 박동실의 그와 같은 과거에 대한 집착은 되레 남루한 추억의 빈껍데기에 지나지 않은 것이었다.

박동실 자신은 이미 이기철로 하여금 과거를 일깨울 만한 어떤 자극적인 힘도 갖고 있지 않았다.

"늦겠다고 하셔 놓고 왜 서둘러 들어가시지 않으시죠?"

배달수는 호텔 앞에서 미적거리고 있는 박동실을 재촉했다. 그런데도 이상하게도 박동실은 호텔 안으로 성큼 들어설 용기를 잃고 말았다. 빙판처럼 반들반들한 대리석의 보도를 따라 여남은 걸음 걸어 빨간 카펫을 밟기만 하면 자동 유리문이 소리도 없이 열릴 터인데, 그는 카펫을 잘못 밟으면 꽝 터져 버릴 것만 같은 지뢰로 느껴지기까지 했다.

하루 전, 기차에서 내리는 길로 곧장 이기철을 만나기 위해 이곳에 왔을 때까지만 해도 그는 아무것도 두려울 것 없는 마음으로, 자동 유리문이 열리기도 전에 손을 내밀어 밀고 들어가려고 하지 않았던가.

"인도 아지씨가 나하고는 다르니께 묻는 말만 대답하그라잉."

박동실은 먼발치에 서서 호텔의 자동 유리문이 여닫히고 사람들이 바쁘게 들락거리는 모습을 지켜보면서 말했다. 자동 유리문 밖으로 알록달록 색깔이 요란한 옷을 꽃뱀처럼 화려하게 차려입은 한 무더기의 남자와 여자들이 구물구물 쏟아져 나왔다. 박동실은 그들 모두가 거대한 괴물이 쏟아 놓은 토물처럼 불결해 보였다.

"묻고 싶은 게 많은데요?"

배달수가 의아스러운 표정으로 물었다.

"그 친구 옛날 우리하고 같이 있었던 이야기는 싫어하는 것 같더라. 인도에 가서 오늘이 있기까지의 고생담에는 열을 올리더라만……."

박동실은 손바닥으로 이마의 땀을 훔쳐서 뿌리며 말했다. 뱀의 혓바닥처럼 끈끈한 햇살이 그의 이마를 쑤셔 대며 쉴 새 없이 땀을 쥐어짰다.

"전 옛날이야기를 묻고 싶지는 않아요."

"왜 조국을 외면하고 제삼국을 택했느냐고 묻고 싶지 않으냐?"

"거야 뻔한 일이죠. 조국이 조국답지가 않았을 테니까요."

배달수의 그 같은 말에 박동실은 아찔한 현기증을 느꼈다. 따갑고 날카로운 햇살 때문이 아니었다. 제삼국을 택했을 때 이기철도 그런 말을 했었다.

해방되기 전에는 나라를 빼앗기기는 했지만 그대로 백두산에서 한라산까지 갔다 왔다 할 수가 있었지 않으냐. 그런데 지금은 뭐냐. 우리들에게는 단 한 번만이 선택의 자유가 주어졌을 뿐이다. 단 한 번뿐인 선택이 있은 후에 우리는 어떤 경우에도 두 번째의 선택은 허용되지 않는다. 북을 선택하면 그쪽에 갇히게 되고, 남을 선택하면 그쪽에 갇히게 된다. 나는 단 한 번만의 선택으로 만족할 수 없다는 거야. 한 번만의 선택은 자유가 아니지. 나는 말야 두 번, 세 번, 계속 내 자유대로 선택할 수 있고 싶다는 거야. 그게 조각난 이 땅에서는 불가능하다는 것을 알고 있거든. 제삼국을 선택한 나는 언제든지 이 땅에 다시 돌아올 수 있으리라고 믿는다. 다시 돌아올 수 있게 되었을 때, 나는 두 번째의 선택이 가능하다 이거야. 그때 내가 어느 쪽을 선택하게 될지 그건 내 자유야. 그때까지 나는 여유를 갖고 생각해 볼 테다. 그때 나로 하여금 어느 쪽을 선택하게 될지는 오직 이 땅에 달려 있겠지. 너희 두 사람이 잘할 나름이야. 나는 아무 데나 나를 자유롭게 하고 내가 마음 놓고 조국을 사랑할 수 있을 만한 쪽을 선택할 테니까 말야. 두 번째의 선택은 당분간 유보해 두고 싶은 거야. 그 유보 기간이 얼마나 오래일지는 나도 모른다. 그것은 이 땅만이 알게 될 거야.

그때 이기철은 대충 이런 말을 했던 것 같다.

32년 만에 다시 만나게 되었을 때, 박동실은 이기철에게 그때의 그 말을 상기시키지는 않았다. 지금쯤은 두 번째의 선택을 할 만하지 않느냐 하고 묻는 대신에, 미국에서 공부하고 있는 두 아들 가운데서 하나쯤은 한국에 뿌리를 박고 살 수 있도록 하는 것이 좋지 않겠느냐고 넌지시 떠보았을 뿐이다. 그러나 이기철은 두 아들이 미국 여자와 결혼하고 미국 시민권을 얻게 되기를 바란다고 하면서, 두 아들이 미국 시민권을 얻게 되면 자기도 아들들과 함께 미국으로 들어가 살고 싶다고 했다. 그 말로 이기철의 대답은 분명한 것이었다. 그의 두 번째 선택은 미국이 될 것이 뻔했다.

"넌 그렇다면 뭘을 묻고 싶으냐? 아버지의 일을 묻고 싶은 게냐?"

"아버지 이야기라면 이머니와 이저씨한테서 다 들었지 않아요."

박동실이 묻고 배달수가 대답했다. 배달수는 무엇을 묻고 싶으냐는 물음에 대해서는 대답을 하지 않고,

"그만 들어가시지요. 너무 오래 기다리시게 한 것 같구만요."

하고 말하며, 앞장서 호텔 입구 쪽으로 걸어갔다. 박동실도 하는 수 없이 보이지 않는 밧줄에 묶여 끌려가듯 배달수의 뒤를 따랐다. 그리고 잠시 대리석 바닥에 깔린 빨간 카펫 언저리에서 지싯거리다가, 자동 유리문이 스르르 열리자, 흡착기에 빨려들 듯 재게 호텔 안으로 들어섰다. 박동실은 간이 서늘할 만큼 냉방이 잘되어 있는 호텔 안으로 들어서는 순간까지도 배달수가 이기철에게 묻고 싶은 것이 무엇일까 궁금했다. 이미 그는 이기철에게 묻고 싶은 것은 이제 아무것도 없었다. 첫 번째의 선택은 제삼국이었고 두 번째의 선택이 미국이 된다면, 세 번째는 어느 곳을 선택할 것인지에 대해서도 알고 싶지가 않았다.

박동실과 배달수는 엘리베이터 문이 열리자 감색 신사복 차림의 두 중년 사내 뒤를 따라 빨려들 듯 안으로 들어섰다.

"몇 층에 가십니까?"

색동저고리에 공작무늬의 분홍색 치마를 화사하게 차려입은 예쁘고 늘씬한 아가씨가 감색 신사복 차림의 사내에게 친절하게 물었다.

"주이찌까이 데스(십일 층)."

감색 신사복이 의뭉한 눈길로 엘리베이터 걸을 휘감으며 말하자, 색동 저고리 아가씨는 허리까지 구부려 정중하게 인사를 하고 11층 단추를 눌렀다.

"몇 층이죠?"

색동저고리 아가씨가 이번에는 박동실과 배달수를 눈으로 가볍게 저울질하듯 훑어보며 물었다. 박동실은 자신의 초라한 행색보다는 이틀 동안 땀에 전 그의 몸과 옷에서 풍기는 시지근한 땀 냄새 때문에 자꾸만 심신이 죄어 왔다. 그러나 그는,

"주고까이 데스(십오 층)!"

하고 감색 신사복의 사내들처럼 일본말로 대답했다. 그러자 색동저고리 아가씨는 이내 표정을 부드럽게 녹여 미소까지 날리며 15층 단추를 눌렀다.

엘리베이터 철문 위의 층수를 알리는 숫자가 콩이 튀듯 번쩍거리다가 11자에 빨간 불이 켜지면서 스르르 문이 열렸다.

"아리가또 고자이마스 (고맙습니다)."

색동저고리 아가씨가 엘리베이터에서 나가는 감색 신사복의 뒤꼭지에 대고 허리를 구부리며 인사말을 하자 감색 신사복의 남자는,

"마다 아오네 (또 만나지)."

하며 뒤는 돌아보지도 않고 머리 위로 손만 흔들어 댔다.

엘리베이터가 다시 15층에 멎고 문이 열렸을 때, 색동저고리 아가씨는 어김없이 박동실과 배달수를 향해,

"아리가또 고자이마스."

하고 인사를 해왔다. 그때 박동실은 엘리베이터 문을 나가며,

"또 만나드라고잉."

하면서 히죽이 웃었다. 그러자 색동저고리 아가씨는 바퀴벌레 씹은 표정을 삼키며 날카롭게 그들을 쏘아보았다.

"일본말과 우리말이 이렇게 차이가 있구만그려."

박동실은 엘리베이터에서 나와 이기철의 방을 찾아가기 위해 방공호처럼 음침하고 긴 복도를 꿰고 길으며 씁쓸하게 말하지,

"미국말과 우리말은 차이가 더 크겠지요 머."

하고 배달수가 받았다.

1950. 박동실이가 분명하게 기억해 둔 호텔 방문을 노크했으나 안에서는 아무런 응답이 없었다. 점점 더 거세게 노크를 계속하고 있을 때, 희미한 복도의 왼쪽 끝에서 텔레비전에 나오는 가수들 모양으로 빨간 옷을 입은 젊은이가 다가오더니 누구를 찾느냐고, 박동실의 노크처럼 거칠게 물었다.

"이기철 사장, 인도에서 온 친구를 찾는데요."

박동실은 인도와 친구라는 말에 힘을 주며 말했다.

"떠나셨습니다."

빨간 제복의 젊은이가 귀찮다는 듯 한마디 뱉고 몸을 돌려세워 버렸다.

"떠나다니 언제요?"

박동실은 빨간 제복의 뒤통수에 대고 다급하게 물었다.

"오늘 새벽에요. 프론트 데스크에 가서 물어보세요."

빨간 제복이 뒤도 돌아보지 않은 채 목소리만 거칠게 던졌다.

박동실은 1층 자동 유리문 건너편의 프론트 데스크에서 이기철이가 그에게 남겨 둔 편지를 받아 보았다.

동실이, 급한 일이 생겨 첫 비행기로 자카르타로 떠나네. 미국에서 공부하는 아들 녀석이 방학이 되어 돌아오는 길에 발리섬에 들리겠다는 전화를 받고 자카르타에서 만나기로 했네. 아들 녀석에게 서울로 와서 애비랑 함께 가자고 부탁해 봤지만, 녀석들은 서울보다는 발리를 구경하고 싶다지 뭔가. 32년 만에 자네를 만났는데 이렇게 헤어지게 되어 참으로 섭섭하네. 출도 아내한테 나를 대신해서 서운하지 않게 말 좀 잘 해주게. 앞으로 되도록이면 한국에는 오지 않을 생각이네. 아무리 마음을 독하게 먹어도 자꾸 옛날 일들이 생각나고, 또 무엇엔가 내가 다시 한국 땅에 붙잡히게 될 것만 같은 불안 때문일세.

"발리섬이라는 데가 서울보다 더 좋은 곳인 모양인데, 어디에 있는지 아셔요?"

편지를 다 읽고 난 배달수가 물었으나 박동실은 발리라는 섬이 처음 들어 본 곳이었기 때문에 뭐라고 대답할 수가 없었다.

"아저씨, 서운하게 생각 마세요. 어머니가 살아 계셨더라면 서운해 하셨겠지만 저는 괜찮아요. 이해해야지요."

배달수는 두 어깨를 무겁게 늘어뜨리고 우울하고 침통한 표정으로 자동 유리문 밖으로 떼밀려 나와 우두커니 하늘을 쳐다보고 서 있는 박동실의 옆으로 다가오며 말했다. 박동실은 배신감 때문에 마음이 상한 것은 아니었다. 그가 맥이 빠져 있는 것은 날씨가 심신을 거둘 수 없을 만큼 더웠고, 여수까지 내려갈 일이 아득하게 생각되었기 때문이었다.

"참, 자네가 인도 친구에게 묻고 싶었던 게 뭔가?"

박동실이 물었다.

"글쎄요. 다시 만나게 되면 그때 물어보죠."

"내 생각에는 그 친구를 다시 만날 수 있을 것 같지가 않구먼."

"거야 알 수 없는 일이지요. 남북 이산가족이 곧 만나게 될 것이라고 떠들어 대지 않던가요."

"좋겠지. 허나 말만으로는 안 되네. 말대로라면 지금쯤 통일이 됐어도 열 번은 더 됐을 걸세."

"그래도 희망을 갖고 살아야지요."

"암 그래야지. 지난 삼십이 년 동안 희망을 버린 적은 없었네."

그러나 그렇게 말하는 박동실의 표정에는 절망의 검은 그림자가 흐르고 있었다.

"저도 늙어서 죽게 되면 우리 어머니처럼 조건부로 제 눈을 제공할 생각입니다요. 그렇게 해서라도 꿈을 남겨야지요."

그러면서 배달수는 박동실에게 한사코 산동네 그의 집에 가서 며칠 쉬어가라고 이끌었다. 그러나 박동실은 아들 만기한테 대신 맡기고 온 수위실 때문에 더 머무를 수 없다면서 배달수의 호의를 아쉽게 뿌리쳤다.

"버스로 가실래요, 기차로 가실래요."

박동실이가 더 서울에 머무르지 않으리라는 것을 안 배달수가 묻자,

"나, 버스나 기차나 모두 남쪽으로 가는 거제?"

하고 뚱딴지같은 반문을 했다.

"북으로 가는 막차는 버스도 모두 끊겼답니다요. 그러니 저의 집에 주무시고 내일 가시지요."

"내일은 차가 있간디."

"거야 내일 다시 알아봐야지요."

"내일 알아봐서 떠나는 차가 없다면 어쩌고?"

"그럼 모레 또 알아보고요."

"알아보다가 세월 다 가게 생겼구만."

"그래도 기다리면서 언제 떠나는 차가 있느냐고 쉬지 않고 알아봐야지요."

"나는 버스허고 기차 둘 중에서 기차를 선택해서, 여수로 내려갈란다."

박동실은 선택이라는 말에 힘을 주며 오랜만에 히죽이 웃어 보였다. 배달수도 북쪽 하늘을 쳐다보며 따라 웃었다.

"아저씨, 우리 다 같이 갈 수 없는 곳을 가려고 하지만 말고, 갈 수 있는 데나 자주 왕래하면서 삽시다요."

배달수가 서울역으로 가는 시내버스에 오르며 말했다.

남쪽 끄트머리까지 가는 열차가 뱃고동 소리처럼 한 번은 길게, 두 번은 짧게 기적을 울린 후 서서히 움직이기 시작하자, 박동실은 편안한 자세로 상반신을 잦바듬히 뒤로 누이고 눈을 감았다. 눈을 감은 그의 머릿속에서 전라도 완행열차는 북쪽으로 줄기차게 달리고 있었다.

『한국문학』, 1985.11

문신의 땅 1

사람들은 소문을 난초나 곰팡이에 비유한다. 난초는 적당한 온도와 태양과 바람 속에서만 자라며, 곰팡이 또한 적당한 습기와 침침한 기운 속에서만이 생겨나기 때문이다. 아름답고 향기로운 꽃을 피우는 난초나, 음식이나 옷, 기구들에 솜털처럼 생겨나는 미물의 하등균류인 곰팡이는 각기 특수한 환경 속에서만 생명력을 갖는다.

소문이라는 것도 난초나 곰팡이처럼 적당한 햇빛과 바람과 온도와 습도, 침침한 분위기 속에서만 생명을 가지고 퍼져나갈 수 있다는 것이다. 그리고 적당한 햇빛과 바람과 온도 속에서는 난꽃의 향기와도 같은 소문이, 침침한 분위기의 습도 안에서는 곰팡이와도 같은 소문이 왕성한 생명력을 가지고 퍼져나간다고 한다.

요즈막 서울의 외곽지 지하철 종점, 80년대의 경제 성장을 자랑할 때마다 텔레비전 화면에 어김없이 등장하곤 하는 신개발지의 고층 아파트 건물들이 발부리 아래로 내려다보이는 산동네에, 이상한 소문이 곰팡이 슬 듯 퍼지고 있었다.

소문의 내용은 산동네 꼭대기 정수장(이미 폐쇄된 지 오래되었다) 밑의 단간 블록집에 오십 대 초로의 여인이 스물 남짓의 싱싱한 흑인 청년과 같이 살고 있다는 것이었다. 산동네 사람들은 둘만 모여도 이 블록집 초로의 여인과 흑인 청년의 음습한 이야기로 무덥고 답답한 여름의 시간을 메웠다.

"늙은 여편네가 얼마나 음충스러우면 검둥이 청년을 데리고 사누."

"그런 말 말어. 간내 난 늙은 암캐가 검둥이 노랭이 가려서 흘레허남?"

"한번 깜둥이 맛을 보기만 하면 노랭이 흰둥이는 양이 안찬다며?"

산동네 어른들은 아이들의 귀를 피해가며 저마다 블록집 초로의 여인과 흑인 청년의 정사 장면을 상상으로 떠올리며 오징어를 질겅질겅 씹어대듯 지껄였다.

부자들이 사는 동네에서는 담이 높아 아무리 야릇한 소문이라도 성벽처럼 튼튼한 담 안에 갇혀 버리기 마련이지만, 가난한 산동네에서는 담이 낮은 탓인지 하찮은 소문이라도 금세 퍼지고 만다. 여름내 물놀이 한번 가지 못한 이들 산동네 사람들에게, 블록집 초로의 여인과 흑인 청년의 이야기는 더위를 잊게 하는 좋은 화젯거리가 되어주었다.

그러나 산동네 사람 중에는 아무도 블록집 초로의 여인과 흑인 청년을 직접 만나본 사람은 없었다. 만나보기는커녕 아직 그들이 어떻게 생겼으며 무슨 일을 하고 사는지조차도 모르고 있었다. 산동네 사람 중에서 붙임성 좋고 호기심 많은 몇몇이 이들 두 사람을 먼발치로라도 바라보기 위하여 며칠 동안 블록집 주변을 배회하기도 하고, 어떤 날은 사냥질할 때 목을 지키듯 블록집 문밖 전봇대 뒤에 숨어서 이들이 출입하는 것을 붙잡아 보려고 했으나, 산동네로 이사 온 지가 한 달이 넘도록 여태껏 얼굴을 맞닥뜨리지 못했다.

블록집의 함석문은 언제나 묵직한 붕어 쇠통이 채워져 있기 마련이었다. 쇠통이 채워진 함석문 밖에서 까치발을 하고 블록집 안을 들여다보아도 사람의 그림자는 눈에 띄지 않았다. 함석문에 묵직한 붕어 쇠통이 채워진 채, 도무지 얼굴을 대할 수 없는 이 블록집 초로의 여인과 흑인 청년의 생활은 몇 달 동안 두꺼운 비밀에 싸여 있었고, 산동네 사람들은 이 은밀하면서도 칙칙한 분위기의 비밀을 캐내려고 몸살 나도록 덤벙거렸으며, 그 결과 밑도 끝도 없는 소문만 무성하게 난발했다.

함석문이 잠긴 블록집에서는 때때로 저음의 색소폰 소리가, 이 집에 살고 있는 두 사람의 숨소리처럼 희미하게 새어 나오곤 했다. 색소폰 소리가 흘러나오는 시각은 대개 해넘이 무렵이었다. 여름날 하루의 마지막 햇살이 산동네 아래의 고층 아파트 옥상에 장치된 거대한 크레인의 쇠붙이에 엉겨 붙어 반사하기 시작할 무렵이면, 블록집 안에서 저음의 색소폰 소리가 두 사람의 살아있음을 알리기라도 하는 것처럼 흐느끼며 새어 나오기 시작하는 것이었다. 산동네 사람들은 색소폰 소리가 새어 나올 무렵이면 블록집의 함석문 밖에 몰려들어 집안을 기웃거리기도 하고, 큼큼 헛기침하며 기척을 알리기도 했다.

"저 나발은 누가 불까?"

산동네 사람들은 색소폰과 나발을 구별할 줄 몰랐다.

"젊은 깜둥이가 불겠지."

"늙은 여편네는 뭣 하고 있으까?"

"담 넘어 들어가서 들여다봐."

"밤낮 틀어박혀서 뭣들을 하까? 꿈을 꾸고 있으까?"

"뭣 허긴? 둘이 붙어서 헐 것이라고는 그짓뿐이지."

"밤이나 낮이나 그 짓거리여?"

"왜 코빼기도 내밀지 않고 방구석에만 처박혀 있으까? 왜 숨어 사까?"

"부끄러워서 그렇지. 늙은 것이 펑펑한 깜둥이 데리고 사는듸 낯짝이 있겠는가."

블록집의 두 사람에게 특별한 흥미를 갖고 있는 것은 산동네 남자들보다 여자들 쪽이 더했다.

초로의 여인과 흑인 청년이 함석 대문에 쇠통을 채운 채 심해어처럼 모습을 드러내지 않고 살고 있는 그 블록집은 오랫동안 내외가 외롭게 살았었는데, 노파가 죽은 뒤 남편 되는 노인이 혼자 지키다가 양로원으로 들어가 버리자, 서너 달 동안이나 주인 없이 비어 있었던 것을 초로의 여인이 세를 얻어 들어오게 된 것이었다.

초로 여인과 흑인 청년은 산동네 사람들이 깊이 잠든 한밤중에 안개처럼 슬며시 이 집에 이사를 왔다. 그리고 산동네 사람들은 이 집에 이사 온 새 주인이 초로 여인과 흑인 청년이라는 것도 복덕방의 곱사 영감을 통해서 간접적으로 알게 되었다. 그러나 복덕방의 곱사 영감이 그들 두 사람에 대해서 알고 있는 것이란 고작해야 여자는 나이가 오십 줄에 몸피가 야리야리한 편이고 말수가 적은 데다가, 사흘에 피죽 한 그릇도 못 먹은 사람처럼 기력이 쇠잔해 보였으며, 얼굴이 탄매보다 더 검은 흑인 청년은 스물 대여섯 되어 보임직한 나이에 몸집이 우람하고 머리가 곱슬곱슬하다는 것뿐이었다. 복덕방의 곱사 영감의 말로는 아무래도 어울리지 않아 보이는 그들 두 사람은 어디서 왔으며, 산동네에 얼마나 오랫동안 머무르게 될지도 모른다는 것이었다.

"전입신고도 하지 않겠다고 합디다. 산동네에 오래 머무르지 않을 거라더군요."

복덕방 곱사 영감의 말이었다.

"분명히 집 안에 사람이 있는데도 대문 밖에 쇠통을 채운 까닭은 뭘까요?"

블록집 초로의 여인과 흑인 청년을 만나보기 위해 왔다가 함석문에 무거운 쇠통이 채워진 것을 보고 실망이 아닌 이해할 수 없다는 표정으로 윤토마스 신부를 쳐다보며 최글라라 수녀가 물었다.

"집 안에 사람이 있다는 걸 어떻게 알 수 있소?"

윤 신부는 블록집 안에 사람이 있다는 것을 육감으로 짐작하면서도 그렇게 반문했다.

"집 안에서 사람의 숨소리가 들리지 않아요?"

최 수녀가 웃으면서 말했다.

"대문 밖에 쇠통을 채우고 죽은 듯이 박혀 있는 것은 세상을 두려워하기 때문일 게요."

"두려워하는 것이 아니라 증오하고 있는 것인지도 모르죠."

최 수녀의 말에 윤 신부는 두려움과 증오에 대한 심리적인 차이를 생각해 보았다. 두려움과 증오는 결국 같은 마음의 뿌리에서 생겨나는 것이라는 결론을 얻어냈다. 두려움이 곧 증오로 변하는 경우를 얼마든지 예로 들 수가 있었기 때문이었다. 두려움에서는 사랑이 생겨나지도 않고 증오의 불신감만이 싹트기 때문이었다.

"이 집 사람들은 대문에만 쇠통을 채운 것이 아니고, 마음에는 더 무겁고 단단하게 빗장을 지른 것 같아요. 대문에 채워진 쇠통을 끌러버리기는 쉽겠지만 마음에 지른 빗장을 벗기기가 더 어렵겠소."

"도무지 알 수가 없어요. 대문에 쇠통을 채우고 살려면 둘이서 산속으로 들어갈 일이지……."

최 수녀가 불만스럽게 말했다. 동정녀 최 수녀로서는 불럭집에서 흑인 청년과 함께 살고 있는 초로의 여인에 대해 자꾸만 적대감이 솟구치려는 것을 힘겹게 참아내고 있었다.

"사람이기 때문에…… 사람이기에 사람들이 사는 곳에 있는 거지요. 아마 저 사람들한테 돈이 있다면 아파트가 더 마음이 편할 텐데……."

"그렇군요. 아파트가 좋을 텐데, 산동네 같은 데서는 살기가 어려울 텐데……."

첫 번째 방문에서 윤 신부와 최 수녀는 쇠통이 채워진 대문 밖에서 자신 없는 목소리로 두어 차례 여보세요, 실례합니다를 조심스럽게 쥐어짜듯 하고 그만 성당으로 내려가 버렸다.

산동네 사람들은 이제 블록집에 초로의 여인과 젊은 흑인이 함께 살고 있다는 것보다는, 집 안에 사람이 있는데도 함석문 밖으로 무거운 붕어 쇠통을 채워 놓았다는 사실에 더 야릇한 관심과 흥미를 갖게 되었다. 짓궂은 산동네의 젊은 아낙 몇몇이 블록집의 함석문에 채워 놓은 쇠통을 끌러보려고 했으나, 그것은 블록집 안에서 흑인 청년과 함께 살고 있는 초로의 여인을 만나기보다 더 어려웠다. 그러나 시간이 흐를수록 산동네 사람들의 극성은 더욱 뜨겁게 달구어졌다. 그들은 무덤보다 더 음험하고, 무덥고 습한 여름날의 시궁창보다 더 음습하게 느껴지는 블록집에 돌을 던져 보기도 했고, 심지어는 함석 대문 앞에 똥을 퍼질러 싸놓기도 했다. 그러나 산동네 사람들의 극성이 모질어질수록 블록집의 함석 대문과 그 집에 살고 있는 두 사람의 마음에 질러진 빗장은 더욱 단단해졌다.

"차라리 감옥살이를 하고 말재, 갑갑해서 어찌 사노?"

산동네 사람들은 그러면서 블록집의 그들은 사람도 아니라고 혀를 찼다.

산동네에서 맨 처음 블록집에 찾아가서 이들 두 사람을 만나 본 사람은 이곳 성당의 윤토마스 신부와 최글라라 수녀였다. 물론 윤 신부와 최 수녀가 이 집에 찾아갔을 때에도 함석 대문에는 무거운 쇠통이 채워져 있었다. 윤 신부와 최 수녀의 첫날 방문은 실패로 끝났었다. 윤 신부와 최 수녀가 번갈아가며 실례합니다, 주인 계십니까, 산동네 성당에서 온 윤 신붑니다, 최 수녑니다라고 목이 아프도록 외쳐댔었지만 끝내 문을 열어 주지 않았었다.

윤 신부와 최 수녀는 세 번째 방문에서 블록집의 두 사람과 어렵게 만날 수가 있었다. 동공의 흰자위가 유난히 빛나고 키가 큰 흑인 청년이 긴 팔을 함석문 위로 뻗쳐 쇠통을 풀어주면서 들어오라고 말했을 때, 윤 신부와 최 수녀는 서로의 얼굴을 한동안 마주 보면서 놀라움을 감추지 못했다. 흑인 청년이 너무도 자연스럽게 우리말을 구사했기 때문이었다.

"어서 들어오십시오. 여러 번 저의 집에 오셨는데도 안으로 모시지 못했던 것 사과합니다. 신부님이나 수녀님이 싫어서가 아니라, 우리는 하느님을 믿지 않기 때문에, 두 분을 만나고 싶지가 않았던 것입니다."

그러면서 키가 큰 흑인 청년은 윤 신부와 최 수녀를 단간 방으로 안내했다. 크지 않은 방은 마치 스탠드바의 분위기처럼 꾸며져 있었는데, 윤 신부와 최 수녀는 네 벽에 어지럽게 붙여 놓은 서양의 배우며 가수들의 사진에는 별로 신경을 쓰지 않고, 방을 반쯤 차지하고 있는 침대에 꾸적꾸적한 분홍색 드레스 차림으로 낯선 불청객을 날카롭게 치떠 보는 초로의 여인을 살폈다.

"이렇게 불쑥 찾아오게 돼서 죄송합니다. 우리는 이 산동네 성당에서 왔습니다."

윤 신부는 너무 답답한 느낌에 로만 칼라를 느슨하게 늦추었고, 최 수녀는 분홍빛 드레스 차림의 여인의 입에서 앉으라는 말이 나오기만을 기다리며 서 있었다.

"잠시 앉겠습니다."

초로의 여인과 흑인 청년의 입에서 앉기를 권하는 말이 나오지 않자 윤 신부가 스스로 말하며 되도록 침대에서 멀찍이 떨어져 앉았다.

"찾아오신 용건이 무엇입니까?"

침대에 걸터앉은 여인이 담배에 불을 붙여 깊숙이 연기를 빨았다가 한숨을 토하듯 턱끝을 쳐들어 되도록 멀리 내뿜으며 냉정하게 물었다.

"산동네로 이사를 오셨기에……."

최 수녀가 말끝을 흐렸다.

"우리는 산동네에서 오래 살지 않습니다."

여인은 극히 사무적으로, 긴 말 하고 싶지 않다는 표정을 노골적으로 나타내 보였다.

"이사를 가십니까?"

윤 신부는 여인의 얼굴에서 시선을 떼지 않고 물었다. 윤 신부가 보기에 블록집의 그 여인은 완전히 삶에 지쳐버린 듯싶었다. 그녀의 눈 밑에 분명하게 드리워진 짙은 갈색의 반영은 결코 우수의 그림자가 아니었다. 그것은 암담하고 처절한 절망의 상흔처럼 보였다. 이사를 가느냐는 윤 신부의 물음에 초로의 여인은 대답 대신 담배 연기만 내뿜었다.

"산동네에 사시다 보면 곧 정이 들게 될 겝니다. 산동네 사람들 비록 가난하지만 인정이 많답니다. 여기저기 떠돌아다니다 보면 금방 떠나고 싶은 곳이 있는가 하면, 죽는 날까지 오래오래 머무르고 싶은 곳이 있지요. 산동네는 시간이 흐를수록 오래 머무르고 싶어지는 곳입니다. 아마 산동네에 오래 머무르고 싶어 하는 사람들이란 이 험한 세상을 멋지고 용기 있게 살아갈 자신이 없는 낙오자들인지도 모릅니다. 그렇지만 여기 사는 사람들의 마음은 흙과 같이 되려고 한답니다. 흙이란 온갖 더러운 것들을 많이 받아들이고 꽁꽁 밟아 주어야 기름지게 되거든요. 이곳 사람들은 흙처럼 이 세상의 온갖 고통과 더러움과 아픔을 모두 안고 살면서도 옥토와도 같은 삶을 꿈꾼답니다."

블록집 초로의 여인은 숨 가쁘게 담배를 빨면서 윤 신부의 긴 이야기에 귀를 기울이는가 싶더니,

"암튼 우린 하느님을 믿지 않을 거니까 우리한테 관심을 갖지 마세요."

하고 여전히 냉정한 목소리로 말했다.

"아, 저는 하느님을 믿으시라고 찾아온 것은 아닙니다. 저는 다만 산동네 성당의 사제로, 이 동네에 새로 이사 오신 것을 환영하는 뜻에서 찾아왔을 뿐입니다. 앞으로 산동네에서 사시는 동안 이 동네 사람들과 친하게 지내셨으면 합니다. 산동네 사람들은 모두 당신들과 가까워지기를 원하고 있습니다."

윤 신부는 담배 연기 대신 부드러운 미소를 날리며 말했다. 그때 흑인 청년이 커피 두 잔을 끓여 노란 플라스틱 차반에 받쳐 들고 들어왔다. 차반 위에는 커피 두 잔과 설탕 종지가 놓여 있었다.

"설탕은 넣지 않았습니다."

흑인 청년이 설탕 종지의 뚜껑을 열며 말했다.

"같이 드실 텐데……."

윤 신부가 침대에 걸터앉은 초로의 여인을 향해 말끝을 흐렸을 때, 그녀는 허리를 굽혀 필터까지 타들어 가는 담배를 재떨이에 신경질적으로

짓비벼 끄며 흘깃 최 수녀를 훔쳐보았다. 최 수녀를 보는 그녀의 눈길은 나 좀 눕고 싶으니 그만 돌아 가시오라고 말하고 있는 듯했다.

"어머니도 한 잔 드시겠어요?"

흑인 청년이 물었으나 그녀는 대꾸가 없었다. 윤 신부와 최 수녀는 흑인 청년이 초로의 여인을 어머니라고 부르는 소리에 마주 보며, 아, 이들은 모자 사이로군요 하고 무언의 눈짓을 교환했다.

이날 윤 신부와 최 수녀는 블록집을 방문하여 그 여인과 흑인 청년이 모자 관계임을 알아낸 것만으로 만족스럽게 생각했다. 그것은 참으로 큰 성과였다. 윤 신부는 그들 두 사람의 관계가 모자 사이임을 확인하기 위해 아무것도 묻지 않았다. 굳이 묻지 않아도 흑인 아들을 둔 그녀의 삶의 궤적을 소상하게 헤아릴 수가 있었다. 그제서야 윤 신부는 그녀의 눈언저리에 머물러 있는 짙은 갈색의 그림자가 바로 그의 눈에 절망의 깊은 상흔으로 보였던 이유를 알 수 있게 되었다. 흑인 청년의 입에서 흘러나온 어머니라는 한 마디는 모든 의문을 선명하게 풀어주었다.

"앞으로 어려운 일이 있으면 성당으로 찾아와 주십시오."

윤 신부는 그들 모자에게 다른 말을 할 수가 없었다.

"우리는 여기서 오래 살지 않을 거니까 관심을 두지 마세요. 동네 사람들에게도 그렇게 말씀해 주시면 좋겠어요."

윤 신부와 최 수녀가 일어서서 나오려고 할 때 블록집 여인이 침대에 걸터앉은 채 말했다.

"안녕히 가십쇼. 제 어머니를 이해해 주세요. 요즘 어머니가 좋지 않답니다. 온종일 방문 한번 열지 않으시고 저러고만 계십니다. 자폐증인가 봐요."

흑인 청년은 함석 대문까지 따라 나와 윤 신부와 최 수녀를 배웅하고 나서 긴 팔을 뻗쳐 쇠통을 채웠다.

"방문하기 참 잘했죠, 신부님."

최 수녀가 윤 신부와 함께 블록집을 나와 가파른 산동네 길을 내려가며 말했다.

"정말 만나보기를 잘했어요. 산동네 사람들에게 그들이 모자지간이라는 것을 알려 줘야겠어요. 그런 것도 모르고 지금껏 산동네 사람들은 그들 모자를 이상하게 생각해 왔으니 원. 어쩐지 오늘 아침에 갑자기 블록집에 가 봐야겠다는 생각이 주님의 계시처럼 내 머리를 꽝하고 치더라니……."

"주님께서 보내신 거로군요. 산동네 사람들의 오해를 풀어 주시고 싶었던 게로군요."

"그런 생각이 들어요. 산동네 사람들의 오해를 풀어 주시려고 우리를 보내신 겁니다."

"그렇지만……."

"그렇지만?"

"그들이 모자지간이라는 것이 밝혀진다 해도, 흑인 아들을 둔 어머니라면……."

"그래도 모자지간이라니 얼마나 다행한 일이오."

윤 신부 생각으로는 그들 관계가 모자 사이라는 것이 천만다행이라 싶었다. 그렇지만 최 수녀로서는 흑인 아들을 둔 어머니의 전력을 생각하면 그게 큰 차이가 나지 않는 것 같았다. 최 수녀는 블록집 여인의 흑인 아들을 떠올리는 순간, 많은 지아이(GI)들의 모습이 사나운 들소 떼처럼 뛰어오는 것 같아 머릿속이 혼란스러워졌다.

"최 수녀는 흑인 아들을 가진 어머니의 마음을 이해할 수 있어요?"

윤 신부는 최 수녀가 어떤 생각을 하고 있다는 것을 어림하고 그렇게 물었다. 그러나 최 수녀는 대답하지 않았다.

"고려 때는 우리나라 여인들이 몽고의 씨를 가졌고, 임진왜란 때는 섬나라 사람들의 씨를 가졌어요. 그리고 육이오 때는 푸른 눈의 백인이나 얼굴이 검은 니그로의 아이를 가시게 되지 않았나요? 블록집 여인이 흑인 아들을 둔 것은 그 여자 잘못이 아닙니다. 육이오 때문이지요. 육이오 때문에 지아이들이 이 땅에 온 것이 아닙니까? 육이오가 지아이들을 이 땅에 불러들였으며, 그 때문에 블록집 여인이 흑인 아들을 갖게 된 것이지요."

윤 신부는 흥분한 목소리로 말했다. 최 수녀는 윤 신부가 이렇듯 흥분한 목소리로 말하는 것을 아직 보지 못했다.

"산동네 사람들에게 그렇게 말해 주십쇼. 블록집 여인이 흑인 아들을 갖게 된 것은 그 여자의 죄가 아니라는 것을 분명히 말해 줘야 합니다."

성당에 돌아와 사제관으로 들어서기 전, 윤 신부는 최 수녀한테 다짐을 주듯 다시 한번 강조했다. 그러나 최 수녀는 확실한 목소리로 대답하지 않았다. 이상하게도 블록집의 여인만 생각하면 징그러운 벌레들이 자신의 속살에 엉겨 붙어 스멀스멀 기어 다니는 것 같은 기분이었다. 처음에 그들 두 사람이 모자 사이라는 것을 알았을 때는, 다행이라는 안도감과 함께 그 집에 방문하기를 잘했다는 생각이 들었던 것이 사실이었다. 그러나 잠시 후에는 흑인 아들을 둔 것이나 흑인 남자와 함께 산다는 것은 크게 다를 바가 없다는 결론에 도달하게 되었다. 최 수녀로서는 블록집 여인에 대해 동정과 연민의 정을 느끼면서도, 그녀를 변호하거나 옹호하고 싶지는 않았다.

최 수녀는 블록집 흑인 청년의 어머니를 이해하기 위하여 자신을 그녀의 입장에 놓고 곰곰 생각해 보았다. 내가 만일 그녀의 입장이었다면 어떻게 살아왔을까. 최 수녀가 육이오를 만난 것은 겨우 3살 때였기에 전쟁의 아픔에 대한 기억이 별로 남은 게 없었다. 최 수녀는 어머니의 등에 업혀 6·25를 보냈다. 6·25에 대해 거의 의무적으로 생각하기에 이른 것은 초등학교에 들어가서부터였다.

최 수녀는 블록집 여인이 흑인 아들을 갖게 된 것이 6·25 때문이라는 윤 신부의 말에 전폭적인 수긍이 가지는 않았다. 임진왜란 때 순결을 지키기 위해 스스로 목숨을 끊은 이야기는 무엇이란 말인가. 굶어 죽지 않기 위해서였다는 변명이 있을 수 있겠지만, 이해가 되지 않았다. 최 수녀는 심한 굴욕감에 자꾸만 토악질이 뻗질러 오르는 것 같았다. 최 수녀 자신이 그 나이에 6·25를 당하여 굶어 죽게 될 최악의 상황에 처했더라면 차라리 죽음을 택했을 것이라고 스스로 결론을 내렸다.

그날 밤 미사의 강론에서 윤 신부는 블록집 모자에 대해 이야기를 했다. 윤 신부의 목소리는 낮에 블록집 모자를 만나고 돌아올 때처럼 흥분해 있었다. 흥분이라는 표현보다는 분노에 떤 목소리라고 해야 옳을 듯싶었다. 윤 신부는 누구에겐가 화를 내는 것이 분명했다.

"나는 오늘 이 땅에서 버림받아 대문을 밖으로 걸어 잠그고 숨어 사는 모자를 만나고 왔습니다. 어머니가 되는 여자는 모습이 우리와 같으나 그 여자의 아들은 흑인이었습니다. 그들은 지금 우리와 같이 살고 있으면서도 우리를 보기가 두려워서 스스로 갇혀 지내고 있습니다. 누가 그들 모자를 속박하고 있는 것입니까? 무엇이 그들로 하여금 우리를 두려운 존재로 만들었습니까? 그들이 무슨 죄를 졌기에 그렇듯 속박을 당해야 합니까? 그들은 다만 우리를 대신하여 대속하고 있을 뿐입니다. 예수님이 우리 인간들을 위해 대속하신 것과 다른 것이 없는 것입니다. 누가 그들 모자에게 죄를 덮어씌운 것입니까? 이 땅의 역사가 그 여인을 그렇게 만들었으며, 이 땅에 사는 우리들은 우리를 위해 대속한 그녀에게 침을 뱉고 있는 것입니다. 우리는 그들 모자가 바로 우리들 자신이라는 사실을 모르고 있습니다. 우리는 그들에게 침을 뱉기 전에 우리들 자신에게 먼저 침을 뱉어야 할 것입니다. 그들에게 침을 뱉기 전에 우리와 이 땅의 역사를 생각하며 눈물을 흘려야 하는 것입니다."

산동네 사람들은 처음에 윤 신부가 누구에 대해서 말하고 있는 것인지 분명하게 알지 못했다. 왜냐하면 윤 신부의 말과 같이 그들은 누구를 속박해 본 일도, 침을 뱉어 본 일도 없었기 때문이다. 그리고 누구에게 겁을 준 일도 없었다. 그들은 지금까지 누구를 속박하기보다는 오히려 속박을 당하는 기분으로, 침을 뱉기보다는 천대와 멸시를 당하면서, 겁을 주기보다는 무엇엔가 두려움을 느끼며 살아왔기 때문이었다. 산동네 사람들은 윤 신부의 다음 말에서 비로소 이야기의 대상이 블록집 초로의 여인과 흑인 청년이라는 것을 알게 되었다.

"그들은 왜, 무엇 때문에 집 안에 틀어박혀 있으면서 대문 밖에 큰 열쇠통을 채웠겠습니까? 그것은 우리들의 눈이 두려워서입니다. 왜 우리는 그들에게 두려운 존재가 되어야 합니까? 우리는 그동안 마치 독수리가 토끼굴 앞에서 토끼가 나오기를 기다리고 있듯이 그들의 집 앞에서 진을 치고 있었습니다. 그리고 우리는 그들이 부도덕한 관계인 것처럼 오해하고 호기심을 즐겼습니다. 허지만 그들은 부부도 아니고 어떤 부도덕한 관계를 맺고 있는 것도 아닙니다. 그들은 엄숙하고도 거룩한 모자 사이입니다."

그날 윤 신부의 강론이 끝나자 신자 몇 사람이 사제관에 찾아가서 가벼운 불만을 제시하기까지에 이르렀다.

"신부님께서 뭣인가 오해를 하고 계신 것 같습니다. 우리는 그들에게 침을 뱉지 않았습니다. 물론 호기심이야 있었지요. 그렇지만 그들을 속박하지 않았습니다. 신부님께서 우리를 그리 생각하셨다니 정말 섭섭합니다."

윤 신부에게 맨 처음 불만을 말한 사람은 마리아회의 회장이었다.

"우리 산동네에 깜둥이 아들을 가진 여자가 산다는 것은 용납할 수 없는 일입니다요."

"우리는 그들과 같이 살 수가 없습니다."

다른 여자 신도들이 불퉁거렸다.

"블록집의 그 여자가 어느 나라 사람이죠?"

윤 신부가 답답한 얼굴로 짜증스럽게 물었다. 아무도 대답을 하지 않았다.

"그 여자도 우리나라 사람이 아닙니까? 이 나라 사람이니까 이 땅의 어디에서라도 살 수가 있는 것입니다. 주님이 이 땅 어디에나 계시는 것처럼 그 여자도 이 땅 어디에서나 자유롭게 살 수가 있습니다."

윤 신부는 흥분을 가라앉히지 못하고 여전히 큰 소리로 강론하는 것처럼 말했다. 여자 신도들은 윤 신부의 그 같은 성깔에 놀라 더 이상 불만을 말하지 못하고 돌아갔다.

윤 신부와 최 수녀가 블록집을 방문하고 돌아간 다음 날 블록집의 함석문에 채워져 있던 쇠통이 보이지 않았다. 쇠통만 보이지 않은 것이 아니라, 함석문이 삐딱하게 열려 있기까지 했다. 산동네 사람들은 블록집의 함석문이 열려 있음을 알고 있으면서도 아무도 그 집에 발을 들여놓지 않왔다. 블록집 주변을 서성거리거나 기웃거리지도 않았다. 윤 신부가 산동네 사람들에게 블록집을 기웃거리지 말라고 당부를 한 때문만은 아닌 듯했다.

블록집 주변을 서성거리거나 집 안을 기웃거리는 축은 이제 어른들이 아니라 아이들이었다.

"양깔보 똥깔보. 망구탱이 양깔보!"

"할로우 깜둥이! 할로우 양깔보 새끼!"

산동네 아이들은 블록집을 지날 때마다 소리를 질러 댔다. 어른들은 아이들을 나무라지도 않았다. 다만 아이들에게 "깜둥이를 조심해라. 붙잡히지 않도록 해야 한다. 산동네 안에서 힘으로 그 깜둥이를 당할 사람이 없을 게다" 하고 당부할 뿐이었다.

그런데 블록집의 그 흑인 청년이 대낮에 산동네 사람들 앞에 모습을 나타낸 것이었다. 흑인 청년은 매일 해거름 때쯤이면 꼭 저음의 색소폰 소리를 집 밖으로 숨결처럼 흘러내 보낸 뒤, 검은 머리 위에 검정 베레모를 깊숙이 눌러쓰고 함석문을 나와, 산동네 중턱에 자리 잡은 성당을 지나 큰길로 내려가곤 했다가 새벽이 밀려올 무렵에야 휘주근한 모습으로 돌아왔다.

해넘이 무렵이나 날이 밝을 녘에 성당 앞에 나와 있으면 언제라도 흑인 청년과 얼굴을 마주칠 수가 있었다. 얼굴을 마주칠 경우에는 흑인 청년 쪽에서 먼저 웃는 낯으로 가볍게 고개를 숙이며 "안녕하세요" 하고 인사를 했다. 이 때 산동네 사람들은 대부분 당황해하며 외면을 해 버리기 일쑤였다. 더러는 산동네 아이들이 "할로우 깜둥이! 할로우 양깔보!" 하면서 어둠의 그림자를 달고 다니는 흑인 청년의 뒤통수에 대고 주먹총질을 해대는 것이었으나, 그때마다 그는 마음속으로 소나기 같은 눈물을 흘리면서도 얼굴에는 공허하고도 쓸쓸한 미소를 흘리면서, 바보처럼 손을 흔들어 보였다.

흑인 청년 노태수(그의 어머니 성이 노씨였다)는 산동네 아이들로부터 놀림을 받을 때마다 '혼혈 가수의 노래'를 흥얼거렸다.

우리 아버진 우리 어머닐 사랑하지 않았고
우리 어머닌 우리 아버질 사랑하지 않았대요
그래서 나는 원하지 않은 씨앗이었대요
짚차가 흙먼지 일으키고 가는 신작로에서
그 거리 모퉁이 약국 앞에 앉아서
나는 커서 운전수가 되어야지 생각했어요
엄마의 친구들이 몰래 사 가는 약을 보면서
엄마의 친구들이 던져 준 껌을 씹으면서
그때부터 지금까지 나는 혼자였어요
어느 날 우리 엄만 가마니 밑에서 잠자고 있었어요
아직도 깨지 않고 나의 피부처럼 캄캄한
캄캄한 골목 외등 밑에서
휘파람을 불고 있을 거예요
그래서 나는 이렇게 그 노래 따라 부른답니다
아버지의 나라는 어디? 그 나라에 부는
바람도 흙먼지 일으키는지? 흙먼지 속에서
고개 숙이고 걸어가는 아버지 누구?

흑인 청년 노태수는 이 노래를 흥얼거릴 때마다, 어려서 기지촌의 미군 부대 앞에서 구두닦이를 하던 때의 일이 생각나곤 했다. 그리고 그 시절을 떠올리기만 하면 온몸이 흠씬 비에 젖은 기분이 되었다. 그 무렵 그의 어머니는 어린 노태수를 마치 고슴도치 새끼 대하듯 했다. 어머니는 아들을 대할 때 단 한 번 웃음을 보인 적이 없었으며 걸핏하면 죽어라 나가라는 말을 노래처럼 되풀이했다. 그러다가도 술에 취하면 검은 얼굴의 아들을 끌어안고 비명을 지르듯 오열하며 소리를 내 울곤 하는 것이었다.

  어머니가 손님을 받은 날 밤은 출렁거리는 어머니의 침대 밑에서 숨소리조차 삼켜가며 죽은 듯 잠을 자야만 했다. 숨 가쁜 신음과 함께 파도처럼 거칠게 출렁거리는 어머니의 침대 밑에서 죽은 참새 새끼 같은 모습으로 꿍겨박혀 잠을 청하는 날 밤에, 어머니의 손님이 검은 얼굴의 미군 병사일 경우에는 몸살 나도록 머릿속에 아버지를 무수히 그려 보았었다.

  노태수는 어머니한테서 참을 수 없을 만큼 호되게 욕을 얻어듣게 된 날이면 몇 번이고 멀리 떠나고 싶은 생각이 간절하게 목구멍 가득히 뻗질러 올랐다. 한번은 어머니한테서 "어째서 너 같은 깜둥이가 하필이면 내 배를 빌어 생겨났느냐. 일찌감치 뒈져 버리는 게 너 좋고 나 좋겠다."는 말을 듣고, 기지촌을 뛰쳐나가 서울역 대합실에서 빈둥거렸다. 그날 밤 노태수는 서울역 대합실의 의자 밑에서 잠을 잤다. 어머니의 침대 밑에서 자던 버릇 때문에, 대합실 의자 위에서는 잠이 오지 않았던 것이다. 다음 날 아침에 일어나 보니 그의 얼굴은 온통 흰 페인트로 뒤발질해 있었다. 얼굴에 눌어붙은 흰 페인트는 좀처럼 벗겨지지 않았다. 그는 얼굴에 페인트칠을 한 채 다시 기지촌으로 돌아왔다. 그는 서울역에서 기지촌으로 돌아오는 동안과 기지촌에 돌아와서 얼굴의 페인트칠을 벗기기까지 여러 사람으로부터 놀림을 받았었다. 그런 일이 있고 나서 노태수는 두 번 다시 어머니의 곁을 떠나지 않았다. 그는 그렇다고 흰둥이가 되고 싶지도 않았다.

흑인 청년 노태수는 산동네 아이들이 자신을 놀려 대는 것에 신경을 쓰지 않았다. 내버려 두면 언젠가는 아이들도 제풀에 꺾여 시들해지리라고 믿었기 때문이다. 그는 지난 23년을 살아오는 동안 참는 데는 이골이 나 있었다. 노태수는 이제 죽음보다 더한 것이라도 참을 수가 있었다. 기실 그가 아이들로부터 '양깔보 깜둥이 새끼'라고 놀림을 받을 때는 죽음보다 더 견딜 수 없는 고통을 느꼈다.

아이들의 극성스러웠던 놀림이 시들해질 무렵, 야간업소에서 색소폰을 부는 일을 마치고 돌아오던 노태수는 산동네 성당 앞을 지나가다가, 새벽미사의 성가 소리에 잠시 걸음을 멈추어 섰다. 그는 한동안 성당 앞에 서서 성가에 귀를 기울이고 있다가 자신도 모르게 성당 안으로 걸음을 옮겼다. 그리고 성당으로 들어가 맨 끝 좌석에 그림자처럼 조용히 앉았다.

서른 명쯤 되는 산동네 신자들이 듬성듬성 앉아서 아직은 새벽잠에서 덜 깬 낮고 컬컬한 목소리로 '주님의 뜻을 이루소서'를 부르고 있었다.

주님의 뜻을 이루소서
고요한 중에 기다리니
질그릇 같은 내 모습에
당신의 얼을 채우소서

성가 소리가 노태수의 영혼 속에 아침 이슬처럼 축축히 젖어왔다. 그는 미사가 다 끝날 때까지 성당의 맨 뒷자리에 조용히 앉아 있었다. 그리고 미사가 다 끝나고 산동네의 신자(주로 여자들이었다)들이 성당 밖으로 나가기 시작하자 좌석에서 일어섰다. 산동네의 신자들은 흑인 청년 노태수를 발견하고 질겁했다. 어떤 신자들은 외마디 비명을 지르며 뛰어나갔고, 어떤 신자는 애써 고개를 돌려 버렸다. 노태수는 아이들한테 놀림을 당할 때처럼 검은 얼굴에 억지웃음을 띠고 일일이 목례를 했다. 그러나 그의 목례를 받아 주는 신자는 단 한 사람도 없었다.

노태수는 신자들이 모두 성당 밖으로 나갈 때까지 그 자리에 빳빳하게 서 있었다. 신도들이 다 나가자 윤 신부와 최 수녀가 가까이 다가왔다.

"잘 왔소. 환영합니다."

윤 신부가 손을 내밀어 악수를 청했으며 최 수녀는 어색하게 희미한 미소를 날려 보내며 목례를 했을 뿐이었다.

"업소에서 돌아오다가 성가 소리에 들어왔습니다."

노태수는 자신의 목젖 언저리와 수평을 이루고 있는 윤 신부의 눈을 내려다보며 말했다.

"업소라뇨?"

"아, 네. 호텔의 나이트클럽 말입니다. 저는 클럽에서 색소폰을 붑니다."

윤 신부의 물음에 노태수는 색소폰이 들어있는 갈쭉한 상자를 들어 보이며 말했다.

"아, 그렇군요. 색소폰 연주자이시군요."

"연주라기보다는 그냥 밥벌이를 하는 겁니다."

노태수는 쓸쓸하게 웃으며 윤 신부와 최 수녀를 번갈아 보았다. 최 수녀의 키는 노태수의 가슴팍 언저리에 머물고 있었다.

"이 색소폰은 우리 어머니께서 사 주셨습니다. 어머니가 몸에 문신을 수술하기 위해 모은 돈을 몽땅 털어 사 주신거죠."

"문신 수술이라뇨?"

최 수녀가 물었다.

"아! 네."

노태수는 말을 못하고 한동안 망설이는 듯하더니,

"우리 어머니 몸에는 문신투성이죠. 어머니를 돈으로 샀던 지아이들이 남긴 것이죠. 우리 어머닌 그것을 더러운 상처라고 하신답니다."

그렇게 말하고 있는 노태수의 검은 얼굴이 갑자기 우울해졌다.

"전 이 색소폰으로 돈을 벌어서 기어코 우리 어머니의 그 더러운 상처를 없애 주고 싶습니다. 허지만 지금은 우리 모자 먹고 살기도 힘드네요."

노태수는 말을 끝내고 나서 성당의 서쪽 벽에 걸려 있는 예수 십자가 고난 목각상들을 둘러보았다. 갑자기 성당 안의 분위기가 마치 예수가 십자가에 못 박히는 그 순간처럼 무겁게 가라앉았다. 윤 신부와 최 수녀는 흑인 청년이 말한 그의 어머니 몸에 새겨진 문신이 무엇을 의미한다는 것을 알고 있었다.

그때까지도 새벽 미사에 참례한 산동네 신자들은 집으로 돌아가지 않고 성당 블럭 건물 창 밖에 까치발을 하고 서서 흑인 청년이 윤 신부와 최 수녀에게 무슨 말을 하는지 귀담아 들어보려고 바짝 신경을 돋우고 있었다.

"그 색소폰 소리 한번 듣고 싶소 그려. 최 수녀, 안 그렇소?"

윤 신부는 흑인 청년의 그 문신 이야기로 하여 너무 무겁게 가라앉은 분위기를 수습하려는 듯 큰 소리로 말했다.

"댁에서 석양 무렵이면 저음의 색소폰 소리가 흘러나온다는 이야기를 들었어요."

최 수녀가 노태수를 쳐다보며 색소폰 소리가 듣고 싶다는 눈빛을 보냈다.

"전 성당 같은 데서는 아직 한 번도 색소폰을 불어 보지 않았습니다."

"우리 성당에서 한 번 불어 봐요. 아마 하느님께서도 듣고 싶어 하실 겁니다."

윤 신부기 웃으면서 말했다.

"정말로 하느님께서 저 같은 사람의 색소폰 소리를 듣고 싶어 하실까요?"

노태수는 자신 없는 목소리로 물었다. 그는 지금껏 자신은 신으로부터 벌을 받고 태어난 것으로만 생각해 왔었다. 하느님이 그를 모든 벌과 슬픔의 합계로 만들어 이 세상의 온갖 고통을 한 덩어리로 뭉쳐서 그의 어깨 위에 얹어 놓은 것이라고 믿고 살아왔다. 그 때문에 하느님에 대해서는 감사한 마음을 가질 수가 없었다.

"분명히 하느님께서는 젊은이의 색소폰 소리를 듣고 싶어하실 거요."

"그것을 어떻게 알죠?"

윤 신부의 말에 노태수가 입가에 묘한 미소를 흘리며 물었다.

"그건…… 그렇군요. 젊은이가 여기 우리 성당 안에 와 있다는 거죠. 젊은이는 여기 뭣 때문에 왔습니까? 하느님께서 당신의 색소폰 소리를 듣고 싶어서 부르신 것인지도 모르죠."

윤 신부의 말에 노태수는 한동안 말이 없었다. 윤 신부의 말마따나 그 자신이 무엇 때문에 성당 안으로 들어온 것인지 몰랐다.

노태수는 잠시 후에 갈쭉한 가방을 열고 색소폰을 꺼냈다. 그는 색소폰을 입에 대기 전에 잠시 전 신도들이 불렀던 '주님의 뜻을 이루소서'의 곡을 떠올렸다. 그 곡을 떠올리는 순간 성당의 서쪽 벽에 붙어 있는 예수 십자가 고난 목각상들을 둘러보았다. 그리고 그는 언젠가 영화에서 보았던, 예수가 십자가를 메고 골고다 언덕을 올라가는 고통스러운 장면을 떠올리며 색소폰을 불기 시작했다. '주님의 뜻을 이루소서'의 성가를 색소폰으로 불고 있는 그의 머릿속에, 십자가를 메고 고통스럽게 가파른 언덕을 오르는 모습의 예수 얼굴은 어머니의 속살 깊은 부위를 바늘 끝으로 쪼아 새긴 문신보다 더 검었다.

흑인 청년 노태수의 색소폰 소리는 그의 서러운 삶의 절규처럼 성당 밖으로 흘러나가 새벽의 산동네를 쾌혼들었다. 산동네 사람들은 '주님의 뜻을 이루소서'의 색소폰 소리를 듣고 새벽잠에서 깨어 몽유병자들처럼 성당으로 모여들었다. 노태수의 색소폰 소리는 흐느낌에서 절규로, 그리고 절규에서 다시 비명으로 치닫다가 끝없는 갈구의 소리로 퍼져 올라갔다.

『문학사상』, 1987.1(*소설 속에 나온 '혼혈 가수의 노래'는 김창완 시인의 시임을 밝힘.)

문신의 땅 2

1

"베드로야, 지금 몇 시나 되었느냐?"

노마리아가 검둥이 아들에게 물었다. 그녀는 해가 떨어지고 날이 어두워지기를 기다리고 있었다. 아침부터 해가 지기만을 기다리고 있었던 것이다. 그녀는 여러 차례 방문을 열고 토마루에 내려와 해가 움직이는 것을 쳐다보곤 했다. 해가 기우는 것을 바라볼 때마다 들물 때의 바다처럼 설렘의 충만감에 사로잡혔다. 참으로 오랜만에 느껴본 설렘이었다. 그녀는 황홀하기까지 했다.

"점심을 먹은 후로 벌써 다섯 번째 물으셨어요."

"그래 안다. 지금이 몇 시냐?"

"세 시 반이어요. 이제는 삼십 분 만에 물으시는군요."

"왜 이리도 해가 기냐?"

노마리아는 거울 앞에 앉아 콤팩트를 얼굴에 토닥거리며 짜증스럽게 퉁겨댔다. 그녀는 아침부터 줄곧 거울 앞에만 앉아 있었다. 베드로는 어머니가 거울 앞에 앉아 화장하는 모습을 오랜만에 보게 되자, 어렸을 때의 기억이 살아나면서 갑자기 불안한 생각이 들었다. 어머니는 짙게 화장을 하고 나가는 날 밤에는 어김없이 미군을 데리고 들어왔고, 그때마다 베드로는 어머니의 큰 침대 밑으로 기어들어 가 숨을 죽여야만 했다.

"기대는 너무 갖지 마셔요. 어머니는 옛날에 병원에만 다녀오시면 실망이 너무 커서 밤새내 우시곤 하셨잖아요."

베드로는 어머니가 아침부터 화장을 하고 날이 어두워지기를 기다리는 까닭을 잘 알고 있었다. 어머니는 산동네에 나와 있는 무료 진료 봉사 단원을 만나 자신의 상처를 수술할 수 있는지 알아보고 싶어 한 것이었다. 그녀는 한사코 싫다는 것을 베드로가 설득을 하여 결심한 것이었다. 베드로는 어머니의 고통이 무엇인지 알고 있었다.

"이번이 마지막이다. 에미는 더러운 이 몸뚱이를 아무에게도 보이지 않겠다고 결심한 지가 이미 옛날이었다만, 네 말을 듣고 이번에 마지막으로……."

노마리아는 말끝을 흐리며 얼핏 거울로부터 고개를 돌려 아들을 돌아다보았다. 베드로는 어머니의 짙은 화장에 놀랐다. 그러나 화장이 너무 짙다고 말하지 않았다. 어머니는 지금 병색이 짙은 얼굴에 삶의 마지막 꿈을 그리고 있는 것으로 생각했기 때문이다.

"몇 시나 되면 날이 어두워질까?"

노마리아는 다시 거울을 들여다보며 물었다.

"아직은 해가 길어요. 서두르지 마시고 차분하게 기다리세요."

베드로가 말했다. 그는 너무 서두르는 어머니 때문에 숨이 막힐 듯 답답해진 마음을 진정시키기 위해 방문을 열고 밖으로 나갔다. 태양은 아직 머리 위에 있었다. 그는 함석문 밖으로 나가 발부리 밑에 솟아있는 아파트촌을 내려다보았다. 그는 산동네 그의 집에서 고층 아파트를 내려다볼 수 있다는 것이 좋았다.

고층 아파트들이 붉은 말뚝버섯처럼 묶음으로 솟아있는 신시가지 쪽에서, 해가 떠오르는 방향의 산동네를 쳐다보면, 마치 1950년대의 유색한 사진을 조명해 보는 것 같아, 지난날의 궁핍했던 시절들이 되살아났다. 성장과 번영의 퇴락한 그늘처럼 느껴지는 이 산동네를 바라보는 사람들은 누구나 자신들의 과거를 떠올리며 우울해지기 마련이었다. 그것은 참으로 되돌아보고 싶지 않은 과거의 상흔처럼 보였다.

"저들은 아직 오십 년대에 살고 있구먼. 아직도 그 시절의 질곡에서 벗어나지 못하고 있는 것이 분명해."

고층 아파트 쪽에서 산동네를 바라보는 사람들은 침을 뱉듯이 한마디씩 퉁겨대기 마련이었다. 그것은 동정도 연민의 표현도 아니었다. 고층 아파트에 사는 사람들은 마치 자신들의 지난날 삶을 투영시켜 주고 있는 듯한 산동네가 하필이면 그들 가까이에, 그것도 아침마다 해가 떠오르는 동쪽에 자리 잡고 있을까 하는 것이 마뜩잖았다. 고층 아파트 사람들이 보기에 그들의 동쪽에 자리 잡은 산동네 사람들은 마음에 한 번도 해가 떠오르지 않을 것만 같아 안타깝기까지 한 것이었다.

산동네 사람들은 아직도 번영의 80년대가 아닌 궁핍의 50년대를 살고 있는 듯 했다. 확실히 그들은 세상을 잘못 살고 있었다. 산동네 사람들도 그렇게 생각하고 있었다. 눈에 비치는 세상은 울긋불긋 아름답고 화려해도 그들 마음속엔 아직도 지난날의 궁핍한 삶의 부스럼이 옹이처럼 굳어져 가고만 있었다. 그들은 어쩌면 지난 시절 고통스러웠던 삶의 부스럼과도 같은 존재일지도 몰랐다. 확실히 그들은 아직도 과거의 상처에서 벗어나지 못하고 있었다. 블록집에서 함께 사는 초로의 여인 노마리아와 흑인 청년 노베드로의 경우는 더욱 그렇다. 그들은 부스럼이었다. 그것은 면도날처럼 예리한 칼로도 도려낼 수 없었고, 괴력의 불도저로 밀어 버릴 수도 없었다.

산동네에 무료 진료를 나온 봉사단원들도 고층 아파트 단지 입구에서처럼 이곳을 쳐다보면서 모두 같은 생각을 했다. 이 산동네는 번영이라는 몸에 생겨난 몹쓸 종양처럼 보이는구나. 차라리 저 산동네는 악성 종양을 메스로 제거하듯 밀어 버리고 공원을 조성하면 얼마나 좋을까 하는 생각을 했다. 그것은 아파트 단지 사람들의 생각과 일치했다.

"산동네 사람들의 병보다는 산동네 자체부터 치료를 해야겠는데?"

무료 진료 봉사대가 처음 산동네에 왔을 때 봉사대원 중에서 누구인가 그렇게 말했으나 아무도 그 말에 대해 비난하지 않았다. 오히려 공감의 눈빛을 교환했다. 그리고 봉사대원들이 산동네의 성당을 임시 진료소로 정하고 봉사활동을 통해서 알아낸 것은 그들 산동네 사람들의 마음속에 옹이처럼 응고된 종양을 메스로 제거할 수 없다는 사실이었다.

산동네 사람들은 위장병이나 심한 치통을 앓으면서도 병원에 가서 치료받을 생각은 하지 않고 흑백텔레비전을 컬러텔레비전으로 바꾸고 싶어 했다. 그들은 자신들의 삶의 궤적과도 같은 부스럼을 없애는 것보다 칼라텔레비전의 화려한 영상에 꿈꾸듯 도취해 있었다.

다만 블록집 초로의 여인 노마리아만이 자신의 몸에 깊이 새겨진 과거의 상처를 없애려고 몸부림칠 뿐이다. 그러나 그녀의 몸에 새겨진 그 지난날의 상처가 어떤 것인지 알고 있는 사람은 아무도 없었다.

노마리아가 간직하고 있는, 악성 종양보다 더 끔찍스러운 그 상처를 최초로 확인한 사람은 나였다. 성당 아래층으로부터 성가 '찬미노래 부르며'

가 울리기 시작하자 사뭇 마룻장이 들썩거리는 듯했으나, 나는 그 노래에서 별다른 감흥을 느끼지 못했다. 아래층에서는 성당의 청년회 주최로 무료 진료 봉사단에 대해 감사의 마음을 보내는 송별파티가 한창 무르익고 있었다. 성가의 합창이 끝나고 잠시 후에는 '티나 터너'의 '사랑 그까짓게 뭐길래'라는 노래가 금속성의 마찰음과도 같은 목소리에 실려, 가늘게 찌르듯 들려왔다. 나는 티나 터너의 노래를 흉내 내고 있는 여자 봉사단원의 얼굴을 떠올리며 싱긋이 미소를 깨물었다. 그녀의 입술도 티나 터너의 목소리처럼 뜨겁게 찐득거렸다. 간호대학 졸업반인 효미는 졸업 후에 간호사가 되는 것보다는 가수로 진출하는 것이 꿈이라고 했다. 나는 성가보다는 티나 터너를 흉내 내는 그녀의 노래가 더 좋았다. 내가 진료 봉사 기간에 그녀의 입술을 훔친 것도 어쩌면 금속성의 마찰음처럼 날카로운 목소리가 내 영혼의 깊은 구석을 찌르는 듯한 그 감미로운 아픔이 좋았기 때문인지도 몰랐다.

"순도 형, 파티에 안 내려가? 따분한 절차가 모두 끝나고 이제부터 노래 순서야."

아래층에서 파티가 시작하기 전부터 내 눈치를 살피며 한사코 미적거리고만 있던 1년 후배 선지가 은근한 목소리로 물었다. 나는 선지가 2층에서 나와 같이 있고 싶어 하는 것 같은 마음을 읽을 수가 있었다.

"난 잠이나 잘 테니 내려가 봐!"

나는 선지를 털어버리기 위해 통명스럽게 쏘아대고 나서 마룻장에 벌렁 누워 눈을 감았다. 그리고 화가 발가락 끝까지 퍼진 발걸음으로 쿵쾅거리며 층계를 내려가는 선지의 모습을 떠올리며 '사랑 그까짓게 뭐길래'의 노래와 함께 그녀의 끈끈하면서도 톡톡 쏘는 듯한 입술의 감미로움에 젖었다.

나는 이번 성당이 있는 산동네의 진료 봉사를 통해서 두 가지를 새롭게 알게 되었다. 하나는 김효미라는 22살의 여자에 대해서 본격적으로 깊게 탐색할 수 있었고, 또 하나는 수십 층 고층 빌딩들이 발부리 아래로 내려다보이는 산동네 사람들이 끔찍할 정도로 가난하다는 것이 그것이었다. 그러나 나는 김효미에 대해서는 앞으로도 은밀한 탐색을 계속하고 싶지만, 고층 빌딩들이 발부리 아래 오만하게 솟아있는 산동네의 가난한 사람들에 대해서는 기억 하기조차 싫었다.

진료 첫날, 오랫동안 여름 감기에 시달리고 있는, 코끝이 빨갛고 턱이 뾰죽한 중년 부인에게 "감기에 따로 약이 없습니다. 오렌지 주스를 많이 마시면 감기에 좋지요"라고 했더니, 무기력하게 실소를 삼키며 "주스를 사 묵을지 몰라서 그래요" 하고 일어서서 나가 버렸던 일이 잊혀지지 않았다. 여름 감기에 시달리고 있는 그 부인은 다시 찾아오지 않았다. "주스를 사묵을지 몰라서 그래요"라고 푸념 같기도 하고 나무람 같기도 한 그 부인의 말이 지금껏 사그라지지 않고 나의 뇌리에서 부스럭거리고 있는 것이었다.

티나 터너의 '사랑 그까짓게 뭐길래'가 끝나고 다시 킴 칸즈의 '클래지 인 더 나이트'가 허스키의 목소리에 실려 왔다. 나는 그 목소리의 주인공이 조금 전 화가 나서 쿵쾅거리며 내려간 선지라는 것을 알 수 있었다.

가끔씩 나는
밤이면 진짜로
내가 미쳐가고 있다는

그런 생각이 듭니다.

이불을 뒤집어쓸 때는

더욱 그렇습니다.

노래하는 목소리보다는 가사가 마음에 들었다. 나는 선지의 울부짖는 듯한 목소리에서 아직도 그녀는 화가 풀리지 않았음을 헤아릴 수 있었다.

내가 양공주 출신의 노마리아라는 노파를 처음 만난 것은 노래의 첫 소절이 끝날 무렵이었다. 아래층에서 한창 송별파티가 무르익고 있을 때, 나 혼자 짜증스러운 기분으로 누워 있던 2층으로 슬그머니 올라온 노마리아는 궁색해 보일 만큼 깡마른 체구에 어울리지 않게 키가 커 보였다. 그녀를 처음 본 나는 마치 유령을 대하듯 천천히 몸을 일으켜, 화장을 너무 짙게 한 탓인지 전혀 환자 같지 않은 그녀를 멀뚱하게 쳐다보고만 있었다. 그녀는 몸에 꼭 낀 회색 바지에 홀렁한 자줏빛 블라우스를 걸치고 부끄럼 많은 얼굴로 지싯거리며 내게 다가왔다.

"어디 아프십니까?"

나는 약간 긴장한 눈빛으로 그녀를 보며 물었다.

"아픈 데는 없어요."

오십은 약간 넘은 듯하고 육십은 조금 못 되어 보이는 그녀는 부끄러움 많은 여자들처럼 몸을 똑바로 가누지를 못하고 불안하게 휘청거리는 듯한 몸짓을 하면서 무슨 비밀을 털어놓기라도 하는 눈빛으로 나를 보면서 대답했다.

"그럼 무슨 일로 오셨습니까?"

나는 산동네에서 열흘간이나 진료 봉사를 하는 동안 한 번도 본 적이 없는 낯설고 조금은 비극적인 분위기로 음음하게 가라앉은 모습의 그녀를 기분 나쁜 얼굴로 경계를 하며 다시 물었다.

"수술을 할 수 있을지……."

궁핍해 보이면서도, 삶의 쓴맛과 단맛을 모두 다 맛봐 버린 듯 조금은 초연하게 지나온 과거의 궤적에 얽매이지 않은 그녀의 모습에서 나는 이 상하게 거부감을 느꼈다.

"수술이라뇨? 어디가 아픈데요?"

나는 달갑지 않은 목소리로 짜증스럽게 물었다.

"우리집에 함께 가서 수술을 할 수 있는지 한번 봐주세요."

그녀는 나이로 따지면 아들 뻘도 더 되는 내게 깍듯하게 경어를 쓰며 죄지은 사람처럼 지싯거렸다. 나는 그녀의 집까지 따라가 볼 생각으로 일어섰다.

"까운을 입고 가시지요."

내가 반팔 티셔츠 바람으로 따라나서려고 하자, 옷걸이에서 머큐로크롬 냄새가 풍기는 흰 가운을 집어 내밀며 말하는 그녀는 처음으로 어색하게 웃어 보였다. 나는 그 가운이 봉사대원 것이라는 것을 말하고, 마루방 구석에 코를 풀어 던진 휴지처럼 꾸적꾸적하게 구겨서 팽개쳐 있는 내 가운을 집어 들고 그녀보다 먼저 층계를 내려갔다.

노마리아의 집은 성당 뒤 모래벽돌담을 돌아 한참을 위로 올라가서 정수탑 근처에 있는 두 칸짜리 블록집이었다. 산동네 위 노마리아의 집 가까이 이를수록 발부리 아래, 빌딩들이 오만하게 솟아있는 도시의 불빛은 더욱 찬란하게 흐느적거렸다. 어둠에 덮인 산동네 위에서 내려다보이는 도시의 불빛은 마치 '사랑 그까짓게 뭐길래'나 '밤의 정열'같은 미국의 팝

송처럼 화려하고 감미롭게만 보였다.

"누가, 어디가 아픕니까?"

나는 어둡고 가파른 산동네의 밤길을 추어 오르면서 물었다. 나는 노마리아가 자꾸만 산동네 위로 올라가자 불안해졌던 것이다.

"보디 페인팅을 수술하려구 그런답니다."

그녀는 정확한 발음으로 말했다. 순간 나는 멈칫 걸음을 멈추었다. 오십대 후반으로 보이는 그녀의 입에서 '보디 페인팅'이라는 정확한 발음이 흘러나온 것에 놀랐고, 그것을 수술하려고 한다는 말에 섬칫한 기분이 들었기 때문이다.

"보디 페인팅이라뇨?"

나는 어둠 속에 걸음을 멈추어 선 채 반문했다.

"문신 말이우."

그러면서 그녀는 어둠 속에 나를 팽개쳐 둔 채 혼자 경중거리며 가파른 언덕길을 10여 보쯤 올라가서 함석문을 열고 뒤를 돌아다보았다. 나는 분명 그녀가 함석문을 열기 전에 가까이서 도시의 화려한 불빛처럼 흐느적거리는 저음의 색소폰 소리를 들었으며, 함석문이 열리는 순간 짤랑하는 경쇠소리와 동시에 색소폰이 뚝 멎어 버린 사실을 감지했다. 그녀는 함석문을 열고 서서 내가 가까이 올라오기를 기다리고 있다가, 어떤 보이지 않는 힘에 이끌리듯 가파른 산동네 언덕길을 추어 올라간 내게 마치 경고라도 하는 것처럼,

"까운을 입으시지요."

하고 말했다. 나는 그녀의 말대로 손에 들고 있는 까운을 걸치고 함석문 안으로 들어섰다. 그때 빠끔히 방문이 열리면서 손에 색소폰을 든 청년이

토마루로 내려섰는데, 반쯤 열린 방문 틈새로 흘러나온 불빛에 비춰 보인 젊은이의 얼굴이 장수풍뎅이의 등처럼 새까만 것에 놀랐다. 나는 색소폰을 든 젊은이를 돌아보며 노마리아를 따라 방 안으로 들어섰다. 그리고 색소폰을 든 젊은이를 처음 보았을 때처럼 다시 한번 놀랐다. 방 안의 분위기가 마치 술집의 밀실처럼 음습하게 느껴졌기 때문이다. 방 안에 살림이라고는 회색빛 비닐 옷장 두 개에, 어울리지도 않을 만큼 크고 호사스러운 침대뿐이었는데, 네 벽에 도배해 놓은 것처럼 다닥다닥 나붙어 있는 외국 배우의 사진들이 눈길을 끌었다. 나는 방의 분위기와, 몸에 꼭 낀 바지를 입은 그녀와, 색소폰을 든 검은 얼굴의 젊은이 사이에서 야릇한 공통점을 발견하고 나 자신이 깊은 수렁 속에 빠져 있는 듯했다.

"지아이들이 내 몸에 남기고 간 더러운 사랑의 상처를 보시고 내 얼굴에 침을 뱉어도 좋으니 수술을 할 수 있는지 없는지만 말해 주세요."

노마리아는 방의 문고리를 안으로 걸어 잠그고 형광등을 끄며 말했다. 나는 그때까지도 그녀가 양공주 출신이라는 것을 몰랐다.

"왜 불을 끄십니까?"

나는 다소 불안을 느끼며 따지듯 물었다.

"옷을 벗을 때까지만 잠깐 기다려 주세요."

그제서야 나는 그녀가 몸에 꼭 낀 바지를 벗고 있다는 것을 알았다. 나는 그녀의 옷 벗는 소리를 듣고 야릇한 기분을 느꼈는데 그것은 마치 낯선 도시의 후미진 뒷골목에서 혼자 술을 마실 때처럼 불안한 것이었다.

"문신이라면 팔뚝에 새겨진 게 아닙니까?"

"지아이들은 팔뚝 같은 데다 더러운 사랑의 흔적을 남기지 않는답니다."

내가 묻고 노마리아가 대답했다. 그리고 이내 불이 다시 켜졌다. 그녀는 홀렁한 스커트와 소매가 짧은 블라우스로 바꿔 입고 있었다.

"선배들이 굶어죽는 한이 있어도 문신을 남겨서는 안 된다고 충고를 했지요. 그렇지만 지아이들은 거의 문신을 원했습니다. 한 번도 자기 여자를 가져보지 못한 불쌍한 지아이들일수록 한사코 문신을 원했다구요."

그러면서 노마리아는 헐겁게 느껴지는 물빛 블라우스 자락을 걷어 올려 왼쪽 젖가슴의 횡경막 아래 철쭉꽃잎 크기만 한, 하트 앤드 애로우의 심장을 뚫는 화살표시 문신을 보여 주었다. 짙고 검푸른 남청 빛깔의 문신은 형광등 불빛 아래서 선명하게 출렁였다. 그녀의 왼쪽 젖가슴에 새겨진 문신을 보는 순간 흑인병사의 커다란 군화가 머릿속에 찍혀 왔다.

노마리아는 다시 오른쪽 젖가슴의 문신을 보여주었는데 그것 역시 하트 앤드 애로우의 심장을 관통한 화살 표시로, 왼쪽 것보다는 화살의 길이가 길고 살촉 부분이 날카롭고 뚜렷했다.

"내 심장이 진짜 화살에 꽂혀 있는 기분이랍니다."

그녀는 한숨을 섞어 말하고 나서 블라우스를 내리고 스커트의 허리를 풀었다. 그리고 명치 끝에서 배꼽 사이에 영문으로 love라고 새겨진 문신을 보여주었다. 스커트의 허리춤을 조금 내리자 배꼽 바로 밑에 젖가슴의 것보다 두 배쯤 크고 선명한 하트 앤드 애로우의 화살표시와 함께 TT라는 영문 사인까지 새겨져 있었다.

나는 노마리아의 배꼽 아래에 새겨진 커다란 문신을 자세히 들여다 볼 수가 없었다. 그것을 보는 순간 수치심으로 인하여 내 심장이 마구 후끈거렸기 때문이다. 부끄러워하는 쪽은 그녀가 아니라 나였다. 나는 순간 그녀 대신에 오히려 내가 더 수치심을 느끼고 있다는 사실에 화가 치밀어 올랐다.

그녀는 천천히 스커트의 허리춤을 올리면서 얼핏 나를 보았는데, 나는 한사코 그녀의 안개처럼 출렁이는 시선을 피했다. 그녀는 다시 두 다리를 길게 뻗고 스커트 자락을 사타구니가 보일 정도로 아슬아슬한 부위까지 올렸다. 불거웃이 새까만 불두덩 양쪽에도, 두 넓적다리의 안쪽에도 문신이 꿈틀거렸다. 두 겹 세 겹으로 하트 앤드 애로우가 겹쳐 있었으며, 여기저기에 영문 사인으로 살결이 얼룩졌다.

"양쪽 엉덩이에도 십자가와 하트에 화살이 꽂힌 게 있지만 그것은 보여줄 수가 없네요."

노마리아는 가랑이를 쩍 벌리고 스커트를 걷어 올린 채 말했다. 나는 차마 사타구니까지 들여다볼 수 없어서 애써 눈길을 피했다. 나는 그녀의 온몸을 되작거려 보지 않더라도 그녀의 몸 모든 부분에 빈틈없이 문신이 새겨져 있다는 것을 어림할 수가 있을 것 같았다. 그녀의 몸뚱이는 온통 미군 병사들이 일시적 소유의 기념으로 새겨놓은 문신으로 덮여 있었다. 그녀의 몸뚱이 전체가 하나의 커다란 문신으로 보였다. 그녀가 나를 보고 웃으며 말을 하고 있는 것조차도 문신의 한 부분이 움직이는 것처럼 느껴졌다. 나는 그런 노마리아가 마치 온몸에 아름다운 무늬가 있는 커다란 비단구렁이처럼 역겹고 징그럽게 느껴져 마주 앉아 있기조차 싫었다. 더욱이 문신의 사인이 우리글이 아니고 영문이라는 점이 더 역겨웠다.

"이런 문신은 피부과나 성형외과에서 수술해야 되는데 저는 안 꽐니다. 그러나 피부과나 성형외과 선배 의사들한테 부탁해보겠습니다."

나는 그녀의 눈길을 피하면서 인사치레로 말했다. 기실 나는 빨리 그녀의 문신처럼 침침하게 느껴진 방에서 나가고 싶은 생각뿐이었다.

"좀 도와주십시요. 이 더러운 상처를 안고 땅에 묻히고 싶지 않아요. 나는 이 더러운 과거의 상처 때문에 목욕탕에도 못 간답니다. 이건 정말 내 인생의 더럽고 고통스러운 흔적이지요. 이제 살날도 얼마 남지 않은 것 같은데, 나는 죽음보다는 이 더러운 과거의 흔적과 함께 땅에 묻히게 될 것이 더 두렵답니다. 내가 죽었을 때 내 시신을 씻게 될 사람들이 이 문신을 보면 뭐라고 하겠어요. 이 문신을 지우지 못하고 죽으면 나는 저 세상에 가서도 수많은 지아이 놈들한테 시달리게 될 것만 같다니까요. 난 죽은 영혼이라도 한 남자, 그것도 우리나라 남자의 정숙한 아내가 되는 것이 소원이랍니다."

그러면서 그녀는 회색빛의 낡은 비닐 옷장에서 끈이 기다란 핸드백을 꺼내더니 10달러짜리 미화 10장을 내 앞에 내밀었다.

"내가 갖고 있는 돈이라고는 이것뿐이라우. 제발 무료수술을 받을 수 있게 좀 도와 주시오."

그녀는 한사코 내 손에 달러를 쥐어 주며 사정했다. 그때 그녀는 처음으로 자신의 호적 이름이 노필순이며 기지촌에 들어가 살게 되면서 마리아라고 불리게 되었는데, 1년 전 산동네 성당의 신부님으로부터 마리아라는 세례명으로 영세를 받은 후, 산동네 사람들이 마리아라고 부르고 있다는 것을 말해 주었다. 그리고 그녀는 양공주가 되기 전 남편에게서 낳은 황색 피부의 아들과 영세명이 베드로인 흑인 아들이 있는데, 황색 피부의 아들은 철이 들자 집을 나가 버렸고 흑인 아들과 함께 살고 있다고 했다.

"검둥이를 낳고 얼마나 울었는지 몰라요. 그런데 지금은 그놈이 효자 노릇을 한답니다. 우리 베드로가 야간업소에서 색소폰을 불어 이 에미를 먹여살리죠. 그리고 이 에미의 문신을 지우라고 한 것도 그놈이라우."

노마리아는 사타구니의 문신을 보여주었던 것처럼 자신의 모든 삶에 대해 부끄러움 없이 비밀을 까발렸다. 그러나 그녀의 어떤 간절한 말도 그녀에 대한 불결한 생각으로 굳어진 내 마음을 흔들어 놓지는 못했다. 늙은 노마리아는 마땅히 자신의 상처를 수치로 안고 죽을 때까지 고통을 느끼며 살아야 할 것으로 생각했다. 나는 그녀에 대해 털끝만큼의 동정심도 느낄 수가 없었다. 몸뚱이 전체가 문신으로 얼룩져 거대한 비단구렁이처럼 징그럽게만 느껴지는 그녀와 마주 앉아 있기조차 싫었다.

나는 노마리아가 커피를 끓여 준 것조차도 불결하게 생각되어 입에 대지 않았다. 그녀가 한사코 쥐어 주는 미국 지폐를 뿌리치고, 언덕길을 더듬어 성당으로 내려오면서 나는 몇 번이고 어둠을 향해 침을 뱉었다. 성당으로 돌아왔을 땐 송별파티가 끝나고 봉사단원과 성당의 청년회 간부들이 신부님을 중심으로 둘러앉아 담소를 나누고 있었다. 나는 그들에게 노마리아에 대한 이야기를 하지 않았다. 그녀의 이야기는 입에 담기조차 불결하게 느껴진 것이다.

그 후로 나는 노마리아를 잊고 지내왔다.

2

"에미 걱정 말고 어서 업소에 나가거라."

노마리아는 자리에 누워 있으면서도 자신의 병 때문에 이틀째나 업소에 나가지 않고 있는 아들 베드로가 걱정되었다. 그녀가 앓아눕기 시작한 것이 벌써 두 달이 넘었다. 처음 얼마 동안은 감기 증세로 미열에 머리가 지끈거리고 밥맛이 모래를 씹는 것처럼 구미가 뚝 떨어지면서 혀끝이 마른 잎보다 더 깔깔해지더니, 먹는 족족 토하고 말았다. 당사자인 노마리아도, 병세를 지켜봐 온 아들 베드로도 그 병이 심상치 않음을 알고 있었다. 노마리아는 자신이 죽을병에 걸려 조금씩 죽어가고 있다는 것을 의식했다.

"이러지 말고 병원에 가서 진찰을 받아 봅시다."

베드로는 전깃줄처럼 핏줄이 불거진 어머니의 손목을 붙잡고 울먹이는 말로 사정했다. 그러나 노마리아는 죽어도 병원에는 가지 않겠다고 막무가내였다. 베드로는 어머니가 병원에 가기를 두려워하는 이유를 잘 알고 있었다. 의사에게 문신으로 얼룩진 자신의 몸뚱이를 보이고 싶지 않은 것이었다.

"이 에미는 이제 아무에게도 이 몸뚱이를 보여주고 싶지 않단다. 그냥 이대로 죽고 싶구나."

그러면서 그녀는 아들에게 자기가 죽거든 꼭 화장해달라고 부탁하는 것이었다.

"베드로 네가 걱정이다. 네가 어렸을 때 양자로 입적시켜 미국으로 보내지 못했던 것이 이렇게 후회가 클 줄은 몰랐구나."

노마리아는 베드로를 혼자 남겨 둔 채 죽는 것이 또 한 번 죄를 짓는 것처럼 마음이 아팠다. 그것은 그녀 자신의 몸에 얼룩져 있는 문신 다음으로 큰 아픔이었다.

"내가 어머니 곁을 떠나지 않으려고 했잖아요. 어머니가 나를 양자로 미국에 보내려고 했을 때 얼마나 울었는지 아세요?"

"그래도 그때 너를 미국으로 보냈어야 했다. 네가 미국으로 갔더라면 만기놈이 에미를 마다하고 뛰쳐나가지 않았을지도……."

노마리아는 베드로보다 5살 위인 첫 남편의 소생 만기를 떠올리며 눈물을 삼켰다. 9살 때 어머니에게서 뛰쳐나가 버린 만기는 3년 후 얼핏 모습을 나타냈을 뿐 20년이 넘도록 아직 소식이 없는 것이었다.

"또 만기형 생각을 하시는구만."

"아녀, 에미가 왜 그깐놈 생각을 해? 그놈은 내 자식이 아니다. 내 자식은 베드로 너뿐이란다. 너도 에미의 속마음을 알고 있지 않으냐?"

"알고 있고 말고요."

베드로는 그렇게 대답을 하면서도 어머니의 진정한 속마음은 소식도 없는 만기를 간절하게 찾아 헤매고 있다는 것을 알고 있는 터였다. 그리고 만기가 집을 뛰쳐나간 것은 베드로 자신 때문임도 잘 알고 있었다. 베드로의 기억에 만기가 집을 뛰쳐나가기 전, 다만 어머니의 배를 빌어 낳았을 뿐, 얼굴 색깔부터 다른 그들 형제는 단 한 번도 다정하게 어울려 본 적이 없었던 것 같았다. 만기는 걸핏하면 베드로를 검둥개라고 놀려 댔고, 어머니가 없을 땐 몸에 멍이 들도록 두들겼으며, 집을 나가기 한 달 전쯤에는 4살짜리 베드로를 도시의 중심가에 데리고 가서 버려둔 채 혼자만 돌아오기도 했다. 만기가 집을 뛰쳐나가게 된 결정적인 동기가 바로 베드로를 도심지에 두고 돌아와 버린 일 때문일지도 몰랐다. 그날 어머니는 술에 취해 울면서, 베드로를 버리고 혼자서만 돌아온 만기를 온몸에 피멍이 생기도록 매질했다. 그러던 어머니는 만기가 집을 나가자 다시 술에 취해, 얼마 전 만기한테 했던 것처럼 마구 욕을 퍼부어 대면서 베드로를 빗자루로 두들겨 팼다. 그리고 몇 년 후 만기가 얼핏 모습을 나타냈다가 소리도 없이 사라져 버렸을 때도 어머니는 다시 울면서 베드로에게 매질했다. 그 후로도 어머니는 만기를 생각할 때마다 눈물을 질금거리면서 베드로를 때렸다. 어머니는 술에 취해 만기의 사진을 들여다보며 그리움으로 버르적거릴 때마다 베드로에게 매질했다. 그리고 매질을 하면서는 언제나 욕을 퍼붓곤 했는데, 그 욕설이란 한결같이 "이 쌍놈에 검둥이 새끼야, 어쩌자고 드럽게 너같이 더러운 게 내 뱃속에서 생겨나서, 하나밖에 없는 내 아들 만기를 내쫓았느냐, 이 드러운 쌍놈에 검둥이 새꺄" 하면서 "하나밖에 없는 내 아들"이라는 대목에서 울부짖듯 소리 내어 울었다. 그러나 베드로는 피멍이 들도록 매를 맞으면서도 잠시도 어머니로부터 떨어지려고 하지 않았다.

"내가 어머니 고향에 한번 갔다 올까요?"

베드로는 혹시 어머니의 고향에 가보면 만기의 소식을 알 수 있게 될지도 모른다는 생각에서 넌지시 어머니의 의향을 떠보았다. 베드로의 어머니 노마리아는 잠시 말이 없더니 한숨을 버무려 "몸뚱이 문신을 지우게 되면 죽기 전에 언젠가 한 번 고향에 가고 싶었단다. 고향에 가서 내 부모님이랑, 만기 조부모님, 그리고 나를 이 지경으로 만든 만기 애비 산소에랑 한번 돌아보고 싶었단다. 그렇지만 이제 다 틀렸다. 괜히 꿈을 꾸었던 게지. 고향에 가봤자 내 얼굴에 침이나 뱉을 것인데 말이다."
하고 푸념처럼 말했다.

노마리아는 얼마 전 베드로 또래도 안 된 새파랗게 젊은 아이한테 사타구니까지 벌려가면서 몸속의 문신을 보여주었던 것이 온몸이 후끈거리도록 수치스럽고 후회가 되었다. 무료 진료를 해주겠다던 그 새파란 녀석은 그 후에 단 한 번도 소식이 없었다.

"내가 고향에 갔다 올게요. 거기 가면 혹시 만기 형 소식을 알 수 있을지도 모르지 않겠어요?"

그 말은 베드로의 진심이었다. 그는 어머니를 위해서라면 무슨 일이라도 해주고 싶었다. 그는 아직 자신을 낳아 준 어머니를 단 한 번도 원망해본 일이 없었다. 그는 오히려 자신의 생명을 지어 준 어머니에게 감사하는 마음으로 살아가고 있었다.

베드로가 열 살쯤 되었을 때, 술에 취한 어머니가 그의 앞에서 옷을 홀랑 벗고 울면서 온몸에 새겨진 문신들을 보여 준 일이 있었다. 베드로는 그때 처음으로 어머니의 몸에 아이들의 낙서처럼 제멋대로 그려진 문신들을 보았었다. 베드로의 눈에 문신으로 얼룩진 어머니의 몸뚱이는 마치 벽보판에 찢겨 바람에 너풀거리는 외국영화의 광고지처럼 지저분해 보였었다. 그는 어머니가 너무 불쌍해서 소리 내어 울었다. 그리고 베드로 자신의 아버지가 한 문신이 어느 것이냐고 울면서 물었다. 어린 그의 생각에 그 문신 중에 아버지의 것이 있다면 면도칼로라도 도려내 버리고 싶었다. 그러나 어머니는 베드로 아버지의 문신이 어떤 것인지 알 수 없다고 하였다. 그때 베드로는 자기 아버지의 문신을 찾아낼 수 없음을 다행으로 생각했다. 그것은 곧 자신에게는 아버지의 존재는 없고 다만 어머니만이 있을 뿐이라는 생각이 신념처럼 굳어진 결과가 되었으며, 하나뿐인 어머니마저 잃어서는 안 된다는 각오를 하기에 이르렀다. 그것 때문에 그는 끝까지 미국행을 거부해왔던 것이다. 베드로는 자신이 미국에 가는 것보다는 어머니를 고향에 단 한 번이라도 돌아갈 수 있게 하고 싶었다. 어머니는 베드로의 야간 업소 수입에 의존하고 살기 시작하면서부터 가끔 그에게 고향 이야기를 꺼내곤 했으며, 그때마다 눈빛이 가늘게 떨렸다.

노마리아는 아들 베드로가 색소폰을 들고 업소에 나가자 약간 실망하여 혼자 눈물을 훔치곤 했다. 그녀는 베드로가 그녀의 고향에 갔다 오겠다고 했을 때, 겉으로는 한사코 말리는 척 했으나 마음속으로는 은근히 그렇게 해주기를 기대하고 있었다. 베드로가 그녀의 고향에 가서 만기의 소식을 알아 왔으면 싶었다. 그러나 어머니의 고향에 갔다 오겠다는 베드로의 말은 다만 버릇처럼 되풀이되었을 뿐이다. 베드로는 그녀가 조금만 우울한 기색을 보이거나 소식도 없는 만기에 대해서 욕을 퍼부어 댈 때마다 어머니의 고향에 갔다 오겠다는 말로 위로를 해준 것이었다. 영리한 베드로는 자신의 그 말이 어머니에게 큰 위로가 되고 있다는 것을 잘 알고 있었다.

노마리아는 방 안이 어둠의 끈적끈적한 점액질 속으로 가라앉기 시작하자 형광등을 켠 후에 시체처럼 팔다리를 쭉 뻗고 누워 있었다. 그녀는 요즘 어둠에 대해 두려움을 느끼고 있었다. 그것은 자신이 조금씩 죽어가고 있는 증후라고 생각했다. 그리고 어둠과 죽음에 대한 두려움의 밀도가 커질수록 돌이키고 싶지 않은 자신의 과거가 생생하게 되살아나는 것이었다. 그때마다 몸뚱이에 얼룩진 문신들이 살아나서, 벌레들처럼 온몸을 스멀스멀 기어 다니는가 하면, 그것들이 하트 앤드 애로우의 심장을 뚫은 화살촉과도 같은 날카로운 이빨로 조금씩 그녀의 육신과 영혼을 함께 갉아먹고 있는 듯싶었다. 노마리아는 자신의 몸에 새겨진 문신들이 때때로 검은 색깔의 징그러운 파충류로 변하여 꿈틀거리고 있는 듯한 기분이 들기도 했다. 흑갈색의 띠무늬로 얼룩진 능구렁이나, 목이 넙적한 코브라, 여러 가지 아름다운 무늬를 가진 비단뱀, 독이 있는 살모사, 몸의 빛깔이 자주 변하며 곤봉 모양의 혀를 가진 카멜레온, 적을 만나면 꼬리를 끊고 도망치는 도마뱀, 꼬리가 긴 장지뱀, 가죽의 질이 제일 좋다는 미국 악어, 북아메리카에 산다는 미국 도롱뇽과 같은 파충류로 변하는가 하면, 때로는 다리가 22쌍이나 되는 노랑머리 왕지네, 날개에 비늘로 된 점무늬가 있는 학질모기, 못이나 늪에 살면서 사람의 살갗에 붙어 피를 빨아먹는 거머리로 변하여 온몸을 기어 다니기도 하고 더러는 살을 뚫고 몸속 깊숙이 들어가 모든 뼈와 근육을 야금야금 갉아 먹고 있는 듯싶었다. 노마리아는 그것들이 살아서 꿈틀거리고 있다는 생각을 할 때마다 그녀의 몸에 더러운 아픔의 흔적을 남기고 간 지아이들의 모습이 하나씩 떠올랐다. 그러나 그들의 얼굴은 하나도 확실하지가 않았다. 다만 확실한 것은 색깔이 검은 지아이일수록 몸의 깊숙한 부위에 큰 문신을 남긴 것이었다.

노마리아의 오십 평생에 확실한 모습으로 기억 속에 살아남은 남자는 만기 아버지 단 한 사람뿐이었다. 만기 아버지 오치도는 그녀의 피부가 아닌, 염통의 벌떡거리는 핏덩이 속에 소금을 뿌리듯, 눈으로 볼 수도 없도록 큰 상처를 남긴 사람이었다. 20살의 초롱꽃 같은 나이에 오치도에게 시집을 가서, 만기를 낳은 지 4년 만에 6·25를 만나 남편을 잃었다. 남편뿐 아니라, 만기를 데리고 친정에 갔다 와보니, 시부모와 남편, 시동생까지 네 식구가 몰살을 당하고 말았다. 그녀가 할 수 있었던 일이란 네 가족의 시체를 따로 매장해 주는 것뿐이었다. 집마저 불에 타 버려 만기를 끌고 다시 친정에 돌아와 보니, 이번에는 친정 피붙이라고는 하나밖에 없는 오라비의 죽음이 그녀를 기다리고 있었다. 그녀는 가족들의 죽음을 통해서 육신의 허망함을 새삼스럽게 절감했다. 그녀는 자신의 생애를 통해서 그때처럼 생명에 대한 강한 애착을 느껴본 일이 없었다. 그녀는 소중한 사람들의 죽음을 통해서 비로소 자기 삶의 가치를 알게 된 셈이었다. 세상 사람들이 모두 죽어도 그녀 자신과 만기만은 살아남아야 하며, 그녀 자신이 죽는 한이 있어도 아들 만기만은 살려야 한다는 강박관념에 묶임을 당하고 보니 아무것도 두려울 것이 없었다. 두려움 없이 만기를 끌고,

지아이들이 우글거리는 기지촌으로 나간 것부터가 잘못이었다. 그리고 그녀 자신의 육신은 문둥이처럼 문드러져도 만기 하나만을 키워낼 수 있으면 그만이라는 생각이 잘못이었다. 그녀는 지아이들이 자신을 발가벗겨 바늘 끝으로 살을 쫄 때나, 그녀 스스로 뜨내기 지아이의 앞에서 발가벗은 채 달러를 구걸하기 위해 영원히 사랑한다는 증거를 남겨달라고 몸을 비틀 때마다, 마음속으로 만기의 이름을 외쳐 부르곤 했다. 그리고 그 순간 그녀는 자신이 어렸을 때, 징용에 끌려가는 아버지의 등을 바늘로 쪼아대며 울던 어머니의 모습을 떠올렸다. 어머니는 사지로 떠나는 아버지의 등에 작은 연꽃을 새겨 주면서, 죽을 고비에 닥쳤을 때 부처님께서 도와주실 것이라는 말로 아버지와 어머니 자신을 위로했다.

노마리아는 형광등 불빛 아래서 얼핏 잠이 들었다가 색소폰 소리에 눈을 떴다. 베드로가 돌아왔는가 싶어 방 안을 둘러보았지만 아들의 모습은 보이지 않았다. 그녀는 몸이 흥건하게 젖도록 버르적거리며 기침을 토했다.

"베드로야, 베드로 돌아왔느냐?"

노마리아는 기침을 토하고 나서 아들을 불렀다. 분명 그녀는 아들의 색소폰 소리를 들은 것 같은데 방 안에 베드로의 모습이 보이지 않자 홀로 버려진 것 같은 불안에 사로잡혔다. 마리아는 요즈막 아들 베드로가 그녀를 버리고 도망칠 것 같은 불안을 떨쳐버리지 못하고 있는 것이었다.

"베드로야, 베드로 어디 있니?"

노마리아는 손을 휘저으면서 다급하게 아들을 불렀다. 베드로가 색소폰을 들고 들어온 것은 한참 후였다. 노마리아는 아들이 들어오는 모습을 보자 침대에서 일어나 앉았다.

"우리 베드로가 있었구나. 내 아들이 있었구나."

"문밖에서 색소폰을 불었어요. '주님의 뜻을 이루소서'라는 곡을 불었어요. 윤 신부님도 내가 분 색소폰 소리를 들으셨을 겁니다. 윤 신부님은 그 곡을 좋아하시거든요."

"그랬었구나. 그 곡은 네가 처음에 성당에 갔을 때 불었던 곡이지?"

"맞아요. 그때 윤 신부님께서 하느님이 제 색소폰 소리를 듣고 싶어 하실 것이라고 하셨죠."

"그래그래. 이제야 기침이 조금 가라앉는구나. 기침이 터져 나올 때 네가 없으면 에미는 혼자 죽을 것 같은 두려움에 떨곤 하는구나. 이젠 괜찮다. 네 얼굴을 보니께 신통하게도 기침이 멎는구나."

그러면서 노마리아는 베드로를 손짓으로 가까이 오도록 하여 아들의 검은 얼굴을 두 손으로 감싸 안았다. 그녀는 잠시 전에 꾸었던 악몽을 말하려 하다가 그만두었다. 참으로 끔찍한 꿈이었다. 자신의 몸에 새겨진 문신들이 구물구물 살아서 그녀를 뜯어먹는 꿈을 꾼 것이었다. 여우, 페스트 병균을 옮기는 시궁쥐, 밤에 작은 곤충을 잡아먹는 붉은 박쥐, 사나운 독수리, 독이 많은 살모사, 바퀴벌레, 큰집게벌레 풍뎅이, 송장벌레, 학질모기, 쉬파리, 무당거미, 전갈, 노랑머리 왕지네, 불개미, 왕개미, 진드기, 거머리 등 온갖 것의 모습으로 살아나 온몸을 뜯어먹던 것이었다.

"오늘 밤에 에미, 성당에 가서 고해를 하고 왔다."

노마리아는 꿈속의 온갖 사나운 짐승이며 뱀, 벌레들의 생각을 털어버리기 위해 머리를 흔들고 나서 말했다.

"또 고해하셨어요? 요즘에는 매일 고해를 하시는군요."

"죽을 때까지 고해해도 에미의 죄는 없어지지 않을 게다. 에미는 그것을 잘 알고 있다."

"그것은 어머니의 죄가 아니라고 했잖아요. 신부님도 그렇게 말씀했구요."

"아니다. 모든 것이 이 에미의 죄지. 만기가 내게서 떠난 것도. 네가 나헌테서 태어난 것도 모두가 에미 죄다."

"오늘은 무엇을 고해하셨죠?"

"고해소에서 신부님께 사는 것이 죄라고 했다. 그랬더니……."

"그랬더니요?"

"사는 것은 죄가 아니라 하느님의 축복이고 선물이라면서 보속을 주시지 않으셨다."

"내가 신부님이라도 그런 고해에는 보속을 주지 않겠어요."

"보속을 받지 못하니께 내 죄가 더 커지는 기분이구나."

젊었을 때 노마리아의 보속은 술에 취하는 것이었다.

흑인 소년 노태수(베드로의 본명)가 기지촌 미군부대 앞에서 종일토록 구두를 닦고 돌아와 보면 어머니는 언제나 취해 있었다. 너무 취해 몸을 가누지 못하면서도 매질을 하고 나서는 베드로를 끌어안고 울었다. 그러나 흑인 소년 노태수는 어머니가 술에 취해 있을 때가 좋았다. 어머니가 눈물을 흘릴 때 그는 눈물보다 더 끈끈한 어머니의 사랑을 느낄 수가 있었던 것이다. 어머니는 아들 노태수한테 매질하면서 눈앞에서 멀리 사라져 버리라고 소리쳤다. 그래도 그는 한 번도 어머니에게서 멀리 떠나지 않았다. "깜둥이 양깔보 새끼"라는 놀림을 받으면서도 어머니가 좋았다.

"내가 신부님한테 이야기했어요."

"이야기라니?"

베드로의 말에 노마리아가 물었다.

"어머니 문신 이야기 말입니다. 신부님께서 성형외과 의사를 찾아보시 겠다고 약속했어요."

"뭐라고? 뭣 때문에 그 이야기를?"

"문신을 수술해서 없애는 것이 어머니의 소원이 아닙니까."

"나는 이제 하느님이 보자고 해도 내 문신을 보여주지 않겠다."

"신부님을 믿어 보세요."

"나는 아무도 믿지 않는다."

"신부님은 달라요."

"하느님을 큰소리로 외쳐대는 놈도 내 몸에 문신을 새겼다. 그놈은 내 엉덩이에 십자가를 새겼어. 엉덩이에 새긴 십자가가 이 에미를 구원해 줄 수 있다고 믿는 건 아니겠지?"

"그래도 신부님은 달라요. 어머니도 신부님을 믿고 계시지 않아요. 신 부님을 믿지 않으시면서 고해를 하신다고 생각하지 않습니다."

"에미가 성당엘 나가는 것은 신부님을 믿어서가 아니라, 너 때문이야."

"저 때문이라고요?"

"그래. 신부님이 너한테 잘해 주시지 않니? 나는 네가 나 아닌 다른 사 람한테 의지하고 살게 되기를 바란다. 신부님이라면 앞으로 내가 없더라 도 네가 의지할 만한 사람이라 싶어서……."

그러나 노마리아가 윤 신부의 권유에 따라 성당에 나가는 것은 죽은 다 음에라도 더러운 영혼이나마 구원을 받고 싶었기 때문이었는지도 몰랐 다. 그러면서도 그녀는 차마 그것을 베드로에게도 말할 수가 없었다. 그 녀는 자신의 더러운 영혼이 구원받을 수 있다고 생각하는 것조차도 부끄 럽게 여기고 있었기 때문이다.

"에미는 생각을 바꾸었다."

"바꾸었다고요?"

"그래. 에미는 이제 아무에게도 내 몸뚱이를 보이지 않기로 했다. 그 대신 에미가 죽거든 화장을 해야 한다. 문신을 지우지 않고 땅에 묻히기는 싫으니까 말이다."

노마리아는 말을 끝내고 다시 버르적거리며 기침을 쏟았다. 그녀는 자신의 몸뚱이에 새겨진 문신을 생각하면, 마치 문신이 벌레로 살아나서 허파를 갉기라도 하는 듯 기침이 쏟아지곤 했다.

"이 에미는 차라리 그때를 그리워하고 싶구나."

노마리아는 기침을 멎으며 혼잣말처럼 중얼거렸다.

"그때라니오?"

"이 몸뚱이에 문신을 새기던 때 말이다."

노마리아는 정말 그 시절을 그리워하기라도 하는 것처럼 가느다랗게 실눈을 뜨고 한숨을 삼켰다.

"그래도 저는 지금이 더 좋아요."

"그땐 고통은 없었다. 그때는 내 잘못이라는 생각이 없었거든. 모든 것이 세상 탓이었지. 그리고 만기 아버지 탓이라고만 생각했지."

"누구의 탓도 아닙니다. 세상 탓이었죠."

"아니다. 이제 와서 생각하니 모두 내 탓이었다는 생각이 든다. 내 잘못이었어. 그 고난의 시기를 살아온 이 땅의 모든 여자가 몸에 지아이들의 문신을 새긴 건 아니잖느냐. 수녀님도 내게 그와 비슷한 이야기를 하더라."

노마리아는 갑자기 비감에 젖었다. 그러나 눈물을 보이지는 않았다. 베드로는 눈물을 흘리는 어머니의 모습을 본 지가 아주 오래된 것 같았다. 젊었을 때 술에 취하기만 하면 베드로를 붙들고 울어댔던 그 많은 눈물은 다 어디로 흘러가 버렸는지 모를 일이었다. 어쩌면 어머니의 몸에 새겨진 문신들이 그 많은 눈물을 모두 빨아들여, 아예 눈물샘을 말려 버렸는지도 몰랐다.

"이 에미는 내 몸뚱이의 문신들을 지우려고 생각했을 때부터 고통이 시작되었다. 그때부터 에미의 죄라는 것을 알았단다. 그때부터 난 문신의 노예가 된 거야. 그러나 이미 늦었다는 것을 알았다."

노마리아가 문신을 지워야겠다는 생각을 하기 시작했을 때는 이미 기지촌의 불경기와 함께 그녀의 육신도 쇠락해지기 시작했었다. 그녀는 몸의 문신을 지우기 위해 성형외과를 찾아 다녔으며 의사들 앞에서 열 번도 더 알몸을 보였었다. 그러나 의사들은 엄청난 돈을 요구했다.

"문신을 지우려는 생각을 미처 하지 못했을 때, 그때가 그리워지는구나. 그땐 그래도 내 인생이 조금은 화려했었지. 이 에미는 그래도 지아이들한테 인기가 괜찮았거든. 그땐 이렇게 비참하지는 않았었지. 위스키와 양담배, 미제 화장품이 그리워지는구나. 난 그 시절 속옷까지도 미제를 입었었지. 지아이들은 레이션 한 박스씩을 들고 와서 내 몸에 문신을 떴었지. 그때만 해도 난 정말 화려했었다. 내 인생의 꽃이었지. 나는 지아이들한테 되도록이면 문신을 내 인생처럼 화려하게 떠달라고 말할 정도였거든. 그때 내가 가장 싫어한 문신은 십자가 문신이었다. 그런데 나는 오늘도 가슴에 십자가를 긋고 신부님께 고해를 했구나."

베드로는 어머니가 울고 있다고 생각했다. 어머니는 눈으로 눈물을 흘리는 것이 아니라 마음속에 피를 흘리고 있는 것이라고 생각했다. 어머니는 기지촌 시절을 그리워하고 있는 것이 아님을 잘 알고 있는 터였다. 산동네로 이사를 오던 날 어머니는 자신이 기지촌 시절에 쓰던 물건들을 모두 불태워 버렸다. 어머니는 미제라고 하는 것은 낡은 패러솔이며 핸드백까지도 없애 버리고 나서 산동네로 이사를 왔다.

"어머니 아직은 포기하지 마셔요. 제가 꼭 어머니의 문신을 지워드리겠어요."

베드로는 어머니를 위로할 수 있는 다른 말이 없음이 안타까울 뿐이었다.

3

서울의 가을은 우울한 회색빛깔로 퇴락하고 있었다. 익어가는 것이란 아무것도 찾아볼 수 없었다. 모든 것이 시들어 갈 뿐이었다. 하늘도, 대기도, 사람들과 생각들, 사랑까지도 엷은 회색빛으로 시들어가고 있었다. 결실을 볼 수 없는 서울의 가을은 추수를 끝낸 초겨울의 들판이나, 아무도 사랑할 줄 모르는 사람의 가슴처럼 황량하기만 했다. 서울의 계절은 어느덧 여름과 겨울만이 남아 있게 된 듯싶었다. 봄과 가을은 텔레비전의 화면을 통해서나 희미하게 느낄 뿐이었다.

까슬까슬한 회색빛깔의 가을 햇살이 유리창을 핥아대는 무렵에야 잠에서 깨어난 나는, 아파트 12층의 동쪽 침실 창 옆에 서서 산동네를 건너보았다. 4학년의 마지막 시험이 끝난 터이라 마음 놓고 늦잠을 잔 것이었다. 산동네를 건너다보는 순간 갑자기 갈증으로 목구멍 안이 후끈거렸기 때문에 거실로 나가며 어머니를 불렀다. 어머니 대신, 시골에서 상경한지 며칠 안 된 할머니가 거실에 모습을 나타냈다. 나는 할머니가 집에 와 있다는 것조차 깜박 잊고 떠름한 눈길로, 다소 낯설게 느껴지는 할머니를 바라보았다.

"에미는 외출하고 없는디 왜 찾는겨?"

나는 할머니의 약간 낯설어 보이는 얼굴과 생소한 사투리에서 뜨악한 기분을 느꼈다. 어쩐지 시골에 와 있는 듯한 느낌이었다. 나는 화난 사람처럼 냉장고의 문을 벌컥 열어젖히고 큰 유리컵에 주스를 따라 마셨다.

"아침 채려 주랴? 햄미가 널 줄랴고 된장국 맛있게 끓여 났다."

할머니는 내게 바짝 다가서서 쿠리한 입 냄새를 피우며 말했다.

"제가 알아서 먹을께요."

나는 신경질적으로 말하고 나서 후회했다. 처음부터 할머니에게 친절하게 대하지 못한 것은 너무 오랫동안 떨어져 살아왔기 때문일 것이라고 생각하면서 간단한 아침 식사 준비를 했다. 나는 토스터로 빵을 굽고 전기 오븐에 소시지를 데쳤다. 그리고 적당하게 구워진 식빵에 버터를 발라 우유로 목을 축여가며 먹었다. 나는 아침은 언제나 우유 한 잔과 버터를 적당히 바른 식빵 두 조각 외에 군 소시지 하나로 정해져 있었다. 식탁에 앉아 미국의 팝송을 크게 틀어 놓고 발가락을 빠른 음악에 맞춰 까닥거려가며 아침을 먹고 있던 나는, 시험이 끝났다는 느슨한 해방감에 젖어 있었다. 나는 커피로 입을 헹구고 나서 효미한테 전화를 걸기 위해 전축의 볼륨을 나지막하게 줄였다.

"네 눔 밥 처묵는 것을 보니께 미국놈이 다 되았구나."

할머니는 내가 음악의 볼륨을 낮추기를 기다렸다가 큰 소리로 말했다.

"미국놈이 되다뇨?"

나는 다이얼의 버튼을 누르려다 할머니를 보며 약간 불만스럽게 반문했다.

"된장국 김치에 밥을 묵어야 조선 사람이제, 네 눔같이로 우유에 빵을 처묵으니 미국놈이 다 되얐지 않으냐. 암만 봐도 네 눔은 영락없는 미국놈인 게여, 묵는 것도 미국식이고, 입는 것도 미국식, 노래꺼정도 미국것만 들으니께 어찌 생각이라고 미국식이 아니겠남. 네 눔은 이름만 조선사람인 게여."

나는 할머니의 말에 어처구니가 없어 멀뚱히 앉아 있었다. 할머니의 말에 변명이나 반박 같은 건 하고 싶지 않았다.

"할머니는 어쩔 수 없는 구식 사람이로군요. 지금은 서울에서 아침을 먹고 미국에서 저녁을 먹을 수 있는 세상이라구요."

나는 피식거리고 웃으면서 말했다.

"우리가 네 눔만한 시절에는 일본식이 판을 쳤재. 허나 그때는 나라를 잃었응께 별 수 없었재. 그래도 그때는 비록 창씨개명까지 했재만 먹는 것 입는 것 생각허는 것만은 일본식을 따르지 않았단다. 세상이 어쩔라고 이러는가 모르겄다."

할머니의 말에 나는 다소 기분이 위축되어 아무 말도 하지 않았다.

"미국 사람덜이 조선 사람덜 입맛을 미국식으로 바꿔 논 것이여. 육이오 때부텀 야금야금 우유를 먹여감시롱 입맛을 바꿔 놓드니마는 인자는 젖소를 팔어 묵지 않드냐? 입맛이 도둑인겨. 촌에서 듣자니께 요새는 소가 묵는 여물꺼정도 미국에서 사들여 온담서야? 이러다가는 이 나라 땅떵어리까정도 미국이 될까 걱정이다. 미국 사람덜은 조상님덜 제사도 안 지낸다는디, 이 핼미도 미국놈 다 된 손자놈한테 제사밥 얻어묵기가 어려울 것 같여."

할머니는 실망한 눈으로 나를 흘겨보고 나서 방으로 들어가 버렸다. 나는 효미에게 전화를 하는 것조차 잊은 채 우두커니 앉아서 할머니의 말을 되씹어 보았다. 순간 내 머릿속이 쓰레미 속처럼 뒤숭숭해지면서 영어로 된 낱말들이 스크린에 자막이 떠오르듯 꿈틀거렸다. 팝송, 마돈나, 햄버거, 토스트, 블루진, 소시지, 버터, 치즈, 마요네즈, 햄, 밀크, 커피, 샴푸, 워카, 비스켓, 크래카, 콘, 잼, 마가린, 주스, 프라이치킨, 아스피린, 미팅, 비디오, 아파트, 텔레비전, 스포츠, 호텔, 키스, 터미널, 챔피언, 에어로빅, 섹스, 트랜지스터, 파티, 챌린저, 개그맨, 가스레인지, 캔트, 헬스클럽, 보디페인팅……

나는 머리가 혼란해졌기 때문에 아무것도 생각하지 않으려고 소파에 푹신하게 앉아 신문을 펼쳤다. '미국서 원화 절상 요구… 미국 담배 수입 개방에 따른 엽연초 생산 농가 보호 대책 시급' 등의 큰 제목들이 나를 더욱 혼란스럽게 만들었다. 나는 계속해서 신문을 뒤적거리면서 미국과 관계된 기사들을 눈여겨보았다. 미국이라는 글자가 점점 더 확대되어 나를 압도하기 시작했다. 주한 미공군, 일본 자위대와 공동훈련 요구. 한·미 군사위원회, 팀스피리트 훈련 계속 실시 합의. 와인버거 미국방 장관, 한국민이 원하는 한 미군 계속 주둔할 터. 한·미 안보협의회, 주한미군 대폭증강 합의. 북한, 한·미 안보협의회를 비난. 한반도 유사시 주일 주필리핀 미공군 동원 등. 신문에는 한국과 미국의 관계에 관한 기사들로 가득 차 있었다.

우리에게 미국의 존재는 무엇인가. 나는 이런 생각을 하기에 이르렀다. 나에게 미국은 무엇인가. 나와 미국과의 관계는 너무 막연한 것이었다. 미국 영화는 언제나 즐거움을 주었고, 미국의 팝송은 흥겨움을, 햄버거와 소시지와 버터와 우유는 충분한 영양분을 제공해 주었다. 그리고 언젠가는 가능하다면 미국에 유학을 가고 싶기도 했다. 그런데도 이제 와서 새삼스럽게 나의 몸과 정신 속에 끈끈하게 스며든 미국적인 것에 대해 생각하게 된 연유가 무엇일까? 너는 이제 미국놈이 다 되었다고 한 할머니의 나무람 때문일까. 나는 아직 나 자신이 미국과 싸워서 이겨야 한다는 생각을 해본 적이 단 한 번도 없었다. 언젠가 모 재벌의 총수가 "지금까지 역사적으로 보아 미국하고 싸워 패한 나라는 미국을 능가하는 부국이 되었고 승리한 나라는 망하거나 가난한 나라가 되었습니다. 예를 들어 미국한테 패한 이탈리아나 독일, 일본 같은 나라는 오늘날 부국이 되었지만, 미국한테 승리한 월남은 망하지 않았습니까? 그러니 우리도 미국하고 싸워서 져버립시다. 그러면 우리는 부국이 될 것이 아닙니까?"라고 하여 비난을 받았을 때도, 내 입장은 그 재벌 총수의 말과 같이 미국과 싸운다는 생각은 전혀 없었다. 미국은 그동안 한국에 밀에서부터 미사일까지, 갓난 아이들이 먹는 이유식에서 대학생들이 마셔야 하는 최루탄 가스에까지, 이익이 될 만한 물건이면 무엇이든지 팔아왔지만, 그에 대해서 조금도 언짢은 생각을 갖지 않았었다. 얼마 전까지만 해도 나는 피·엑스를 통해 들어온 외설 비디오테이프를 친구들과 함께 구경하면서 몸달아 했었고, 맥도날드 햄버거를 파는 점포가 빨리 문을 열었으면 좋겠다는 말을 하지 않았던가. 나는 미국 사람들이 주식, 증권, 부동산, 금융업, 보험업, 변호사업, 의료업, 흥행업, 요식업, 저작권, 컴퓨터의 소프트웨어 등까지도 한국을 상대로 장사를 하려고 한다면서 미국을 비난하는 사람들의 목소리를 들을 때도 아무런 느낌을 갖지 못했었다.

"우리 시절에는 비록 나라를 잃긴 했어도 일본식으로 살아가지는 안했단다. 우리는 게다(일본 나막신)를 신거나 하오리를 입는 것을 큰 수치로 알았으니께."

쥐어박는 듯한 할머니의 목소리가 내 귓속에서 윙윙거렸다. 그리고 할머니의 그 목소리는 내게 무엇인가를 재촉하고 있는 것 같았다.

내가 지난여름 산동네 무료 진료 봉사 때 만났던 노마리아를 다시 떠올린 것도 따지고 보면 내 머릿속이 미국에 관한 생각으로 뒤숭숭한 가운데, 그녀의 온몸을 난도질해 놓은 듯 수치스러운 문신이 버터, 햄버거, 밀크 등의 영어로 된 낱말과 함께 벌레처럼 징그럽게 꿈틀거렸기 때문이다. 순간 노마리아에 대한 불결한 마음이 사라졌다. 그리고 나에게 미국 놈이 다 되었다고 한 할머니와, 수치스러운 문신을 지우지 않고는 차마 이 땅에 묻힐 수 없다면서 그것을 없애 달라고 애원하던 늙은 양공주 노마리아의 얼굴이 자꾸만 겹쳐왔다. 그러나 그때까지만 해도 나는 그녀를 다시 만날 생각은 없었다. 문신을 수술할 수 있는지 알아봐서 연락해 주겠다는 약속을 지키지 못한 자책감 때문이 아니라, 그녀를 마주 대했을 때 내 쪽에서 수치심을 느끼는 것이 싫어서였다. 따지고 보면 그녀의 문신에 대해 나까지 수치심을 느껴야 할 이유가 없는데도 이상하게 노마리아를 떠올리면 마치 나 자신이 발가벗은 채 많은 사람 앞에 서 있는 것처럼 온몸이 죄어들고 심장이 후끈거리는 것이었다. 내가 산동네 무료 진료 봉사 이후 노마리아라는 여자에 대해서 잊고 지내온 것도 어쩌면 그와 같은 수치심을 다시 돌이키고 싶지 않았기 때문인지도 몰랐다. 사실 나는 그동안 노마리아에 대해서 완전하게 잊고 지내온 것이 아니라 가능하면 잊으려고 노력한 것인지도 몰랐다. 그녀를 만난 이후 나는 거리에서 미군 병사들과 마주칠 때마다 펀듯펀듯 문신으로 얼룩진 그녀의 몸뚱이가 생각났고, 그 순간 내 얼굴이 자신도 모르는 순간에 달아오르곤 했다.

오후에 나는 효미를 만나 그녀에게 처음으로 노마리아의 이야기를 꺼냈다.

"세상에! 그래 순도 형은 그 여자의 속살 깊숙한 곳까지 다 들여다봤단 말이야?"

효미는 노마리아의 슬픈 삶의 궤적과도 같은 문신에 관해서 관심을 두기보다는 내가 늙은 양공주의 알몸을 구경한 것에 대해 조금은 질투를 느끼는 눈빛을 나타내며 쏘아붙였다.

"그 여자 말이 내게 마지막으로 그 문신들을 보여 준 거라고 했거든. 그런데도 난 약속을 어겼단말야."

나는 되도록이면 노마리아의 상처투성이 몸뚱이를 떠올리지 않으려고 고개를 가볍게 흔들면서 말했다. 수치심과 자책감을 한꺼번에 떨구어 버리기 위한 몸짓이었는지도 몰랐다.

"그것 때문에 순도 형이 괴로와할 일이 뭐야? 이 땅에 지아이들의 문신을 몸에 지니고 있는 여자가 어디 그 여자뿐이겠어?"

효미는 별로 대수롭지 않게 건성으로 말했다. 나는 그런 효미에 대해서 실망을 느꼈다. 같은 이 땅의 여자끼리 어쩌면 그렇게도 냉담할 수가 있느냐는 눈길로 효미를 흘겨보았다. 내가 효미에게 노마리아의 이야기를 꺼낸 것은 나 대신 효미가 한 번 노마리아를 찾아가서 그처럼 몸뚱이 전체에 얼룩져 있는 문신은 수술하기가 어렵다는 말이라도 전해달라고 부탁을 하고 싶었던 것이다.

"아마 그 여자, 나를 기다리다 지쳐서 무진장 욕을 하고 있을거야."

나는 노마리아의 넙적다리 안쪽에 새겨진 실제 크기만 한 남자의 부릅뜬 눈을 떠올리며 혼잣말로 중얼거렸다. 노마리아의 말로는 그 부릅뜬 눈을 새긴 지아이는 삼 개월 동안 계약으로 동거를 하고 귀국할 때, 꼭 다시 찾아오겠다면서 눈물까지 보인 순정파였으나 얼굴의 윤곽이 생각나지 않는다고 했다.

"순도 형, 그따위 칙칙한 이야기 그만할 수 없겠어?"

효미는 더 이상 노마리아에 대한 이야기를 듣고 싶어 하지 않았다. 그런 효미에게 노마리아를 대신 좀 찾아가 달라는 부탁을 해봤자 거절을 당할 게 뻔히어 나는 아예 부탁의 말을 꺼내지도 않았다. 그리고 효미의 말대로 화제를 바꿨다. 그러나 이상하게도 그날은 노마리아에 대한 생각들이 나에게서 떠나지 않고 감동적인 연극을 보고 난 직후처럼 머릿속이 찌근거리는 것이었다. 노마리아의 모습과 얼룩진 몸뚱이 외에도, 이상한 분위기를 자아내는 음습한 방이며, 희끄무레한 불빛 사이로 얼핏 스쳐보았을 뿐인데도 강렬한 인상으로 남아 있는 검은 얼굴의 젊은이와, 움막처럼 초라한 그녀의 집에서 어두운 골목으로 흘러나온 저음의 색소폰 소리가 갑자기 나를 사로잡는 것이었다.

효미와 헤어져 집에 돌아와서도 나는 한동안 우울한 감정에 휘말려 있었다.

그날 저녁 할머니는 다시 식구들이 모여 함께 과일을 깎아 먹는 자리에서 나를 겨냥하여 아버지를 나무랐다.

"애비 너는 어쩌다가 아들 하나 있는 것을 미국놈으로 맹글고 말았느냐?"

할머니의 엉뚱한 다그침에 아버지는 무슨 영문인지조차 몰라 멀뚱멀뚱 나를 바라볼 뿐이었다.

"입는 것은 어쩔 수 없다고 치드라도 묵는 것까정 미국식이니 미국놈이 안되겠냐?"

그러면서 할머니는 당신이 아침에 손수 된장국까지 끓여 손자 놈의 밥상을 준비하려는데, 빵에 기름덩이를 발라서 우유와 함께 처먹고 말더라고 했다.

"어머니도 참! 미국 거 입고 먹는다고 뭐 미국 사람이 되나요?"

어머니는 시골 노인이 아무것도 모르고 무슨 뚱딴지같은 소리냐 싶은 표정으로 할머니의 말을 받았다.

"그건 어멈 말이 맞습니다. 지금처럼 바쁜 세상에는 편리한 대로 살아야 해요."

아버지도 어머니의 편을 들어 주었다. 그러자 할머니는 갑자기 시무룩해져서는 도움을 청하는 눈빛으로 식구들을 둘러보았다. 그러나 아무도 할머니의 편을 들어주는 가족이 없었다. 나는 그런 할머니가 너무 외롭게 느껴졌기 때문에 할머니를 돕고 싶었지만 아무 말도 할 수가 없었다. 나는 아직 한 번도 할머니의 무릎에 앉아서 응석을 부려 본 일이 없었다. 할아버지와 할머니는 도회지가 싫다면서 서울서 고속버스로 여섯 시간이나 걸리는 남쪽 끄트러미 궁벽 진 산골에 눌러 살고 있었기 때문에, 그 거리만큼 아득하게 느껴졌다.

"어머니, 요새는 서로들 시새워서 미국 사람이 될려고 한답니다. 그래야 출세를 하거든요. 우리 순도도 졸업하면 미국에서 의사 시험을 보게 할래요. 그래야 미국 시민권을 빨리 얻을 수가 있답니다."

어머니의 말에 할머니는 펄쩍 놀라며 아버지를 보았다.

"아범아, 시방 어멈이 무신 말을 하고 있는 게냐?"

"걱정마세요. 순도가 장차 미국에서 살더라도 미국 사람이 되지는 않을 테니까요."

할머니가 묻고 아버지가 대답했다. 그러나 할머니의 물음은 사람이 죽고 사는 문제에 부딪쳤을 때처럼 간절했으나 아버지의 대답은 건듯 스치는 바람과도 같이 가볍게 느껴졌다.

"순도는 우리집 장손이다. 네 아부지나 아범도 장손이기 땜시 조부님께서 왜정때 창씨개명을 못허게 허신 것이란다. 조부님께서는 당신의 자식에게 왜놈말도 못 쓰게 허셨고, 끝꺼정 단발을 못허게 허셨다. 아범도 그래시 다 크도록 댕기를 달고 댕기지 않았더냐? 순도는 우리 집안 11대 장손이 아니냐. 그러니 미국식이 아닌 조선식으로 살으야헌다."

할머니는 아버지에게 타이르듯 말하고 방으로 들어가 버렸다. 아버지와 어머니는 할머니의 그 말을 새겨듣기는커녕 코끝으로 가볍게 퉁겨대는 표정으로 어쭙잖은 미소를 교환했다.

그날 밤 나는 텔레비전의 뉴스 화면에서, 미국문화원에 방화한 대학생들이 재판을 받고 철창 버스에 실려 가는 장면을 보았다. 그들의 표정은 조금도 비굴하거나 나약해 보이지 않았다. 그들의 눈빛은 나를 겨냥한 총구처럼 싸늘하게 보였으나 살기를 느낄 수는 없었다. 나는 그들을 보는 순간 섬칫한 아픔과 두려움을 동시에 느꼈다. 그리고 그 순간 이상하게도 노마리아의 문신으로 얼룩진 몸이 떠올랐다.

"저 미친놈들, 하라는 공부는 안하고, 하필이면 왜 미국문화원에 불을 질러? 저놈들 명색이 대학생들이 되갖고 누가 우리 편이고 누가 적인지조차 구별 못한 걸 보니 헛배웠구나."

아버지는 철창 버스에 실려 가는 대학생들을 보며 혀를 차면서 나를 보았지만 나는 아무런 대꾸도 하지 않았다.

"미국이 아니면 우리나라가 소련 땅이 된다는 것을 나도 아는데, 저놈들은 그것도 모르는 걸 보니 바보 천치들이네요."

하고 어머니는 아버지의 말에 맞장구를 쳐 주었다.

"저런 꼴 뵈기 싫으니께, 순도 너는 꼭 미국 시민권을 얻어, 미국에서 살아야 한다."

어머니는 할머니 들으라는 듯 일부러 큰소리로 다시 말했다.

그날 밤 나는 참으로 이상한 꿈을 꾸었다. 꿈속에서 나는 발가벗겨진 몸으로 미군 야전용 침대 위에 사지를 결박당한 채 반듯하게 누워 바늘 끝으로 내 몸을 찌르는 고통을 느꼈다. 내 몸에 문신을 뜨고 있는 사람의 얼굴은 분명하지 않았다. 때로는 검거나 흰 얼굴의 지아이들로 보이는가 하면, 아버지와 어머니의 얼굴로 변하기도 했다. 그들은 나의 온몸에 빈 틈없이 문신을 뜨고 있었다. 그런데 그 문신은 하트 앤드 애로우의 심장을 뚫는 화살표시가 아니라, 길쭉한 소시지에서부터 햄버거, 내가 좋아하는 미국 가수 마돈나의 얼굴, M2 자동소총, 최루탄 가스, 심지어는 핵폭탄이 터질 때의 버섯구름 모양 등 갖가지였다. 나는 문신을 뜨고 있는 사람이 바늘 끝으로 너무 깊숙이 내 피부를 쪼아댔기 때문에 아픔을 견뎌낼 수가 없었다.

꿈속에서 아픔을 참고, 마치 내 장래의 꿈을 내 몸 깊숙이 은밀하게 새기듯 문신을 뜬 나는 자랑스럽게 그것을 부모님에게 보여주었다. 꿈속에서 아버지와 어머니는 내 몸에 새겨진 문신을 보고 손뼉을 치며 자신들의 꿈이 모두 이루어지기라도 한 것처럼 기뻐했다. 그러고 나서 아버지와 어머니는 자신들의 몸에 새겨진 문신을 나에게 보여주었다. 아버지와 어머니가 부끄러움 없이 내게 보여 준 문신은 내 몸에 새겨진 것과는 약간 달랐다. 아버지와 어머니의 몸에는 비행기와 성조기가 새겨진 것이었다.

그날 밤 할머니는 나에게 내가 한 번도 만난 적이 없는 할머니의 하나뿐인 여동생에 관한 이야기를 해주었다. 할머니는 3살 아래 동생 이야기를 손자에게 들려주면서 눈물을 보였다.

"이 햄미는 내 동생이 왜놈들한테 끌려가는 것을 보았단다. 그때 이 햄미는 시집을 가서 네 애비를 밴 지 넉 달이 되었고, 내 동생 똘방네는 열일곱 살이었단다. 햄미는 그때 울아부지 제사 땜시 친정에 가 있었다. 왜놈들은 나꺼정도 끌어갈라고 허기에 애기를 뺐다고 허니께 참말이냐면서 그 흉칙한 손으로 내 배를 만져 보고는 그냥 가더라. 내 동생 똘방네는 울아부지 제삿날에 왜놈들 차에 실려간 후 소식이 끊겨부렀다. 해방인가 뭔가 되자 징용에 끌려갔던 사람들도 돌아왔는듸도 내 동생 똘방네는 돌아오지 않았다. 내 생각에 내 동생 똘방네는 죽지 않고 살아 있을 것만 같단다. 살아 있음시로도 부끄러와서 차마 못 돌아온 것이 아닌가 허는 생각이 드는구나. 틀림없이 못 돌아오는겨."

할머니가 이야기해 준 할머니의 동생은 정신대로 끌려간 것이었다. 할머니는 이야기를 끝내고 나서 내 눈을 가깝게 들여다보면서, 할머니의 동생 이야기를 잊으면 안 된다고 일렀다.

"이 이야기는 네 애비나 에미도 모른다. 그러니 너 혼자만 알고 있어야 헌다잉. 네 애비나 에미가 알아봤자 아무 소용이 없는겨. 되려 부끄러운 이야기라고 듣지도 않을라고 헐 거여. 그래도 너만은 알아야 헌다. 그리고 잊지 말아야 헌다."

나는 할머니의 동생 이야기에 대해 흥미를 느꼈다. 일제 때 많은 여자들이 정신대로 끌려갔다는 이야기는 들었지만 바로 나의 이모할머니가 밀림의 전장에서 일본 병사들의 위안부였다는 사실이 나로 하여금 지나간 역사를 다시 인식하게 해주었다. 나는 할머니에게 이모할머니가 끌려갈 때의 모습을 자세히 이야기해 달라고 했다. 그러나 할머니는 동생이 끌려간 광경이 중요한 게 아니라고 하면서, 지금 그 이모할머니의 이야기를 기억하려고 하는 사람이 없다는 것이 슬픈 일이라고 한탄했다.

"그건 네 애비 에미도 매한가지여. 그래도 너는 잊어서는 안 된다. 이 핼미 죽고 나면 네 이모할머니 이야기를 아는 사람은 이 세상에서 너 하나뿐인겨."

할머니의 이야기를 듣는 순간 나는 일본 병사들이 이모할머니를 괴롭히는 장면들이 끔찍한 영화의 한 토막처럼 머릿속에 강하게 찍혀오는 것을 떨쳐버릴 수가 없었다.

"내 동생 똘방네는 이 핼미보다 훨씬 이쁘고 똑똑했단다. 어찌나 야무지던지 이름을 똘방네라고 지었재."

그러면서 할머니는 이제 그 이모할머니의 얼굴 윤곽을 가늠할 수 없음이 안타깝다고 했다. 그러나 나는 한 번도 만난 적이 없는 이모할머니의 모습을 내 머릿속에 뚜렷하게 그릴 수가 있을 것 같았다. 나는 할머니의 이야기를 듣는 순간부터 내 머릿속에 이모할머니의 모습을 그리고 있었던 것이었다. 그런데 내가 머릿속에 그린 이모할머니의 모습이 얼마 전산동네에서 만났던 노마리아와 같다는 것을 알고, 살아 있는 이모할머니를 다시 만나기라도 한 것처럼 소스라치게 놀랐다. 그러면서 내 머릿속에 이모할머니를 괴롭혔던 일본 병사들과, 노마리아의 몸뚱이에 칼자국보다 더 끔찍한 문신을 새긴 지아이들이 같은 얼굴들로 그려졌다.

나는 할머니의 말마따나 정신대로 끌려간 이모할머니가 이 세상의 어디엔가 노마리아의 문신과도 같은 지울 수 없는 상처를 안은 채, 자신의 삶을 무참하게 짓밟아 버린 일본의 병사들을 원망하며 살아가고 있을 것만 같았다.

　나는 아버지가 미군 부대의 통역관으로 있을 때의 기억을 떠올렸다. 그 무렵에 초등학생이었던 나는 아버지 덕분에 종일토록 껌을 씹을 수가 있었으며, 미군복을 줄여서 만든 양복을 입고는 마치 내가 미국인이라도 되는 것처럼 뻐기고 다녔다. 어떤 날은 아버지가 미군 장교 식당에서 미군들이 먹다 남은 비프스테이크 덩어리를 가지고 와서 식구들을 배불리 먹이기도 했다. 나는 그런 아버지가 자랑스러웠다. 그러나 아버지는 영어가 부족하여 늘 고민을 했던 것 같았다. 아버지는 밤새도록 배를 깔고 누워서 영어책을 들여다보며 중얼거리곤 했다. 한번은 말이 잘 통하지 않아 통역관 자리에서 쫓겨날 뻔한 것을 미국에서 신학 공부를 하고 돌아와 목사가 된 외삼촌의 도움으로 간신히 위기를 넘긴 일이 있었다.

　아버지의 통역 실력이 별 것이 아니라는 것을 알게 된 것은 내가 중학교에 들어가서 영어를 배우면서부터였다. 아버지는 내가 배우고 있는 중학교 1학년 교과서에 나오는 단어의 뜻조차 제대로 알지 못했다. 그것을 알게 된 나는 그때까지 아버지에 대한 자랑스러움이 연민으로 바뀌고 말았다. 나는 영어를 알지도 못하면서 식구들을 먹여 살리기 위해 통역관 자리를 놓치지 않으려고 버둥거리는 아버지가 너무 불쌍하게 여겨져 울고 싶었다. 중학교 2학년이 되면서부터는 아버지에게 영어를 가르치는 입장에 있었다. 나는 아버지가 미군들로부터 무시당하지 않게 하려고 열심히 영어 공부를 하여 아버지를 가르쳤다.

　그러나 아버지가 더 불쌍하게 생각된 것은 다른 일 때문이었다. 아버지가 미군의 뚜쟁이 노릇을 하는 것을 보았을 때 나는 너무 슬프고 화가 나서 집에 들어가기조차 싫었다.

　미군 부대에서 얼마 떨어져 있지 않은 참나무 언덕배기 아래 후미진 곳에 낡은 창고가 있었다. 우리 동네 아이들은 학교를 오갈 때 이 창고 앞을 지나야만 했다. 그날은 여름방학을 며칠 앞둔 무더운 오후였다. 하오의 태양은 은회색빛 하늘에서 불기둥처럼 이글거렸으며, 참나무 언덕에서는 매미가 낭자하게 울어댔다. 학교에서 돌아오던 우리는 매미를 잡으려고 참나무 언덕배기로 올라가 잠시 땀을 식히느라 그늘에 앉아 있었다. 그때 다리 건너 연탄공장 모퉁이로부터 자전거가 참나무 언덕배기로 가까이 오고 있었다. 자전거에는 두 사람이 타고 있었는데 앞사람은 남자였고 뒤에는 여자가 옆으로 올라앉아서 오른팔로 남자의 허리를 꼭 붙들고 있었다. 여자의 분홍빛 스커트가 눈부신 햇살을 받으며 바람에 펄럭이는 모습이 보기에 좋았다.

　"순도야, 네 아버지다."

　우리 쪽으로 가까이 다가오는 자전거를 지켜보고 있던 아이 중에서 누구인가 다급하게 소리쳤다. 나도 그제서야 자전거를 타고 오는 사람이 아버지라는 것을 알고 아이들에게 몸을 숨기라고 소리쳤다. 아버지 혼자 자전거를 타고 있었더라면 언덕배기 아래로 뛰어 내려가 아버지를 외쳐 불렀을 터인데, 아버지 뒤에 타고 있는 분홍빛 스커트를 바람에 날리는 여자 때문에 나도 모르게 숨고 싶었던 것이었다.

　"민주 어머니다."

　참나무 뒤에 몸을 숨긴 아이 중에서 누구인가 다시 나지막하게, 그러나 큰 비밀을 알아내기라도 한 듯 호기심에 들뜬 목소리로 다급하게 속삭였다. 자전거는 바로 우리가 참나무 뒤에 몸을 숨기고 있는 언덕배기 아래 창고 앞에서 멎었고, 아버지와 민주 어머니가 내렸다.

"쬎차다. 쬎차가 오고 있다."

누구인가 참나무 뒤에서 속삭이자 우리는 일제히 미군 부대 쪽에서 참나무 언덕배기로 나 있는 자갈길을 보았다. 짚은 빠른 속도로 달려와서 아버지가 세워둔 자전거 옆에서 멈췄다. 그리고 세 명의 미군이 내리더니 이버지와 몇 마디 나누었다. 그리고 곧 미군들은 민주 어머니를 앞세우고 낡은 창고 안으로 들어갔다. 아버지는 자전거 옆에 쪼그리고 앉아서 줄담배를 피우고 있었다. 우리는 세 명의 미군들이 민주 어머니를 창고 안으로 데리고 들어가서 무슨 짓을 하고 있으리라는 것을 잘 알고 있었다. 그때 아이 중에서 누구인가 훌쩍거리며 울기 시작했다. 그러자 한 아이가 조용히 하라고 윽박질렀다. 나는 울고 있는 아이가 민주와 가장 친한 버짐장이 석구라는 것을 알고 있었다.

민주는 초등학교 때까지 우리와 같이 다녔다. 아버지가 없는 민주는 중학교에 진학하지 못하고 이발소에서 머리 감기는 일을 하고 있었다. 민주 어머니는 통역관인 아버지의 알선으로 미군들의 옷을 세탁해주어 민주 아래로 둘이 더 있는 아이들을 먹여 살리고 있었다. 민주 아버지는 빨치산이었다고 했다.

나는 자전거 옆 참나무 그늘 밑에 쪼그리고 앉아서 줄담배를 피우고 있는 아버지를 향해 돌을 던지고 싶었다. 석구는 좀처럼 울음을 그치지 않았다. 나도 눈물이 나오려고 했으나 참았다. 민주 어머니보다는 민주가 불쌍하다는 생각이 들었다.

30분쯤 후에야 창고에서 미군 한 명이 아랫도리를 긁어 올리며 나와서는 아버지에게 지폐를 건네주었다. 그리고 다시 30분쯤 후에 다시 한 명이 껌을 질겅질겅 씹으며 나와서 앞의 병사가 그랬던 것처럼 아버지에게 지폐를 주었다. 마지막 세 번째의 미군은 훨씬 후에 휘파람을 쌩쌩 불며 나왔다. 세 번째의 미군이 나오자 그들은 짚에 올라 노래를 부르며 느린 속도로 사라져 갔다.

창고 안에서 민주 어머니가 나온 것은 미군들이 사라지고도 반 시간쯤 후였다. 아버지는 민주 어머니를 자전거에 태우고 다리를 건너 동네 쪽으로 멀어져 갔다. 아버지가 다리를 건널 때쯤 우리들은 화살처럼 창고를 향해 뛰어 내려갔다. 그때까지도 석구는 울고 있었다.

창고 안에는 야전용 침대가 시체처럼 덩그렇게 놓여져 있었다. 석구가 발로 야전용 침대를 차면서 누구에겐가 욕을 퍼부어 댔다. 나는 석구가 내 아버지에게 욕을 하는 것으로 생각했다. 어떤 아이는 그 침대에 오줌을 갈겨대기도 했다.

그날 이후 우리는 여러 차례 미군들이 민주 어머니를 창고 안으로 데리고 들어가는 것을 목격했다. 미군들은 민주 어머니가 아닌 다른 여자들을 데리고 들어갈 때도 있었다. 그리고 아버지가 오지 않을 때도 있었다. 아버지가 오지 않은 어느 날 우리는 미군 두 명이 민주 어머니가 아닌 낯선 여자를 데리고 들어가는 것을 보고 일제히 창고에 돌을 던지고 언덕배기 너머로 도망쳤다. 그리고 그로부터 며칠 후 우리는 그 창고에 불을 지르고 말았다.

그런 일이 있고 난 뒤 오랫동안 나는 껌을 씹지 않았으며 아버지가 미군 부대의 장교식당에서 가져다준 비프스테이크도 먹지 않았다. 껌을 씹거나 비프스테이크를 먹으려고 할 때마다 불쌍한 민주와 그의 어머니가 생각났기 때문이었다.

아버지와 어머니는 왜 맛있는 비프스테이크를 먹지 않느냐고 물었다.

"고기에서 노린내가 나서 싫어요."

나는 비프스테이크를 먹지 않는 이유를 말할 수가 없었다.

내가 껌을 다시 씹고 비프스테이크를 먹기 시작한 것은 아버지가 통역 관을 그만두고 서울로 이사를 하여 고등학교에 다니면서부터였다. 그러나 내가 다시 씹기 시작한 그 껌은 분명히 한국산이었고, 비프스테이크 역시 미군 장교들이 먹다가 남긴 것이 아니었다.

그러나 나는 그 후 민주와 민주 어머니를 까맣게 잊고 살았으며, 참나무 언덕배기 창고에서 있었던 일도 애써 떠올리고 싶지가 않았다. 나는 중학교 때보다 더 열심히 영어 공부를 했으며 아버지가 원하는 대학교에 진학할 수 있었다. 그리고 할머니의 말처럼 나도 모르는 사이에 미국식으로 변해 버린 것이었다.

나는 이제 와서야 어려서 기지촌에서 살던 때의 일이 선명하게 되살아났다. 아버지가 소리 내어 영어 단어를 외우던 일이며, 민주 어머니를 자전거에 태우고 창고를 오가던 일, 창고에 돌을 던지고 불을 질렀던 일들이 바로 엊그제 있었던 것처럼 뚜렷하게 내 머릿속에서 부스럭거리며 되살아났다.

나는 갑자기 어머니에게 민주 어머니의 소식을 물었다. 나는 민주 어머니의 소식을 물으면서 아버지의 표정을 눈여겨 살펴보았다.

"민주 어머니가 누구냐?"

어머니는 내가 묻고 있는 민주 어머니를 기억조차 못 하고 있었다.

"옛날 기지촌에 살 때 미군들 옷을 세탁해주던 그 아주머니 몰라요? 민주는 이발소에서 머리를 감겨 주는 일을 하고 말입니다."

"아, 그 양갈보 말이냐? 그 양갈보는 왜?"

어머니는 그렇게 말하면서 이상한 눈으로 나를 보았고 아버지는 벌레를 씹은 얼굴을 했다.

"민주 소식이 알고 싶어서요. 그 애는 초등학교 동창이잖아요."

"그런 애 알아봤자 귀찮기나 하지."

어머니는 한심하다는 얼굴로 나를 보며 혀를 차기까지 했다. 아버지는 아무 말도 하지 않았다. 아버지는 친구들에게 한때 미군 부대 통역관이었다는 것을 자랑하고 있으면서도 민주 어머니에 대한 기억은 떠올리고 싶지 않은 모양이었다.

"옛날 기지촌에 살던 사람들 어찌 되었는지 알고 싶어요. 우린 그때 아버지 덕분에 비프스테익께나 먹었지요. 아마 그 시절에 이 나라 사람치고 우리처럼 비프스테익을 먹은 사람도 얼마 되지 않았을 거예요."

"다 네 아버지 덕이다."

어머니가 아버지를 보면서 말했다. 아버지는 느긋하게 미소를 흘렸다.

"그래요. 아버지 덕이었죠."

나는 아버지를 비난하고 싶지는 않았다. 그렇다고 자랑스럽게 생각하지도 않았다. 참나무 언덕배기 아래 창고에서 있었던 그 일을 목격한 후 나는 아버지에 대한 존경심을 잃고 말았다.

갑자기 내 머릿속에 노마리아의 몸에 새겨진 문신들이 떠올랐다. 문신들이 내 머릿속에서 꿈틀거렸다. 순간 내 눈에 보이는 모든 것들이 문신으로 보이기 시작했다. 꽃무늬 벽지며, 등나무 가구들, 전축과 텔레비전 그리고 푹신하게 느껴지는 양탄자며, 앙증스러운 전자 벽시계에 문신들이 꿈틀거리며 춤을 추는 듯했다. 내 눈에 보이는 것은 문신들뿐이었다.

세상이 온통 문신투성이로 보였다. 그것은 탄환처럼 나를 향해 날아와 박혔다.

나는 아침도 먹지 않고 명동에서 성형외과병원을 개업하고 있는 고등학교 선배를 찾아가서 노마리아의 문신을 무료로 수술해 줄 수 없느냐고 사정을 해보았다. 선배는 냉담한 반응을 보였다.

"몸뚱이가 문신으로 얼룩진 여자가 어디 그 여자뿐이겠나? 그것은 육이오가 남긴 어쩔 수 없는 상처의 하나인 셈이야. 허나 일제 때 이 땅의 많은 여자가 정신대에 끌려가서 개죽음을 당한 것보다는 낫지 않겠니?"

선배는 그렇게 말하면서 나를 감상주의자라고 놀려 댔다.

"얼마면 됩니까?"

무료 수술이 불가능하리라는 것을 알아차린 나는 대뜸 수술 비용을 물었다. 액수를 묻는 내 태도와 목소리가 지나치게 반항적이고 불손하게 느껴졌는지, 선배는 한동안 불쾌한 시선으로 나를 쏠어 보았다.

"왜, 자네가 수술 비용을 대기라도 할 텐가?"

여전히 불쾌한 목소리로 선배가 물었다.

"그건 선배님이 걱정하실 문제가 아닙니다."

"자네가 성형외과를 전공하지 그랬나? 그랬으면 평생 양공주들의 몸에 새겨진 지아이들의 문신들을 무료 수술해 주면서 보람 있게 살 수 있을 텐데 말야."

성형외과 의사 선배는 여전히 나를 비웃고 있었다.

"선배님께서는 온몸에 문신으로 얼룩진 양공주를 보지 못하셨으니까 그런 말씀을 하시겠죠."

"나는 성형외과 의사야. 순도 자네가 어떤 양공주를 만났는지 모르겠지만, 노마리아라는 그 여자의 문신은 기껏해야 바늘 끝으로 뜬 거겠지?"

"바늘이 아니면, 송곳 끝으로라도 쑤셔 만든 문신을 보셨나요?"

"나는 넓적다리에 담뱃불로 지져서 손바닥만큼 큰 장미꽃을 만들어 놓은 것을 보았네. 그건 문신이라기보다는 끔찍한 상처지."

나는 선배의 말을 믿을 수가 없었다. 양공주들의 몸에 담뱃불로 지진 상처가 많다는 것은 들은 적이 있었지만, 담뱃불로 지져서 문신 아닌 화상으로 어떤 형체를 만든다는 이야기는 믿어지지 않았다.

나는 선배에게 노마리아를 병원으로 데리고 오겠으니 몸의 문신들을 보고 수술비를 말해 달라고 부탁했다. 그리고 내 나름대로 수술비를 대충 어림하고, 어떻게 하면 그 돈을 마련할 수 있을지 궁리했다.

나는 내가 가지고 있는 소유물 중에서 값이 나갈 만한 것들을 하나하나 추슬러 생각해 보았다. 아버지가 일본에서 사 온 250밀리 망원렌즈가 달린 고급 카메라와, 나의 22번째 생일 기념으로 어머니한테서 선물로 받은 세계적으로 이름이 나 있는 시계, 그리고 일제 소형 녹음기와, 구입한 지한 달도 안 된 외제 워크맨, 대학 입학 기념으로 두 이모에게서 선물로 받은 금촉 만년필과 순금 넥타이 핀 등 모두 처분한다 해도 백만 원이 될 것 같지가 않았다. 그러나 나는 그 돈으로 성형외과 선배한테 떼를 써 볼 생각이었다. 노마리아의 문신을 내 힘으로 수술해 주어야겠다고 결심을 한 이후부터, 내가 소유하고 있는 모든 것들은 모두 무의미하게 생각되었기 때문에, 그것들을 처분하는 것이 조금도 아깝지 않았다. 나는 부족한 수술비를 어머니한테 부탁해 볼 생각도 했으나, 사실을 이야기한다면 어머니는 필시 아들의 정신상태를 의심할 것이 분명한지라 그만두고 내 힘으로 해결하기로 한 것이었다. 어머니는 나 자신을 위하는 일이라면 돈을 아끼지 않았지만 다른 사람을 돕는 일에는 칼날처럼 인색했다. 그런 어머니한테 나와 아무 관계도 없는 늙은 양공주의 문신 수술비를 기대한다는 것은 악마의 손에 매달려 천당에 가기보다 더 힘든 일로 생각되었다.

내 힘으로 노마리아의 몸에 얼룩진 문신을 수술하기로 결심한 그날은 이상하게도 기분이 상쾌했다. 기분만 좋은 것이 아니고, 그동안 뜨악하게 생각해 왔던 할머니에 대해서 처음으로 뜨거운 가족의 정을 느낄 수가 있었다. 다음날 일부러 느지막이 일어난 나는 할머니한테 된장국을 끓여달라고 하여 아침을 먹었다. 아침을 먹고 나서는 커피 대신에 숭늉을 마셨다. 우유에 버터 바른 빵 대신 된장국과 쌀밥을 먹고, 커피 대신에 숭늉으로 입을 헹군 것은 오랫동안 길들여진 내 식성에 맞지 않았다. 나는 다만 할머니가 우리 집에 함께 있는 동안만이라도 그렇게 하고 싶었다. 그것은 할머니를 위한 효도이며 선물이라고 생각했다.

"어때요. 할머니, 이제 손자놈이 조선사람으로 보입니까?"

나는 할머니가 끓여 준 된장국에 억지로 밥 한 그릇을 다 먹어치우고 나서 느물스레 물었다.

"그려, 이제 보니께 내 손주가 미국놈이 아닌겨!"

할머니는 오랜만에 이빨을 드러내고 얼굴의 주름을 펴며 만족하게 웃었다.

나는 성형외과 선배에게 오전 중에 노마리아와 함께 병원으로 찾아가겠다는 전화를 해놓고 집을 나섰다. 적당한 바람과 넉넉한 햇살이 협주곡의 첫 소절처럼 잘 버무려진 가을 아침은 상쾌했다. 노마리아의 문신을 없애 주기 위해 산동네를 찾아가는 내 마음은 쾌적한 가을 날씨보다 더 청청했다. 지금까지 단 한 번도 순수한 자의대로 남을 도와보지 않았던 나로서는 실로 가슴 벅찬 흥분을 느꼈다. 지난여름 처음으로 무료 진료 봉사활동에 참가했을 때도 기실은 동해안에 캠핑을 가고 싶었으나, 효미한테 이끌려 반강제로 끌려가다시피 한 것이었다. 지금껏 나는 아버지와 어머니가 그렇듯이, 남에게 피해를 주지 않는 대신 남을 돕거나 도움을 기대하지도 않고 오로지 자기 본위대로 사는 것을 최상의 방법으로 생각해왔기 때문에, 이웃의 고통을 나누어 갖는다는 일은 상상할 수도 없었다.

나는 산동네로 올라가는 골목 어귀, 약국 앞에서 택시를 멈췄다. 약국 앞 큰길 건너편에는 12층 호텔 건물이 금화조의 날개처럼 윤기가 자르르한 가을 아침의 햇살 속에 오만하게 버티고 서 있었다. 지난여름 무료 진료 봉사 때, 이 호텔의 나이트클럽에서는 밤마다 요란한 음악 소리가 흘러나와 봉사대원들과 산동네 사람들의 마음을 후벼 파곤 했었다. 그리고 나와 효미는 어느 날 밤 봉사대원들로부터 슬며시 빠져나와, 이 호텔의 11층 객실에서 장래에 대한 아무런 기약도 없는 살풀이를 했었다. 나는 한동안 약국 앞에 서서 작은 집들이 그들의 소박한 꿈처럼 다닥다닥 붙어 있는 산동네를 올려다보고 있었다. 산동네 안에서 가장 큰 건물은 붉은 벽돌집 2층의 동쪽 벽에 큰 십자가가 걸려 있는 성당이었다.

약국에서 노마리아의 집이 있는 산동네 꼭대기까지 올라가는 길은 좁고 가팔랐다. 나는 마치 십수 년 전 아버지 어머니와 함께 할아버지의 할머니가 살고 있는 아버지의 고향을 처음 찾아갔을 때처럼 신비스러운 설렘을 안고 산동네의 좁은 길을 뛰어 올라갔다. 나는 언제나 기분이 좋을 때만 뛰는 버릇이 있었다. 기분이 나쁠 때는 누가 죽인다고 해도 뛰지 않았다. 기분이 너무 좋을 때는 인파가 물결처럼 쏠리는 종로나 명동같이 혼잡한 곳에서도 체면 가리지 않고 마구 뛰는 것이었다. 나는 노마리아의 아들 베드로의 색소폰 소리를 환청으로 들으며 최상의 기분으로 뛰었다. 그 순간 나는 밀물 때의 바다에 파도가 밀려오는 듯한 충만감에 젖었다.

노마리아의 집 함석문은 닫혀 있었다. 색소폰 소리도 들리지 않았다. 낮에 본 그녀의 집은 훨씬 초라했다. 블록으로 쌓아 올리고 짙은 갈색의 슬레이트를 얹은 조그마한 창고 같은 건물에 어울리지 않게 큰 미닫이 완자창의 방문이 달려 있고, 마루도 없는 토마루엔 낡은 신장이 개집처럼 덩그렇게 햇살을 받고 있었는데, 문짝이 떨어져 나간 신장에는 목이 긴 주황색 인조가죽 장화 한 켤레뿐이었다.

나는 함석문을 밀치고 블록 창고 같은 집 안으로 들어서며 헛기침으로 인기척을 냈다. 그때까지도 나는 노마리아에게 기쁜 소식을 전하려고 하는 순간의 설렘으로 약간 들뜬 기분이었다.

"실례합니다. 계십니까?"

나는 자신에 넘치는 목소리로 주인을 찾고 있었다.

완자창의 미닫이가 열린 것은 그로부터 한참 후였다. 문을 반쯤 열고 비죽이 얼굴을 내민 사람은 지난여름 처음으로 노마리아를 따라왔을 때 얼핏 어둠 속에서 스쳐보았던 검은 얼굴의 노베드로였다. 나는 그를 알아볼 수 있었지만, 베드로는 나를 알아보지 못하고 곱슬머리를 문밖으로 내민 채 느슨히 시선을 드리웠다.

"어머님한테 좋은 소식을 가지고 왔습니다."

나는 기쁜 소식을 전할 때 웃는, 만족스럽고도 자랑스러운 미소를 넉넉하게 보내며 말했다.

"좋은 소식이라니요?"

내게 반문하는 베드로의 목소리는 지쳐 있는 사람처럼 공허하게 들렸다.

"어머님의 문신을 수술할 수 있게 되었습니다. 지금 나와 함께 병원으로 가시면 됩니다."

나는 방 안에 있을 것으로 믿고 노마리아가 그 소리를 듣고 당장 뛰어나오는 모습을 상상하면서 될 수 있으면 큰 소리로 말했다. 그러나 내 말이 끝나고 한참이나 지나도록 그녀는 내 앞에 모습을 나타내지 않았다. 그뿐만 아니라 베드로도 얼굴에 기뻐하는 기색이라고는 한 가닥도 흐르지 않고 오히려 시큰둥한 시선으로 나를 바라볼 뿐이었다.

"명동에서 성형외과병원을 하는 선배가 어머님의 문신을 수술하기로 했으니 지금 함께 가봐야 합니다."

나는 베드로와 노마리아가 내 말을 잘못 듣지나 않았나 싶어 다시 한번 큰소리로 스타카토가 분명하게 말했다. 그러나 노마리아의 모습은 나타나지 않았으며, 베드로는 여전히 약간은 공허하고 슬픈 눈빛으로 나를 멀뚱히 바라보았다.

순간 나는 무엇인가 잘못되었음을 짐작했다. 나는 베드로의 얼굴에서 그 잘못된 것이 무엇인가를 탐색하려고 한동안 그를 쳐다보며 그의 입이 열리기만을 기다렸다.

"우리 어머니는 수술할 수 없게 되었습니다."

베드로는 침울한 목소리로, 그러나 발음이 분명하게 말했다.

"수술할 수 없다뇨?"

나는 노마리아가 집에 없다는 것을 감지하며 반문했다.

"어머니가 안 계십니다."

"외출하셨습니까?"

"병든 몸으로 말도 없이 집을 나가신 지가 열흘이 넘었습니다. 어머닌 다시 돌아오시지 않을 것 같습니다. 어머니는 당신한테 몸속의 문신을 보여주었던 것을 후회하셨어요."

그 말에 나는 갑자기 심한 현기증과 함께 썰물의 해변에 바닷물이 빠져나가는 것 같은 허탈감으로, 몸을 가누기가 힘들었다.

검은 얼굴의 베드로는 할 말을 잃은 채 죄책감으로 마음이 약해진 나를 여전히 침울하게 비리보고 있다가, 잠시 방 안으로 들어가더니 멜빵이 달린 백을 들고나와, 완자창 미닫이에 큰 쇠통을 채웠다.

"저는 여행을 떠납니다."

베드로는 다시 산동네에 돌아오지 않을 사람처럼 블록 창고 같은 그의 집 주변을 두렷두렷 살피면서 말했다.

"미국으로 가십니까?"

내가 묻는 말에 베드로는 동공을 고정해 화살 같은 눈빛으로 나를 쏘아보았다. 나는 지금까지 그처럼 강렬하고 위압적인 눈빛을 받아 본 일이 없었다.

"어머니의 고향에 가보고 싶습니다."

베드로는 그렇게 말하고 나를 남겨 둔 채 함석문 밖으로 나갔다. 그는 뒤도 돌아보지 않은 채, 얼굴 색깔과 비슷한 검은 다갈색의 백을 등에 메고 무거운 발걸음으로 천천히 산동네를 내려갔다.

나는 그의 모습이 보이지 않을 때까지 노마리아의 집 함석문 옆에 서 있었다.

베드로의 모습이 내 시야에서 사라졌을 때 나는 눈부신 햇살 속에서 견딜 수 없는 수치심에 떨었으며, 그 순간 갑자기 지난 밤 내 몸뚱이에 문신을 뜨던 꿈이 떠오르면서, 내 육신의 껍질이 벗겨지는 듯한 아픔을 느꼈다.

『한국문학』, 1987.3

문신의 땅 3

건조하게 느껴지는 늦가을의 어둠이 도시의 모든 공간을 차단하기 시작할 무렵, 남도행 열차는 기적도 울리지 않은 채 서서히 어둠의 점액질을 퉁기면서 움직였다. 어둠 속의 출발은 너무 쓸쓸했다. 흑인 청년 노베드로는 열차가 출발하는 순간부터 그가 가고 있는 미지의 땅에 대한 불안으로 자신의 심신이 자꾸만 위축되고 있는 것만 같았다. 열차가 서울역을 출발하여 절겅거리며 한강 철교를 지날 때까지, 노베드로의 옆 좌석은 비어 있었다. 매표구 아가씨가 그의 검은 얼굴을 보고 일부러 옆 좌석의 표를 팔지 않은 것인지, 아니면 3호 차 안쪽 24번 좌석의 주인이 있는데도 피부 색깔이 검은 사람의 옆에 앉기가 싫어서 자리를 비워두고 있는 것인지 몰랐다.

난생처음 용기를 내어 긴 여행을 하는 노베드로는 창 쪽에 바짝 다가앉아 차창 밖으로 총알처럼 휙휙 스치는 도시의 불빛들을 꿈꾸듯 바라보았다. 그의 눈앞에 전개되고 있는 모든 장면이 현실감이 없는 낡은 환상처럼 보였다. 그의 심신을 위축시키고 있는 밝은 객차 안은 어김없는 현실로 감지되었으나, 차창 밖의 어둠 속은 지나가 버린 과거의 무덤이 아니면 돌아올 날들의 환영처럼 느껴졌다.

노베드로는 일주일 전에 한 마디 말도 없이 집을 나가 소식이 없는 어머니를 찾아 나섰다. 어머니가 노베드로를 버리고 자취를 감춰버릴 줄은 전혀 예상하지 못했다. 어머니 노마리아는 오히려 아들이 늙고 병든 그녀를 떼어 두고 사라져 버릴까 봐 불안해했었다. 어머니는 집을 나가겠다는 말 대신 죽고 싶다는 말을 한숨처럼 토해내곤 했었다. 노베드로의 어머니는 한때 자신을 미국 지폐와 양주의 피엑스 물품으로 소유했던 기념으로 미군 병사들이 새겨놓았던 문신들을 없애기 위해, 의사들을 찾아다니며 상처보다 더 마음이 아픈 몸을 들추어 보이고 나서, 문신을 없앨 수 없다는 것을 알고 난 후부터 걸핏하면 죽음을 말하곤 했었다. 그러면서 어머니는 노베드로에게 "내가 죽으면 땅에 묻지 말고 화장을 하그라. 에미는 문신투성이가 되어 이 땅에 묻히고 싶지가 않구나" 하는 말을 버릇처럼 되뇌이곤 했던 것이다.

어머니의 가출은 노베드로의 검은 몸뚱이에서 붉은 피가 흘러 나가버린 것만큼이나 절망적인 일이었다. 그는 어머니가 없이는 이 땅에 그의 몸을 지탱할 수가 없다고 생각했다. 어머니는 그에게 유일한 하느님이었고 친구였으며 애인이었고 동시에 아버지였던 것이다. 그 때문에 노베드로는 어렸을 때부터 지금까지, 어머니가 그를 버리고 행방을 감추어 버릴까 싶어 늘 불안해했다. 어머니는 베드로가 어렸을 때 걸핏하면 술에 취해 그에게 매질하면서 깜둥이 새끼 보기 싫으니 나가라고 욕을 퍼부어 댔으며, 노베드로가 나가지 않으면 어머니 쪽에서 아무도 찾아낼 수 없는 곳으로 숨어버리겠다고 했었다. 그렇지만 어머니는 노베드로가 태어난 후 지금까지 단 한 번도 모습을 감추지 않았었는데, 이제 노베드로가 야간업소에 나가 색소폰을 불고 얻은 수입으로 목줄을 지탱하게 되었고, 그녀 혼자서는 노베드로 없이 단 하루도 살아갈 수 없게 되었을 때, 홀연히 행방을 감추고

만 것이다. 노베드로에게 그것은 충격이 아니라 절망이었다.

노베드로는 지난 일주일 동안 마음을 졸이며 기다리다가, 용기를 내어 열차를 타고 어머니를 찾아 나선 것이다. 그는 온몸이 하트 앤드 애로우의 화살이 박힌 문신으로 얼룩진 양공주 출신의 어머니와 얼굴이 검은 아들이 작은 천국처럼 생각하고 있는 산동네의 단칸방에 쪽지를 남겨 두고 나왔다.

어머니를 찾으러 어머니의 고향으로 갑니다. 어머니께서 몸에 문신을 지우게 되면 맨 먼저 가고 싶다고 노래처럼 흥얼거리던 어머니의 고향으로 용기를 내어 찾아갑니다. 첨부터 검둥이인 나와는 피부색깔이 다른 동복형 만기를 찾으러 어머니가 그곳에 가셨을 것이라는 생각이 들었기 때문입니다. 혹시 나보다 먼저 돌아오시게 되면 아무데도 나가지 마시고 집에서 기다리고 계십시오. 어머니가 없었던 지난 일주일 동안의 삶은 참으로 외롭고 고통스러웠습니다. 이 껌둥이 아들 베드로는 어머니에게 문신보다 더 흉하고 부담스러운 존재라는 것을 압니다. 하나, 베드로는 어머니의 성씨를 달고 있지 않습니까. 어머니를 찾으러 어머니의 고향으로 가기로 결심을 하고 난 지금, 베드로는 돌아갈 고향이라도 있는 어머니가 부럽다는 생각이 듭니다. 베드로는 돌아갈 고향마저도 없지 않습니까. 베드로의 고향은 오직 어머니인 것입니다. 어머니가 저를 버리시면 이 베드로는 아무데도 갈 곳이 없답니다.

노베드로는 그가 집을 나오면서 쪽지에 써놓았던 내용을 떠올렸다. 그는 기지촌에서 태어났으니 그의 고향은 기지촌인 셈이다. 그러나 어머니가 나이가 들어 기지촌을 떠나온 후, 그는 단 한 번도 그곳에 가보지 않았다. 그에게 기지촌은 떠올리고 싶지 않은 곳이었기 때문에, 기지촌에 가 본다는 것은 그 자신이 어머니의 고향에 가는 것만큼이나 곤혹스럽게 생각되었던 것이다. 그는 기지촌 시절을 생각할 때마다 어머니의 슬픈 삶의 궤적을 다시 들추어내고, 온몸에 문신투성이인 어머니를 발가벗겨 햇살이 눈부시게 쏟아지는 큰길 한복판에 세워둔 것만큼이나 부끄러움과 분노와 역겨움이 한꺼번에 뻗질러 오르는 것이었다. 그는 기지촌 시절을 떠올릴 때마다 수많은 미군이 어머니에게 달려들어 바늘로 문신을 뜨고 있는 모습이 환각으로 떠오르면서, 어머니의 비명이 화살처럼 그의 심장에 날아와 박혔다.

열차는 기적도 없이 다음 역에 슬그머니 멈추어 섰다. 내리는 사람들보다 오르는 사람들이 더 많았다. 잠시 후, 여지껏 비어 있었던 노베드로의 옆 좌석에 아기를 안은 젊은 여자가 앉다 말고 노베드로의 얼굴을 보더니 깜짝 놀라며 몸을 돌려 앉았다. 그리고 잠시 후에는 엄마의 품에 안겨 있던 첫돌이 될락말락한 어린애가 몸을 돌려 상반신을 들썩거리다가 얼핏 노베드로와 얼굴이 마주치자 숨넘어가는 목소리로 소스라쳐 울기 시작했다. 노베드로는 되도록이면 검은 그의 얼굴이 어린애의 눈에 띄지 않게 하려고 창 쪽으로 몸을 도사려 얼굴을 유리에 바짝 대고 몸을 조그맣게 웅크렸다. 놀란 아이는 그칠 줄 모르고 울어댔고 그 엄마는 아이를 달래느라 진땀을 뺐다. 노베드로는 놀라서 우는 아기와 그 엄마를 위해 아무 일도 할 수 없었다. 아기가 울지 않게 하려면 그가 자리에서 일어나 아기의 눈에 띄지 않는 곳으로 피해 주는 일뿐이라는 것을 알고 있었지만 차마 그렇게까지는 할 수가 없었다.

노베드로가 어렸을 때 배가 고파서 울 때마다 노랑머리 아줌마는 그녀가 마시다 둔 소주를 먹이곤 했다. 돌마낫적의 노베드로는 노랑머리 아줌마가 준 소주를 우유 대신 마시고 술에 취해 잠이 들곤 했었다. 그때 그는 너무 어렸기 때문에 그가 술을 마시고 자랐다는 것을 몰랐다. 노베드로가 20살이 되던 해 노랑머리 아주머니가 죽게 되었다는 소식을 듣고 어머니와 함께 문병을 하러 갔을 때, 노랑머리 아주머니가 죄를 고백하듯 말을 해준 뒤에야 그 사실을 알게 되었다.

노베드로는 5살이 될 때까지 노랑머리 아주머니에게서 자랐다. 양공주 출신의 노랑머리 아주머니는 기지촌에 남아서 양공주들이 낳은 아이들을 맡아서 길러주고 양육비를 받아 살아가고 있었는데, 그녀의 단칸 판잣집 방에는 둥지 속의 새 새끼들처럼 여러 명의 검둥이 아이들이 낮이나 밤이나 배가 고파 빽빽거리고 울어댔다. 그 무렵 노랑머리 아주머니는 그녀가 양육하고 있는 튀기들을 외국인들에게 입양을 시켜주기도 했었는데, 다행히도 노베드로는 입양을 시키지 않고 6살이 되자 그의 어머니에게로 돌려보냈다. 노랑머리 아주머니는 아이들이 5살이 넘으면 먹음새가 많이 든다는 이유로 기지촌 여자들의 소생을 맡아 기르지 않고, 고아원에 넣거나 아니면 어머니들에게 돌려보냈다. 노베드로가 노랑머리 아주머니를 고맙게 생각하고 있는 것은 그를 입양시키지도 고아원에 집어넣지도 않고 그의 어머니에게 돌려보내 준 것이었다. 어머니에게 돌아왔을 때, 그와는 얼굴색이 다른 만기 형이 어머니와 함께 살고 있었다. 이때부터 노베드로는 어머니와 만기 형의 구박을 받으면서 자랐다. 그들의 어머니는 술만 취했다 하면 노베드로에게 "깜둥이 새끼 뒈져라."고 욕을 퍼부어 대며 매질을 했고, 만기 형은 또 만기 형대로 쉴 새 없이 그를 윽박지르고 쥐어박았다. 심지어 만기 형은 면도칼을 들이대고 노베드로의 검은색의 살 껍질을 벗겨 버리겠다고까지 했었다. 그러던 만기 형이 집을 나가서 소식이 끊겨버린 후부터 어머니의 구박은 더 심해졌다. 어머니는 말끝마다 노베드로 때문에 만기가 집을 뛰쳐나갔다고 했다.

그 무렵 노베드로는 꿈속에서까지 아버지의 모습을 그려 보았었다. 그러나 아버지의 얼굴도 그처럼 검을 것이라는 한 가지 외에는 아무런 윤곽도 그려낼 수가 없었다. 노베드로는 그의 아버지 사진을 언제나 볼 수 있는 만기 형이 얼마나 부러웠는지 몰랐다. 노베드로도 아버지의 사진을 갖는 것이 가장 큰 소망이었다. 어머니는 해마다 6월이 되면 만기 아버지의 사진을 상 위에 모셔 놓고 제사를 지냈다. 어머니는 제사를 지내는 날만은 손님을 받지 않고 맛있는 음식을 푸짐하게 마련했기 때문에 노베드로는 만기 형 아버지의 제삿날을 기다렸다.

옆 좌석의 아이는 아직도 울음을 그치지 않았다. 아이의 그 울음이 마치 옛날 그가 어렸을 때, 술에 취한 어머니가 그 검은 대갈통을 쥐어박으면서 "깜둥이 새끼 뒈져라" 하고 윽박질러대는 소리처럼 그의 심장을 갈퀴질했다. 노베드로는 숨고 싶었다. 아니, 객차에서 뛰쳐나가고 싶었다. 객차 안의 승객들은 아기가 놀라 자지러지듯 울고 있는 이유를 알고 있을 것이라고 생각했다. 그리고 아이의 찢는 듯한 울음소리가 듣기 싫은 그들은 노베드로가 객차에서 사라져 주기를 바라고 있을 것이라고 생각했다. 그러나 노베드로는 마음이 약해지려고 하자 오히려 차창 쪽으로 돌아앉아 얼굴을 유리창에 바짝 붙이고 있던 몸을 똑바로 향하여 턱끝에 힘을 주고 정면을 바라보았다. 그가 지금껏 그런 방법으로 이 땅에서 버텨 왔던 것이었다. 어머니가 술에 취해 "깜둥이 새끼 뒈져라."고 욕을 퍼부어대면서 매질을 할 때나, 만기 형한테 구박을 받을 때, 그리고 수많은 황색

인이 그에게 '양갈보 깜둥이 새끼'라고 손가락질을 할 때마다 노베드로는, 마음이 약해질수록 뻔뻔해지자고 오기스러운 생각을 하면서 턱끝에 힘을 주고 세상을 바라보았다.

"아줌마, 저하고 자리를 바꾸시죠. 깜둥이를 보고 아이가 너무 놀란 것 같습니다."

노베드로가 턱끝에 뻣뻣하게 힘을 주어 정면을 똑바로 바라보기 시작했을 때, 대학생 차림의 젊은이가 자지러지게 울고 있는 아기의 엄마에게 말하면서, 혐오스러운 눈길을 세워 노베드로를 찔러보았다. 아기 엄마는 대학생 차림에게 고맙다는 인사를 하고 자리를 바꿨다.

"화이 돈튜 스맬 배드?(왜 당신한테서는 지독한 냄새가 나지 않죠?)"

대학생 차림의 젊은이가 노베드로의 옆에 바짝 몸을 붙이고 앉으며 영어로 물었다. 그러고 나서 그는 노베드로의 반응을 기다리고 있다는 눈빛으로 흠칫 노베드로를 보았다.

"냄새라니요?"

노베드로가 한국말로 반문하자 대학생 차림은 놀란 얼굴로 한동안 유심히 그를 바라보더니,

"당신은 미국 사람이 아니고 육이오 트기로군요."

하고 조금도 주저함이 없는 표정으로 말했다.

"육이오 트기?"

"그래요. 당신은 육이오가 탄생시켜준 생명이 아닙니까? 육이오가 없었더라면 당신은 태어나지 않았을 테니까요. 실례지만 당신 이름이 뭡니까?"

대학생 차림의 젊은이는 건방지고도 당돌했다.

"노베드로라고 합니다."

"편리한 이름이로군요. 성씨는 어머니가 붙여 주셨고 이름은 예수님한 테서 받았군요."

대학생 차림은 노베드로를 비아냥거리듯 시비조로 말했다. 그러나 노 베드로는 입가에 쓸쓸한 미소를 떠올리고 앉아 있을 뿐이었다.

"노베드로 씨, 당신은 아직 이십 대인 것을 보니, 당신 아버지는 휴전이 되고도 한참 후에야 오셨겠군요. 덕분에 당신 아버지는 죽지 않았을 거구요."

노베드로는 젊은이가 아버지에 대한 말을 꺼냈을 때 온몸의 피가 거꾸 로 치솟는 것 같았다. 그와 단둘이 만났더라면 노베드로는 참지 못했을 것이었다. 그러나 언제나 그랬던 것처럼 그의 편을 들어줄 사람은 이 땅 에 어머니 한 사람뿐이라는 것을 너무나 분명히 알고 있었기 때문에 그는 여전히 쓸쓸하고도 싸늘하게 느껴지는 미소를 삼키는 것으로 모든 굴욕 을 참았다.

"나는 양키 고홈을 외쳤답니다. 그것도 한 번뿐이 아니라 수백 번 목이 터져라 외쳐댔지요. 그 때문에 나는 대학에서 제적을 당했다구요. 그런 데 오늘 육이오 트기와 나란히 앉아서 여행하게 되었군요. 난 아직 양키 들과 이렇게 나란히 앉아본 일이 없었어요. 내 말에 기분이 나쁘면 나쁘 다고 말을 하시죠."

젊은이는 여전히 시비조로 말을 계속했다. 노베드로는 이럴 때 화를 내 게 되면 자신만 이상하게 된다는 것을 잘 알고 있었다. 그 때문에 그는 젊 은이의 시비에 말려들지 않으려고 했다.

"이 땅은 육이오 때문에 엄청난 비극을 겪었지만 노베드로 씨 당신은 육이오 때문에 축복받은 셈이로군요. 그러니 당신은 육이오를 고맙게 생 각하겠군요. 그렇죠?"

그러면서 대학생 차림은 호주머니에서 동전을 여러 개 꺼내 소주 한 병을 사서, 먼저 자신이 한 잔을 마신 후에 일회용 종이컵에 술을 가득 부어 노베드로에게 권했다. 노베드로는 그것을 거절하게 되면 또 무슨 시비를 걸어올지 몰라 단숨에 종이컵을 좍 비웠다.

"술 좀 마실 줄 아는군요."

대학생 차림은 노베드로가 단숨에 소주 한 컵을 비우자, 처음으로 냉정한 표정을 풀고 호의적인 미소를 떠올리며 말했다.

"난 어렸을 때 우유 대신에 소주를 마시고 자랐소."

노베드로도 희미하게 웃어 보였다.

"어? 우유 대신에 쐬주를 마시고 자랐다고요? 그렇다면 당신, 참 노형, 난 당신을 노형이라고 부르겠소. 그 대신 나를 오형이라 부르시오. 그러고 보니 노형은 양키가 아니로군요. 우유 대신 쐬주를 마시고 자란 양키는 없으니까."

오형이라고 부르라는 그 젊은이는, 다시 그가 먼저 한 컵을 마시고 노베드로에게 잔을 권했다. 이번에 노베드로는 두 번에 나누어 잔을 비웠다. 그가 종이컵을 비웠을 때, 오형은 빈 소주병을 거꾸로 치켜들고 마치 꿀물을 핥아대듯 혓바닥을 펴고 술병 주둥이에서 떨어지는 술 방울을 받아먹고 있었다. 그때 열차가 절겅거리며 멎었다.

"이 열차는 그냥 지나치는 역이 없이, 역이라고 생긴 역에서는 다 정차를 한답니다. 그래서 나는 자만하지 않는 이 완행열차가 좋답니다. 난 이 열차가 아무리 느려도 상관이 없어요. 왜냐하면 난 조금도 바쁠 것이 없고, 또 시간은 충분하거든요. 난 이 열차에서 내리면 더 갈 곳이 없다구요. 그래서 난 이 나라 안에서 가장 느리고 가장 멀리까지 가는 이 열차를 탔지요. 난 느림보 열차를 사랑해요."

열차가 멎었을 때 오형이 노베드로를 향해 느질맞게 웃어 보이며 말했다. 노베드로는 오형이라고 부르라는 그 젊은이가 조금은 마음에 들었다. 열차에서 내리면 더 이상 갈 곳이 없다고 말한 그에게서 이상한 동류의식을 느꼈다. 그것은 마치 노베드로가 야간업소에서 목구멍이 아프도록 색소폰을 불고 나서, 그가 불었던 슬픈 곡조처럼 쓸쓸한 기분으로 혼자 생각에 잠겨 거닐다가, 그와 얼굴색이 같은 검둥이를 만났을 때, 그를 붙들고 밤새도록 이야기를 하고 싶은 심정과 같은 것이었다. 노베드로도 소주 한 병을 사서, 오형에게 먼저 한 컵을 권했다. 오형은 사양하지 않고 술잔을 받아, 노베드로가 그랬던 것처럼 단숨에 좍 비우고 빈 컵을 돌려주었다.

"난 쫓겨났습니다. 학교에서도, 집에서도, 사회에서도 나를 용납해주지 않는답니다. 난 골칫거리가 된 것이죠. 양키 고홈을 외쳤다는 게 죄가 된다는 거죠. 난 양키 고홈을 외친 것 외에는 아무 잘못도 저지르지 않았습니다."

오형은 약간 흥분한 목소리로, 그리고 지친 표정으로 말하고 나서 노베드로가 들고 있는 빈 종이컵에 술을 가득 부었다. 술 한 병이 순식간에 바닥이 났다. 그러자 이번에는 오형이 다시 소주 한 병을 사서 노베드로에게 먼저 술을 권했다. 그들은 권커니 잣커니 하면서 소주 네 병을 비웠다. 노베드로는 전혀 취기를 느끼지 않았으나 오형은 술에 취한 듯 말이 더 많아지고 목소리도 높아졌다. 객차 안의 승객들은 심해어처럼 잠들어 있었다.

"그래 노형은 어디까지 가시오?"

"종착역까지 갑니다."

"남해를 보러 가시우?"

"아닙니다. 어머니 고향으로 어머니를 찾으러 가는 길입니다."

"어머니를 찾으러 가다니요? 어머님이 어디로 숨기라도 하신 겁니까?"

"어머니께서 아무 말씀도 없이 집을 나가셨습니다."

"아, 그러셨군요. 그렇다면 노형의 어머님은 고향에 가시지 않으셨습니다."

"아닙니다. 우리 어머님은 언제나 고향엘 가고 싶다고 하셨어요."

"그러니까, 노형의 어머님은 고향에 가시지 않았다는 겁니다. 고향에 가고 싶다는 사람일수록 고향엔 가지 않는 법이죠. 아니 못 가는 거겠죠."

"아닙니다. 우리 어머님은 고향으로 아들을 찾으러 가셨을 거라구요. 나하고는 피부색이 다른 동복형이 있었는데, 어려서 어머니 곁을 떠난 후로 소식이 없거든요. 어머닌 동복형이 고향에 살고 있다고 믿고 계셨습니다."

노베드로의 말에 오형은 한동안 할 말을 잃고 허탈한 표정으로 앉아 있었다. 오형의 얼굴빛이 달빛처럼 창백해졌고 노베드로의 얼굴은 풍뎅이의 등처럼 흑청색으로 더욱 검어졌다.

"아무래도 내가 노형을 따라가야겠군요."

오형이 진지한 얼굴로 노베드로를 보며 말했다. 노베드로는 그런 오형이 싫지가 않았다. 그렇지만 그와 함께 어머니의 고향에 가고 싶지는 않았다. 그와 함께 갈 이유가 없는 것이었다.

"노형이 어머니의 고향에 불쑥 나타난다고 하는 것은 노형의 어머니를 욕되게 하는 일이라는 것을 모르시오? 그건 노형의 어머님이 원치 않으실 겝니다."

노베드로는 오형의 그 말뜻을 충분히 이해할 수가 있었기 때문에 오형에 대해서 나쁜 감정을 품지는 않았다. 오형의 말마따나 노베드로가 불쑥 찾아가서 내가 바로 노아무개의 아들입니다라고 한다면 그것은 어머니의 고향 사람들이 보는 앞에서 어머니의 몸에 문신을 새기는 것이나 다를 바 없다는 것쯤 알고 있었다.

"우리 마을 출신 중에 기지촌 여자가 있었죠. 내가 초등학교에 입학하던 해 그 기지촌 여자가 미군짚을 타고 검둥이와 함께 우리 마을에 와서 돼지를 잡고 온 마을 사람들을 불러 양주파티를 열었지요. 그날 우리 마을의 아이들은 이빨이 아프도록 껌을 씹었고, 어른들도 돼지고기 안주에 독한 조니워카를 마시고 취했었죠. 그때 난 우리들에게 닭 모이를 주듯 껌을 던져 준 기지촌 여자의 남동생이 얼마나 부러웠는지 몰라요. 아마 우리 마을 사람들은 모두 그 여자의 가족들을 부러워했을 겁니다. 그 여자의 부모들은 마을 사람들한테 자랑삼아 고샅에서 햄버거를 들고 다니며 먹었고, 조니워카를 마시고 불콰해진 얼굴로 사람들 앞에서 양주트림을 했답니다. 그러나 그것도 한때뿐이었죠. 기지촌이 없어지자 그 여자는 알콜중독자가 되어 떠돌아다니다가 죽었어요. 지금은 마을 사람들이 그 여자의 아버지를 조햄버거라고들 놀려댄답니다. 그리고 누가 술 트림을 하면 조햄버거 양주트림하듯 한다고 하지요."

오형은 말을 하면서 거듭 하품을 삼켰다. 그러다가는 자울자울 졸기 시작했다. 노베드로도 잠이 쏟아져 창에 몸을 기대고 눈을 감았다. 밤 열차가 바람을 가르며 달리는 소리가 음산하게 들렸다. 어느덧 오형은 노베드로에게 몸을 기대고 심하게 코를 골기 시작했다. 노베드로는 오형이 그에게 몸을 기대는 것이 싫지가 않았다. 그는 오형의 코 고는 소리와 열차가 바람을 가르는 소리를 들으며 얼핏 잠이 들었다.

노베드로는 꿈속에서 그의 어머니를 만났다. 어머니는 고향 사람들 앞에서 발가벗은 채 온몸에 얼룩진 문신들을 자랑하고 있었다. 그런데 꿈에 본 어머니의 문신은 여러 가지 색깔의 꽃으로 피어 있었다. 어머니가 늘 자신의 몸에 새겨진 문신들이 벌레처럼 살아나 꿈틀거리는 것만 같다고 괴로워하던 것과는 달리, 이 세상에서 어느 꽃보다 더 아름다운 모양으로 피어 있었다. 노베드로는 지금껏 그처럼 아름다운 꽃을 본 적이 없었다. 그것은 아메리카 선인장꽃이라고 했다. 연꽃처럼 탐스러운 빨간꽃부채선인장이며, 초롱처럼 생긴 꿩깃선인장, 꽃잎이 여러 개인 성게선인장꽃, 하얀기둥선인장꽃, 빨간부채선인장꽃 같으면서도 색깔이 다른 노란꽃부채선인장꽃 등 여러 가지 모양의 선인장꽃들이 어머니의 몸에 피어 있는 것을 본 그는 너무 황홀하여 눈물을 흘렸다.

노베드로가 잠에서 깨어 눈을 떴을 때는 차창 밖이 은회색빛으로 밝아오기 시작했다. 그때까지도 오형은 그에게 상반신을 무겁게 기댄 채 깊이 잠들어 있었다. 노베드로는 손목시계를 보았다. 열차가 도착할 시간이 가까워져 오고 있었다. 열차는 미명의 마지막 어둠이 걷히고 희번하게 동이 터 오를 시각이면 종착역에 도착할 것이었다. 그는 오형이 잠에서 깨어나지 않도록 하려고 몸을 움직이지 않고 숨소리까지도 죽였다. 노베드로는 잠들어 있는 오형의 지치고 절망적인 얼굴을 찬찬히 들여다보고 있었다. 잘생긴 얼굴은 아니었으나 친근감이 가는 모습이라고 생각했다. 그리고 근육질의 깡마른 얼굴 윤곽이 무척 고집이 세고 성격이 날카로워 보였다. 그는 난생처음 가장 긴 여행을 하면서 동행을 하게 된 오형의 얼굴을 오래 기억해 두고 싶었기 때문에, 깊이 잠들어 있는 오형의 이목구비를 하나하나 유심히 관찰했다. 그는 여태껏 그의 어머니 외에, 얼굴이 노란 사람의 얼굴을 이처럼 가깝게, 그리고 유심히 들여다본 적이 없었다. 그 때문에 그에게는 그 누구도 뚜렷하게 인상이 남은 사람이 없었다. 그가 외로움을 타는 것도 그 때문일지도 모른다는 생각을 했다.

언젠가 노베드로는 그가 일하고 있는 클럽으로 춤을 추러 온 삼십대 중반의 여인으로부터 데이트 신청을 받은 일이 있었다. 그가 업소에서 데이트 신청을 받은 것은 흔한 일이었으나 대부분 거절을 하기 마련이었다. 그는 애완용 동물처럼 소갈머리 없는 그녀들로부터 천박한 호기심의 대상이 되고 싶지가 않았기 때문이었다. 그러나 그날은 동그라미가 다섯 개나 그려진, 자기앞수표가 들어있는 데이트 신청 봉투를 보자 생각이 달라졌다. 그에게 돈은 언제나 자존심을 걸레처럼 찢어발기곤 했다. 기실 그의 자존심은 검은 그의 얼굴처럼 별것이 아니었는지도 몰랐다.

몸피가 야리야리한 삼십 대 화려한 중년 부인은 노베드로를 호텔로 데리고 들어가더니 그에게 먼저 목욕을 끝내고 나오라고 했다. 그가 욕탕에서 나오자 여자는 얼굴에 스타킹을 뒤집어쓴 채 침대 위에 누워 그에게 손짓했다. 노베드로는 여자에게 왜 얼굴에 스타킹을 뒤집어쓰고 있는 것이냐고 물었다. 여인은 자신의 얼굴을 그에게 보이고 싶지가 않기 때문이라고 했다. 그러면 불을 끄면 될 것이 아니냐고 했더니, 그녀는 노베드로의 검은 피부를 봐야 한다고 말했다. 그러면서 여인은 "나는 유의 기억에 남고 싶지가 않거든요" 하던 것이었다. 그날 밤 그 여인은 노베드로의 검은 피부에 자신의 이빨 자국을 남기고 싶다면서 그의 가슴팍 대흉근을 핏발이 솟도록 물어뜯었다.

그것은 마치 어머니의 몸에 새겨진 문신처럼 치욕과 모멸의 흔적으로 여겨졌다. 그는 얼굴의 윤곽에 대한 기억 대신에 모멸의 이빨 자국만을 남긴 그 건방지고 감각적인 여자를 다시는 만나지 않았다. 그리고 한동안 이빨의 상처가 욱신거리는 것을 견뎌내면서 몸에 문신을 새겼던 어머니의 심정을 이해할 수가 있었다. 그에게 몸을 기대고 잠들어 있는 오형의 얼굴을 찬찬히 들여다보던 노베드로는 스타킹을 얼굴에 뒤집어쓴 여자 생각 때문에 갑자기 기분이 음울해졌다.

열차는 긴 터널을 지나면서 처음으로 뱃고동 소리와도 같은 기적을 울렸다. 터널을 지나자 창밖이 완연히 밝아왔다. 말갛게 닦아 놓은 유리처럼 상큼하고도 투명한 가을 들판의 첫새벽을 향해 열차는 계속 기적을 울려댔다. 아마도 종착역이 가까웠음을 알리고 있는 것인지도 몰랐다.

"아니? 벌써 날이 밝았습니까?"

기적 소리에 눈을 뜨고 몸을 추슬러 앉으며 오형이 물었다.

"내릴 준비를 해야겠습니다."

노베드로는 차창에 부옇게 낀 김을 손바닥으로 닦으며 말했다. 손바닥에 와 닿는 싸늘한 유리창의 촉감이 찌릿찌릿 핏줄 속으로 파고드는 것 같아 기분이 좋았다.

두 사람은 종착역에서 함께 내렸다. 아직 해가 떠오르지 않았다. 눅눅한 갯바람이 불어왔다.

"난 여기서도 버스를 타고 한참을 더 가야 합니다."

역광장을 걸어 나오면서 노베드로가 먼저 말했다.

"어머니의 고향이 어딘지는 아시오?"

"옛날엔 섬이었는데 지금은 연육이 되었다고 했습니다. 향해사라는 절을 찾아가면 어머니의 옛날 친구 점박이 보살을 만날 수 있을 겁니다. 어머니는 그 점박이 보살의 이야기를 자주 하셨거든요."

오형이 묻는 말에 노베드로가 자세하게 대답을 했다.

"그렇다면 터미널로 갑시다."

그러면서 오형은 빠른 걸음으로 역광장을 가로질러 나가 광장 모퉁이에 있는 시내버스 정류장으로 가서 여학생 차림의 소녀에게 버스터미널을 가려면 몇 번 버스를 타야 하며, 향해사를 가려면 어떻게 해야 하느냐는 등 이것저것 물었다. 그러고 나서 그는,

"노형, 나만 따라오시오."

하며 턱짓을 했다. 노베드로는 그런 오형을 멀뚱한 눈으로 바라볼 따름이었다. 그들은 다시 시내버스를 타고 터미널 앞에서 내렸다. 오형은 노베드로보다 먼저 터미널 대합실 안으로 뛰어 들어가 향해사 쪽으로 가는 버스 시간을 알아보았다.

"버스가 출발하려면 아직 오십 분이나 남아 있군요. 아직 시간이 충분하니, 어디 가서 라면이라도 하나씩 먹읍시다."

오형은 어젯밤 처음에 열차 안에서 만났을 때와는 달리 지나칠 정도로 싹싹한 태도였다. 그는 마치 오래 사귄 친구처럼 스스럼없이 대했다. 노베드로는 그런 오형이 마음에 들어 그를 데리고 터미널 안에 있는 해장국집으로 들어갔다.

"노형 나를 떨쳐버릴 생각은 마십시요."

아침을 먹으면서 오형이 한쪽 눈을 찡긋해 보였다. 노베드로는 어처구니가 없어 처음으로 소리 내어 웃었다.

노베드로가 오형과 함께 향해사 근처에 도착한 것은 정오가 조금 못 되어서였다. 노베드로는 그곳까지 오는 동안 오형에게 그만 서로 각기 갈 곳으로 헤어지자고 했으나, 한사코 오형이 수격수격 따라왔던 것이다.

"나는 노형을 따라가지 않을거요. 나는 다만 노형의 어머님을 한번 만나보고 싶을 따름입니다."

열차의 종점인 남쪽 땅 끄트머리 항구도시에서 완행버스를 타고 바닥이 울퉁불퉁한 비포장도로를 두 시간쯤 달려와, 향해사가 자리 잡은 동백수림의 야트막한 산을 오르며 오형이 말했다. 버스 종점에서 내려 걷기 시작한 지가 반 시간쯤 지났는데도 아직 향해사는 나타나지 않았다. 동백나무가 빽빽하게 우거진 산을 높이 올라갈수록 그들의 시야에 펼쳐진 바다만이 더 넓어졌을 뿐이었다.

"오형이 우리 어머니를 만나서 어쩌자는 겁니까?"

노베드로는 그가 어머니를 만나고 싶다는 말에 기분이 떨떠름해져 말투가 약간 거칠어지고 있었다. 문득 얼마 전에 산동네 그의 집에 찾아와서 어머니의 몸에 새겨진 문신을 되작거려 구경하고 간 의과대학생이 떠올랐기 때문이다. 어머니는 그 젊은이에게 알몸을 보여준 후부터 죽고 싶다는 말을 되뇌이기 시작했던 것이었다.

큰 동백나무 가지 끝에서 황금색 목덜미의 동박새가 낭자하게 우짖다가 푸드득 날아갔다. 발부리 아래 바다와 접한 낭떠러지 아래서 겨울 갈매기가 낮게 선회하고 있었다. 높이 올라갈수록 바다가 넓게 열리면서 바람도 드세어졌다. 오형은 끝내 노베드로가 묻는 말에 대답을 하지 않았다.

향해사는 작은 암자였다. 바다를 향한 동백산의 정상 낭떠러지 위에 삼칸 기와집이 덩그렇게 서 있었는데 그게 향해사였다. 노베드로는 어머니로부터 향해사의 해뜨는 장관에 대해서 귀가 아프도록 들어왔다. 어머니의 말로는 향해사에 올라와 바다 끝에서, 온 바다에 붉은 연꽃을 휘 뿌리듯 바다를 붉게 물들이며 둥실 떠오르는 아침 해를 향해 소원을 빌면 모두 이루어진다고 했다. 어머니도 처녀 시절에 향해사에 올라가 일출을 구경하고 소원을 빌곤 했다는 것이었다. 어머니의 소망은 부모형제 무탈하고, 좋은 남자 만나서 잘 살게 해달라는 것이었다고 했다.

"노형은 여기에 있으시오. 내가 점백이 보살님을 만나서 노형 어머니를 물어보겠소."

오형은 그러면서 노베드로 어머니의 처녀적 이름을 물었다. 노베드로가 그에게 어머니의 이름을 가르쳐주자, 그는 몇 번이고 절간으로 올라오지 말라고 이르고 나서 돌계단을 단숨에 뛰어올라갔다. 노베드로는 오형이 시키는 대로 향해사 돌계단 아래 서 있었다. 그의 생각에 향해사 안에 그의 어머니가 쑥색 바지저고리에 염주를 목에 건 모습으로 앉아 있을 것만 같았다. 어머니는 노마리아라는 영세명을 받기 전에는, 부처님이 받아주기만 한다면 머리를 깎고 절로 들어가고 싶다고 했었다. 그러면서 어머니는 노베드로 때문에 그럴 수도 없노라고 탄식했었다. 노베드로 때문에 머리도 깎을 수 없다던 어머니가 말 한마디 없이 행방을 감추어 버린 것이다. 그는 어머니가 가출한 것이 아니라 그를 버린 것으로 생각했다. 생각이 거기에 미치자 울고 싶도록 슬퍼졌다. 이럴 땐 침이 말라붙도록 색소폰을 불고 싶었다. 어쩌면 그가 야간업소에서 색소폰을 부는 것은 그들 모자의 슬픈 삶 때문에 싫도록 울음을 터뜨리고 있는 것인지도 몰랐다.

"어머니께서는 여기 오시지 않으셨답니다."

잠시 후에 오형이 어두운 표정으로 향해사의 돌계단을 내려오며 힘이 빠진 목소리로 말했다.

"그렇지만 노형의 그 만기 형이란 분은 여기에 사신답니다."

노베드로는 만기 형이 고향에 와서 살고 있다는 말에 갑자기 얼굴에 생기가 도는 듯했다.

"점백이 보살님을 직접 만나보셨어요?"

"그럼요. 만나봤으니까 만기 형이라는 분이 여기 살고 있다는 것을 알았지요."

노베드로가 묻고 오형이 대답했다. 그러나 오형은 점박이 보살이 노베드로의 어머니에 대해서 입에 담을 수 없을 만큼 험한 욕을 퍼부어 댄 이야기는 입 밖에 내놓지 않았다.

"노형의 그 얼굴 빛깔이 다른 동복형을 만나볼래요?"

동백산을 내려오면서 오형이 물었다.

"물론 만나보고 말고요. 지금 당장에 가서 만나고 싶어요. 만기 형을 만나면 어머니 소식을 알 수 있을지도 모르니까요. 아니, 어머니 때문이 아니라도 내 형을 만나봐야지요."

노베드로는 내 형이라는 말에 힘을 주어 분명하게 큰 소리로 말했다.

"노형을 반겨줄까요?"

"반겨주고 반겨주지 않고는 중요하지가 않습니다."

"그럼 뭐가 중요하죠?"

"우리는 한 어머니의 배에서 태어났다는 사실입니다."

그렇게 말하고 있는 노베드로도 만기 형이 그를 반겨줄 것이라고 기대하지는 않고 있었다. 만기 형은 그를 죽이려고까지 하지 않았던가. 계단이 삐걱거리는 낡은 판잣집 2층에 살고 있을 때였다. 어머니가 낮에 미군들과 함께 춤을 추러 간 사이에 만기 형은 그를 2층의 창문 밖으로 밀어뜨렸었다. 그러나 아래층 수돗가의 물통으로 떨어졌기 때문에 아무렇지도 않았었다. 노베드로는 그 이야기를 지금껏 어머니에게 털어놓지 않았다.

어렸을 때는 만기 형이 무서웠을 뿐만 아니라, 그 무렵 어머니는 눈으로 확인한 일 외에는 어떤 말도 믿지 않았기 때문이었고, 철이 든 후로는 그런 일로 어머니를 괴롭히고 싶지가 않아서였다. 더욱이 그가 어렸을 때 어머니와 만기 형은 그들이 불행하게 된 것이 모두 노베드로의 탓이라고 생각하고 있는 듯했다. 노베드로 자신도 그렇게 생각했었다. 어머니가 술을 마시는 것도, 미군들이 어머니의 등에 문신을 뜨는 것도, 만기 형이 집을 나가버린 것도 모두 노베드로 자신의 탓이라고 생각했다. 그러나 그것이 자신의 잘못은 물론 어머니의 잘못도 아니라는 사실을 알게 된 것은 훨씬 후의 일이었다. 어머니가 그를 옛날처럼 미워하지 않고 오히려 삶을 그에게 의지해온 후부터였는지도 모른다.

향해사에서 내려온 그들은 바다로 돌출한 산 모퉁이를 돌아, 소나무로 둘러싸인 어촌에 도착했다. 30여 호쯤 되는 작은 마을이었다.

"세 번째 청색 슬레이트 지붕을 이은 집이라고 했으니 바로 저 집이로군요."

마을 어귀에서 오형이 턱끝으로 들머리의 청색 슬레이트집을 가리켰다.

"제발 여기서부터는 내가 알아서 할테니, 오형은 여기서 기다리시오. 다행히 만기 형이 나를 맞아주게 되면 오형을 부르겠소."

노베드로는 강경하게 말하고 혼자서 청색 슬레이트집을 향해 발걸음을 서둘렀다.

오형은 마을 앞을 가린 방풍림의 소나무 밑에 서서 노베드로가 청색 슬레이트집 안으로 들어가는 모습을 바라보고 있었다. 그는 제발 만기 형이라는 사람이 노베드로를 반갑게 맞아주기를 빌었다. 그는 문득 양키 고홈을 외친 죄로 제적당한 후에, 인생의 모든 꿈을 박탈당한 참담한 기분이 되어 그의 부모님께 용서를 빌기 위해 시골로 찾아갔던 때가 떠올랐다. 그때 그는 아버지한테 맞아 죽을 각오를 했었다. 그런데도 아버지는 꾸중 한마디 없이 "앞으로 살아갈 다른 방도를 찾아보거라. 대학엘 댕기지 않고도 살아갈 방도가 있지 않겠냐?"라고 할 뿐이었다. 차라리 그는 아버지한테 매를 맞고 싶었다. 그 후 그는 집에 가기가 두려워졌다. 술을 입에 대지도 못했던 아버지가 두 홉들이 소주 한 병을 다 마신 후에야 잠이 들곤 하신다는 아버지의 소식을 들은 후부터 그는 더욱 고향에 가기가 싫었다.

청색 슬레이트집으로 들어간 노베드로는 다시 나오지 않았다. 반 시간이 지나도록 모습을 나타내지 않은 것으로 보아 일이 뜻밖에 잘 풀린 것인지도 모른다고 생각이 들었다. 그는 노베드로의 일이 잘된 것이라면 그만 혼자 항구도시로 돌아가서, 얼마 동안이라도 머물러 있을 만한 곳을 찾아봐야겠다고 생각했다. 그는 반 시간만 더 기다려 보기로 하고 소나무 밑돌 위에 앉아 마지막 남은 담배에 불을 붙여 물었다. 그는 담배 연기를 바닷바람에 날리며 청색 슬레이트집에 시선을 매달고 있었다. 노베드로가 만기 형이라는 사람의 집에서 지금 어떻게 하고 있을까 여러 가지로 상상을 해보았다. 얼굴 빛깔이 다른 동복형제가 서로 붙들고 울고 있을까. 아니면 만기 형이라는 사람이 베드로에게 그의 아내와 어린아이들을 소개하고 있을까. 오형은 되도록 좋은 쪽으로만 상상하고 싶었다.

그러나 그와 같은 그의 상상과는 정반대의 일이 벌어지고 있었다. 오형은 분명 노베드로가 손으로 머리를 붙안은 채 청색 슬레이트집에서 누구에겐가 끌려 나오고 있는 것을 보았다. 노베드로의 멱살을 잡은 남자의 오른손에는 작대기가 들려 있었다. 오형은 노베드로를 마을 앞으로 끌고 나오는 사람이 바로 만기 형이라는 것을 짐작했다. 그는 노베드로를 끌고 오형이 있는 쪽으로 오면서 뭐라고 소리를 질러대며 작대기로 노베드로의 허구리며 허리를 마구 후려치는 것이었다. 그러나 노베드로는 조금도 반항하지 않았다. 막상 힘으로 겨룬다면 결코 노베드로가 약세가 아닌 듯싶었지만, 이상하게도 그는 일방적으로 맞고만 있었다.

노베드로의 동복형은 그를 마을 앞 송림까지 끌고 와서 작대기로 마구 도리깨질하듯 두들겨 패고, 땅바닥에 나동그라진 노베드로를 직신직신 밟았다.

"이 껌둥이 새끼가 여기가 워디라고 찾아와? 뭐 형님? 형수씨? 이런 미친 놈아, 내가 어찌 너같은 껌둥이 동생이 있겄냐? 다시 한번만 또 찾아왔다가는 다리모갱이를 분질러 버릴테니 여기엔 얼씬도 말어!"

노베드로의 동복형은 얼굴에 피를 흘리고 나동그라져 있는 그에게 침을 뱉고 돌아섰다. 오형은 그제서야 노베드로를 안아 일으켰다.

새까만 그의 얼굴에 검붉은 피가 흘렀다.

"저분이 내 형님이오. 이 세상에 하나뿐인 내 형님이란 말이오. 만기 형님이 고향에 살고 있다는 것을 우리 어머니가 아시면 얼마나 좋아하실까."

노베드로는 피가 흐르는 얼굴에 가을날의 눈부신 햇살처럼 환한 웃음을 가득 떠올리며 울먹이는 목소리로 울부짖듯 말했다.

"여기는 노형이 올 데가 아닌 것 같네요. 자, 어서 돌아갑시다."

오형은 손수건으로 노베드로의 얼굴을 닦아주며 말했다. 그는 노베드로가 청색 슬레이트집으로 혼자 들어가게 내버려 둔 자신을 마음속으로 탓하면서, 그를 데리고 빨리 그곳을 떠나고 싶었다. 그리고 노베드로가 두들겨 맞고 있는 것을 구경만 하고 있었던 자신의 심사가 얄미웠다.

"나를 이대로 놔두시오. 이것은 미국과 한국의 일이 아니고 우리 형제간의 일입니다."

　노베드로는 그를 안아 일으켜 세우려는 오형의 손을 뿌리쳤다.

　"노형을 이렇게 만든 그 사람을 형이라고 하다니 문제로군요."

　"그래요. 우리는 문제가 있는 형제요. 나는 그 문제를 해결하기 위해서라도 여기에 남겠어요. 그러니 오형이나 어서 가시오."

　노베드로가 땅에 퍼질러 앉으며 오형을 향해 어서 가라고 손을 휘저었다.

　"노형의 문제는 해결이 안 됩니다. 그건 통일보다 어려운 문제요."

　"나도 알아요. 그러기에 내가 이렇게 일방적으로 얻어맞은 거죠. 나는 지금까지 한 번도 누구를 때려보지 못했다구요. 언제나 이렇게 일방적으로 얻어맞기만 했어요. 언제나 이렇게 욕먹고 채이고 얻어맞고 버림받기만 했다구요. 그리고 아무도 나를 붙잡아 일으켜 주지 않았어요. 그런데 오형은 참 이상해요. 지금껏 내게 관심을 가져준 사람은 오형이 처음이오."

　오형은 노베드로의 말에 괜히 울화가 치밀어 올랐다. 그는 갑자기 노베드로를 힘껏 후려치고 싶은 충동을 느꼈다. 그러나 그는 노베드로에게 화풀이를 하기 위해 주먹을 휘두르는 대신 마음속으로 이 바보야 여기는 네 땅이 아니야, 그러니 너는 아무데도 갈 곳이 없는 거야, 너는 한갓 6·25가 남긴 이 땅의 문신에 불과한 거야 하고 되뇌이고 있었다.

　가을의 넉넉한 햇살이 바다의 수면 위에서 무자맥질을 하는 것처럼 퉁겨 올랐다. 배릿한 갯바람이 해변의 송림을 부채질하듯 흔들어댔다. 노베드로와 오형은 햇살과 바람을 사이에 두고 팽팽하게 마주 보고 있었다. 그들은 아무도 다음의 목적지에 대해서 말하지 않았다.

1988

문신의 땅 4

    노마리아가 ㅋ시에 도착한 것은 비가 내리는 어슴새벽이었다. 그녀는 열차 속에서 계속 빗줄기가 유리창을 스치는 소리를 들었다. 그녀가 ㅋ시에 온 이유는 한마디로 딱 찍어 말할 수는 없었다. 기실 그녀의 이번 여행은 막연한 것이었다. 어쩌면 여행이라기보다는 탈출이라고 해야 좋을 듯싶었다. 그것은 그녀가 자신의 온몸에 새겨진 문신과 함께 한 맺힌 과거로부터의 탈출을 시도한 것인지도 몰랐다. 그러나 그 같은 그녀의 행동에는 감당할 수 없을 만큼의 아픔과 함께했다. 가장 큰 아픔은 세상 사람들이 깜둥이라고 손가락질하는 아들 노베드로를 혼자 떨구어 놓고 집을 나와 버린 것이었다.

    그녀는 밤 열차에 시달리면서도 줄곧 노베드로에 대한 생각뿐이었다. 아들 노베드로의 색소폰 소리가 그녀의 뼛속까지 스며드는 것만 같았다. 그녀는 지금까지 그래왔었던 것처럼 노베드로의 검은 얼굴과 상엿소리처럼 슬픈 아들의 색소폰 소리를 잊기 위해 몇 번이고 고개를 휘젓곤 했다. 아들의 색소폰 소리는 이 세상의 어떤 울음소리보다 더 슬프게 들렸다. 그래서 언젠가 그녀가 아들에게 "네 색소폰 소리는 왜 그렇게도 간장을 비틀어 쥐어짜는 것모양 슬프게 들린다냐?" 하고 물었었다. 그랬더니 노마리아의 아들 노베드로는 유난히 크고 흰자위가 많은 시울을 휘굴리면서 "저는 슬픈 곡이 좋거든요. 아무리 흥겨운 곡을 불어도 어쩐지 슬프게 들려요. 아마 제가 너무 슬픈 놈이라서 그런가 봅니다" 하고 말했었다.

개찰구를 빠져나온 노마리아는 비바람을 피해서 대합실 입구에 서 있었다. 손목시계를 들여다보니 새벽 5시 5분이었다. 빗줄기는 더욱 드세어지기 시작했으며, 역 앞 광장에는 아직 미명의 어둠이 겹겹이 덮여 어둠의 점액질들이 빗방울과 함께 튕겨 오르는 것처럼 보였다.

내가 왜 ㅋ시에 왔을까. 하필이면 ㅋ시를 택했을까. 노마리아는 어둠 속을 꽉 메운 광장의 빗줄기를 망연한 눈빛으로 바라보면서 마음속으로 중얼거렸다. 그녀가 ㅋ시를 찾아온 것은 양공주 시절의 술친구였던 최마리아가 이곳에서 살고 있다는 것뿐이었다. 최마리아 역시 나이 들어 하느님을 믿기 시작했으며 마리아라는 영세명을 얻었다고 했다. 조니워커 한 병쯤 거뜬하게 마시곤 했던 최마리아는 ㅋ시에서 옛 동료 몇 명과 함께 조촐한 대폿집을 한다고 했다.

노마리아는 낡은 핸드백 속에서 옛 동료들의 주소와 전화번호를 적은 작은 수첩을 꺼내 들고 공중전화부스로 다가갔다. 대폿집을 하고 있다는 최마리아에게 전화를 하기 위해서였다. 동전을 넣고 다이얼을 돌렸지만 연결 신호가 가는데도 받지 않았다. 노마리아는 동전을 꺼낸 다음 5분쯤 우두커니 대합실 안을 둘러보다가 다시 수화기를 들고 다이얼을 돌렸다.

"예. 여보세요."

잠에 취한 목소리가 나지막하게 울려 왔다.

"저…… 최마리아 좀 부탁합니다. 최마리아 있지요?"

노마리아의 목소리는 자신이 생각해 보아도 탁음으로 떨렸다.

"아직 술이 덜 깼으니까 날이 밝은 후에 다시 한번 걸어줘요."

상대는 이쪽의 이야기를 들어보려고도 하지 않고 일방적으로 전화를 끊어버렸다.

노마리아는 다시 대합실 입구 쪽으로 나와 서서히 어둠의 허물이 벗겨지기 시작하는 광장을 바라보고 서 있었다. 어둠이 벗겨지면서 빗줄기도 차츰 가늘어진 듯싶었다. 그녀는 다시 슬픈 색소폰 소리를 들었다. 그 소리는 어둠 속에서 빗줄기 사이를 뚫고 흘러온 듯싶었다. 어둠의 어느 모퉁이에서 노베드로가 비를 흠씬 맞고 쪼그리고 앉아서 청승맞게 색소폰을 불고 있는 것만 같았다. 그리고 그 소리는 간절하게 어머니를 부르고 있는 슬픈 목소리로 들려왔다.

빗줄기가 멎고 어둠이 서서히 밀려가자 역광장의 시계탑 꼭대기 너머로 회색빛 건물과 목욕탕 간판이 보였다. 그녀는 목욕탕 간판을 보자 갑자기 온몸이 스멀거리기 시작했다. 몸속 깊숙이에 여러 가지 모양으로 새겨진 문신들이 다시 살아서 꿈틀거리기 시작하는 것 같았다. 그녀는 공중목욕탕을 생각해 보았다. 공중목욕탕에 가본 지가 10년도 더 넘은 듯싶었다. 그녀는 자신의 몸에 새겨진 문신들을 지워야겠다는 생각을 하기 시작하면서부터 그 문신을 남의 눈에 띄게 하고 싶지가 않았으며, 공중목욕탕에 가는 것이 두려워졌다.

지금은 새벽이니까 목욕탕에 다른 손님들이 아직 없겠지. 노마리아는 그 순간 뜨끈뜨끈한 탕 속에 문신투성이의 몸을 깊숙이 담그고 싶었다. 새벽이라 아무도 문신으로 얼룩진 그녀의 몸을 보는 사람이 없으리라 여겨졌기 때문이었다. 노마리아는 자신이 탕 속에 깊숙이 잠기는 생각을 머릿속에 굴리면서 가늘어진 빗줄기 사이를 뚫고 광장을 가로질러 목욕탕 건물로 향했다. 마침 목욕탕 문은 열려 있었으며, 그녀가 예상했던 대로 손님들은 아직 한 사람도 없었다.

그녀는 자신 있게 옷을 벗고 목욕탕 안으로 들어가 탕 속에 몸을 담갔다. 그녀는 될 수 있으면 문신으로 얼룩진 자신의 몸을 보지 않으려고 애쓰면서 고개를 뒤로 젖히고 수증기가 서린 천장 쪽에 시선을 던졌다. 그녀는 이제 자신의 몸을 생각할 때마다 세상을 살아나갈 용기와 자신감이 무참하게 꺾여버리곤 했다. 오십 대 중반의 그녀 몸은 꽃뱀의 허물처럼 보기가 흉했기 때문에 그녀 자신조차도 소름이 끼칠 정도였다. 꽃뱀의 허물처럼 호물호물 시들어버린 그녀의 몸은 바로 6 · 25전쟁 뒤끝의 궁핍했던 한 시대를 살아온 가난하고 천한 여인의 삶의 궤적 그것이었다. 그녀는 몸이 잘 익은 포도알처럼 탱글탱글 탄력이 쏘아댈 무렵, 몸에 문신이 하나씩 새겨질 때마다 독한 양주에 취해서 혀 꼬부라진 소리로 꼬부랑 이름들을 무수히 뇌까리곤 했다.

노마리아는 다른 손님들이 오기 전에 목욕탕에서 나가야겠다고 생각하고 잠시 탕에서 나와 몸에 비누질하기 시작했다. 그녀는 가슴 언저리에서부터 배꼽 위아래, 허벅지에 빈틈없이 화살이 꽂힌 하트 앤드 애로우 외에 여러 가지 모양의 문신이 보이지 않게 몇 번이고 비누질해댔다. 그러나 몸에 비누질하면 할수록 문신은 더욱 선명하게 살아나 꿈틀거리는 것만 같았다. 비누질하면 할수록 문신은 짙고 검푸른 색깔로 변하면서 한꺼번에 움직이기 시작하는 것 같았다. 노마리아는 다시 빨간 플라스틱 통으로 물을 퍼서 몸뚱이의 비눗물을 씻어내렸다. 비눗물이 몸에서 씻겨내릴 때마다 목욕탕 안의 불빛 속에서 문신들이 살아서 춤을 추는 듯했다. 노마리아는 그런 자신의 몸뚱이가 징그럽게 보여 서둘러 옷을 입으려고 자꾸 몸에 물을 퍼부어 댔다. 바로 그때였다. 삼십 대의 젊은 여인 둘이 욕탕 안으로 들어서다 말고 발가벗은 노마리아의 몸뚱이를 보고 소스라치게 놀라며 비명을 질러댔다.

노마리아는 그녀들이 자신의 몸뚱이에 새겨진 문신을 보고 놀란 것을 알고, 서둘러 타월로 몸을 가리고 탈의실로 뛰어나갔다.

"사람이 아녀, 온몸이 구렁이 가죽 같구만."

탈의실로 뛰어나가는 노마리아의 뒤통수에 대고 쑤알거리는 여자의 목소리가 화살처럼 그녀의 심장에 깊숙이 박혀왔다.

"늙은 양갈보여. 양코배기들은 양갈보들 몸뚱이에 저렇게 문신을 새긴다드만."

노마리아는 여자들의 목소리를 들으며 주섬주섬 옷을 꿰입었다. 여자들의 목소리가 마치 지아이들이 그녀의 몸에 문신을 뜨는 바늘 끝처럼 그녀의 살갗을 마주 찔러왔다. 그녀는 온몸에 따끔거리는 아픔을 느끼면서 목욕탕 밖으로 나왔다. 어느덧 어둠이 걷히고 희번하게 하늘이 트이어오고 있었다.

머리의 물기를 말릴 여유도 없이 도망쳐 나오다시피 목욕탕을 빠져나온 노마리아는 한동안 목욕탕의 회색빛 건물 앞에 깨진 항아리처럼 엉거주춤하게 서서 가야 할 방향을 가늠하기 위해 거리를 두렷거렸다. 아직도 그녀의 눈에는 목욕탕 안에서 여자들이 자신의 알몸을 보고 소스라치게 놀라며 소리를 내지르던 광경이 방금 본 영화의 한 장면처럼 선명하게 되살아났다. 그녀는 그 장면을 머리에서 떨구어 버리기라도 하려는 듯 물기가 촉촉한 머리를 거칠게 흔들어 댔다. 그럴수록 오히려 그녀의 눈앞에 징그러운 먹구렁이에 휘감긴 듯한 자신의 알몸이 커다랗게 되살아나곤 했다.

아침의 거리가 엷은 회색빛으로 밝아왔다. 노마리아에게는 언제나 마찬가지로 슬프고도 절망적인 아침이었다. 그녀는 여지껏 희망으로 아침을 맞아본 적이 없었다. 자신의 몸뚱이에 얼룩진 징그러운 문신을 없애야겠다고 결심한 후부터 그녀의 아침은 더욱 절망적이었다. 차라리 노마리아는 햇빛이 무섭기까지 했다. 자신의 몸을 휘감은 문신이라는 이름의 징그러운 파충류들이 마치 햇살을 먹고 자라나기라도 하는 것처럼 생각되었기 때문이다.

노마리아는 아침이 되어도 가야 할 곳이 없는 절망감에 짓눌린 눈빛으로 거리의 끝을 보았다. 도시의 거리는 기지개를 켜듯 서서히 깨어나기 시작했다. 청소차가 움직이고 가게마다 문이 열리기 시작했다. 다시 깨어나고 있는 아침의 거리를 바라보는 노마리아는 또 죽음을 생각했다. 세상이 밝게 깨어나는 아침마다 그녀는 또 다른 죽음을 경험하는 것만 같았다. 그녀의 하루는 언제나 죽음처럼 고통스럽게 시작되었기 때문이다.

부산하게 아침을 열고 있는 행인들이 지나가면서 목욕탕 앞에 머리칼이 젖은 채 멍하니 서 있는 노마리아를 이상한 눈으로 흘끔거렸기 때문에 그녀는 행인들의 눈을 피하고자 거리의 모퉁이에 있는 후줄그레한 식당으로 찾아 들어갔다.

"설렁탕 한 그릇하고, 쇠주 한 병 주세요."

노마리아는 될 수 있으면 카운터에서 멀리 떨어진 출입구 쪽에 앉으며 카운터를 향해, 절망적이고도 슬픈 감정을 털어버리기라도 하려는 듯 큰 소리로 말했다. 그녀는 설렁탕이 나오기를 기다리며 담배를 피워 물었다. 담배 한 대를 다 피울 때까지도 설렁탕이 나오지 않자 소주를 먼저 달라고 신경질적으로 소리치고, 소주병을 내오자 안주도 없이 거듭 두 잔을 따라 마셨다. 그제야 목을 죄어오는 듯한 조갈증이 풀리면서 절망감도 서서히 사그라지는 것 같았다. 그녀의 절망감과 슬픔을 치료해줄 수 있는 유일한 약은 오직 소주뿐이었다. 소주를 마실 때마다 조니워커를 그리워했다. 그러면서도 결코 조니워커는 마시지 않았다. 조니워커를 마시면 몸의 문신들이 더욱 커질 것만 같았기 때문이었다. 왜냐하면 그녀가 한창 시절이 좋을 때는 온종일 조니워커에 몸을 흥건히 담그고 있는 기분이었고, 그때마다 자신의 몸에 문신들이 늘어나고 있었기 때문이었다. 어쩌면 자신의 몸에 새겨진 문신들은 모두 조니워커에 취해 있는 것인지도 모른다는 생각이 들기도 했다. 그런 생각이 들기 시작하면서 그녀는 조니워커를 입에 대지 않았다. 조니워커 대신에 소주를 들이켰다.

소주 한 병을 반쯤 비웠을 때에야 설렁탕이 나왔다. 양은 쟁반에 음식을 받쳐 들고 와서 식탁에 내려놓던 20살 안팎의 여자 종업원은 순식간에 반이나 줄어든 소주병을 보더니, 놀란 얼굴로 노마리아를 향해 입을 커다랗게 벌렸다.

"아가씨, 왜 그렇게 놀래나? 오오라 나 술 마시는 것 보고 놀래는구만. 아가씨는 아마도 내가 조니워커 한 병을 단숨에 마시는 것을 보면 기절을 하겠네. 아니지, 내 몸을 칭칭 휘감은 더러운 문신 벌레들을 보면 사람 살려라고 소리치게 생겼어."

노마리아는 그렇게 말하면서 보라는 듯 소주 두 잔을 거푸 따라 마시고 나서야 숟가락을 들었다. 그녀는 숟가락을 들고 설렁탕에 밥을 말다가 말고 순식간에 크렁하게 시울이 젖었다. 입에 먹을 것이 들어가자, 도망쳐 나오다시피 집에 혼자 두고 온 아들 노베드로가 눈에 밟혀왔기 때문이었다. 어쩌면 노베드로는 끼니 찾아 먹을 생각은 않고 어머니가 집을 나가

버린 것 때문에 낙담한 나머지 좁은 방구석에 처박힌 채 슬픈 곡조로 색소폰만을 불어 대고 있는지도 몰랐다. 노마리아는 귀에 베드로의 색소폰 소리가 들리는 것 같아, 한동안 숟갈을 든 채 크렁하게 젖은 눈으로 거리를 바라보았다. 갑자기 눈물이 쏟아지려고 했다. 그녀는 눈물을 참아내기 위해 다시 소주 한 잔을 따라 단숨에 목구멍 안으로 털어 넣었다. 그래도 목구멍 가득히 뻗질러 오르는 슬픔이 가라앉지 않았다.

노마리아는 소주병을 비운 뒤 설렁탕은 밥만 말아 놓은 채 숟가락을 치웠다. 그녀는 소주 한 병을 더 마시고 싶었으나 식당 아가씨의 놀라는 표정이 보기 싫어, 술을 더 시키는 대신 카운터로 다가가서 계산을 끝내고 다시 최마리아의 대폿집으로 전화를 걸었다.

"최마리아는 아직 술에서 깨어나지 않았어요. 열두 시쯤에나 되어야 깨어날 테니 그때 다시 전화해요."

노마리아가 새벽녘에 도착하여 전화를 걸었을 때 받았던 예의 그 잠에 취한 듯한 저음의 여자 목소리가 수화기에 울려왔다.

"거기가 어디쯤이죠? 내가 그리고 찾아가겠어요."

노마리아는 상대방에서 또 일방적으로 전화를 끊어버릴지 몰라 다급하게 물었다.

"최마리아가 술에서 깨어나면 전화를 걸라고 할 테니깐 댁의 전화번호를 알려주세요."

잠에 취한 듯한 저음이 퉁명스럽게 내질러왔다. 노마리아는 기분이 떨떠름해 한바탕 쏘아붙이려다가 애써 참았다.

"나는 지금 마악 서울에서 왔어요. 최마리아한테 서울에서 노마리아가 왔다고 하면 벌떡 일어날 겝니다."

노마리아는 매달리는 목소리로 말했다.

"최마리아는 죽은 친정어머니가 살아서 돌아왔다고 해도 일어나지 못해요."

전화기 속의 목소리는 여전히 퉁명스러웠다. 노마리아는 상대방 쪽에서 일방적으로 전화를 끊어버릴까 싶어 마음을 졸이며 다시 다급하게 최마리아의 대폿집 위치를 거듭 물었다.

"101번 버스 종점에 와서 마리아주점을 찾아요."

저음의 신경질적인 목소리와 함께 전화가 끊기고 말았다. 노마리아는 송수화기를 놓고 몸을 돌려 세우다 말고 식당의 벽에 붙은 남성용 화장품 선전 포스터 속의 잘생긴 미국 남자 사진을 발견하고 자신도 알 수 없는 야릇한 미소를 머금어 날렸다. 갈색 말의 고삐를 잡고 서 있는 잘생긴 미국 남자 사진을 보는 순간, 노마리아는 온몸의 피가 보라색으로 변하는 듯한 황홀감에 젖었다.

거나해진 술기운 때문인지 몰랐지만 기분이 좋았다. 그러다가 곧 그녀는 심한 욕지기를 느꼈으며, 손바닥으로 입을 쥐어 막은 채 햇살이 퍼지기 시작하는 거리로 다급하게 뛰쳐나갔다.

출근 시간이 되기 전 이른 아침의 시내버스 분위기는 을씨년스럽고도 거무죽죽하게 가라앉아 있었다. 저마다 몸을 조그맣게 웅크린 승객들은 희망이 아닌 절망을 찾아가기라도 하는 것처럼 맥이 빠져 보였다. 삶이 고달픈 사람들의 아침은 언제나 희망이 아닌 절망과 함께 시작되기 때문인지도 몰랐다.

노마리아 역시 이른 아침의 시내버스를 타고 절망을 찾아가고 있었다. 그녀에게 있어서 최마리아는 결코 희망일 수가 없었다. 노마리아가 양공주가 되기 위해 기지촌으로 최마리아를 찾아갔을 때도 지금처럼 기분이 거무죽죽하게 가라앉아 있었다. 최점순(최마리아의 본명)은 노마리아의 고향 친구로, 노마리아보다 2년쯤 먼저 양공주가 되었으며, 그녀의 고향에 남아 있는 부모와 남동생의 목줄을 지탱해주고 있었다. 그 시절에는 살아남기 위해 무슨 짓이든 하던 때라, 몸을 팔아서 목줄 연명하고 부모 형제까지 먹여 살리는 것을 큰 잘못이라고 생각하지 않았다. 어떻게 해서라도 굶어죽지 않고 살아남아야 했기 때문에, 여자가 몸을 파는 것이 죄악시되지 않았다. 고향 사람들은 오히려 최점순의 부모를 부러워했다. 다른 사람들이 쫄쫄 굶고 있는 판에도 최점순의 가족들은 통조림 고기에 조니워커를 마셨으며, 그녀의 남동생 최점수는 자랑스럽게 껌을 쩍쩍 씹거나 햄버거를 입에 물고 있어, 같은 또래 아이들로부터 부러움을 샀다. 마을 사람들은 아무도 최점순을 비난하지 않았다. 오히려 효녀 심청이가 났다고 칭찬을 했다. 그리고 마을의 가난한 집 처녀 중에서 세 명이나 최점순을 찾아가 양공주가 되기도 했다.

노마리아가 기지촌으로 최점순을 찾아갔을 때, 최점순은 조촐한 환영 파티를 열어 주었다. 그때 최점순은 노마리아한테 정신을 잃을 정도로 독한 조니워커를 억지로 퍼마시게 했다. 둘이서 조니워커 한 병을 다 마셨다. 최점순은 술에 취하자 소리 내어 울기 시작했으며 옷을 벗고는 몸에 새겨진 문신들을 보여주었다. 노마리아는 최점순의 몸에 새겨진 문신들을 보는 순간 너무 놀라 비명을 지르고 말았다.

노마리아는 지금도 그때 최점순이가 자신의 몸뚱이에 빈틈없이 새겨진 문신들을 보여주면서 울부짖듯 우는 목소리로 하소연하던 말을 기억하고 있다.

"우리 집에 돈을 보낼 때마다, 우리 아버지한테 죠니워카를 보낼 때마다 내 몸에 문신이 하나씩 늘어났단 말야. 우리 식구들이 굶어죽지 않은 것은 내 몸에 새겨진 이 문신들 덕분이라구. 우리 부모는 이걸 모를 거야. 우리 아버지 어머니는 내 몸이 지아이들의 워커 발에 짓이김을 당하고 있다는 것을 모르겠지? 그런데 말야, 요즘에는 내 몸에 새겨진 문신들이 무서워서 죽겠어. 이것들이 꿈틀거리면서 내 몸을 야금야금 갉아 먹고 있는 것 같단 말야. 내 몸뚱이만 갉아먹는 게 아니라, 내 피도 빨아먹고 내 넋까지도 갉아먹는 것 같다니까. 그런 생각을 하면 말야, 내 온몸에 문신 벌레들이 구물거리는 것 같아서 미치겠어. 그래서 그 생각을 하지 않으려고 자꾸 죠니워카를 마시구, 죠니워카를 더 마시기 위해서 몸에 더 많은 문신을 새길 수밖에 없단 말야."

최점순은 울면서 말하고 나서는 노마리아한테 절대로 문신을 새기지 말라고 당부했었다.

"절대로 문신을 새기지 말아라. 우리 몸뚱이가 아무리 천하고 또 죽으면 어차피 썩을 육신이라고는 하지만 정신까지 팔아서는 안 된다. 몸에 문신을 새기도록 하는 것은 모든 것을 포기하는 것이 된다. 자존심도 정신도 포기하는 것이다. 우리 몸뚱이에 문신을 새기는 것은 우리가 죽은 후까지도 양공주 노릇을 하면서 지아이들의 워커 발에 짓밟히게 된다는 것을 잊지 마라."

최점순은 그러면서 노마리아에게 자신의 몸에 새겨진 문신 하나하나에 대해서 얽힌 사연들을 말해주었다. 그런데 훗날 노마리아가 생각해보니 자신의 몸에 새겨진 문신의 사연들과 최점순의 사연이 비슷한 것을 알고, 기지촌을 떠나버린 최점순이가 갑자기 그리워졌다.

노마리아는 시내버스 종점에서 하차하여 아침 햇살이 부채살처럼 퍼지고 있는 도시의 변두리 모습을 두렷거렸다. 최마리아의 술집은 종점 건너편에 있었다. '마리아 주점'이라는 작은 간판이 햇살 속에서 흔들리고 있었다. 노마리아는 마치 최마리아의 모습을 보는 것처럼 반가워서 소리를 치고 달려가고 싶은 충동을 느꼈다. 그러면서 심한 조갈증을 느꼈다. 그녀는 자신의 조갈증은 바로 술을 마시고 싶어 하는 것으로 생각하면서 입맛을 쩝쩝 다셨다.

마리아주점의 밀창을 열고 안으로 들어선 노마리아는 큰소리로 최마리아를 불렀다. 그러나 한참 후에 푸시시한 얼굴에 하품을 연신 삼키면서, 좌판이 놓인 좁은 술청으로 모습을 나타낸 것은 최마리아가 아니고, 최마리아 또래의 아낙이었다. 노마리아는 그녀가 바로 전화를 받았던 저음의 퉁명스러운 목소리의 주인이라고 가늠하고 억지로 싱긋 웃어 보였다.

"마리아, 아직 안 일어났어요?"

노마리아는 노란색의 작은 가방을 찌그러진 좌판 위에 놓으면서 물었다.

"열 두시나 되야 일어난다니깐요."

눈이 찔걱하게 물커지고 뾰주리감처럼 끝이 날캄한 턱에 팥알만 한 뾰루지가 돋은 저음의 아낙도 노마리아가 조금 전에 전화를 걸었던 사람이라는 것을 짐작하고 있는 듯싶었다.

"술장사는 잘 되우?"

노마리아는 술청에 붙은 방의 장지문을 보며 물었다.

그녀는 그 장지문 뒤에 최마리아가 잠들어 있을 것이라고 짐작하면서 당장 방 안으로 뛰어 들어갈 생각을 공그리고 있었다.

"장사는 무슨…… 그냥 술 퍼마시는 것이 남는 거지요."

"몸은 성하나요?"

"밥은 안 먹고 술만 저렇게 퍼 마셔대니 몸인들 성하겠수? 밤새도록 술을 퍼마셔대고 열두시에나 일어나서는 아침밥 겸 점심으로 밥 한 숟가락 떠먹고는 다시 잠들었다가 다섯 시에나 일어나서는 밤새도록 퍼마시니……."

노마리아는 눈이 물커진 아낙의 말만 들어도 최마리아가 어찌 살고 있는지 얼추 짐작할 수가 있었다. 역시 최마리아도 희망을 갖고 사는 것이 아니라, 죽지 못해 버르적거리고 있는 것이 분명했다. 노마리아는 그래도 최마리아가 일찍 기지촌을 떠나서 고향이 가까운 남쪽지방으로 내려가서 주점을 냈다는 소식을 듣고, 늦게라도 새로운 생활 터전을 마련해 잘되었구나 싶어 은근히 부러워했는데, 결국 최마리아 역시 정상적인 삶의 궤적에서 벗어나서 몸을 가누지 못하고 비틀거리고 있음을 알고, 울컥 슬픔에 잠기고 말았다.

잠시 후 노마리아는 장지문을 힘껏 열어젖히고, 아침 햇살이 스며드는 방 안으로 뛰어 들어가서 울부짖는 듯한 목소리로 최점순의 이름을 외쳐 부르면서 그녀가 머리끝까지 뒤집어쓰고 있는 쥐색 담요를 거둬 챘다. 그러자 시내버스 종점 쪽으로 나 있는 유리창을 통해 스며든 눈부신 아침 햇살 속에 최마리아의 알몸이 그대로 드러났다.

최마리아는 나이가 들어서도 젊었을 때의 버릇대로 팬티 차림으로 잠자리에 들었다. 노마리아는 햇살 속에 드러난 최마리아의 알몸을 내려다보는 순간, 맨 처음 그녀의 몸에 새겨진 문신을 보았을 때처럼 놀라 비명을 질렀다. 최마리아의 몸에는 문신 대신에 불에 덴 흉터로 얼룩져 온몸의 살 껍질을 벗겨놓은 것처럼 끔찍스러웠다.

노마리아는 술에 찌든 채 깊은 잠에 빠져 있는 최마리아의 얼굴을 찬찬히 들여다보았다. 창문으로 흘러들어온 찐득한 아침 햇살이 늙은 여우처럼 초라한 몰골로 잠들어 있는 최마리아의 발끝을 간지럽히듯 혀를 날름거리는 광경을 보면서, 노마리아는 졸음이 그녀의 육신을 허물어뜨리려고 하는 것을 느꼈다. 최마리아 옆에 앉아 있으려니까 긴장이 느슨하게 풀리면서 피로가 엄습해왔다. 그녀는 한창 몸에 문신을 새기던 시절에도 최마리아 옆에만 있으면 마음이 느긋해지면서 장래에 대한 불안감이 사라지곤 했다. 그녀는, 최마리아와 멀리 떨어진 후부터는 언제나 그녀를 괴롭히는 섭씨 37도의 미열처럼, 과거로부터 미래로 이어지는 삶에 대한 불안감이 떠나지 않게 되었다. 어쩌면 그녀가 몸에 새겨진 문신을 없애려고 한 것은 최마리아와 헤어진 후부터 그녀에게 엄습해온 불안감 때문이었는지도 모른다.

최마리아 얼굴은 겨울의 눈보라 속으로 휩쓸려 뒹구는 낙엽이 바람에 의지하듯 술에 지탱하고 가까스로 목숨을 이어가고 있는 그녀의 모습에서 생명의 신선함도, 여자의 아름다움도 찾아볼 수가 없었다. 그런 최마리아의 얼굴을 찬찬히 들여다보고 있던 노마리아는 갑자기 목구멍 안이 후끈거리면서 죽음을 보는 듯한 슬픔을 느꼈다.

최마리아에게서는 아직도 술 냄새가 풍겼다. 그녀가 푸푸 거리며 숨을 내쉴 때마다, 쿠리한 입 냄새와 함께 시지근한 술 냄새가 비위를 건드렸다. 그녀는 최마리아의 헤벌린 입에서 확 풍기는 입 냄새와 술 냄새를 맡으면서, 문득 처음으로 기지촌에 찾아갔을 때를 떠올렸다. 그녀는 최마리아가 도막영어를 지껄이는 것도, 얼굴이 발그레하게 술에 취해 있는 모습도, 술에 취할 때마다 윗옷을 벗고 보여준 젖가슴팍의 하트 앤드 애로우 문신도 모두 부럽기만 했었다.

"나를 부러워해서는 안 되는구만. 허지만도 니도 으쩔 수가 없을 것이여. 나같이로 되지 않음사 기지촌에서 견뎌내지 못할 껏인께. 그렇지만서두 나같이 되면 후회하게 될 것이로구만. 허갸, 어차피 너나 나는 트자 밑에 거시랑(지렁이) 지나간 인생인디 후회해봤자여. 그렇지만서두, 아무리 몸뗑이를 수챗구멍에 당그래질(고무래질)하드끼 살지라도 정신까지 망쳐서는 안된다잉. 몸뗑이를 함부로 헐수록 정신만은 말짱해야 하는겨. 그것만이 우리들의 마지막 자존심잉께. 정신이라도 말짱해야, 지아이 놈들이 우리를 무시허지 않는다는 것을 명심혀."

그녀는 지금도 자신이 처음 기지촌에 갔을 때 최마리아가 그녀에게 해주었던 말들을 기억하고 있었다. 그리고 그녀는 결국 최마리아가 말했던 것처럼 되고 말았다. 그녀는 어쩔 수 없이 최마리아를 닮아버린 것이었다. 그러나 몸뚱이는 썩게 될지라도 정신만은 말짱해야 죽을 때까지 자기를 지킬 수 있다는 최마리아의 당부를 가슴에 문신처럼 새기고 살아온 그녀는 이미 자신의 정신도 육체처럼 무클하게 썩고 말았다는 것을 알고 있었다. 그리고 그녀가 늦게서야 몸뚱이의 문신을 없애버리려고 한 것은 정신만이라도 다시 칼칼하게 씻어, 깨끗한 정신으로 죽고 싶었기 때문이었다.

최마리아는 푸푸거리다가 입맛을 쩝쩝 다시며 햇살이 뱀의 혓바닥처럼 널름거리는 유리창 쪽으로 돌아누웠다. 그때 그녀는 최마리아를 깨울까 하다가 그냥 두었다. 그녀는 최마리아를 깨우지 않은 대신, 최마리아가 기지촌을 떠나면서 그녀에게 했던 말을 되새겼다.

"절대로 약해지지 마라잉. 마음이 약해지면 너도 나를 뒤따라오게 된다. 독사 모양 독한 마음으로 살아야 해. 지금이라도 할 수만 있다면 촌으로 다시 돌아가서 호밋자루를 쥐거라. 마음이 독하면 얼마든지 그렇게 할 수 있는겨."

최마리아의 말대로 그녀는 몇 번이고 고향으로 다시 돌아가서 호밋자루를 쥐어보려고 했다. 그러나 그것 또한 몸에 새겨진 문신을 지우지 않고는 불가능하다는 것을 알고 포기하지 않을 수가 없었다. 고향 사람들한테까지 문신을 보여주고 싶지가 않았다.

최마리아는 정확하게 12시 35분에야 깨어났다. 그녀가 마리아주점에 와서 최마리아의 추하게 잠을 자는 모습을 보게 된 지 세 시간이나 지나서였다. 최마리아는 입맛을 쩝쩝 다시며 푸석푸석한 얼굴로 자리에서 천천히 일어나 앉더니 늘어지게 하품을 쏟아내다가 얼핏 노마리아를 보았다. 순간 최마리아는 하품과 기지개를 고장 난 기계가 움직임을 멈추듯 입을 헤벌리고 두 손을 머리 위로 뻗친 채, 꿈을 꾸는 듯한 얼굴로 노마리아를 물끄러미 바라보고만 있었다.

"아니, 너 순자 아니냐? 여그는 언제 온겨? 너 노순자가 맞쟈?"

최마리아가 놀란 얼굴로 물었다.

"그래, 나여, 언니. 나, 순자여!"

노마리아는 그러면서 오랜만에 밝게 웃어 보였다.

"네가 어쩐 일이냐? 참말로 순자가 맞구만그려."

최마리아가 큰 소리로 말하며 와락 노마리아를 안았다. 그들은 한참 동안 서로 부둥켜 안은 채 서로의 체온과 맥박이 뛰는 소리를 전달받았다.

"어디 얼굴 좀 보자. 순자 니도 인자 할망구 티가 나는구나. 이 빌어먹을년아, 어째서 이렇게도 소식을 끊은겨?"

최마리아는 두 손으로 노마리아의 어깨를 찍어 잡고 흔들며 따지듯 물었다. 기실 노마리아는 10년 가까이 기지촌 시절의 친구들에게 소식을 뚝 끊고 살아왔다. 1년이 멀다 하고 자주 이사를 다닌 탓도 있지만, 과거의 상처를 헤집고 싶지가 않았기 때문에 고향 사람인 최마리아한테마저도 그녀의 거처를 알려주지 않았다.

"언니가 우리 집에 쳐들어올까 봐 겁이 나서 그랬수."

그녀는 희끔 웃으며 말했다. 최마리아도 따라 웃었다. 둘이는 한동안 마주 보고 앉아서 밝은 미소를 주고받았다.

"참, 이러고 있을 때가 아니구먼. 우리 순자가 왔는디 이럴 수는 없당께."

그러면서 최마리아는 방 윗목에 놓인 낡은 찬장문을 열고 한참이나 들여다보더니, 함빡 웃는 얼굴로 노마리아를 돌아보며, 죠니워커 술병을 머리 위로 쳐들어 보였다. 최마리아는 금방 야호라도 외쳐댈 것 만같이 신나는 표정이었다.

"나 죽을 때 묵을라고 꼭꼭 감춰두었던 이 개쌍놈에 죠니워카, 순자가 왔응께 터뿌러야긋다. 죽을 때는 침만 한번 꼴깍허고 삼키면 되것쟈잉."

최마리아는 한동안 죠니워커 술병을 껴안아 보기도 하고 볼에 대고 비벼보기도 하다가는 노마리아 앞에 놓고 앙증맞은 유리잔을 찬장에서 꺼냈다.

"자 우선은 이 쌍놈의 죠니워카부터 해치우자. 죠니워카에 취해갖고 우리들 몸뚱이에 문신을 새긴 그 시팔 양키들이나 그리워하자."

최마리아는 어금니를 응등 물고 그렇게 말하고는 기분 좋게 병을 터 두 개의 유리잔을 가득 채웠다. 유리잔에 가득 찬 치자빛깔의 액체를 들여다보는 순간 노마리아는 갑자기 기분이 황홀해지면서 달콤한 꿈속으로 빨려 들어가는 것 같았다.

"자, 개떡 같은 세상! 죠니워카나 마시면서 지나간 양키 새끼들이나 그리워하자!"

최마리아가 술병 마개를 따더니 빨간 루주 자국이 선명한 입술을 술병 마개에 대며 즐거운 목소리로 말했다. 노마리아는 조니워커 술병을 보자 문득 지나간 세월의 삶의 궤적들이 엿가락처럼 떠오르면서 온몸의 문신들이 스멀스멀 살아 움직이는 듯했다. 그녀는 칼로 살가죽을 벗기는 듯한 전율을 느꼈다.

"자, 이 죠니워카 한 병으로 오랜만에 한번 행복해 보자."

그리고 최마리아는 쿨컥쿨컥 소리를 내면서 독한 양주를 마치 사이다 마시듯 목구멍 속에 털어 넣고는 생기 넘치는 눈빛으로 노마리아를 보았다. 노마리아는 그런 그녀가 싫었다. 자신이 멀리까지 찾아온 것은 그까짓 술이나 마시자는 것이 아니라, 비록 구차스럽긴 할지라도 남은 인생 어떻게 하면 회한 줄여가며, 속죄하듯 살 수가 있을까 하여 살아가는데 용기를 얻고 싶었던 것이다. 그런데 최마리아는 첫 대면부터 술이나 마시라니 괜히 왔구나 하는 생각이 가슴을 눌렀다.

"자, 순자 너도 마셔라. 지금 우리 신세에 이 정도면 행복한 거란다. 그 씨팔 양키새끼들이 우리들 입맛만 버려놨단 말야."

최마리아는 그렇게 말하고 여전히 생기 넘치는 눈빛으로 노마리아를 보면서 술병을 내밀었다.

"언니, 난 언니한테 술 얻어 마시러 온 것이 아녀."

노마리아는 고개를 흔들어 보이기까지 하면서 술병을 받지 않았다. 그녀는 술병을 받아드는 순간 그녀 자신이 폭발해 버리기라도 할 것처럼 두려운 눈으로 술병과 최마리아를 번갈아 보았다.

"그래도 마셔 이것아! 지금 못 마시면 우리 형편에 언제 다시 이놈에 죠니워카를 마시게 될 줄 모르니께. 나 죽을 때 마시려다가 네가 와서 튼 거여."

최마리아는 다시 한번 병나발을 불어 쿨럭쿨럭 술을 마셔대고 나서 술병을 노마리아의 가슴에 안겨주었다. 그 바람에 노마리아는 술병이 방바닥에 떨어지는 것을 막기 위해 재빨리 두 손으로 안았다. 마개가 터진 죠니워커 술병에서는 오랫동안 그녀의 몸뚱이를 고지처럼 점령했던 양키들의 비위 상한 냄새가 풍겨오는 듯했다. 어쩌면 그녀의 젊음은 독한 죠니워커와 따금거리는 문신의 야릇한 쾌감으로 썩어 문드러졌는지도 몰랐다. 그녀는 한때 죠니워커에 더 오랫동안 취하기 위하여 몸에 문신을 떠야만 했고, 문신의 역겨움을 감추기 위하여 술을 퍼마셔댔던 것이다.

"마셔. 죠니워카만 있으면 언제나 우리는 행복했었잖니."

최마리아가 다시 턱끝을 쳐들고 말했다. 그녀의 말대로 한때 노마리아는 죠니워커 한 병이면 적어도 하루 동안은 천사처럼 행복해질 수가 있었다. 양키들은 바로 행복의 젖줄이었다.

"언니, 나…… 죠니워카 마셔본 지 너무 오래됐어."

"그래. 자, 어서 마시래두. 이 술을 마시면 옛날이 그리워질꺼다."

"언니는 옛날이 그립수?"

"그립고말고. 그땐 참 좋았었지! 내가 가장 행복했던 때였어. 우리들에게 죠니워카와 햄버거가 많이 있었으니께. 어쩔 때는 그때가 너무 그리워서 죽을 지경이야. 가끔 꿈속에서나마 내 몸을 스쳐갔던 그 큰놈들을 만난단다. 걔들도 우리들 생각을 할까? 아, 정말로 걔들이 그리워서 몸살이 날 정도라니깐."

그러면서 최마리아는 노마리아의 품에서 술병을 낚아채 가더니 술병 주둥이를 입에 처넣고 한참 동안이나 마셔댔다.

"양키 새끼들이 그리우니 죠니워카라도 취하도록 마시자."

최마리아가 목소리가 골목까지 새어나가도록 크게 말했다.

"언니, 그 시절이 그립다는 말, 양키들이 그립다는 말 정말이우?"

노마리아가 실망에 찬 표정으로 최마리아의 얼굴을 가까이 들여다보며 물었다.

"그으럼. 우리들 인생에서 그 시절만큼 신났던 때가 언제 또 있었니? 그때 우리들에겐 부족한 게 없었잖니."

최마리아는 조금도 과거에 대해서 부끄럽게 생각하는 것 같지 않은 말투였다.

"언닌 지난 그 시절이 부끄럽지도 않아요?"

노마리아가 그녀를 경멸하며 따지듯 물었다.

"부끄럽냐고? 난 적어도 이 세상에 태어나서 내 한몫을 충분히 했다고 생각하는데?"

최마리아는 그렇게 말하고 나서 다시 술을 마셔댔다. 어느덧 술병이 반쯤 비었다. 노마리아는 어처구니없어 하는 눈빛으로 최마리아를 질러보았다. 최마리아 자신도 노마리아가 자신을 마뜩잖은 눈길로 쏘아보고 있음을 감지한 듯 입가에 알 수 없는 미소를 머금었다.

"난 말야 굶어 죽을 뻔했던 우리 다섯 식구를 살려냈다. 내가 몸을 판 돈으로 막냇동생이 대학을 졸업해서 지금은 일류회사의 과장이 됐다. 내가 없었더라면 내 동생이 그렇게 됐겠니? 그 가난했던 시절, 내 몸뚱이의 문신이 우리 식구를 굶어 죽지 않게 해주었고, 내 동생을 이만큼 출세시킨 거야. 그러니 난 내 한몫 제대로 한 게 아니겠어? 나는 부끄럽지 않어. 내가 뭐 도둑질을 했냐, 배신을 했냐?, 난 그저 내 인생이 좀 서글프다 하는 생각이 들면 내가 육이오 때 총 맞아 죽어버렸거니 한단다. 육이오 때 총 맞아 죽은 인생이 이렇게 시퍼렇게 살아서 죠니워카를 마실 수 있다는 건 얼마나 행복한 일이냐!"

노마리아는 그 같은 말에 더할 말을 잃고 말았다. 최마리아 말대로라면 노마리아 자신도 이 세상에 태어나서 한몫을 한 셈인 것이었다. 그렇다고 해서 그녀는 자신의 과거가 떳떳한 것으로 생각하고 싶지는 않았다. 그뿐만 아니라 한때 그녀가 도움을 주었던 부모와 형제들도 이 세상을 떠나고 말았으니 지금 당장 자신의 지난 과거의 삶에 대한 보상을 말할 수도 없게 된 것이었다.

"언니는 몸뚱이를 뱀처럼 휘감고 있는 문신도 자랑스럽겠군요?"

노마리아는 비아냥거리는 말투로 물었다. 최마리아는 한동안 생각에 잠긴 듯 말이 없었다.

"자랑스럽지도 않지만 부끄럽게는 생각하지도 않는다."

최마리아가 다시 술병을 쳐들면서 말했다.

"나는 어떻게 해서라도 내 몸에 새겨진 문신을 지워야겠어요. 문신을 지우지 않고서는 죽을 수가 없어요."

"나하고 여기로 왔던 미순이도 그랬다. 미순이는 문신을 없앨라고 양잿물을 다 발라 몸이 온통 짓물렀단다. 그래도 문신이 안 지워지자 작년에 몸에 휘발유를 뿌리고 죽어 버렸다."

최마리아는 말을 마치고 나서 술을 퍼마셔댔다. 노마리아는 자신도 모르게 바르르 떨고 있었다. 최마리아가 자신의 이야기를 하는 것처럼 느껴졌다. 순간 그녀는 노마리아에게서 술병을 낚아채다시피 하여 벌컥벌컥 마셔댔다. 그러자 최마리아가 애매한 눈빛으로 그녀를 바라보며 "옳지, 그래야 문신을 이길 수가 있는 거여" 하고 중얼거렸다.

노마리아는 최마리아의 말과 행동에 심한 현기증을 느꼈다. 자신의 몸뚱이에 새겨진 문신을 부끄러워하기는커녕, 되려 훈장처럼 자랑스럽게까지 생각하는 그녀가 불쌍하게 여겨졌다. 그렇다고 해서 노마리아는 그녀를 비난하고 싶지는 않았다. 어쩌면 그녀의 육신과 영혼이 노마리아 자신일지도 모른다는 생각과 함께, 그녀 마음속 가장 깊은 곳으로부터 서서히 연기처럼 퍼져 올라오는 자괴심에 짓눌림을 당한 기분이었다. 노마리아는 비로소 최마리아를 찾아온 것을 뼈저리게 후회했다. 역시 과거의 사람들과 기억들은 그녀를 곤혹스럽게 만들고 말았으며, 그녀의 영혼마저도 아프게 했다.

"네년은 이제 와서 양공주 탈을 벗으려고 하는데, 그게 얼마나 비겁한 짓이냐? 기왕지사 문신으로 얼룩진 몸, 철저한 양공주가 되는 게 오히려 맘 편하다 이거여. 너 개꼬리 삼 년 두어도 황모 못 된다는 말도 모르냐? 우리는 죽어도 양공주인겨. 너같이 아무리 뻐르적거려 봐도 소용이 없어. 몸뚱이 문신을 죄다 지운다고해서 네 마음속에 새겨진 문신까지 없어지는 건 아니잖어. 그러지 말고 나 모양으로 포기해버려. 몸에 새겨진 문신도 내 삭신의 한 부분이거니 생각하면 간단해진다."

그러면서 최마리아는 다시 병나발을 불었다. 이제 술병의 바닥이 그녀들의 인생처럼 말갛게 드러나기 시작했다. 최마리아는 다시 술병을 쥐어짜듯 하여 바닥에 남은 몇 방울의 술까지 목구멍에 털어 넣고 나서 빈 술병을 방바닥에 동댕이쳐버렸다.

"염병헐, 마지막 아껴두었던 죠니워카마저도 바닥이 나뿌렀네. 이제는 양키놈들도 그리워할 수가 없게 됐어."

최마리아가 입을 비쭉거리며 누구에겐가 모르게 투덜거렸다. 최마리아 혼자 조니워커 한 병을 거의 마셨는데도 그녀의 정신은 아직도 칼날처럼 날카로웠다. 옛날에도 그녀는 아무리 술을 많이 마셔대도 칼날 같은 정신을 유지했었다. 아무리 술을 많이 마셔도 결코 정신이 허물어지는 경우가 없었다. 어쩌면 그녀가 노마리아에게 처음 당부했던 것처럼 비록 육신은 망가졌다 해도 정신만은 언제나 칼날처럼 날카롭게 곧추세우고 있는지도 모를 일이었다.

"언니, 나하고 시골로 들어갑시다. 언니 말마따나 흙이나 파고 삽시다. 여기 이렇게 살다가는 언니 몸이 성치 않겠어요. 지금도 이렇게 술을 많이 마셔대니 몸인들 견뎌내겠어요? 언니, 여기 생활을 청산하고 나랑 함께 새 생활 합시다."

노마리아는 한참 동안 생각하다가 조심스럽게 입을 열었다. 그녀는 최마리아를 구해야겠다고 생각했다. 이대로 최마리아를 내버려 두면 결국 그녀를 버리게 되는 것과 마찬가지라고 생각했기 때문이다. 최마리아는 지금 분명 자포자기에 빠져 아무렇게나 몸을 내던지고 있는 것이라고 믿었다. 그런 점에서 볼 때 노마리아는 그 자신보다 최마리아가 더욱 비참한 현실에 묶임을 당하고 있구나 싶었다. 왜냐하면 노마리아는 아직 자신을 포기하지는 않았기 때문이었다. 그녀는 자신을 스스로 포기하는 날 그녀의 마지막 삶마저도 참담하게 끝나버리고 말 것으로 생각했던 것이다. 그녀는 그렇게 되지 않기 위해서 여지껏 버둥거리면서 버텨왔는지도 몰랐다. 그것은 또 자신의 몸에 새겨진 문신들을 없애고야 말겠다는 마지막 용기를 심어주기도 했다.

"너하고 새 생활을 하자고? 네가 나를 걱정하는구나!"

그러면서 최마리아는 쓸쓸하게 웃었다.

"너, 나를 그런 눈으로 보지 마라. 마치 썩은 송장을 보는 눈이로구나."

최마리아가 다시 야릇한 미소를 날리며 말했다. 그러나 노마리아는 그녀의 얼굴에서 눈길을 거두지 않았다. 서울에서 여기까지 도움을 청하러 왔다가 오히려 최마리아를 구원해주어야 한다는 입장에 서게 된 자신이 조금은 멋쩍게 느껴지기도 했다.

"너, 나를 한심하고도 불쌍한 눈으로 보고 있는데 말야, 나 솔직히 기분 나쁘다. 마치 너는 천사 같고 나는 타락한 악마 같다고 생각하는 것 같구나. 허지만 너와 나는 천사도 악마도 아니란다. 우리는 다같이 그냥 문신 새겨진 여자일 뿐이여. 그러니 제발 송장보드끼 나를 보지 말어. 내가 송장이면 너도 송장이니께. 송장이 송장을 볼 수 있다냐!"

최마리아는 그렇게 말하면서 여전히 야릇한 웃음을 날렸다. 노마리아는 더 할 말을 잃고 말았다. 내가 송장이라면 너도 송장이라는 말을 되씹어보면서 피차에 누구를 도와주고 구원해줄 수가 없다는 것을 깨닫게 되었다. 그래서 노마리아는 더 할 말을 잃어버린 채 오랫동안 허탈한 모습으로 앉아 있었다.

"왜 말이 없어? 내 말에 비위가 상했구만."

"아냐, 언니. 내가 어떻게 언니를 충고할 수가 있겠어. 그냥 나는 언니가……."

노마리아는 다음 말을 잇지 못했다. 그다음 말을 하게 되면 최마리아가 버르르 성깔을 돋우게 될지도 몰랐기 때문이다.

"우리 술이나 더 마시자. 너도 좀 취해야지."

그렇게 말하면서 최마리아가 천천히 일어섰다. 술을 가지러 밖으로 나가기 위해서였다.

"아녀, 언니. 나 그만 가봐야겠어."

노마리아는 단호하게 말하고 일어섰다. 그녀는 최마리아 곁에 더 오래 머물러서는 안 될 것 같았다. 어쩐지 그녀 자신도 최마리아처럼 몸에 새겨진 문신을 망각하게 될지도 모른다는 두려움이 심신을 휘감아왔기 때문이다.

"가다니? 벌써?"

"너무 오래 있었어요. 그러면 언니, 잘 살아요."

노마리아는 크렁하게 젖은 눈을 들었다. 그리고 그곳을 도망치기라도 하는 것처럼 방문을 열고 밖으로 뛰쳐나갔다. 햇살이 전신에 휘감기자 노마리아는 심한 현기증을 느끼면서 조금은 비틀거리며 시내버스 종점 쪽으로 걷기 시작했다. 차라리 그녀의 모습을 볼 수 없게 되자 마음이 홀가분해졌다. 노마리아가 탄 시내버스가 출발할 때까지도 그녀는 마리아주점 밖으로 모습을 나타내지 않았다. 눈부신 햇살만이 마리아주점의 유리창에 어지럽게 출렁이며 미끄러져 내렸다. 노마리아는 어디로 가야 할지 막연하고도 불안한 마음을 가라앉히며 차창 밖으로 시선을 멀리 던졌다.

1988

꿈꾸는 시계

1

"저어, 정한길 선생님이싱그라우? 지는 최점순이라고 허는디유."

교무실에서 심부름하는 정자한테서 송수화기를 바꿔 들고 귀에 대자마자 시골 아낙의 카랑카랑한 목소리가 따갑게 울려왔다. 한동안 나는 최점순이라는 이름을 떠올려 보려고 생각을 팔랑개비 돌리듯 해보았으나 나이 탓인지 도무지 기억의 실마리가 풀리지 않았다.

"저…… 학부모 되신가요?"

나는 최점순이라는 이름을 머릿속에 거듭 굴리면서 어정쩡한 목소리로 되물었다.

"지 이름을 잊으셨는개비네유. 운산 사는 최점수라면 아시겠능그라우?"

다급하게 전류를 타고 내 귀를 때리는 아낙의 목소리로 나이를 짐작해 보면서 나는 다시 최점수라는 이름을 되뇌었으나 역시 쉽게 기억의 실마리는 풀리지 않고, 생각을 부지런히 굴릴수록 오히려 기억들이 뒤죽박죽되어 머릿속이 혼몽해졌다. 하기야 요즈막 나는 30여 년 동안 가르쳐 온 한문의 한자 음운까지도 언뜻언뜻 잊어버리고 학생들 앞에서 당황하는 때가 자주 있지 않은가. 그러나 나는 아낙이 말한 운산이라는 지명에 대해서는 꿈속에서도 기억하고 있을 정도였다. 운산리는 바로 내가 나서 21

년 동안 살아온 고향이었기 때문이다. 나는 최점순이라는 아낙의 전화 목소리에서 운산이라는 내 고향 마을의 이름을 듣는 순간, 마치 살 껍질이 벗겨지는 것처럼 고통스러운 전율을 느꼈다.

"삼십오 년 동안 징역살이를 허고 있는 우리 오라버니 최점수를 모르시능그라우?"

아낙은 맥이 빠진 듯 한숨을 섞어 푸념처럼 되물었는데, 그제야 나는 사금파리에 손가락을 베었을 때처럼 섬칫 심신을 움츠리면서 마음속으로 '아, 그 최점수!' 하고 부르짖었다. 35년 동안이나 징역살이를 하고 있다는 말을 듣는 순간에야 비로소 한때 우리들의 우상이었으며 키가 크고 잘생긴 최점수의 얼굴이 분명하게 떠오르면서, 너무 오랫동안 그를 잊고 있었던 것에 대해 심한 죄책감을 느꼈다.

"아, 알고말고요. 그래, 그렇지, 점수의 여동생이 점순이었지. 암, 알고 말고요. 헌데 어쩐 일입니까? 오빠가 출옥이라도 했나요?"

나는 흥분을 가라앉히지 못하고 큰소리로 다급하게 물었다. 내 목소리가 어찌나 컸던지 교무실 안의 직원들이 흘금흘금 나를 보았다.

"선생님을 좀 만나서 타읍헐 것이 있어서 운산에서 나왔넌듸, 으처끄롬 허면 쬐깐 만날 수가 있으까 모르겄구만이라우잉? 불쌍헌 우리 오라버니 땜시 그러는구만이라우."

내가 점순이 남매를 안다고 해서야 그녀의 목소리가 생기를 되찾은 듯싶었다.

"거기가 어디요?"

"토미날이구먼이라우."

"터미날…… 그렇다면 내가 그리 나갈 테니 터미널 지하실에 있는 다방에서 기다리고 있으시오. 다방 아시지요?"

"다방 알지라우. 그러면 다방에서 기다리겠어라우."

나는 전화를 끊고 나서 미국에서 아들이 지난달에 생신 56회 기념으로 사 보낸 아름다운 음악 소리를 내는 전자 손목시계를 들여다보았다. 입학식 전이라 수업은 없지만 퇴근시간까지는 30분쯤 더 기다려야 했다. 그러나 나는 교감에게 고향에서 손님이 와서 미리 가봐야겠다고 말하고 햇살이 토끼의 잔털처럼 쌓이는 교정을 가로질러 거리로 나와 택시를 잡아탔다. 평소 택시를 타는 것을 싫어했지만 이날은 마치 고향에라도 가는 듯 설레는 기분으로 서둘러 택시를 잡은 것이었다. 택시를 타고 터미널로 달리는 동안 나는 이상하게도 최점수에 대한 생각보다는 그의 여동생 최점순의 기억을 열심히 떠올리고 있었다. 그녀는 나보다 2살이 아래였으니까 지금은 54살 초로의 인생이 다 되었으리라 싶었으나 그녀의 나이 든 모습보다는 얼굴이 수국꽃처럼 탐스러웠던 소녀 시절의 자태만이 지금까지 살아오는 동안 가장 감명 깊게 보았던 영화의 한 장면처럼 선명하게 머릿속에 남아 있었다.

그 시절 최점순은 야리야리한 몸매에 키는 적당한 편이었으며 수국꽃처럼 탐스럽고 화사한 얼굴에 눈이 말아 삼킬 듯 서글서글했고, 부끄러움이 많아 사내들 앞을 지날 때는 언제나 고개를 살포시 옆으로 돌리곤 했다. 나는 언제나 최점수의 책보를 그의 집에 가져다주곤 했는데 그때마다 그녀는 혼자 집을 보고 있다가 고개를 옆으로 돌리며 오빠의 책보를 받아들었다. 그럴 때면 나는 책보를 그냥 넘겨주지 않고 한동안 그녀의 얼굴을 들여다보고 서 있었고 그녀는 꽃잎 같은 두 볼을 발그레하게 붉히며 고개를 깊숙이 숙였다. 그러던 어느 날 나는 점순이에게 손거울을 선물로 주었다. 손거울에 이름을 써서 좋아하는 사람한테 주면, 좋아하는 사람이 거울을 들여다볼 때마다 그 사람의 마음이 이름을 써놓은 사람에게로 쏠려, 결국 두 사람이 하나가 된다는 누님의 이야기를 듣고 그대로 실행을 한 것이었다. 나는 집에서 달걀을 훔쳐 몰래 장에 가지고 가서 팔아 손거울을 샀으며, 손거울 뒤에 붓으로 내 이름을 쓴 다음 내 이름이 보이지 않게 창호지를 붙여 그녀에게 주고 나서 점순이의 마음이 내게 쏠리기만을 간절하게 기다렸다.

점순이한테 손거울을 선물한 며칠 후, 나는 분명 그녀의 마음이 내게로 쏠리고 있음을 보았다. 공휴일 아침 해가 사랑채 모퉁이 먹감나무 가지 끝에 매달릴 무렵에야 느지거니 일어나 우물에서 세수하고 있을 때, 번갯불처럼 날카롭게 밝은 햇살이 나의 얼굴을 후비는 것을 느끼고 고개를 들어 보았더니, 앞집 점수네 토담 용마름 위에 살구나무 우듬지처럼 뾰주룩히 얼굴을 내민 점순이가 손거울을 가지고 내게 햇빛을 반사하고 있지 않겠는가. 나는 너무 놀라고 기뻐서 물방울이 뚝뚝 떨어지는 얼굴을 바로 쳐들고 점순이를 보며 휘파람을 휘익 불었다. 그러자 점순이는 놀란 얼굴로 모습을 감추어 버리고 말았다. 나는 그녀가 사라진 후에도 오랫동안 토담의 용마름 위를 바라보고 서 있었다. 이상하게도 점순이가 손거울로 되쏘인 눈부신 햇살이 내 심장 속 깊은 곳까지도 환히 비춰 주고 있는 것 같아, 꿈속에서처럼 신비한 황홀감을 느꼈다. 어쩌면 점순이가 나에게 손거울로 햇살을 비춰 준 것은 그녀의 마음이 내게 쏠리고 있음을 행동으로 보여준 것으로 생각했다. 번갯불처럼 반짝였던 그 눈부신 햇살이 바로 점순이의 마음일 것이라고 여겼다. 그 후부터 점순이는 나만 보면 다른 사람들 눈에 띄지 않게 조심하면서 희끔 웃음을 보내 주곤 했는데, 그때마다 나는 그 웃음이 그녀가 내게 되쏘였던 손거울의 햇살처럼 눈부시게 느껴지면서 황홀감에 빠지곤 했다.

그러던 점순이가 나만 보면 질급을 하여 고개를 돌리고 도망을 치거나 숨어 버리게 된 것은 실로 하찮은 나의 실수 때문이었다. 그날도 나는 점수가 마을 앞 바람 모퉁이 둠벙에서 미역을 감고 있는 동안 그의 책보를 가져다주기 위해 점순이의 집으로 갔는데, 그녀가 보이지 않아 책보를 마루에 놓고 학교에서부터 참아 온 변의便意를 느끼고 다급하게 측간으로 뛰어 들어갔다. 그런데 측간으로 뛰어드는 순간 차마 보아서는 안 될 장면을 보고 만 것이었다. 내가 측간으로 뛰어들었을 때, 점순이는 가리개도 없이 앞이 툭 터진 똥통 위에 덩그러니 올라앉아 배설의 쾌감을 만끽하며 이상한 표정을 짓고 있다가, 나를 발견하고는 소스라치며 소리를 내질렀다. 그때 나는 참을 수 없는 미안함과 부끄러움을 느끼고 한동안 점순이 집에 가지 못했다. 어쩌다가 점수를 만나기 위해 그녀 집에 갔지만 점순이는 내 앞에 모습을 나타내지 않았다. 측간에서의 그 일로 결국 우리 두 사람은 뜨악한 사이가 되고 말았으며, 내가 첫 교사발령이 난 그해 가을에 점순이는 극락산 너머 산골 마을의 가난한 농사꾼한테 시집을 가고 말았다.

나는 터미널 앞에서 택시를 세우고 회색빛 건물 안으로 들어서기 전에 심호흡으로 마음을 가라앉힌 후에 도시락 가방을 옆구리에 끼고 천천히 지하실 층계를 밟아 내려갔다. 어쩐지 내 발걸음은 측간에서 대변을 보고 있는 점순이를 본 후에 그녀의 집에 점수를 만나러 갈 때처럼 무겁게 떨려 왔다. 다리만 떨리는 것이 아니라 심장까지도 후들거렸기 때문에 터미널 지하실로 내려가는 동안 세 차례나 걸음을 멈추고 숨을 크게 들이쉰 다음에야 천천히 움직이곤 했다. 지하실 다방 입구에서 나는 하루에 세 개비밖에 피우지 않는 담배 중에서 여섯 개비 째를 입에 물고(학교에서 점순이의 전화를 받고 두 개비를 태웠으며 택시 안에서 세 개비나 피웠다) 후둘거리는 마음으로 성냥불을 그어 붙인 후에야 조심스럽게 다방의 문을 밀었다. 그때 후줌그레한 쥐색 스웨터 차림의 쭈구렁이 노파가 내 앞으로 몸을 비집고 나서더니 "저어, 선생니임……" 하면서 미적거리는 것이었다. 나는 설마 이 쭈구렁이 노파가 최점순이라고 생각하고 싶지는 않았다. 나는 약간 불쾌한 표정으로 초라한 모습의 시골 노파를 질러보면서 "왜 그러시우?" 하고 퉁명스럽게 내질렀다.

"저어, 정한길 선생님이시지라우?"

쥐색의 낡은 스웨터 차림 노파의 입에서 내 이름이 삐져나오는 순간 나는 지나온 내 삶의 궤적이 엿가락처럼 한꺼번에 뒤틀려 버리는 듯한 절망감과 고통스러움을 느끼면서, 한동안 기억에도 없고 또 기억하고 싶지도 않은 낯선 노파의 얼굴을 바라보고만 있었다.

"그렇다면…… 댁이…….."

"지가 최점순이구만이라우. 지는 선생님을 금방 알아보았구만이라우."

늙고 초라한 최점순은 매듭이 굵은 손가락으로 이마 위에 헝클어진 머리카락을 갈퀴질하듯 긁어 올리면서 반가움을 감추지 못하는 표정으로 말했다.

잠시 후, 우리는 터미널 지하실 다방의 구석 자리에 마주 앉았다. 나는 그녀에게 아무 말도 묻고 싶지가 않았다. 수국꽃처럼 탐스럽기만 하던 그녀의 얼굴은 이제 말라비틀어진 대추처럼 흉하게 찌그러져 버렸으며, 말아 삼킬 듯 서글서글하던 눈도 작은 단춧구멍처럼 겨우 윤곽만 찾아볼 수 있을 정도로 찔꺽눈이 되어 있었다. 옛날에는 그녀가 나를 볼 때마다 손거울로 햇살을 되쏘여 비추는 것처럼 내 심장이 찌릿찌릿했는데 이제는 오랫동안 가까이 앉아서 마주 보고 있는데도 전혀 설렘이 없었다. 신비한 황홀감 대신에, 울컥 슬픔이 목구멍 가득히 뻗질러 오르면서 누구에겐가 모르게 울화가 치밀었다.

"오라버니가 요본 삼일절에 특사로 석방이 된다는구만이라우. 그렇께 징역살이를 허신 지 삼십오 년 만이구만이라우. 그냥 감옥에서 눈감어뿔제 뭣흘라고 인자사 나오시는가 모르겠당께요. 인자 나오신다고 혀도 암도 반가와흐지 않을 꺼신듸…… 참말로 속생해서 죽었어라우. 핏줄이라고 해봤자 이 세상에 애잔헌 지 혼자뿐인듸, 누가 거둬 줄 꺼시요잉. 지발 오라버니가 나오지 말았으면 허능구만이라우. 우리 집에 와 봤자 하룻밤도 편히 못 쉬실꺼신듸 어찌해사 좋을지 모르겠당께요."

최점순은 울먹이는 목소리로 땀직땀직 말했다. 나는 그녀의 그 같은 말을 듣고 갑자기 큰소리로 울부짖고 싶은 충동을 느꼈다. 한때 우리들의 우상이었던 최점수가 35년 동안이나 감옥에 있다가 이제 다 늙어서야 출옥을 하게 되었다는 것과 35년 만에 감옥에서 풀려나오게 될 오라비를 오히려 짐스러워하며, 차라리 감옥에서 죽기를 바라고 있는 최점순의 비정함에 경악과 전율을 금할 수가 없었다.

"삼십오 년이라니…… 얼마나 고생이 많았을까? 고생이 많았으니 많이 늙었겠군."

나는 다방에 들어온 후 세 개비째 담배를 피워 물며 탄식하듯 말했다.

"얼마나 늙었는지도 모르겠어라우. 면회 가본 지가 십 년도 더 되었응께요."

"아니, 십 년씩이나 면회를 하러 안 갔단 말이오?"

"지 살기가 워낙 탁탁해서라우. 우리 압씨가 농사를 짓다가 탄광에 나 댕겼는듸, 낙반 사고를 당해 갖고 허리를 못 쓰고 십 년 동안 방장만 지고 있고라우, 우리 큰놈도 압씨 대신으로 탄광에 나댕기드만 오 년 전부텀은 허파에 석탄가리가 쌓인 병에 걸려 갖고 골골거리지라우…… 참말로 사 는 것이 사는 것 아니구만이라우."

그러면서 최점순은 크렁하게 눈시울이 젖은 얼굴로 나를 빤히 올려다 보았다. 순간 나는 그녀의 눈빛에서 비로소 손거울로 햇살을 되쏘여 내 얼굴을 비출 때 맛보았던 짜릿한 기분을 느낄 수가 있었다. 그러나 그 짜 릿한 기분 뒤끝에 황홀감 대신에 절망감과 슬픔이 엄습해 왔다. 나는 최 점순을 위로해주고 싶었지만 적당한 말이 떠오르지 않아, 의사의 말마따 나 담배 한 개비에 하루의 생명이 단축될 만큼 내 건강에 절대적으로 해 롭다는 담배 연기만을 거듭 내뿜고 있었다.

"걱정 마시오. 내가 어떻게 점수가 출옥하여 있을 만한 곳을 알아보겠 소. 점수랑 가깝게 지냈던 고향 친구들한테 연락을 하면 점수가 있을 만 한 곳을 찾게 될게요."

나는 점수가 감옥에 들어가기 전까지만 해도 그의 그늘 밑에서 가깝게 지냈던 출세한 친구들의 얼굴을 떠올리면서 자신 있게 말했다. 그러자 점 순은 크렁하게 젖은 눈에 생기가 도는 듯싶었다.

"참, 지한테 주신 손거울 잘 갖고 있구만이라우. 시방도 처녀 시절이 그 러워질라치면 그 손거울을 들여다본당께요. 그러면 신통허게도 죽고 싶 은 생각이 없어지는구만이라우. 오라버니 땜시 선생님을 만나러 올람시로도 그 손거울을 들여다보고 용기를 얻었어라우. 지헌테는 여러 가지로 참 고마운 손거울이지라우."

최점순이가 쥐색 스웨터 주머니에서 손수건을 꺼내 콧물과 눈물을 닦은 후, 쭈구렁이 얼굴에 웃음을 주름처럼 접으며 말했다.

"아직도 그 손거울을? 고마운 손거울이라고?"

"야. 그 손거울이 여러 번 지를 살려 주었응께라우."

나는 최점순의 그 말에 얼굴이 후끈거리도록 부끄러움을 느꼈기 때문에 손거울이 그녀를 살려 주었다는 말의 의미에 관해서 묻지 않았다.

최점순이 집으로 돌아가기 위해 버스 승차권을 사는 것을 보고, 터미널의 회색빛 건물에서 나와서 시내버스 정류장으로 걷고 있던 나는, 그녀에게 갈비탕이라도 한 그릇 사 먹이지 못한 것을 가슴 저리게 후회했다.

나는 우리 집 방향으로 가는 시내버스가 여러 차례 내 앞에 멈췄다가 떠나는 것을 보고도 오랫동안 그대로 서 있다가, 끝내는 파르스름하게 새 잎이 돋아나는 은행나무 가로수를 따라 몽유병 환자처럼 걸으면서, 내 삶의 궤적 위에 여러 겹으로 켜켜이 쌓인 최점수에 대한 기억들을 하나하나 들추어내기 시작했다. 최점수에 대한 나의 기억은 하루의 해가 마지막 숨결을 죽이는, 겨울과 봄 사이의 삽상하고도 을씨년스러운 계절의 거무죽죽한 어둠의 점액질처럼 끈적끈적하게 나의 심신을 죄어 왔다. 나는 왜 이토록 오랫동안 그를 잊고 살아왔는지 몰랐다. 나는 마치 내 몸의 어느 중요한 부분을 떼어 놓고 살아온 것처럼, 나와 가장 가까웠던 고향 친구를 잊고 있었던 것이다.

최점수는 운산의 같은 또래 아이들의 우상이었다. 공부 잘하는 아이치고 힘이 센 경우가 없는데, 점수는 싸움도 잘했을 뿐만 아니라 성적도 언제나 상위권이었다. 운산의 같은 또래 아이들은 최점수 때문에 승주읍내에 있는 학교까지 활개 치며 다른 마을 앞을 지나 학교에 다닐 수 있었다. 다른 마을 아이들이 최점수한테는 꼼짝하지 못했기 때문이다. 그는 운동회 때마다 멀리 달리기에서 1등을 차지했고 씨름대회에서는 그보다 훨씬 덩저리가 큰 상급학생들까지도 뻥뻥 넘어뜨리곤 했다. 이른들도 점수를 보고 한 자리 해 먹을 것이라고들 칭찬했고, 가난한 그의 부모도 그 같은 아들에 큰 기대를 걸고 욕심을 내어 중학까지 보낸 것이었다. 소학교와 중학교를 함께 다녔던 운산리의 같은 또래 아이들은 점수와 고향 친구가 된 것이 그렇게 자랑스러울 수가 없었다. 한마을 친구 중에서 하나가 뛰어나면 모두 그에게 경쟁의식을 느끼고 은근히 시기심을 품기 마련인데도 우리는 그렇지 않았다. 우리는 한 번도 최점수를 감히 경쟁자로 생각하지를 않았으며 그에 대해서 질투심을 느껴 본 일이 없었다. 그가 우리와 경쟁의 상대가 될 수 없을 만큼 언제나 모든 일에 뛰어났기 때문에, 우리는 그의 그늘 밑에 친구로 있는 것만도 만족하게 여겼다. 사실 우리는 언제 어디서나 점수와 함께 있는 것을 큰 자랑으로 생각하며 으스댔다.

소학교에 다닐 때까지만 해도 우리는 날마다 그의 책보를 기분 좋게 대신 들고 다녔으며, 그와 멱을 감을 때는 서로 자기 옷으로 그의 몸의 물기를 닦아 주었다. 명절에 색다른 음식만 장만해도, 도시락에 계란부침개만 싸가지고 가도, 우리는 먼저 점수에게 맛을 보게 했으며, 너무나 가난하여 새 옷을 입지 못하는 점수 때문에 우리도 새 옷 입기를 꺼렸다. 우리가 그만큼 그를 따르고 또 그를 조심한 만큼 그도 친구들을 위해서라면 자신의 몸을 아끼지 않고 희생해 주었다. 운산리 친구 중에서 다른 마을 아이들한테 봉변을 당한 일이 있으면 기어코 복수를 해주었으며, 비가 많이 와서 학교에 갈 수 없을 때는 그가 아이들을 모아 놓고 선생님 대신 가르쳐 주기도 했다. 또 운산리에서 학교에 다니자면 할미산 모퉁이의 상엿집 앞을 지나야 했는데, 그 상엿집에 미친 여자가 살고 있어 모두 겁을 먹고 있었다. 점수는 그때마다 상엿집 앞에 버티고 서서 친구들이 무사히 지나간 다음에야 천천히 노래를 부르면서 뒤따라오곤 했다. 그 때문에 우리는 점수와 함께 있을 때는 아무것도 두려울 것이 없었다.

어렸을 때부터 이렇듯 우리들의 우상이었던 최점수는 중학교를 졸업하고 어른이 되어서도 철저하게 운산리 친구들 일이라면 위험을 무릅쓰고 언제나 앞장을 서 주었다. 그런 최점수를 그토록 오랫동안 잊고 있었다. 우리는 그동안 부끄러움이라는 것이 무엇인가를 모르고 살아온 것이나 다를 바가 없지 않은가.

지금껏 비록 무능하다는 소리를 들었을지언정 불량하다는 말을 듣지 않으려고 노력하면서 살아온 나는 이날 처음으로 부끄러움과 죄책감에 사로잡혔다. 그리고 어쩌면 비양심이라든가 부도덕, 몰인정, 무관심, 이기주의가 때로는 선하다든가 양심적이라는 것보다 더 큰 부끄러움을 갖게 하는 경우가 얼마든지 많다는 것도 깨닫게 되었다. 이날 나는 죄책감과 부끄러움 때문에 발걸음이 더욱 무거워져 어둠이 깔릴 무렵에야 집에 돌아올 수가 있었다.

늙은 아내는 헌 넥타이로 머리를 질끈 동여맨 채 아파트 입구에까지 나와서 나를 기다리고 있었다. 아내는 오래전부터 알 수 없는 어지럼병으로 시들시들 앓고 있었다. 처음에는 고층 아파트에서 살기 때문에 생기는 고공병이 아닐까 싶어, 8층에서 1층으로 옮겼는데도 낫지 않았다. 이제 나는 아내의 두통은 미국에 살고 있는 큰아들과 손자들이 보고 싶어서 생긴 병이라는 것을 알고 있는 터였다.

"왜 이리 늦었수?"

아내는 아파트 현관 안으로 들어서면서 물었다. 나는 아내의 물음에는 대답 하지 않고 두 팔로 아내의 어깨를 감싸 안은 채, 눈부신 형광등 아래로 밀고 가서 한동안 아내의 얼굴을 밝은 불빛에 비춰보았다. 잠시 전에 만난 최점순에 비하면 아내는 비록 자분치가 희끗거리기는 해도 한 10년쯤 더 젊어 보였다.

"당신, 올해 쉰다섯이 맞지?"

나는 형광등 불빛에 아내의 얼굴을 되작거려 살펴보며 뚱딴지처럼 새삼스럽게 아내의 나이를 묻고 있었다.

"뜽금없이 왜 나이는 물으시우?"

"당신, 아직은 사십 대로 보이는구먼. 아직도 얼굴이 참 고와."

"배가 고파서 헛보이는 거 아뉴? 자 어서 저녁이나 드시고 정신을 차리시우."

아내는 그러면서 내 팔을 뿌리치고 주방으로 가서 저녁을 차렸다. 나는 옷을 갈아입지도 않고 식탁에 앉았다.

"누가 말야, 당신이나 나를 잊어서는 안 될 사람이 오랫동안 잊어버렸다면 어쩌겠어?"

나는 아내와 식탁에 앉아 숟가락을 든 채 최점수의 심정을 헤아리며 힘없는 목소리로 물었다. 아내는 내 물음에 미국에 있는 아들과 손자들을 생각하고 이내 슬픈 얼굴이 되었다.

"그런 것을 배신이라고 하겠지요. 잊어서는 안 될 사람을 잊어버리는 것은 배신이지요."

"그렇지? 그것은 배신이지?"

"아니, 배신보다 더한 것일지도 몰라요. 그것은 죄악이여요. 죽을 때까지 잊어서는 안 될 사람을 잊어버리는 것은 그 사람을 죽이는 것과 같은 죄를 짓는 것이 아니겠수?"

아내는 아들과 며느리를 원망하는 투로 말했다. 금이야 옥이야 키워 놓으니 미국으로 훌쩍 떠나 3년째 돌아오지 않고 있는 터이라, 아내의 서운함은 원망이 되고 만 것이었다.

"그렇지? 잊지 않아야 할 사람을 잊어버린다는 것은 그 사람을 죽이는 거와 같겠지? 사람을 죽인다는 것이 뭐 꼭 생명을 끊는 것뿐이겠어? 망각이라는 것도 일종의 정신적 살인이겠지. 그래 나는 그동안 최점수를 죽인 거야."

나는 큰소리로 흥분하여 말했다. 아내는 그런 나를 한동안 이상한 눈으로 되작거려 보더니 "최점수라니, 그 사람이 누구유?" 하고 따져 물었다. 그러나 나는 아내에게 최점수를 간단하게 설명할 수가 없어 우두커니 앉아 있기만 할 뿐이었다.

대학에 다니는 막내아들이 사흘 만에 돌아왔다. 아내에게 절대 현관문을 열어 주지 말라고 욱대겨 가며 오금을 박아 두었는데도, 아내는 이날 밤 자정이 훨씬 지나서야 최루탄 가스를 뒤집어쓰고 맥이 빠져 휘청거리며 들어오는 경식에게 아파트 현관문을 열어 준 것이었다. 나는 최점순을 만난 일 때문에 머릿속이 뒤숭숭하여 자정이 넘도록 잠을 이루지 못하고 뒤척이고 있다가, 딩동 부저 울리는 소리를 들었다. 아내도 미국에 가 있는 큰아들과 손자가 보고 싶은 생각이며, 며칠 동안 소식이 없다가 새벽 무렵에야 최루탄 가스를 뒤집어쓰고 돌아오곤 하는 막내 경식이 때문에 잠을 못 이루고 속을 태우다가, 부저 소리를 듣고 반가움에 벌떡 몸을 일으켜 밖으로 나갔다. 나는 현관문을 열어 주는 소리와 막내가 묻혀 온 최루탄 가스 때문에 연거푸 쏟아내는 아내의 재채기 소리를 듣고는, 현관으로 뛰어나가서 부모 속을 끓이고 있는 아들을 혼뜨게 나무람해 주려다가 모르는 척 눈을 감고 누워 있었다.

"아이고, 이노무 자석아! 허라는 공부는 안허고 날마다 이 무신 짓이냐. 이러다가 최루탄 맞아서 뒈질라고 그러냐? 너 땜시 이 에미 명대로 못 살고 죽는 꼴 볼라고 그러느냐? 시방 네 놈헌테 중헌 것은 공부여."

"엄니, 나도 공부가 중하다는 것은 알아요. 그렇지만 지금은 공부만 하고 있을 때가 아녀요. 지금 우리들한테 공부만 하라고 강요하시는 것은 마치 병이 든 환자한테 밥을 많이 먹고 어서 일어나라는 것과 같다구요. 우리는 지금 병이 들어 있어요."

"그런 것은 어른들이 다 알아서 헐 일이 아니냐."

"어른들한테 맡기라고요? 지금 아버지나 엄니 같은 어른들이 병든 이 나라를 위해서 무슨 일을 하실 수 있겠어요?"

"네 이놈, 너는 아버지를 무시하는구나? 네 놈 말대로 이 에미는 아무 일도 헐 수가 없다만, 네 아버지는 아직 무슨 일이든지 하실 수가 있으시단다. 아직 십 년은 더 교단에 스실 수가 있단 말여. 그런데도 아무 일도 헐 수가 없다니!"

"그런 뜻이 아녀요, 엄니."

"듣기 싫다. 네놈이 최루탄 가스를 뒤집어쓰고 댕기면서부텀 아주 달라졌구나. 도대체 네놈들헌테 중헌 것은 뭐냐? 에미 애비보다 더 중헌 것이 데모냐?"

"물론, 제게는 부모님이 중하죠. 그렇지만 우리들 모두에겐 민주주의가 더 소중하답니다. 엄니는 그것을 아셔야 해요."

"민주주의가 부모보다 소중하다는 말 아니냐?"

"우리는 아직 한 번도 민주주의를 가져 보지 못했거든요. 그래서 더욱 우리에겐 소중하답니다."

"우리는 그런 것 가져 보지 않고도 자식을 잘 키우고 아무 탈 없이 살아왔다. 해방이네, 육이오 난리네, 무신 혁명이네 허는 어지러운 세상에서도 아무 탈 없이 잘 살아왔는듸, 인자사 그런 것이 왜 소중허게 되았다냐?"

"아버지 엄니처럼 아무 탈 없이 살아오신 것이 자랑할 것이 못됩니다."

"이노무 자석아, 그렇다면 에미 애비 살아온 것이 부끄럽다는 말이냐?"

나는 아내와 아들 녀석이 주고받는 말들을 듣고만 있었다. 아내는 연거푸 재채기를 쏟아내면서 아들의 말꼬리를 물고 늘어졌다. 나는 당장 응접실로 뛰어나가서 제 어머니한테 반항적으로 대들고 있는 아들 녀석의 뺨이라도 후려치고 싶었지만, 따지고 보면 아들 녀석의 말에 틀림이 없는지라 부끄러운 마음으로 참아냈다. 그 순간 나는 아들 녀석의 그 같은 태도에서 문득 최점수의 일면을 느끼고 자신도 모르게 탄식을 삼켰다.

2

"아니? 최점수가 여태 살아 있었어?"

나와 같은 고향 친구인 김 군수가 최점수의 이야기를 듣고 입술에 대고 있던 찻잔을 떨어뜨리기라도 하는 것처럼 탁자에 내려놓으며 큰소리로 되물었다. 고향인 승주의 군수를 지냈고 지금은 퇴직하여 국정자문위원의 정화위원장을 겸하고 있는 김 군수(우리는 그가 한때 군수를 지냈다고 해서 그를 김 군수라고 불렀다)는 소년 시절에 최점수와 가장 가까운 사이였기 때문에, 일요일을 이용하여 점수 일로 좀 만나자고 집에 전화를 걸었더니, 그가 단골로 나다니는 다방으로 나오라고 했던 것이다.

"암튼, 김 군수 자네는 한때 점수허고 가장 친한 사이가 아니었는가?"

"그랬었제. 점수허고 나는 중학을 졸업하고 잠시 군청 임시직원으로 있었제."

김 군수의 말대로 최점수와 그는 8·15전까지 함께 군청 임시직원으로 있었다. 두 사람 중에서 성적이 월등하게 좋은 최점수는 그해 안으로 정식직원이 될 것으로 믿고 있었으며, 김 군수 자신도 최점수가 그보다 먼저 정식직원이 되는 것에 대해 당연하게 생각했었다.

"한길이 자네도 잘 알고 있제. 해방되던 날 말이시, 점수가 오 형사를 붙잡아 초주검이 되도록 직신직신 두들겨 패주었던 일 말이여. 오 형사는 우리 군내에서 소문난 왜놈 앞잡이였지 않은가. 우리 은사인 지리 선생님을 사상범으로다가 수업 중에 잡아간 놈이 그 오 형사 아니었어. 그런데 말이시, 점수가 오 형사를 테러한 것은 나 때문이었구먼. 해방되기 열흘쯤 전에 내가 오 형사헌테 붙잽혀 가서 곤욕을 치렀거든. 거 머시냐, 그러니께 우리 친구 변도성의 형님헌테 징용 영장이 나왔을 때 내가 그 영장을 없애 버렸던 것을 오 형사가 알아낸 게지. 내가 오 형사헌테 붙들려 가서 당하고 나오던 날 점수가 그드만. 언제 오 형사를 한번 혼내 주어야겠다고 말이여. 그러던 차에 해방이 되었고, 점수는 이때다 싶어 오 형사를 군청 숙직실에 붙잡아다 놓고 초주검을 만들었던 게야. 점수가 내 복수를 대신 해준 거라니깐."

김 군수는 한쪽 눈을 지그시 감고 지난날을 떠올리며 말했다. 나도 그 시절 점수가 오 형사한테 보복했던 일을 잘 기억하고 있었다. 오 형사는 일본 사람들 앞잡이 노릇을 하면서 온갖 잔악한 짓을 저질렀기 때문에 많은 고향 사람들로부터 원한을 사게 되었으나, 일본이 패망한 것을 안 후에도 그에게 보복을 생각할 사람이 아무도 없었다. 그런 오 형사를 최점수가 붙잡아다 무릎을 꿇어 앉히고 그동안 그에게 압박을 받아 왔던 피해자들을 불러와 용서를 빌게 하고 당했던 것만큼 보복을 하도록 했다. 물론 이때 김 군수는 점수가 오 형사를 붙잡았다는 말을 듣고도 모습을 나타내지 않았다. 아무튼 이 일로 최점수는 군내에서 영웅이 되었다. 사람들은 점수 같은 사람이 군수나 경찰서장을 해야 한다고 말했고, 기실 점수나 그의 친구들도 군수나 서장은 몰라도 군청의 정식직원이 될 것으로 믿고 있었다. 그러나 일이 묘하게 되고 말았다. 속된 말로 운명의 여신은 최점수의 편이 아니었다. 점수한테 붙들려 초주검이 되도록 보복을 당했던 오 형사가 군내에서 행방을 감춘 지 한 달쯤 후, 뜻밖에도 그가 경찰서장이 되어 돌아온 것이었다. 들리는 말로는 미국에서 신학 공부를 하고 돌아와 목사가 된 그의 이종사촌이 미군정청에 줄을 대었다고도 했고, 어떤 사람들은 그의 친구 중에 미군 통역관이 있다고도 했다.

오 형사가 경찰서장이 되어 돌아온 후 최점수는 자취를 감추어 버렸다. 물론 점수가 그를 붙잡아 왔을 때 보복을 가했던 많은 사람은 경찰서에 붙잡혀 가서 심한 곤욕을 치렀다. 김 군수만은 보복하지 않았으므로 다시 붙잡혀 가지 않았으며, 바로 군청의 정식직원이 되었다.

"한마디로 말해서 점수는 운이 없었어. 사람이 너무 똑똑하면 귀신이

질투하여 일이 잘 안 된다는 말이 참말인 모양이여. 일제 때 똑똑한 사람들 독립운동하다가 패가망신했고, 해방 직후에 똑똑한 사람들 좌익운동하다가 절단나지 않았는가? 또 오늘날은 어쩐가. 오늘날도 마찬가지로 똑똑한 사람들은 거 머시냐, 반체제 용공주의자라고 해서 발을 붙일 수가 없지 않은가. 그러니 우리나라같이로 아직 민주주의가 정착되지 않은 나라에서는 말이시, 너무 똑똑한 것도 화를 자초허다 마시. 그저 이런 세상에서 살아남을라면 그저 무난한 것, 거 머시냐 누이 좋고 매부 좋다는 식으로다가 중용지도를 걸어야 하네. 똑똑한 것이 죄가 되는 세상에서는 절대 잘난 척해서는 안 되네."

그러면서 김 군수는 한참 동안 그의 생활철학이 중용지도에 대해서 열변을 토했다. 그러나 최점수는 무난한 것을 추구하지 않았고, 분명하게 생각하고 분명하게 행동하려는 엄격주의자였다. 언젠가 한문 선생이 중용에 관해서 설명할 때, 그는 중용이란 치우침이나 과부족이 없는 적당한 정도나 상태가 아니라, 떳떳한 것, 즉 진실에 가까운 것이라고 자신의 의견을 말하여 한문 선생의 칭찬을 받은 적이 있었다. 그는 매사에 어영부영하는 것을 싫어했으며 적당주의자들을 가장 경멸했다. 그의 그 같은 생각과 판단과 행동은 언제나 옳았었다. 그가 오 형사에게 보복을 가했을 때도 그는 옳은 일을 했다고 박수를 받았었고, 오 형사가 경찰서장이 되자, 점수가 행방을 감추어 버렸을 때도 사람들은 그를 동정하지 않을 수가 없었다.

한동안 행방을 감추었던 최점수는 여순반란사건이 터지자 비로소 우리 앞에 모습을 나타냈다. 그러나 그때 그는 반란군이 되어 우리 앞에 나타난 것도, 그에게 좌익분자라는 딱지를 붙여 부모를 못살게 굴었던 오 형사한테 복수하려고 나타난 것도 아니었다. 그는 다만 경찰서장이 된 오 형사가 그를 붙잡으려고 하지 않은 상황이 되었기에 마음 놓고 부모와 친구들을 찾아온 것뿐이었다.

"여순반란사건이 터져 점수가 집으로 돌아오자, 나는 친구들과 함께 그를 찾아가서 승주군 애국청년단을 만들자고 했고 점수를 단장으로 추대했네. 말하자면 애국청년단이 앞장서서 일본이 패망한 후에도 득세를 한 친일분자들을 처단하자는 것이었제. 우리는 단장이 된 점수를 앞세우고 경찰서로 쳐들어갔었네. 그러나 이미 반란군들이 경찰서를 접수하고 경찰서장이 된 오 형사를 총살한 후였네. 우리는 평소에 개인적으로 감정이 좋지 않았던 사람들을 잡아다가 우리들의 대장 이름으로 화풀이를 했제. 바보같이 점수는 그때도 친구들이 원하는 것은 무슨 일이든지 들어주었네. 그 점이 점수의 큰 결점이제. 아무튼 그때 점수가 단장을 맡지 않았어야 했어. 그의 인생이 실패한 첫 번째 잘못이 해방되던 날 오 형사를 혼내준 것이라면 두 번째의 잘못은 애국청년단 단장을 맡은 거였네."

김 군수는 열을 올려 가며 여순반란사건 동안의 점수에 대한 활동을 말했다.

"점수가 그렇게 된 것은 친구들 때문이 아니었는가?"

나는 김 군수의 말에 불만을 나타내며 따지듯 물었다.

"그렇지만 나 같으면 그런 실수는 저지르지 않았을 것이네."

"친구들이 원한 일이 아니었는가?"

"친구들이 원한다고 그런 실수를 해? 점수는 똑똑한 것 같았지만 사실은 바보였제."

"그는 마음이 약한 친구였어. 정이 많은 탓이었네."

"그런 혼란 중에 정이 무슨 소용이여? 세상이 혼란할 때는 정 많은 사람만 죽게 돼 있는데."

"점수도 그걸 알았겠지. 알면서도 그렇게 했겠지. 그게 진짜 우상이야."

"우상? 점수가 우상이었다고? 그놈은 바보였다니까. 하긴 남들보다 용기가 있었고 똑똑하기는 했제. 좋게 말해서 시국을 잘못 만난 것인지도 모르겠어. 말하자면 역사가 그의 편이 아니었구먼. 점수 같은 사람은 한백 년쯤 후에, 이 땅에 좌익이네 우익이네 하는 말이 없어진 후에 태어났어야 했는지도 모르겠어."

김 군수는 최점수에 대해서 동정적인 말을 하면서 허탈하게 웃었다. 나는 그 웃음이 비위에 거슬렸다. 말은 동정적으로 하고 있으면서도 마음속으로 점수를 비웃고 있는 것처럼 느껴졌기 때문이었다. 그렇지만 나는 기분 나쁜 내색은 하지 않고 그를 흉내 내기라도 하듯 공허한 미소를 머금어 입가에 흘렸다. 나는 그런 나에 대해서도 역정을 느꼈다. 어쩌면 나도 김 군수와 같은 생각으로 최점수에 대해서 감상적인 동정심을 갖고 있는 것이나 아닐까 싶었기 때문이었다.

여순반란사건이 진압되자 최점수는 친구들의 죄를 그 혼자서 똘똘 말아지고 지리산으로 숨어 들어갔다.

"우리는 점수 때문에 살아났네."

김 군수가 나지막하게 비밀을 털어놓듯 말했다.

"점수가 친구들을 살린 것이 아니고 우리가 그를 죽인 것일세. 나는 이제야 그것을 알았네."

"사실 우리한테는 점수 같은 친구가 필요했어. 점수 같은 친구가 있었다는 것은 얼마나 다행한 일인지 모르제. 사실 말이네만 그동안 세상이 얼마나 변덕을 부렸는가. 세상이 요변을 부리듯이 자꾸 바뀌니깐 제정신을 차릴 수가 없었제. 그리고 세상이 변덕을 부릴 때는 말이시, 이쪽이나 저쪽에 도움을 받을 만한 사람이 있어야겠드구먼. 우익 세상이 되었다가 좌익 세상으로 바뀌고, 다시 우익 세상으로 변덕을 부릴 때는 좌익 쪽에도 우익 쪽에도 아는 사람이 있어야겠드란 말이여.”

“그래서 자네는 점수가 좌익 쪽에 남아 있기를 바란 겐가? 그의 도움을 받으려고?”

“그때는 모두 그런 식으로 살았지 않은가? 어디 그것이 우리뿐이었는가?”

“이기주의자들!”

“세상이 우리를 이기주의자로 만들었네. 이기주의자들만이 살아남았으니깐 말이여.”

“그래서 자네는 그렇게 세상이 변덕을 떠는 혼란 속에서도 군수까지 지낼 수가 있었구먼.”

“그래도 이 사람아, 나는 그런 어지러운 세상에서도 누구한테 원한을 산 일이 없었네. 그런 세상에서 남 못살게 하거나 척짓지 않고 그만큼 출세하기가 얼마나 어려운 줄이나 아는가? 나는 말이시 그 혼란스러운 세상에서도 내 손으로 사람을 해치지 않았다는 것을 얼마나 대견하게 생각하는지 모르네.”

“그렇게 생각하는가? 당장 점수만 해도 자네들 때문에 피해를 보지 않았는가?”

“점수가 그렇게 된 것은 그가 그 길을 택했기 때문이네. 어디 그것이 내 탓이란 말인가. 그러나 그가 여지껏 살아 있었다니, 그 친구의 인생도 참

질긴 편이구먼."

그때, 김 군수가 다방에 들어서면서부터 여러 차례 뚱보 마담을 불러 찾던 미스 민이라는 종업원 아가씨가, 배달을 마치고 돌아와 김 군수의 옆에 앉아 팔을 끼고 헤헤거리며 짐짓 아양을 떠는 바람에, 잠시 두 사람의 이야기가 중단되었다. 미스 민이라는 20살 안팎의 불란서 인형처럼 앙증스럽게 생긴 아가씨는 앞자리의 나를 의식하지도 않고 할아버지뻘 되는 김 군수의 팔을 붙들고 매달리며 아양을 떨었다.

"미스 민아, 정 교장 선생님께 인사드려라."

김 군수가 턱끝으로 나를 가리키며 말하자 미스 민은 여전히 김 군수의 팔을 붙들고 늘어진 채 경망스럽게 고개만 까닥해 보였다. 나는 미스 민에게 교장이 아니고 그냥 선생이라고 해명을 해주려다가, 김 군수와 미스 민이 귓속말을 주고받으며 킬킬팔팔 웃어대는 바람에 다소 멋쩍은 기분으로 고개를 돌리며 애꿎은 담배에 불을 붙여 물었다. 순간 내 머릿속에서는 초라한 늙은이 최점순의 모습이, 길바닥에서 구겨진 휴짓조각이 바람에 어지럽게 날리듯 떠올랐다.

"저 아이 어떤가? 요새는 저 미스 민을 주무르는 재미로 산다네, 내가 시방 젤 부러워하는 건 젊음일세. 내가 다시 젊어질 수만 있다면 멋지게 한번 살고 싶네."

김 군수는 미스 민이 전화를 받으러 간 사이에 미스 민에게서 시선을 떼지 않은 채 속삭이듯 말했다. 미스 민은 전화를 받으면서도 김 군수를 향해 손을 나붓나붓 흔들어 보였으며, 김 군수는 오달진 표정을 해 보이며 고개를 거듭 끄덕였다.

"자네는 세상을 다시 산다고 해도 결과는 마찬가지일 걸세. 자넨 또 점수 같은 친구를 만들려고 할 것이고 그 친구를 이용하겠지."

나는 여전히 김 군수를 비아냥거렸으나 그는 내 말에 화를 내지 않고 그답게 히죽이 웃고만 있었다. 그는 젊어서부터 친구들에게 결코 화를 내는 일이 없었다.

"내가 다시 인생을 산다면 꼭 성공을 하고 말걸세."

김 군수는 여전히 미스 민을 향해 고개를 끄덕여 보이면서 자신 있게 말했다.

"성공이라고? 나는 좋은 선생님이 되는 것을 성공이라고 생각해 왔네. 그래서 나는 지금까지 교사 자리를 지켜 왔고 몇 년 후면 정년을 맞게 된다네. 도대체 자네가 말하는 성공이란 뭔가?"

"내 욕심껏, 내 뜻대로 한번 살아 봤으면 원이 없겠네. 사실 나는 지금까지 내 뜻대로 살아 보지를 못 했네. 세상이 그렇게 만들었지만서도, 나는 늘 눈치나 보면서 몸조심을 해야 했거든, 그러다 보니까 나도 모르는 사이에 군수 자리에까지 앉게 되었네만."

"그래도 우리는 최점수에 비하면 성공을 한 편이지 않은가?"

"하기야 그렇지. 그래도 그 와중에 나 정도라면 성공했다고 말할 수 있겠제."

"삼십오 년 만의 감옥에서 풀려나게 될 점수한테는 당장 편히 쉴 방 한 칸도, 반갑게 맞아 줄 가족 한 사람도 없지 않은가. 그 때문에 자네를 만나자고 한 것이지만……."

나는 그제야 김 군수를 만나자고 한 내 뜻을 비치기 시작했다. 나는 그러면서 김 군수에게 친구들이 협조해서 최점수가 출옥을 한 다음에 여생을 살아갈 수 있도록 해주자고 말했다. 그는 내 말을 진지하게 듣고 있는 듯싶었다. 나는 우선 그가 최점수를 돕자는 내 말에 진지하게 귀를 기울여 주는 것만으로도 힘이 되는 것 같았다.

"조오치, 좋은 일이고말고."

그는 미스 민에게서 시선을 거두고 나를 똑바로 보며 커다랗게 고개를 끄덕이기까지 했다. 나는 처음부터 김 군수가 최점수를 돕는 일에 적극적으로 나올 것으로 짐작한 터였다. 왜냐하면 김 군수는 최점수와 가장 가깝게 지냈기 때문이었다.

"그런데 말야…… 그 친구를 어떻게 돕지?"

김 군수가 상반신을 뒤로 저삐듬히 젖히며 튕겨 내는 목소리로 물었다.

"삼십오 년 만에, 그것도 공산주의 딱지를 붙이고 감옥살이를 하고 나온 쉰여섯 살의 늙은이를 어떻게 도와줘야겠어? 옛날처럼 그와 같이 어울려 주는 것이 돕는 것인가?"

김 군수는 마치 내게 따지는 듯한 목소리로 거듭 물었다.

"내 생각에는 그가 나오면 어디 양로원 같은 곳이라도……"

"양로원에 들어가려도 돈이 있어야지."

"그래서 친구들이 도와주자는 게 아닌가."

그 사이 미스 민이 다시 김 군수의 옆에 파고 앉은 바람에 우리들의 대화는 다시 끊겼다. 김 군수는 다시 미스 민과 귓속말을 주고받으며 키들키들 노닥거리기 시작했다. 나는 그들의 행동이 너무 꼴사나워 옆으로 돌아앉아서 또 담배를 피워 물었다. 나는 담배 연기를 내뿜으면서 살아온 인생의 삼 분의 이를 감옥에서 보내고 나올 최점수의 늙고 초라한 모습을 상상해 보았다. 어쩌면 최점수는 실패한 인생의 표본과도 같은 모습으로 내 앞에 나타나게 될 것이었다. 그리고 나는 상상외로 변한 최점순의 모습에서 절망감과 슬픔과 분노가 범벅된 이상한 감정을 맛보았던 것과 같은 기분을 다시 겪게 될 것이었다. 내 앞에서 이만하면 성공한 인생이라고 자부하면서도 다시 한번 멋진 인생을 꿈꾸고 있는 초로 신사와 손녀뻘밖에 안 되는 젊은 여자의 역겨운 웃음소리 저편에 초라한 모습의 최점수가 하염없이 울고 있는 환영을 보고 있는 것만 같았다.

"나 가보겠네."

나는 역겨운 눈길로 김 군수를 보며 일어섰다.

"그냥 가겠다고? 그러면 점수 퇴원할 때 나가 보겠네."

김 군수는 왼팔로 미스 민의 허리를 감은 채 출옥이라는 말을 퇴원이라고 바꾸어 말했다. 그는 분명 친구의 출옥이 자신의 명예를 훼손시키는 것으로 생각하고 있는 듯싶었다. 나는 다방에서 나오다 말고 다방 출입문 안쪽 벽에 걸린 큰 거울에 자신을 비춰보는 순간, 나의 모습에서 최점수의 한 단면을 발견하고 소스라치게 놀랐다. 6·25 때 붉은 별이 달린 모자를 쓰고 학교로 나를 찾아온 그는 교사가 된 나를 부러워했다. 나는 그의 말이 거짓이 아니라는 것을 알고 있었다. 같은 소학교를 졸업하고 그는 읍내에 있는 중학교에, 나는 100리쯤 떨어진 도청 소재지가 있는 도시의 사범학교로 진학했었는데, 첫 여름방학 때 만났을 때도 그는 나를 부러워했다. 그때 그는 내게 "나도 선생님이 되는 것이 소원인데, 우리 아버지가 한사코 법관이 돼야 한다고 하시지 뭐냐. 그렇지만 나는 법관이 될 생각은 없고 군서기 정도로 만족하겠어"라고 하면서 내 교모를 바꿔 써보기까지 했었다. 나는 최점수의 꿈이 결코 거창한 것이 아니라는 것을 알고 있었다. 그가 말한 대로 그의 꿈은 군청 서기가 되는 것이었는지도 몰랐다. 그는 그렇게 큰 욕심을 갖고 있지 않았다. 그런데도 주변 사람들이 그를 큰 욕심의 구렁텅이 속으로 몰아넣은 것인지도 몰랐다. 나는 최점수가 그렇게 된 것이 결코 그의 탓이라고 생각하고 싶지가 않았다. 나는 그를 혼란한 역사의 소용돌이 안으로 밀어넣어 인생의 실패자로 만든 것은 주변 사람들이 그를 이용하려는 이기심 때문이라는 생각이 들었다.

나는 김 군수와 헤어진 후 한동안 거리를 방황했다. 6·25가 터진 후 한동안 최점수와 가장 가깝게 지냈던 서예가 변도성과 만나기로 약속한 시각이 한 시간이나 남아 있기 때문이었다. 나는 변도성의 서도원 앞을 하릴없이 어슬렁거리면서 시간을 죽이고 있었다. 변도성은 6·25 때 최점수 밑에서 부관을 지냈는데, 자수를 한 다음에 서예가로 변신을 했다.

3

"아니? 최점수 그 친구가 여태 감옥에 있었어?"

서예가 학도鶴道 선생으로 변신한 변도성의 최점수 소식에 대한 반응은 마치 낡은 신문을 뒤적이다가 오래된 사건기사를 대했을 때처럼 담담했다.

"삼십오 년째라네."

"삼십오 년이라…… 그 친구 그렇게 오랫동안 감옥에 있으면서 무엇을 생각했을까? 우리 생각도 했을까?"

"도성이 자네는 그 친구 생각을 했었나? 자네는 한동안 점수하고 가장 가까운 사이가 아니었나. 자네와 점수가 별을 단 모자에 권총을 차고 찌프차를 몰고 학교로 나를 찾아왔던 때가 생각나는구먼. 그때 우리 교장은 자네들을 임금님 모시듯 했었지. 나도 자네들 덕에 한동안 잘 지냈었구먼. 자네들이 도망친 후 경찰서에 불려 다니면서 곤욕을 좀 치렀지만 말야."

"점수가 그렇게 된 것은 나 때문이었네. 여순반란사건이 진압되었을 때 점수와 나는 지리산으로 들어가서 숨어 있었네. 우리는 피아골 등성이에 숯가마를 만들어 숯을 구워 구례장에 팔면서 두 해 겨울을 보냈네. 우리는 구례장에 숯을 팔러 내려와서야 육이오가 터진 것을 알았구먼. 나는 이제 더 이상 산속에 숨어 살지 않아도 된다 싶어서 숯짐을 동댕이치고 고향으로 가자고 했네. 그런데 점수 그 친구는 또 세상이 어찌 둔갑할지 모르니 자기는 그냥 지리산 속에서 숯장이질을 하면서 살겠다고 하더구먼. 그래서 나 혼자 고향으로 돌아왔었네."

변도성이 2년 만에 고향에 나타났을 때 고향 친구들은 그를 영웅 대접을 해주었다. 그의 주변에는 주로 여순반란사건 때 애국청년단에 참가했던 친구들이 몰려들었는데, 그들은 대부분 진압군한테 자수하여 목숨과 일자리를 함께 보전하고 있었다. 세상이 다시 뒤집히자 사람들은 오랫동안 피신해 있다가 모습을 나타낸 변도성을 열광적으로 환영해 주면서 영웅처럼 떠받들었다. 그들은 모두 여순반란사건 때 애국청년단을 만들어 친일분자들을 처단해야 한다고 나섰던 것처럼, 반동분자들을 척결해야 한다고 외쳐댔다. 그들은 변도성을 그들의 대장으로 삼으려고 했다. 그러나 그는 그 지도자가 되는 것이 두려웠다. 그때까지 단 한 번도 지도자는커녕 학교에 다닐 때 급장이나 반장 같은 것을 맡아 본 적이 없었기 때문이었을 것이다. 그는 아랫사람을 거느리고 명령을 내리는 사람이 되기보다는 차라리 윗사람을 받들고 명령을 받는 사람이 되고 싶었다. 윗사람이 되려면 일이 잘못될 경우 그 책임을 져야 할 터인데 그는 그것이 싫었다. 잘못된 일에 대해서 책임을 지고 괴로워하는 것보다는 차라리 아랫사람 노릇을 하면서 적당히 윗사람의 눈치나 보고 요령껏 살아가는 것이 훨씬 마음 편할 것 같았다.

변도성은 친구들의 지도자가 되는 것이 싫었기 때문에 지리산으로 최점수를 찾아가서 함께 고향으로 돌아가 그들의 책임자가 되어 줄 것을 청했다. 그러나 최점수는 한마디로 변도성의 청을 거절했다. 최점수는 지리산 숯쟁이 생활에 만족하고 있었으며 그의 삶을 아무에게도 침해당하고 싶어 하지 않았다.

"점수는 그때 아무런 꿈도 없어 보였네. 아니지, 그는 지리산의 일부가 되는 것을 꿈꾸었네. 내가 처음 점수를 데리러 갔을 때 그는 내게 지리산 뻐꾸기처럼 사는 것이 소원이라고 했다네. 그는 세상이 변하는 것을 싫어했지. 세상이 싫다고 했네. 그대로 내버려 두었더라면 어쩌면 그는 지리산 신선이 되었을지도 모르지. 지리산 신선은 못 되었을지라도 삼십오 년 동안 감옥생활은 하지 않았을 게야."

최점수가 절대로 지리산 밖으로 나올 것 같지 않아 보이자 그를 데리러 갔던 변도성의 마음이 약해졌다. 그도 최점수와 같이 옛날처럼 지리산 안에 갇혀 살고 싶었다. 변도성은 최점수와 떨어져 있고 싶지가 않은 것이었다. 어쩐지 그는 최점수와 함께 있으면 자신에게 행운이 따를 것만 같았고, 최점수와 떨어져 있으면 불행해질 것 같은 예감에 사로잡혔다. 그리고 그의 그 같은 예감은 맞아떨어질 것처럼 생각되었다. 기실 그때까지 변도성은 최점수 때문에 손해 본 일이 없었던 것이다. 손해는커녕 최점수와 함께 있을 때마다 마치 최점수의 모든 행운이 변도성에게로 빨려 들어오기라도 한 것처럼 그에게는 행운이 따라 주었고, 최점수에게는 불행이 겹치곤 했다.

변도성은 최점수에게 "네가 고향으로 돌아가지 않겠다면 나도 너와 함께 지리산에서 숯이나 구워 팔면서 살겠다"고 말했다. 그것은 변도성의 진심이었다. 그랬더니 최점수는 변도성에게 잘 생각했다면서 등을 쓸어 주었다.

"지금까지 지나온 일들을 돌이켜 보았더니 내가 크게 잘못 생각했다는 것을 알았다. 나는 지금까지 사람이 세상을 바꿀 수가 있다고 믿었었는데 그것이 아니드라."

"사람이 세상을 바꿀 수가 없다고?"

"그래. 사람이 세상을 바꾸는 것이 아니라, 세상이 사람을 바꿔 놓드라니깐. 그동안 우리들이 노력해서 달라진 것이 뭐냐? 달라진 것은 우리가 아니냐? 그것도 아주 못 쓰게 달라졌단 말여. 그래. 아주 형편없이 달라진 거여. 세상보다는 우리가 더 못 쓰게 달라졌어!"

최점수는 그때 탄식하듯 말했다. 변도성은 최점수가 자기의 마음을 환히 들여다보면서 자기를 비난하는 것 같아 약간 꾸릿꾸릿한 기분을 느꼈다. 그 때문에 변도성은 자신의 마음을 위장이라도 하려는 듯 최점수의 그 말에 강도 높게 맞장구를 쳐주었다.

"그래. 이노무 세상이 우리를 아주 못 쓰게 바꿔 놓았어. 세상이 우리를 간사하고도 비굴한 욕심장이로 만들어 버렸지. 세상이 한 번 뒤바뀔 때 사람은 열 번 아니 스무 번쯤 둔갑을 한 셈이지. 이대로 십 년쯤 지나면 친구도 없어질 꺼야. 어쩌면 친구가 적이 될 지도 모르지."

변도성의 그 말에 최점수는 커다랗게 고개를 끄덕거렸다.

"그러니까 나는 다시 세상 속으로 돌아가고 싶지가 않은 게야. 여기서 숯이나 구워 팔면서 살다가 세상이 조용해지면 그때 내려갈 테다."

최점수는 그렇게 말하면서 "시방 북쪽에서 인민군들이 내려와서 세상을 뒤바꿔 놓았는데, 언제 또 인민군 세상이 뒤바뀔지 모르지"라고 말하면서 다시 세상이 뒤바뀌리라는 것을 예상하고 있었다. 변도성의 생각에 최점수는 언제나 세상이 어떻게 바뀔 것이라는 것을 미리 예상하고 있었던 것 같았다. 그 때문에 그는 언제나 행동이 굼떴었는지도 몰랐다. 그는 철저하게도 매사에 신중을 기하는 성격인데도 결국은 친구들의 충동질을 이겨 내지 못하고 앞장을 서고 말았던 것이다.

"내가 본 견해로는 점수 그 사람, 공산주의 할 사람 아니었네. 그 사람은 반대로 온건주의자였고 의리가 깊은 평화주의자였지. 그런 그가 공산주의자 딱지를 붙이게 된 것은 친구들 때문이었어."

나는 변도성의 그 말에 공감의 뜻을 나타내느라 고개를 연신 끄덕거렸다. 변도성의 말마따나 최점수는 친구들 사정 봐주다가 자신의 삶을 망친 것인지도 몰랐다. 그는 권위주의를 싫어했으며 그의 용기는 권위주의를 무너뜨리기 위해서만 발동했다. 그러던 그가 결국은 스스로 권위주의의 올가미에 묶이게 되고 말았는데, 그 권위주의의 밧줄은 그의 친구들이 만든 것이었다.

"지리산으로 점수를 데리러 갔다가 실패한 나는 비상수단을 쓰지 않을 수가 없었네. 처음엔 점수의 말대로 지리산에서 그와 같이 지내보려고 했지만 사흘도 못 가서 뛰쳐나오고 싶어지더구만. 그래서 나 혼자 다시 고향으로 돌아갔었네. 그런데 고향에 돌아와 보니 애국청년단을 함께 만들었던 동지들이, 일제 때 면서기를 지내고 해방 후에 면장이 된 박 면장을 처단해야겠다고 하면서, 내가 처단 명령을 내려야 한다고 졸라대지 않겠는가. 박 면장 그 사람 마땅히 처단해야 할 반민족 친일분자였지. 그 사람 일제 때 얼마나 많은 우리 고향 사람들을 징용으로 끌어가는 데 협조를 해주었는가. 그런데 말이시, 그 사람을 처단하라는 명령을 차마 내 입으로 내릴 수는 없었네. 점수 말마따나 언제 다시 세상이 뒤바뀔 줄 모르는 판에 보복이 두려웠든 게야. 나는 말여, 이럴 때 점수가 있으면 얼마나 좋을까 하고 생각했었다네. 물살이 세고 빠른 여울목을 건너지 않으면 안 될 형편에 다리가 절실하게 필요한 심정이랄까. 나는 그 여울목을 건너기 위해서는 최점수를 다리로 이용하지 않으면 안 되었다네. 그래서 친구들을 모두 이끌고 지리산으로 쳐들어갔었지 뭔가."

변도성은 그때 애국청년단의 옛 단원들을 이끌고 최점수의 숯가마가 있는 피아골로 찾아갔었다. 그 무렵 최점수는 숯을 팔러 구례장에 내려 다니는 것을 그만두고 숯가마 옆의 움막 안에만 들어박혀 있었다. 변도성 일행이 최점수를 찾아갔을 때 그는 낭자하게 울어대는 매미 소리를 즐기면서 움막에서 낮잠을 자고 있었다. 변도성은 최점수가 신선처럼 평화스럽게 잠들어 있는 모습을 보고 동지들을 데리고 몰려온 것을 후회했다. 최점수의 평화를 침해하기가 미안하게 생각되었기 때문이다. 평화로운 최점수의 몸뚱이를 두껍다리처럼 밟고 위험한 세상의 여울목을 건너지 않으면 안 될 자신의 처지가 너무 비열하게 생각되었다. 순간 변도성은 얼마 전에 자신이 점수에게 '이 몹쓸 세상이 사람을 간사하고 비굴한 욕심장이로 만들고 있다'고 말했던 기억이 되살아났다.

"자, 우리들의 지도자를 모시고 내려가자."

변도성이 소리치자 동지들이 일제히 최점수에게 달려들어 그의 몸을 떠메었다. 놀라 잠에서 깬 최점수는 산을 내려가지 않겠다고 소리 지르면서 몸부림을 쳐댔다. 그러나 변도성으로부터 주의 말을 들은 동지들은 점수를 놓아주지 않았다. 그들은 〈우리는 지도자를 따르런다〉라는 노래를 합창하면서 최점수를 떠메고 지리산에서 내려갔다. 그들이 고향에 이르렀을 때는 많은 사람이 거리에 나와서 손을 흔들며 최점수를 환영했다.

"자네도 그날 학생들을 인솔하고 점수의 환영식장에 나왔었지?"

변도성은 하던 이야기를 멈추고 나를 보면서 물었다. 물론 나도 그날 최점수를 환영하는 면민 대회에 나갔었다. 그의 환영식은 머리 위에서 작열하는 칠월의 햇살보다 더 뜨거웠다. 우편국 앞 광장에 운집한 고향 사람들은 환영식단 위에 별이 달린 제복을 입고 등장한 점수를 향하여 열광적인 목소리로 환성을 지르고 손뼉을 쳐댔다. 나는 최점수가 많은 군중으로부터 열광적인 환영을 받은 것을 지켜보고 나도 모르게 기분이 우울해졌다. 이상하게도 배신당한 기분이 들면서 최점수가 나에게서 멀리 떠나가고 있는 이별의 마지막 장면을 마음 아프게 바라보고 있는 듯싶어, 나는 마음속으로 이제 최점수는 나의 친구가 아니구나 하고 중얼거렸다. 친구를 잃어버린 듯한 아쉽고도 쓸쓸한 마음 때문에 더 이상 환영식장에 서 있기도 힘들었다. 그와 함께 멱을 감던 일이며 그의 책보를 대신 들어다 주던 때의 일들이 기억의 저편에서 희미하게 떠오르면서, 소년 시절이 그리워졌다.

최점수의 환영식이 있은 지 일주일쯤 후에 그가 변도성과 함께 내가 첫 발령을 받고 오 개월째 근무하고 있는 학교로 찾아왔었다. 나는 그가 찾아와준 것이 별로 반갑지 않았다. 그의 환영식을 본 후부터 나는 마음속으로부터 그와 헤어지는 연습을 하고 있었는지도 몰랐다. 학교로 나를 찾아온 그에게 별로 하고 싶은 말이 없었기 때문에 나는 그에게 뜨악하게 대해 주었다. 그렇지만 그는 나에게 각별히 친절하게 대해 주면서 말이 많았다. 나는 그가 그때처럼 나에게 많은 말을 한 적이 없었던 것 같아 이상하게 생각할 정도였다. 나와 그는 앞뒷집에 살았고 나이가 같았지만, 언제나 그가 내게 명령하듯 했고 나는 그를 형처럼 대했었다.

"선생님이 된 한길이 네 모습이 참 보기에 좋다. 나도 너처럼 선생님이 되는 것이 소원이라는 것을 너한테 말했었지? 나는 선생님이 된 한길이 네가 정말로 부럽구나. 너는 좋은 선생님이 될 수 있을 게다. 너도 말이다, 우리가 존경했던 지리 선생님같이 되기를 바란다."

제복에 권총까지 찬 최점수는 내 손을 오랫동안 힘있게 잡아 흔들며 정감 넘치게 말했다. 나는 잠자코 그의 제복과 모자에 붙은 빨간 별을 바라보고만 있었다. 운동장 모퉁이 버찌나무 그늘 밑에 서 있는 우리들 주위로 학생들이 몰려들었는데, 최점수는 학생들의 머리를 쓰다듬어 주면서

"나는 여기 네들 선생님 친구다."

라는 말을 여러 번 되풀이하는 것이었다.

우리들이 버찌나무 그늘 밑에 서 있는 것을 보고 교장 선생이 나와서 최점수를 임금님 모시듯 교장실로 안내했는데, 교장실에서 그는 교장 선생님한테 계속 내 이야기만 했다. 그는 교장 선생한테 그와 나 사이가 죽마지우라는 것을 강조했다.

"어려운 일이 있으면 언제든지 나를 찾아오거라."

그가 교문 앞에 세워 둔 지프 위에 오르면서 내게 말했을 때 나는 대꾸를 하지 않고 씁쓸하게 웃고만 있었다.

그 후 한동안 그를 만나지 못했다. 그러나 그에 관한 이야기는 겨울바람처럼 날마다 내 귓바퀴를 때렸다. 내가 그의 친구라는 것을 안 교직원들이 최점수에 관해 들은 이야기들을 내게 전해 주었다. 내 귀를 긁어 대는 그에 관한 이야기는 결코 좋은 내용이 아니었다. 어느덧 그는 모든 사

람에게 무서운 존재가 되고 있었다. 누가 붙잡혀 갔다거나 죽임을 당했다는 이야기 속에는 언제나 최점수의 이름이 등장하곤 했다. 최점수가 붙잡아 갔고 최점수가 목숨을 거두었다는 것이었다. 날이 갈수록 사람들은 그를 두려워했다. 그에게 붙잡혀 가면 아무도 살아서 돌아올 수 없다고들 했다. 처음에 그를 열광적으로 환영했던 사람들도 그에게 붙잡혀 가지 않기 위해 몸을 도사렸으며, 그의 이름을 듣기만 해도 전율을 느꼈다. 그런데 이상한 것은 최점수가 두려운 존재라는 것이 알려지기 시작하면서부터 그가 사람들 앞에 모습을 나타내지 않은 것이었다. 나는 그가 학교로 나를 찾아왔던 후 한 달 가까이 그를 보지 못했다. 나뿐만 아니라 고향 사람들 모두가 그의 얼굴을 대하기가 어려웠다. 그의 모습을 볼 수 없는 대신 그의 이름만이 바람처럼 우리 주위에 윙윙거렸다. 누구를 붙잡아 가고 누구를 죽였다는 등 그에 대한 두려운 소문만이 전염병처럼 퍼졌다. 그해 여름의 더위는 최점수의 악명만큼이나 맹위를 떨쳤다.

내가 최점수를 마지막 본 것은 수령이 400년쯤 되었다는 우리 고향 마을 앞의 늙은 좀팽나무 이파리들이 땡볕에 지쳐 소들소들 시들어 갈 정도로 더위가 기승을 부리던 팔월 하순께였다. 고향 마을의 황병일이가 잡혀 갔다는 연락을 받고 그의 구명을 위해 최점수를 만나러 갔었다. 황병일은 나와 동갑으로 최점수랑 고향에서 함께 초등학교를 다녔으며 중학교 때부터는 서울에서 유학 한, 운산리에서는 가장 부자로 소문난 황 참봉댁 손자였다. 나는 황병일의 부모들로부터 최점수를 만나 달라는 부탁을 받고 용기를 내어 그를 만나러 갔다.

최점수는 교실만큼 넓은 사무실의 출입문 맞은 켠에 놓인 단 하나의 책상에 출입문을 마주 보고 작은 항아리처럼 앉아 있었다. 그는 내가 그의 책상 앞으로 가까이 다가갈 때까지 나를 알아보지 못하고 깊은 생각에 잠겨 있다가, 내가 가볍게 기침을 했을 때에야 먼 산을 바라보는 듯 가느다란 시선으로 나를 보더니, 마치 악몽에서 막 깨어난 사람처럼 약간 두려워하는 표정을 지었다.

"응, 한길이 자네가 웬일인가?"

최점수는 여전히 공허하고 지친 듯한 시선으로 나를 바라보며 입을 열었다. 그는 별로 나를 반가워하는 것 같지가 않아 나도 약간 기분이 뜨악해졌다. 뻣뻣하게 서 있는 나에게 앉으라는 말도 하지 않았다. 최점수는 학교로 나를 만나러 왔을 때보다 약간 검게 탄 얼굴로 나를 빤히 쳐다보면서 담배를 피워 물었다.

"나, 병일이 때문에 왔다네."

"병일이 때문에?"

"그래. 자네 황병일이 잘 알지 않는가?"

"알지. 황 참봉 손자 황병일이를 모를 턱이 있나. 그런데 그 병일이가 어찌 되었는데?"

나는 최점수가 황병일의 소식을 모르고 있다는 것이 이해가 되지 않았다. 어쩌면 일부러 모르는 척하는 것인지도 모른다는 생각이 들었다.

"정말 모른단 말인가? 황병일이 소식을 모른단 말야?"

나는 어쩐지 그가 딴전을 부리고 있는 것 같은 생각이 들어 자신도 모르게 말투가 거칠어졌다. 그러면서도 약간 두려움을 느끼기도 했다.

"황병일이 어찌 되었는데?"

최점수가 담배 연기를 내 얼굴에 내뿜으며 다시 물었다.

"닷새 전에 잡혀갔네. 그래서 자네한테 그 친구를 좀 풀어 주라고 부탁을 하러 왔다네."

최점수는 잠자코 내 말을 듣고 있더니 씁쓸하게 웃으며 신경질적으로 담배를 양철 재떨이에 비벼 껐다. 그러고 나서 다시 지친 눈길로 말없이 나를 쳐다보고만 있었다. 내가 보기에 그때 최점수는 전 같지 않게 맥이 빠져 있는 데다가 감정이 바위처럼 무디어질 정도로 지쳐 있는 듯싶었다. 그것은 어쩌면 더위 탓일지도 모른다는 생각이 들었다.

"한길이 자네, 나를 어찌 생각하는가?"

최점수가 한참이나 나를 빤히 쳐다보다가 그렇게 물었다. 나는 그의 애매한 질문에 무어라 대답해야 좋을지 몰라 한동안 잠자코 그를 마주 보고만 있었다. 그는 황병일에 관해서는 관심이 없는 듯 보였다.

"어찌 생각하다니, 무슨 말인가?"

나는 그가 나에게 묻고 있는 의도가 무엇인지 가늠할 수가 없어 그렇게 반문했다. 그때 총을 멘 남자들 서너 명이 사무실 안으로 들어와 최점수 앞에 차렷 자세를 했기에, 나는 잠시 사무실 구석 쪽으로 가서 밖을 내다보았다.

"이런 밥통 같은 새끼! 네놈들은 당장 총살이야!"

사무실 밖, 오동나무 잎에 한여름의 햇살이 구리철사처럼 내리꽂히고 있는 것을 바라보고 있던 나는 최점수가 내지르는 소리에 깜짝 놀라 시선을 회수하여, 차렷 자세를 하고 서 있는 제복의 젊은이들을 향해 권총을 겨누고 있는 광경을 보았다.

"이 쌍놈의 새끼들!"

최점수는 버럭 소리를 내지르면서 권총의 손잡이로 차렷 자세를 하고 있는 젊은이들의 머리를 내리쳤다.

최점수는 내가 보는 앞에서 세 명의 부하에게 입에 담을 수 없을 만큼 상스러운 욕을 마구 퍼부어 대면서 권총 손잡이로 머리통을 내리찍고 발로 허구리를 찼다. 그런 최점수의 모습은 사람 같지가 않았다. 나는 여지껏 최점수의 그 같은 모습은 한 번도 본 일이 없었기 때문에 적이 놀라지 않을 수가 없었다. 그 순간 최점수는 지금껏 내가 생각해 왔던 것과는 전혀 다른 사람으로 보였다. 그가 부하들을 두들겨 패는 모습을, 겁에 질린 표정으로 바라보고 있던 나는 몇 번이고 밖으로 뛰쳐나가고 싶었지만, 내가 사무실을 나가기라도 하면 최점수가 내 등에 권총을 쏠지도 모른다는 두려움 때문에 숨소리조차 죽이고 구석에 서 있었다.

"쌍놈의 새끼들! 오늘 안으로 그놈을 잡아 오지 못하면 네놈들은 모두 총살이야!"

최점수가 권총을 부하 한 명의 골통에 대고 발악하듯 소리 질렀다. 잠시 전까지만 해도 눈빛마저도 공허하게 보일 정도로 지쳐 있던 그가 세 명의 부하들을 잡아 죽일 듯 닦달하는 순간만은 공허한 눈에 핏발이 돋고, 새벽 호랑이처럼 무서워 보였다.

"나를 어찌 생각하느냐고 물었었지?"

그가 부하들을 내보내고 나서 구석에 옥죄인 마음을 다독거리며 서 있는 나를 턱짓으로 가까이 불러 옆에 세우고 물었다. 나는 대답을 못 하고 미적거렸다. 자칫 잘못했다가는 조금 전에 그가 부하들을 닦달했던 것처럼 권총을 내게 들이댈지도 모른다는 생각에, 마음속으로 떨고 있었기 때문이다. 나는 황병일에 대한 부탁이고 뭐고 최점수의 사무실에서 빠져나가고 싶은 마음뿐이었다.

"왜 대답을 못허는 게야? 한길이 너는 나와 가장 가까운 이웃 친구가 아니냐. 더구나 너는 내 누이를 좋아하지 않느냐. 나는 너와 내 누이가 잘되기를 원하고 있다."

최점수가 누이의 이야기를 꺼낸 순간 내 머릿속에는 백목련 꽃잎 같은 엉덩이를 허옇게 까고 똥통에 올라앉아서 낑낑거리며 배설의 쾌감을 누리고 있던 최점순의 모습이 부스럭거려 쓴웃음을 삼켰다. 그리고 최점수의 시선을 피했다.

"너, 우리 점순이 좋아하지?"

최점수의 뚱딴지 같은 물음에 나는 애매하게 웃음을 떠올리며 긍정도 부정도 아닌 표정을 지었다.

"황병일이 좀 부탁한다."

나는 그의 물음에는 대답을 회피하고 그 대신 황병일의 이야기를 다시 꺼냈다. 그러나 최점수의 표정이 석불처럼 굳어지면서 마뜩잖은 눈빛으로 나를 찔러보았다.

"황병일? 한길이 너는 나를 만나러 온 것이 아니라 황병일이 때문에 왔구나?"

"그 친구가 붙잡혀 간 지 일주일이나 되도록 소식이 없으니 어찌 된 일이냐?"

나는 용기를 내어 따지듯 물었다. 그러자 최점수의 눈빛이 더욱 날카롭게 휘어들었다. 그는 한동안 말없이 낚싯바늘처럼 날카롭게 휜 눈길로 나를 바라보고만 있었다.

"황병일이라…… 그가 왜 여기에 잡혀 왔을까……."

최점수는 나를 바라보며 중얼거렸다.

"분명 네 부하들이 이리로 끌고 왔다고 하드라."

"글쎄…… 암튼 알아보겠다. 누가 붙잡혀 오고 누가 죽게 되는지 알 수가 있어야지. 요즘에는 아무나 붙잡아 오고 아무나 마구 죽이니까 말야. 죽고 사는 것이 뒤죽박죽이거든. 살겠다고 발버둥 치면 쉽게 죽게 되고, 죽어도 좋다는 사람은 오히려 살아남게 된단 말야. 요즘에는 나도 내 정신이 아니다. 정신 차리고 살아갈 수가 없으니까. 모든 게 뒤죽박죽이야. 나도 내일을 예측할 수가 없다니까."

최점수는 내게 알 수 없는 말을 지껄이고 나더니, 황병일에 대해서 알아보고 오겠으니 사무실에서 잠시만 기다리고 있으라는 말을 나기고 별이 달린 모자를 바로 고쳐 쓰며 밖으로 나갔다. 그가 밖으로 나간 뒤, 나는 마치 학교 강당만큼이나 넓은 사무실에 꼼짝 못 하고 갇힌 기분이 되어, 유리 창문 옆에 바짝 붙어 서서 우체국 앞 광장을 바라보고 있었다. 총을 멘 제복의 젊은이들이 양복 차림의 무리를 조기 두름 엮듯 묶어서 끌고 가는 광경이 눈에 들어왔다. 묶여 가는 그 무리 속에 황병일이 끼어 있을지도 모른다는 생각을 하면서 한 사람, 한 사람 눈여겨 되작거리듯 살펴보았다. 그러나 끌려가는 사람들이 하나같이 고개를 깊숙이 떨구었기 때문에 얼굴을 바로 볼 수가 없어 황병일의 모습을 찾지 못했다. 조기 두름처럼 묶여서 끌려가는 그들의 발걸음은 죽음의 행렬처럼 무겁고 음산한 분위기를 자아내고 있었다. 그 행렬을 바라보는 순간 나의 마음은 참담하게 가라앉았다. 어쩌면 무덤으로 끌려가고 있는 것인지도 모르는 그들을 위해 눈물 한 방울 흘리지 못하는 나 자신의 비정함과 그들을 위해 아무것도 할 수 없는 무력감에, 나는 뼛속에 스미는 절망감을 맛보았다.

최점수가 다시 사무실로 돌아온 것은 한 시간쯤 지나서였다. 그는 내가 처음 사무실에 들어와서 그를 만났을 때처럼 절망감에 지친 모습으로 마룻장을 쿵쿵 울리며 돌아왔다. 그리고 그 뒤에는 황병일이가 뜨거운 물에 데친 푸성귀처럼 맥이 빠져 흐늘거리는 걸음으로 따라 들어오고 있었다. 나는 황병일에게로 달려가서 그를 힘껏 안았다.

"다행히 살아 있었구나."

나는 최점수에게 고맙다는 말도 하지 않고 한참 동아이나 황병일을 끌어안고 있었다. 황병일은 마치 감각을 잃어버린 사람처럼 나를 대하고도 덤덤한 표정이었다.

"점수, 고맙네."

내 말에 최점수는 버릇처럼 씁쓸하게 웃음을 삼켰을 뿐이었다. 나는 병일이를 한시바삐 그의 가족에게 데려다주기 위해 최점수에게 작별의 손을 내밀었다.

"다시 만날 때까지 몸조심하고 잘 있게."

나는 최점수의 손을 잡고 오래도록 흔들어 댔다.

"글세, 다시 만나게 될지 모르겠구나."

"무슨 말이야? 다시 만날 수 있을지 모르다니?"

"글세, 자신이 없으니까. 내일 어떻게 될지 예측할 수 없으니까 말야. 전쟁은 언제나 불확실하거든. 내가 이런 말을 해서는 안 되는데 말야. 한길아, 내가 없더라도 우리 점순이 좀 잘 부탁한다. 나는 점순이가 너를 좋아한다는 것을 알고 있다. 점순이만 네가 맡아 준다면 아무 걱정이 없겠다."

최점수는 마치 다시는 나를 만나지 못할 것처럼 말했다. 그의 말을 들은 나는 어쩐지 불길한 예감에 휘감기고 말았다. 그답지 않게 자신감을 상실한 듯싶어 마음이 아팠다. 역시 최점수는 자신만만할 때의 모습이 가장 보기에 좋았고 믿음직스러웠다.

최점수는 우체국 앞 광장까지 따라 나와서 나와 황병일이를 배웅해 주었다.

"자, 네게 줄 것이라고는 이것밖에 없구나."

최점수는 나에게 담배 한 갑을 내밀며 말했다. 그리고는 내 귀에 입을 바짝 대고는 "병일이가 참 부럽다. 한길이 너는 나를 위해서도 구명운동을 해주겠지?" 하고 나지막한 목소리로 물었다. 나는 그의 물음에 고개를 끄덕이며 "자네가 황병일이의 처지가 되었더라면 붙잡혀 간 다음 날 찾아왔을걸" 하고 역시 나지막하게 대답했다. 그 말은 나의 진심이었다. 왜냐하면 나는 황병일보다 최점수에게 더 친근감을 느끼고 있었기 때문이었다. 내 말에 그는 내 손을 꼭 잡아 흔들고는 만족하게 웃었다.

"다시 만났으면 하는데…… 그때가 언제쯤 될지 모르겠다."

그가 내 손을 잡고 흔들면서 말했다. 그것이 마지막이었다. 나는 황병일을 부축하고 우체국 앞 광장 모퉁이를 돌아가다가 얼핏 뒤를 돌아다보았는데, 그때까지도 최점수는 나의 뒷모습을 바라보고 서 있다가 손을 흔들었다. 그때 그는 비록 별이 달린 모자에 초록색의 제복을 입고 허리에 권총을 차고 늠연하게 서서 뒤를 돌아다보는 나에게 손을 흔들었으나, 내 눈에 그는 이 세상에 가장 외로운 사람처럼 보였다. 내가 마지막 본 최점수의 모습은 삶에도 싸움에도 완전히 지쳐 있는 듯싶었다. 그의 모자에 붙은 별까지도 내 눈에는 아무 의미도 없어 보였다. 그리고 그에게 커다란 불행이 닥쳐올 것 같은 불안한 예감 때문에 오랫동안 그의 마지막 모습을 눈여겨 바라보았다.

"점수, 그놈 아주 나쁜 놈이다."

집으로 돌아오면서 황병일이가 말했다.

"병일아, 너는 점수 때문에 풀려 나온 거여. 그런데도 그가 나쁘다니?"

나는 그렇게 말하는 황병일을 이해할 수가 없었다.

"점수, 그 자식 언젠가는 대가를 치르게 될 테니까 두고 봐라."

"점수를 나쁘게만 생각하지 마. 그래도 친구들한테는 잘했지 않아."

"그 자식은 소영웅주의자여. 넌 그놈의 속셈을 모르고 있었냐?"

나는 황병일의 말에 대꾸하지 않았다. 어쨌거나 점수의 도움으로 풀려 나오게 되었는데도 그를 나쁘게 생각하는 병일의 태도가 마음에 들지 않았다.

그 후 나는 최점수를 만나지 못했다. 총소리나 비행기 소리, 그리고 죽어가는 사람들의 비명으로 얼룩진 그해 여름은 두 개의 태양을 겹쳐 놓은 것만큼이나 하루하루가 지루하고 답답했다. 그 지루했던 여름이 끝나고 가을걷이를 시작할 무렵, 점수는 어디론가 행방을 감추어 버리고 말았다. 들리는 말에는 지리산으로 들어갔다고도 했고 태백산맥을 타고 이북으로 넘어갔다는 말도 있었다. 최점수가 자취를 감춘 지 1년쯤 후에 들려오는 소문으로는 자수하여, 자수한 빨치산들로 조직된 보아라부대원이 되어 공비토벌에 앞장을 서고 있다고 했다.

4

"최점수가 석방된다고? 그 숭악헌 빨갱이새끼가 세상에 나와?"

퇴직 경찰서장으로 지금은 자동차 정비공장 사장을 하고 있는 황병일을 찾아가서 점수의 이야기를 했더니 펄쩍 뛰었다. 어찌했건 한때 최점수의 도움을 받아 생명을 구할 수 있었던 황병일이가 그렇게 말하자, 나는 예상을 했던 일이긴 하나 너무 실망이 커 한동안 할 말을 잃고 말았다.

"그런 놈이 사회에 나오면 안 되는데? 그놈은 사상이 아주 불순해서 사회를 어지럽게 될 것이 뻔하단 말일세. 가뜩이나 요즘 용공사상이 활개를 치는 세상에 순악질 빨갱이 최점수가 세상에 나와서는 큰일이여. 그놈 사상은 아주 썩었어. 죽을 때까지 감옥에 가두어 놓아야 사회가 안정된다니까."

나는 황병일이한테 무슨 말을 해야 좋을지 몰라 목덜미가 투실하고 살진 그의 메주볼을 보고만 있었다. 그러면서 오래전 최점수를 찾아가서 황병일을 구출해 왔던 때를 돌이켜 보았다. 그때도 황병일은 그를 **빼내** 준 최점수에게 단 한 마디도 고맙다는 말을 해주지 않았었다. 내가 황병일에게 무슨 일 때문에 붙들려 갔었느냐고 물어 보았으나 대답을 해주지 않았다. 훗날 안 일이었지만 황병일이가 붙들려 간 것은 그가 최점수의 누이 최점순을 겁탈했기 때문이었다. 그러니까 최점수가 그의 부하들을 시켜 황병일을 붙잡아 간 것이었다. 그런데도 내가 황병일 때문에 최점수를 만나러 갔을 때, 최점수는 황병일에 대해서 아는 바가 없다고 시치미를 뗐던 것이었다. 결국 황병일로부터 겁탈을 당한 최점순은 산 너머 농사꾼한테 시집을 가고 말았다. 나는 황병일로부터 그가 최점순을 겁탈했다는 말을 들은 순간 황병일을 죽이고 싶은 살의를 느꼈다.

"최점수를 체포한 것은 바로 나였지."

내가 자동차 정비공장으로 찾아가서 최점수가 석방된다는 소식을 전했을 때 황병일은 그렇게 말했다.

"최점수가 자수한 것이 아닌가? 난 자수한 것으로 알고 있었는데 말야."

"내가 체포했다니까. 그때 나는 경찰에 투신하여 공비토벌작전에 임하고 있을 때였네."

황병일이 신경질적으로 말했다. 그는 지금도 자신이 공비토벌작전에 임했을 당시 큰 전과를 올렸다는 것을 늘 자랑하고 있었다. 그는 얼마 전까지만 해도 공비토벌작전 때, 그가 죽인 빨치산의 시체에서 뽑아낸 금이빨들을 꿰어 목걸이를 만들어 목에 걸고 다니기까지 할 정도였다.

"나는 점수가 자네를 찾아가서 자수를 한 줄로만 알고 있었네."

나는 최점수가 체포당했다는 것을 알고 있으면서도 짐짓 그렇게 말했다. 최점수가 황병일에게 붙잡혀 갈 때 나는 고향에 없었기에 직접 볼 수는 없었다. 그러나 마을 사람들로부터 최점수가 붙잡혀 간 이야기를 자세히 들어 알았다.

지리산 피아골에 단풍이 불붙을 무렵 세상이 바뀌자, 최점수는 사람들의 눈을 피해 고향으로 돌아와서 마을 뒷산에 토굴을 파고 숨어들었다. 내가 후에 들은 이야기였는데, 최점수가 마을 뒷산에 숨어 있다는 것을 마을 사람들은 거의 알고 있었다고 했다. 결국 그 소문이 경찰이 된 황병일의 귀에까지도 들어가게 되었으며 어느 날 황병일이 총부리를 들이대고 토굴로 들어가서 최점수를 붙잡아 간 것이었다. 황병일이 최점수를 토굴에서 끌어냈을 때, 최점수의 몰골은 늙은이처럼 수염이 길게 자라고 백지장처럼 창백한 얼굴에 허리를 제대로 펴지 못했다고 했다.

황병일은 최점수를 끌고 경찰서로 가서 자수를 시켰다. 황병일이가 최점수를 살린 것이었다.

"자수를 시켰기 때문에 신세 갚음을 한 게지. 황병일에게 자수 형식을 취하지 않았더라면 그는 영락없이 총살을 당하고 말았겠제. 내가 그를 자수시켰기 때문에 새 세상을 살 수가 있었다네. 그렇지만 내가 그를 자수시킨 것은 그가 좋아서 한 일이 아니고, 신세 갚음을 한 것뿐일세."

황병일이가 생각에 잠긴 얼굴로 말했다.

황병일에 의해서 자수를 하게 된 최점수는 자수한 빨치산으로 구성된 보아라부대원이 되어 지리산 공비토벌작전에 앞장섰다.

"보아라부대원이 된 최점수는 어느 누구보다 용감하게 앞장서서 공비토벌작전에 임했다네. 아마 점수가 사살한 공비들만도 수십 명은 될거야. 나는 점수가 그렇게 잔인한 줄을 몰랐었구먼. 그는 화염방사기를 메고 공비들이 숨어 있는 토굴에 대고 마구 뿜어 댔네."

공비토벌작전에 큰 전과를 세운 최점수는 후에 경찰로 특채되었다.

"경찰로 전향한 점수는 완전히 정신병자가 되었네. 제정신이 아니었어."

황병일은 최점수에 대한 이야기를 하면서 모래 씹는 표정을 지어 보였다. 그는 시종일관 불쾌한 눈빛을 하고 최점수가 경찰로 전향한 후 사상범으로 감옥에 들어가기까지를 이야기해 주었다.

"경찰로 전향하여 나와 같이 경찰국에 근무할 때 최점수 그 자식은 아침부터 저녁까지 술에 만취되어 비틀거렸다니깐. 나는 그 자식이 정신 말짱한 때를 한 번도 못 보았네. 언제나 얼굴이 벌겋고 눈은 철쭉 꽃잎 모양으로 핏발이 돋아 있었으니깐. 아마 제딴엔 공비토벌작전 때 잔인하게 빨치산들에게 화염방사기를 뿜어 대서 태워 죽였던 것 때문에 괴로워하고 있었던 모양이야. 그걸 보고 나는 최점수 그 사람 큰 인물이 아니라는 것을 알았구만. 큰 사람이 되려면 그만한 일로 고민을 해서는 안 되거든. 점수 그 친구는 양심의 가책을 느끼고 괴로워했겠지만 서도, 양심 바른 사람치고 성공한 사람 없지 않은가. 점수 그 자식도 그 일을 훌훌 털어 버리고 착실하게 근무를 했더라면 지금쯤 안정을 누리고 편안하게 살 수 있었을 것 아닌가. 한마디로 말해서 점수 그 자식은 순진한 감상주의자야. 처음부터 영웅이 되려고 하지 말았어야지."

황병일은 처음부터 끝까지 최점수에 대해서 비난하는 투로 말했다. 나는 황병일이 마치 나를 비난하는 것처럼 마음이 옥죄어들었다. 나는 그에게 최근에 최점순이를 만났다는 말을 하고 그의 반응을 살펴보았다. 왜냐하면 최점순이가 불행하게 된 것은 황병일 때문이라고 생각하고, 그가 그녀에 대해서 얼마만큼 죄의식을 느끼고 있는지 감지해 보고 싶었기 때문이다.

"최점순을 만났다고? 그런데 왜 나헌테 그 여자 이야기를 허는 겐가?"

"점순이가 극락산 너머로 서둘러 시집을 간 건 자네 때문이 아니었는가? 그때 우리 마을에는 자네가 점순이를 봐버렸다는 소문이 쫙 퍼져 있었거든."

"말이 나왔으니 말이지만 그때 한길이 자네가 점순이를 좋아했었지. 내가 점순이를 봐버린 것은 자네 때문이었어. 나는 공부로나 힘으로나 한길이 자네한테 열등감을 느꼈거든. 그래서 말야 자네 기를 꺾어 놓기 위해서 오기로 점순이를……."

황병일은 그렇게 말하고 나를 바라보며 느질맞게 웃었다. 나는 그의 멱살을 움켜잡고 박치기를 해주고 싶은 충동을 느꼈으나, 내 나이를 헤아리며 참았다. 나는 괜히 최점순의 이야기를 꺼냈구나 싶어 "그런데 점수가 어째서 형무소에 갇히게 되었는가?" 하고 말머리를 돌렸다.

"그 자식 참 바보더구먼. 스스로 자기 무덤을 판 셈이었지."

황병일이가 여전히 나를 바라보고 느질맞게 웃으면서 말했다.

"스스로 무덤을 팠다니?"

"사실 세상을 오래 살다 보면 남의 무덤 파기보다는 자기 무덤을 파기가 쉽다는 것을 알게 되거든. 자칫하면 스스로 자기 무덤을 파게 된단 말일세. 더구나 세상이 뒤숭숭할 때는 촉각을 빳빳하게 세우고 긴장을 하고 살아야 하는 건데, 긴장이 풀렸다 하면 자기도 모르게 스스로 판 무덤 속에 빠지게 된단 말일세."

"그가 뭘 잘못했는가?"

"어느 날 술에 취해서 동료들한테 자기는 무정부주의자라고 떠들어댔네."

"그런 말을 했다고 무슨 죄가 된단 말인가."

"그 말끝에 그 작자가 뭐라고 한 줄 아는가?"

"김일성 만세라도 불렀다는 말인가?"

"자기는 화염방사기로 수많은 동족을 태워 죽인 살인자라고 떠들어대면서, 자기가 많은 사람을 죽이게 된 것은 본심이 아니었다고 했네. 자기를 살인자로 만든 것은 바로 경찰국장이라고 했다네. 사실 최점수 그 작자가 화염방사기로 공비들을 태워 죽인 것은 그자 자신이 살아 남기 위해서 한 행동이었거든. 그런데 그게 자기 본의가 아니었다니 그게 말이나 되는가? 그러면서 그 작자 하는 말이 자기는 민주주의고 공산주의고 다 싫다고 했다니까. 결국 점수 그 작자 사상범으로 구속되어 형무소 신세를 지게 되었지. 그 작자는 경찰로 전향을 한 후에도 공산주의 사상을 버리지 못한 것이 분명해."

황병일은 한참 열을 올려가며 최점수를 비난했다. 나는 황병일로부터 최점수에 대해서 좋은 말을 듣게 되리라고는 상상하지 않았으나, 이렇듯 노골적으로 비난을 하자 떨떠름한 기분으로 그를 흘겨보았다.

"점수 그 사람이 분명 자신은 공산주의도 싫다고 했다면서? 그런데 그가 공산주의자라니 이해가 안 가는구만그래. 병일이 자네는 그가 정말로 공산주의자라고 생각하는가?"

"암턴 그 작자는 생각이 불건전한 건 분명해. 그런 작자는 국가나 사회에 아무런 도움을 줄 수 없다니까. 도움은커녕 큰 해를 끼칠 사람이야. 그런 작자를 세상에 내놓으면 절대 안 된다고."

"아무리 점수의 사상이 불건전하다 해도 이제는 다 늙었지 않은가."

"그래도 안 되네. 그 작자는 세상을 걷잡을 수 없도록 오염시키고 말 것일세."

"세상이 점수를 오염시켰지 뭐. 세상이 그를 그렇게 만든 것일세. 친구들이 그를 이용한 거여. 자네 말마따나 점수는 감상주의자고 낭만주의자거든."

"한길이 자네는 점수 그 작자를 좋게만 보려고 하는구만그려."

"병일이 자네야말로 점수를 지나치게 나쁘게만 보려고 하는군. 사람을 한 번 나쁘게 보기 시작하면 끝이 없다네. 이 사람아, 점수는 우리 친구가 아닌가. 점수는 영웅이 되려고 하지 않았었네. 그는 다만 그때그때 자기의 삶에 충실했던 것뿐이여."

"한길이 자네가 갑자기 최점수로 보이는구만."

"우리가 점수를 불행하게 만들었다고 생각하네."

"그건 점수 책임이지, 어째서 친구들 탓인가?"

황병일이가 눈을 크게 뜨고 나를 쏘아보며 말했다. 나는 황병일과 다투고 싶지 않았기 때문에 그의 말을 받지 않았다. 나는 황병일을 찾아와서 최점수에 대한 이야기를 꺼낸 것을 후회했다.

"그나저나 점수가 석방되는 날 친구들이라도 나가 봐야 하지 않겠는가?"

나는 황병일에게 기대하지 않고 물었다. 점수가 석방되는 날 그가 얼굴을 내밀 것 같지가 않았기 때문이었다.

"나가 봐야지. 점수 그 사람 얼마나 변했는지? 그리고 옛날처럼 아직도 자신만만한 태돈가 한번 보고 싶으니 나가 보겠네. 그렇지만 나는 똑 깨놓고 말해서 앞으로 최점수하고 어울리지는 않겠네. 그런 작자와 어울렸다가는 이로울 것이 없으니까."

황병일의 그 같은 말에 나는 그의 눈을 피해 시선을 멀리 던졌다.

황병일을 만나고 집에 돌아온 나는 마치 가장 가까운 친구의 장례식에 참석하고 온 것처럼 기분이 거무죽죽하게 가라앉았다. 우울한 기분을 달래기 위해, 고속터미널 앞에서 구두 수선집을 하고 있는 외사촌한테 들러 술을 얻어 마시고 밤늦게 집에 돌아와 보니, 더욱이 막내아들 순식이의 방이 비어있어 마음이 수세미 속처럼 뒤숭숭해지면서, 알 수 없는 외로움에 으스스 몸이 떨렸다. 그날 밤 나는 막내를 기다리느라 새벽 열차가 역 구내로 절겅거리며 휘어 들어올 때까지 한숨 삼켜 가며 몸을 뒤척였다. 아내 역시 막내를 기다리느라 고통스럽게 한숨을 내쉬며 잠을 이루지 못하고 있었다.

나는 잠을 이루지 못하고 있는 아내한테 최점수가 35년 만에 석방된다는 이야기를 해주었다. 아내는 최점수에 대한 이야기를 다 듣고 나더니 벌떡 일어나 앉으며 "그 사람 부모는 얼마나 애간장을 녹였을 끄라우" 하며 혀를 찼다.

"그 사람 부모는 자식이 감옥에 들어가던 해에 세상을 뜨고 말았다대."

나는 최점수 부모에 대한 기억을 떠올리며 말했다.

"일찍 죽기를 잘했구만이라우."

아내는 고무풍선에서 바람 빠지는 소리를 내며 짚불 스러지듯 자리에 누웠다. 그리고는 한참이나 말이 없다가 "우리 순식이 잽혀 갔으면 어쩔 그라우. 붙잽혀 가는 날에는 뒈지게 얻어맞는다는듸, 그러다가 병신이라도 되면 어쩔그라우" 하고 걱정을 했다. 나는 다시 아내에게 황병일을 만났던 이야기를 해주었다. 아내는 황병일을 비난하지 않았다.

막내 순식이는 벽시계가 4시를 치고도 반 시간쯤 지나서야 다급하게 아파트의 부저를 눌렀다. 부저가 울리자 아내는 아들의 이름을 외쳐 부르며 부리나케 방에서 튀어 나갔다. 나는 아내한테 큰소리로 순식이를 큰방으로 끌고 오라고 일렀다. 어머니의 자그마한 등 뒤에 몸을 웅크리고 어기적 거리며 큰방으로 들어선 막내의 몸에서는 언제나 그랬듯이 최루탄 냄새가 진동했다. 아내와 나는 한바탕 경쟁이나 하듯이 재채기를 토해냈다.

"도대체 네 놈은 뭣이 되려고 그러냐?"

나는 한바탕 재채기를 토해내고 나서 신경질적으로 순식에게 쏘아붙였다.

"무엇이 되려고 이러는 것이 아녀요."

막내는 문턱 아래 나무토막처럼 빳빳하게 선 채 술 냄새 대신 최루탄 냄새를 확확 풍기며 말했다.

"세상이 시끄러울 때는 절대 똑똑한 척 말고 그저 못난 척해야 살아남을 수가 있다고 이 애비가 입이 아프게 말허지 않았드냐? 세상이 어지러울 때는 절대 영웅이 살아남지 못하는 법이다. 이 애비 고향 친구 최점수라는 사람을 봐도 그것을 알 수 있는겨. 애비 고향 친구 최점수라는 사람도 젊었을 때는 우리들의 우상이었다. 그런듸 시방은 공산주의자로 몰려

삼십오 년 동안이나 감옥살이를 하고 나오게 되었는데 늙마에 의지할 방 한 칸 없단다. 너도 최점수 같은 사람이 될라고 그러느냐?"

나는 절망감에 사로잡혀 울부짖듯 말했다.

"저는 이 시대의 불감증환자는 되기 싫어요. 무사안일주의는 역사를 후퇴시킵니다. 저는 절대 무사안일주의자는 되지 않을 것입니다."

막내는 마치 데모 군중 속에서 구호를 외치듯이 큰 소리로 말하고는 방에서 나가 버렸다.

다음날, 나와 아내는 텔레비전 뉴스 화면에서, 머리에 붉은 띠를 두르고 마치 로마병정들처럼 방패로 몸을 가리고 겹겹이 줄지어 서 있는 전경들을 향해 화염병을 던지는 아들의 모습을 발견하고 비명을 지르고 말았다. 아내는 실성한 듯 순식이의 이름을 외치면서 밖으로 뛰쳐나가려고 했으며, 나는 그런 아내를 붙잡느라 한동안 실랑이질을 했다. 그날 순식이는 돌아오지 않았다. 아내는 순식이가 틀림없이 경찰서에 붙잡혀 갔을 것이라면서 눈물을 질금거렸다.

최점수가 출옥하는 날 나는 학교에 나가지 않았다. 나는 밤새도록 최점수가 어떤 모습을 하고 형무소 문을 나오게 될지 궁금하여 그의 모습을 상상하느라 몸살을 앓듯 했다. 나는 최점수가 나 자신보다 더 늙은 모습이 아니기를 희망하면서 여러 차례 거울을 들여다보았다. 집을 나서기 전에도 나는 오랫동안 거울을 들여다보면서 "최점수 그 사람, 감옥생활을 많이 했으니 아마 나보다 훨씬 더 늙었겠지?" 하고 아내에게 물었다.

"아마도 당신이 더 늙었을 거유. 감옥에서 혼자 무슨 걱정이 있었겠수? 자기 하고 싶은 대로 하고 사는 사람들은 안 늙는답디다."

그러면서 아내는 내가 양복 대신 넥타이도 매지 않고 소매 끝이 희치희치 닳은 낡은 쥐색 점퍼를 입고 나서는 것을 보고는 오랜만에 세상에 나오는 친구를 만나러 가면서 왜 새 양복을 입지 않았느냐고 따지듯 말했다.

"오랫동안 고생을 하고 나온 친구의 마음을 편안하게 해주고 싶어서 그래."

나는 아내에게 나의 진심을 말했다. 그러나 아내는 내 말을 이해하지 못하겠다는 듯 고개를 갸웃거렸다.

"우리 순식이가 최점수라는 당신 친구의 몰골을 봐야 헐텐듸……."

아내가 중얼거렸다.

"무슨 말인가?"

나는 아내가 왜 그런 말을 한 것인지 헤아림하고 있으면서도 그렇게 반문했다.

"젊었을 때 자칫 잘못했다가는 늙어서 그렇게 된다는 것을 우리 순식이가 알았으면 해서라우."

나는 아내를 나무랄 수 없다는 것을 알고 혼자 씁쓸하게 웃으면서 서둘러 아파트를 나섰다. 날씨는 마치 최점수의 출옥을 축복이라도 하는 듯 맑았다. 지난밤 느지막이 집에 돌아갈 때까지만 해도 하늘에 별 하나 반짝이지 않았었는데, 아파트를 나서면서 하늘을 올려다보니 새털구름 한 조각 떠 있지 않은 고층 아파트 꼭대기에서 토끼의 잔털 같은 햇살이 묶음으로 꽂혀 내렸다. 나는 눈부신 햇살을 가르며 경쾌한 걸음으로 큰길로 나가 교도소 방향으로 가는 시내버스를 타고 교도소까지 가는 동안은 황홀할 정도로 기분이 좋았다.

마치 삶과 죽음을 갈라놓기라도 한 것처럼 두껍고 높은 교도소의 붉은 벽 앞에 서 있는 순간 나는 세상에 태어나서 처음으로 속박의 외로움을 가늠할 수가 있었다. 교도소 문 앞에 많은 사람이 햇빛 반짝이는 자유의 드넓은 공간으로 풀려 나오는 친지들을 기다리며 붉은 벽을 허물어 버리기라도 할 것처럼 날카로운 눈으로 조금은 불안하게 쏘아보고 있었다. 나는 친구들을 찾아보려고 교도소 정문 앞을 한동안 휩쓸고 다녔다. 그러나 친구들의 모습은 눈에 띄지 않았다. 처량한 몰골을 꼭 보고 싶다고 이죽거리던 황병일도 보이지 않았다.

"몇 시에 석방된답니까?"

나는 친구들과 점수의 누이 점순이의 모습을 찾기 위해 주위를 두렷거리며 신사복 차림의 초로 사내에게 물었다.

"십 분 남았소. 헌데 이번 삼일절 특사에는 전향한 공산당원들도 석방된다면서요?"

키가 훌쩍 크고 턱이 팽이 밑동처럼 날캄한 초로 신사가 물었다.

"글쎄요."

나는 그가 마치 최점수를 두고 하는 말 같아서 약간 기분이 언짢아졌다.

"공산당원을 세상에 풀어 놓으면 큰일 아니우? 살인강도를 죄다 석방해도 공산주의 세상은 안 되겠지만 공산주의자들을 풀어 놓으면 세상이 뒤바뀌게 될 게 아니겠수. 살인강도가 공산주의자 되었다는 소리 들어 보지 못했쉐다."

"댁이 기다리는 사람은 공산주의자가 아니고 살인강도요?"

나는 키 큰 사내의 말이 듣기 싫어 그렇게 쏘아붙이고 교도소 정문 쪽으로 가까이 가서, 자유의 거대한 문이 열리기를 기다렸다. 교도소 문이 열리기를 기다리면서 여러 차례 주위를 둘러보았으나 최점수를 마중 나온 친구들은 물론 그의 누이조차 보이지 않았다. 친구들과 점순이의 모습이 보이지 않자 나는 숨을 쉬기가 답답할 만큼 울화가 치밀어 오르면서 견딜 수 없는 배신감을 느꼈다. 꼭 나오겠다면서 날짜와 시간을 거듭 묻던 친구들이 한 명도 나타나지 않은 것은 최점수에 대한 배신보다 나 자신이 무시당한 것만 같아 나도 모르게 몸이 떨려 왔다. 그리고 무엇보다 마음 아픈 것은 오빠의 출옥 소식을 내게 전해 주었던 최점순이가 나타나지 않은 것이었다.

교도소 문 밖에 웅성거리고 있던 사람들이 함성을 지르는 소리에 나는 깜짝 놀랐다. 그때 높고 육중한 교도소 문이 천천히 열리기 시작하면서, 인생에 실패하여 절망의 깊은 늪 속에 빠져 허우적거리다가 지쳐버린 듯한 몰골을 한 무리들이 두 줄로 서서 씨아에서 무명씨 빠지듯 꾸역꾸역 걸어 나오기 시작했다. 나는 최점수의 모습을 찾기 위해 눈을 휘굴리면서, 늙고 초라한 행색들을 더듬었다. 그러나 교도소 문을 나온 사람들은 거의 젊은이들이었으며, 내가 찾고 있는 늙고 초라한 노인의 모습은 눈에 띄지 않았다. 나는 교도소 문이 한 무더기의 자유를 토해 내고 나서 다시 음산한 소리를 내며 닫힐 때까지 최점수의 모습을 발견하지 못했다.

최점수가 먼저 나를 발견했다.

"한길이 왔구먼. 자네가 올 줄은 몰랐네."

누구인가 내 등을 치면서 말을 하기에 고개를 돌려보더니, 내가 교도소 문이 닫힐 때까지 꼼짝하지 않고 서서 눈이 시리게 기다렸던 최점수가 희미하게 웃는 얼굴로 나를 보고 있지 않겠는가. 나는 최점수의 모습을 보고 너무 놀라 많은 사람 앞에서 놀림을 당하고 있는 사람처럼 입을 헤벌린 채 멀뚱한 눈으로 오랫동안 그를 건너다보고만 있었다. 최점수는 내가 상상했던 것처럼 폭삭 늙어빠지거나 헌 넝마처럼 볼품 사납게 초라한 모습도 아니었다. 오랫동안 밀폐된 공간 속에 갇혀 있었기 때문에 다소 얼굴이 창백하고 야윈 편이기는 했지만, 눈빛은 여전히 빛났으며 어느 정도는 생기가 엿보이는 표정이었다. 그는 낡고 특특하게 느껴지는 검은 외투를 입고 있었는데 단추가 하나밖에 달려 있지 않아 초록색의 옛날 전투복 상의가 삐주룸히 드러나 보였다.

"정말 자네가 올 줄은 몰랐네. 내가 나온다는 것을 우리 점순이가 알려 주던가?"

최점수는 한참 동안이나 나를 뚫어지게 바라보고 있다가 손을 내밀었다. 나는 그의 손을 잡아 흔들면서 흰 머리칼이 단 한 가닥도 눈에 띄지 않는 그의 머리를 짯짯이 들여다보았다.

"한길이 자네 많이 늙었네그려."

최점수가 힘껏 내 손을 잡고 흔들면서 언짢은 눈으로 내 모습을 저울질하듯 훑어보며 말했다.

"점수 자네는 늙지 않았구만."

"햇빛을 덜 쪼이니까 덜 늙은 모양이야."

최점수는 그렇게 말하면서 내 손을 놓더니 주위를 두리번거렸다. 나는 그가 그의 누이를 찾고 있다는 것을 짐작했다. 그러나 그는 내게 점순이가 오지 않았느냐고 물어 보지는 않았다.

"자, 가세. 그동안 세상이 너무 변해서 어리둥절할 걸세."

내가 말했을 때 최점수는 낡은 외투주머니에 두 손을 깊숙이 찌르고 서서 오랫동안 하늘을 쳐다보았다. 하늘에서는 솜털처럼 다사로운 삼월의 햇살이 화사하게 내리꽂혔다.

"한길이 자네는 조금도 변하지 않았구만그려. 내가 상상했던 그대로일세."

한참 동안 하늘을 쳐다보고 있던 최점수가 천천히 걸음을 옮기며 말했다. 그는 나를 따라 시내버스를 타기 위해 큰길까지 걸어가면서 여러 차례 걸음을 멈추고 주위를 둘러보고 나서 우두커니 하늘을 쳐다보곤 했다. 필시 그는 누이의 모습을 찾아보기 위해 주위를 둘러보고 누이가 오지 않은 것에 대한 실망감 때문에 잠시 하늘을 쳐다보는 듯싶었다. 그는 친구들의 안부를 묻지도 않았다.

"삼십오 년이란 참말로 긴 세월이었구만. 한길이 자네가 이렇게 늙은 것을 보니 내가 너무 오랫동안 자네와 떨어져 있었다는 생각이 드네. 안에 있을 때는 세월 가는 것에 별로 신경을 쓰지 않았거든. 내가 세상에 다시 나오게 되리라고는 생각하지 않았으니까, 세월 가는 것에 신경을 쓸 필요가 없었구만."

최점수가 다시 걸음을 멈추고 깊은 생각에 잠긴 얼굴로 하늘을 쳐다보며 탄식하듯 나지막한 목소리로 말했다.

"우리는 이제 늙었네. 이제 우리들 세상이 아니여."

나는 최점수를 위로해주고 싶은 생각에서 그렇게 말했다.

"언제는 우리들 세상인 적이 한 번이라도 있었는가?"

최점수가 하늘에서 시선을 회수하여 나를 보며 따지듯 물었다. 나는 그에게 어떻게 대답해야 좋을지 몰라 미적거리고 있었다.

"우리들이 젊었을 때는 그래도……."

나는 말끝을 얼버무리며 다시 걷기 시작했다.

"젊었을 때 우리들의 세상이었단 말인가? 우리들이 젊었을 때도 우리들의 세상은 아니었네. 그때는 좌익과 우익의 세상이었고 우리들은 좌익과 우익 싸움의 희생물이었네. 그런데 지금은 어떤가?"

최점수는 약간 흥분한 목소리로 말하고 나서 물었다. 나는 여전히 대답을 못 했다.

"너무 오랫동안 안에 있었기 때문에 요즘 세상은 어쩐지 모르겠구만."

"많이 달라졌네. 눈에 보이는 것 보담은 눈에 보이지 않는 것이 더 많이 달라졌다네."

"눈에 보이지 않는 것이 더 많이 달라지다니?"

"지내고 보면 무슨 말인지 알 것일세."

최점수는 내 말에 더 묻지 않았다. 우리는 교도소에서 큰길까지 걸어 나와 시내버스를 기다렸다.

"그냥 걸어가고 싶네."

시내버스를 기다리고 있는데 최점수가 조심스럽게 말했다.

"우리 집까지는 십오 리도 더 되는데도?"

"자네 집까지? 내가 왜 한길이 자네 집으로 가?"

"그러면 어디로 갈 텐가?"

내 물음에 그는 대답하지 못했다.

"우선 우리 집으로 가세. 오늘 밤 우리 집에서 자고 자네가 있을 만한 데를 알아보세."

최점수는 말이 없었다. 그는 한참 동안이나 우두커니 서 있다가는,

"암턴 걷고 싶네."

하고 말하며 내 눈치를 살폈다.

나는 그의 소원대로 걷기로 하고 먼저 걸음을 떼어 옮겼다. 나는 집에까지 걸어갈 일이 아뜩하게 생각되었으나 35년 동안 마음대로 걸어 보지도 못하고 감옥에 갇혀 살다 나온 친구를 위해서 봉사를 해보겠다는 생각

으로 마음을 다독거렸다.

최점수는 교도소에서 6km쯤 떨어진 우리 아파트까지 걸어오는 동안 큰길을 가득 메운 자동차의 물결과 할미산 골짜기의 잣나무숲처럼 빽빽하게 들어찬 고층 빌딩이며, 진열장마다 가득 찬 화려한 상품들, 그리고 거리마다 넘치는 인파를 보고도 조금도 놀라지 않았다. 그는 오히려 35년 동안 세상과 동떨어진 감옥이라는 공간에 갇혀 있었던 것이 아니라, 자동차가 북적거리는 도시의 한복판에서 살아온 사람처럼 그가 상상할 수 없을 만큼 달라진 도시에 대해서 조금도 놀라는 표정이 아니었다.

내가 최점수를 데리고 갈 것으로 알고 있었던 아내는 우리가 아파트에 도착하자 안주가 푸짐한 술상부터 내왔다. 그러나 그는 맥주를 한 잔도 마시지 않고 안주만 집어 먹었다.

"이 사람아 그래도 맥주 한 잔은 마셔야지. 자네가 삼십오 년 만에 세상에 나온 것을 축하하기 위해서 한 잔씩만 마시세."

내가 그의 잔에 맥주를 가득 따라 들고 권했으나 그는 끝까지 거절했다.

"술을 마시지 않았어도 이렇게 어지러운데 술을 마시게 되면 머리가 돌아버릴 것 같네."

그러면서 최점수는 고개를 가로저었다. 그는 감정을 절제하느라 신경을 쓰고 있는 것 같았다. 내가 묻는 말 외에는 입을 열지도 않으려고 했다. 어쩌면 그는 오랜만에 세상에 나왔기 때문에 잔뜩 겁을 먹고 있는 것인지도 몰랐다.

"오늘은 머리가 돌아도 괜찮으니 한 잔 마시게."

나는 술잔을 들고 그의 코앞에 바짝 들이대며 다시 권했다. 나는 젊었을 때 그의 주량이 말술이라는 것을 잘 알고 있는 터라, 한사코 술을 권했다. 그는 마지못해 술잔을 받아들더니 겨우 입술을 축이고는 상 위에 내려놓고 말았다.

"왜 그렇게 술을 사양하는가?"

"취하고 싶지가 않기 때문일세."

내가 묻고 그가 대답했다.

"오랜만에 우리 한번 취해 보세나."

"난 아직 늙지 않았네. 술에 취하게 되면 삼십오 년 동안 품어 온 내 심장의 폭탄이 꽝 터져 버리고 말걸세. 그러니 술을 권하지 말게."

최점수의 그 말에 나는 더 이상 그에게 술을 권하지 않았다. 그에게 술을 권하지 않는 대신 혼자 홀짝거리며 맥주 세 병을 다 비우고 말았다. 맥주 두 잔만 마셔도 혀가 꼬부라지는 내 주량에 세 병씩이나 마셨으니 정신이 오락가락하지 않을 수가 없었다. 나는 술이 취하여 그동안 아무에게도 발설하지 않았던, 점순이가 뒷간에서 뒤를 보고 있는 것을 보았다고 말해 버리고 말았다.

"점수, 미안허네. 뒷간에서 그 일만 없었더라면 나는 틀림없이 자네 부탁대로 점순이를 아내로 맞았을 걸세."

나는 비록 술에 취하기는 했으나 그의 부탁을 들어주지 못한 것을 진심으로 사과했다.

"바보 같은 소리."

최점수는 쓸쓸하게 웃으며 그 말 한마디뿐이었다.

최점수는 초록색 제복의 호주머니에서 회중시계를 꺼내더니 내 눈앞에 바짝 내밀었다.

"내 인생이 이렇게 된 것은 이 회중시계 때문일세."

그는 은빛의 쇠고리가 달린 낡은 회중시계를 들여다보며 탄식하듯 말했다. 나는 그가 무슨 말을 하고 있는 것인지 이해할 수가 없어 잠자코 그를 바라보고만 있었다.

"이 사람아, 난데없이 웬 회중시계는 꺼내 들고 이러는가?"

나는 내 눈앞에 내민 자그마한 회중시계를 보며 혀 꼬부라진 목소리로 물었다.

"이 시계는 우리가 존경했던 지리 선생님꺼네. 지리 선생님 생신 기념으로 우리가 돈을 추렴해서 사드린 것일세. 나는 그때 돈이 없어서 우리 어머니의 백통비녀를 팔았었다네. 우리 어머님이 시집올 때 꽂았던 비녀까지 팔아서 산 시계일세."

그제야 나는 우리가 졸업하던 해에 지리 선생님께 생신 기념으로 회중시계를 사드렸던 일이 생각났다. 그때 지리 선생님께 시계를 사드리자고 제안을 했던 것은 최점수였다.

"우리들이 얼마나 그 선생님을 존경했는가? 우리는 그 선생님을 통해서 우리 강토가 얼마나 아름답고 소중한가를 알 수 있었지 않은가. 헌데 우리가 사드렸던 이 회중시계를 오 형사가 가지고 다니지 않았겠는가. 오 형사가 지리 선생님을 붙잡아 가면서 빼앗은 것이었네."

나는 최점수가 오 형사를 폭행하고 그 회중시계를 찾은 일을 잘 알고 있었다. 그 일로 최점수는 우리들의 확실한 우상이 된 것이었다.

"내 인생이 이렇게 된 것은 이 회중시계 때문일세."

그는 똑같은 말을 되풀이했다. 나는 그가 한 말을 이해하고 고개를 끄덕거렸다.

"이 시계를 다시 지리 선생님께 돌려드리려고 애를 썼지만 끝내 선생님을 다시 만날 수가 없었네. 어쩌면 돌아가셨을지도 모르지. 아니 이미 돌아가셨겠지. 이 시계만 아니었더라도 나는 그때 군청 직원이 되었을 것이고 삼십오 년 동안이나 징역살이를 하지도 않았을 것일세. 나는 지금도 공산주의가 무엇인지 모르네만, 이 시계만 아니었더라면 나는 이렇게 되지 않았을 것일세. 이 시계만 아니었다면 나도 자네 모양으로 월급쟁이가 되어서 장가들고 처자식을 낳았겠지."

최점수는 한동안 푸념을 하듯 목이 잠긴 소리로 중얼거리더니 회중시계를 내 손에 쥐어 주었다. 나는 낡은 회중시계를 들고 마치 옛날 지리 선생의 모습을 찾아보기라도 하려는 것처럼 시침도 없고 움직이는 소리도 들리지 않는 시간의 자판을 오랫동안 들여다보았다.

"왜 시침이 없는가? 시계가 죽어 버렸구만."

나는 시계를 들여다보며 물었다.

"감옥에서 시간 가는 것이 싫어서 시침을 없애 버렸네. 내가 이 시계 때문에 공산주의자라는 낙인이 찍혀 삼십오 년 동안 감옥살이를 했다는 것을 알면 선생님도 이해해 주실 것 같아서……."

그러면서 최점수는 슬픈 얼굴로 나를 바라보았다. 우리는 서로 마주 본 채 오랫동안 말이 없었다.

"친구들은 다 잘 있다네. 김길수는 군수를 지냈고 변도성은 서예가가 되었다네. 그리고 황병일은 경찰서장을 지내고 지금은 자동차 정비공장 사장이라네."

나는 그가 묻지도 않은 친구들의 이야기를 늘어놓았다.

"다들 성공했구만."

최점수는 어딘가 쓸쓸한 기분을 자아내는 듯한 목소리로 말했다.

"그 친구들한테 연락을 할까? 점수 자네가 나왔다면 총알같이 달려올 걸세."

나는 술김에 자신감에 넘쳐 그렇게 말하고 말았다.

"그 친구들한테 연락이 가능한가?"

"가능하고말고. 당장에 전화해서 이리 오라고 하겠네."

나는 그렇게 말하고 먼저 김길수에게 전화를 걸었다. 나는 다이얼을 돌리면서도 최점수를 향해 자신 있는 눈길을 보냈다.

"아, 여보세요. 김 군수댁이지요? 응, 자네로구만. 헌데 왜 오늘 약속을 어겼나?"

나는 옆에서 최점수가 듣고 있다는 것을 망각하고 우선 김 군수가 교도소에 나오지 않은 것부터 따져 물었다.

"아, 오늘인가? 내 정신이 이렇다니까. 난 내일인 줄로만 알고 있었구만그려. 그래 점수를 만나 봤는가? 그 사람 병이 들지나 않았던가?"

"시방 내 집에 와 있네. 그러니 우리 집으로 오소."

"엉? 자네 집에 있다고? 이 사람아, 어쩔라고 자네 집으로 데려왔는가? 나 말이시, 지금 손님이 왔응께 오늘은 못 가겠구만. 그러니 다음에 만나기로 하겠네. 점수한테는 내가 집에 없다고 허소. 내가 자네헌테 한턱 쓸테니 꼭 그대로 말해주소."

나는 더 이상 김 군수와 말하고 싶지가 않아서 일방적으로 수화기를 놓아 버렸다. 그리고 나서 변도성의 집으로 전화를 걸었다. 변도성도 집에 있었다. 그 역시 김 군수와 마찬가지로 오늘 최점수가 석방되는 날이라는 것을 깜빡 잊고 있었다고 변명부터 늘어놓았다. 그리고 그 역시 지금 최점수가 내 집에 와 있으니 당장 오라고 재촉하는 내 말에, 몸이 아파서 꼼짝할 수 없다고 핑계를 대면서, 점수한테는 병원에 입원해 있다고 말해 달라고 했다. 나는 변도성에게 의리 없는 놈이라고 소리치고 전화를 끊어 버렸다. 그리고 다시 황병일에게 마지막 전화를 걸었다.

"뭐? 그 빨갱이가 자네 집에 와 있다고?"

"······."

"자네, 그 친구 조심하게나. 그 친구를 가까이했다가는 자네도 빨갱이 물이 들게 될까 걱정이 되어서 그러네. 참 그나저나, 점수 그 작자 몰골이 어떻던가? 삼십오 년 동안 감옥살이를 하고 나온 늙은 빨갱이의 몰골을 한번 보고 싶어서 오늘 교도소에 가보려고 했네만······."

나는 더 이상 황병일의 말을 듣기가 싫어서 전화를 끊었다. 그리고 세 친구들에 대해 부글부글 끓어오르는 분노를 삭이지 못해 숨을 헐떡거리며 난감하고도 언짢은 표정으로 최점수를 보았다.

"괜찮네. 나도 그 친구들 별로 만나보고 싶지가 않네. 어지러운 세상에서 성공한 사람들이란 다 그렇지 않은가. 나를 집에까지 끌고 온 자네는 모르면 몰라도 이 시대에 성공한 사람이 아닌 것이 분명한 것 같구만."

최점수는 처음으로 밝게 웃으며 말했다.

"이 사람아, 나도 성공한 사람일세. 자네가 삼십오 년 동안 세상 밖에 있는 사이에 나는 처자식 거느리고 따뜻한 방에서 편하게 살았으니 성공한 사람이 아닌가. 삼십육 년 동안 한 번도 직장에서 쫓겨난 일이 없이 교단을 지키고 있으니 성공한 사람이지. 비록 교장도 교감도 아닌 그냥 선생이기는 해도, 삼십육 년 동안 날마다 하늘 쳐다보며 살았으니······."

"그렇다면 내 인생도 실패하지는 않았구만그려."

"실패하지 않았다고?"

"그렇고말고. 자네 같은 친구가 나를 반겨 주고 있으니 나도 성공한 사람이 아닌가. 그리고 나도 그 세 친구들을 만나고 싶지가 않으니 말일세."

그날 밤 우리는 밤이 늦도록까지 이야기를 나누다가 새벽 무렵에야 나란히 자리에 누웠다. 최점수는 심하게 코를 골아 대고 부드득부드득 맷돌질하듯 이를 갈면서 나보다 먼저 깊은 잠에 떨어졌다. 나는 그의 코를 고는 소리 때문에 한동안 잠을 이루지 못하고 뒤척이다가 벽시계가 3시를 치는 소리를 듣고도 반 시간쯤 지나서야 잠이 들었다.

다음 날 아침 나는 해가 벌겋게 떠오른 후에야 잠에서 깼다. 옆에서 코고는 소리가 들리지 않아 고개를 돌려보았더니 최점수가 보이지 않았다. 화장실에 갔거니 하고 기다렸으나 소식이 없었다. 화장실에 노크를 하고 문을 열어보니 최점수의 모습은 보이지 않았다. 열아홉 평짜리 아파트 안을 다 뒤져 보고 나서, 혹시 아침 산책하러 나갔는지도 모른다고 생각하면서 다시 방으로 들어와 보니, 앉은뱅이책상 위에 은빛 나는 쇠줄이 달린 낡은 회중시계가 놓여 있었다. 그리고 회중시계 옆에 쪽지가 보였고 그 쪽지에 뭐라고 쓰여 있었다.

일본이 우리를 지배하고 있을 때, 우리에게 삼천리강산에 대한 사랑을 깨닫게 해주셨던, 우리가 존경한 스승께 선물로 드렸던, 이 회중시계를 자네한테 맡기고 가니, 부디 존경받는 스승이 되기를 바라네. 그리고 우리 사랑과 존경의 증표인 이 시계는 35년 만에 다시 움직이기 시작했네. 나를 찾지 말게. 나는 시침이 없는 이 낡은 회중시계의 시간 속으로 사라지네.

최점수가 남기고 간 쪽지를 다 읽고 난 나는 떨리는 손으로 시계를 집어 들고 귀에 갖다 대보았다. 책깍책깍 분명히 시계가 움직였다. 나는 오랫동안 낡은 회중시계의 신기하게 움직이는 소리에 귀를 기울였다. 시계 소리는 점점 커졌으며, 자세히 귀를 기울여 보니 한때 우리들의 우상이었던 최점수와 우리가 가장 존경했던 지리 선생의 심장이 펄떡거리는 것 같았다.

나는 회중시계가 책깍거리는 생명의 박동 소리를 들으며 최점수가 돌아와 주기를 기다렸다. 그러나 최점수도 막내아들 순식이도 돌아오지 않았다. 나는 마치 최점수가 내 아들 순식이를 데리고 갔을지도 모른다는 생각에 사로잡힌 채, 최점수가 남기고 간 낡은 회중시계를 오른손으로 꼭 쥐었다. 순간 책깍책깍 움직이는 회중시계 소리가 내 핏줄을 타고 심장을 쿵쿵 울리는 것 같아 나도 모르게 소스라치게 놀랐다.

『문학사상』, 1988.4

문순태의 작품 세계

임헌영(문학평론가)

1

시인으로 문단에 첫발을 들여놓았다가 근 10년간의 침묵 기간을 거친
후 작가로 신분증을 바꾼 문순태는 언론인적 요소와 시인으로서의 감성,
그리고 산문적인 요소를 적당히 배합시킬 줄 아는 우리 시대에 드물게 보
는 다작주의의 정력가다. 그는 역사소설에서부터 향토성이 짙은 고향 회
귀의 예술세계, 현대인의 소외와 자학적인 고독 의식과 인간존재의 나약
한 방황을 다룬 작품들, 그리고 사회체제의 모순과 그 고발적 요소가 강
한 소설과 분단극복 의지를 담아내는 이야기까지 무궁한 소재로 독자들
을 홀린다.

백제 유민들의 맺힌 한을 다룬 작가로서의 첫 작품인 「백제의 미소」
(1974) 시대를 거쳐 문순태의 작품집 『고향으로 가는 바람』(1977) 후기에서
"잃어버렸던 고향을 다시 찾은 이제, 나는 오랫동안 묵혀두었던 묵정밭을
열심히 일구어 씨를 뿌릴 따름이다. 내가 일군 땅의 곡식들이 감미로운
예술이 되기보다는 눈물이 질퍽한 진실의 열매이기를 더 바란다"라고 말
했다. 이렇게 보면 문순태는 이미 바닥 모를 한을 안고 자란 작가다. '감미
로운 예술'을 거부하고 '눈물이 질퍽한 진실의 열매'를 맺고자 하는 이 작

가의 작품은 그래서 유신 독재 시대를 배경 삼아 가장 따가운 붓끝을 휘둘렀다. 그는 공공연하게 이때 소설을 쓰게 된 이유를 신문 기사를 제대로 쓸 수 없기 때문이라고 밝혔다.

제도권 언론이 지닌 통제력은 그 통제자의 의도보다도 더 정확하게 오히려 한발 앞서 밀폐된 분단과 유신 독재의 이중의 굴레를 굳건하게 지켜주는 역할에 충실했다. 언론인으로서 제도권에 수렴할 수 없었던 사회 고발적 요소를 파헤치기 시작한 문순태는 이후 시종 기자적 자세로 소설을 써야 한다는 자세를 흩트리지 않았다. 물론 이 말은 그가 묘사력이 약하다거나 사건 전개 방법이 평면적이라는 뜻으로 하는 것이 아니라 소설을 "가장 구체적이면서도 감동적인 '살아가는 이야기' 여야 한다"는 입장에 있다는 걸 강조하기 위함이다. 사실 그는 그 후, 설사 언론 자유가 있대도 소설을 쓰겠다는 뜻을 밝힌 바 있다. 소설은 기사 이상이기 때문이다. 소설은 "백화점 진열장에 예쁜 종이로 산뜻하게 포장된 상품이 아니고, 꿈속에서나 어루만질 수 있는 '추상의 무지개'가 아니라고 생각한다"라는 그는 비유 적절하게 이렇듯 당대 문학의 임무를 요약한다.

햇빛을 못 보는 두더지는 참으로 묘한 방법으로 지렁이를 잡아 땅속에 저장해 두어 먹고 산다. 산 지렁이를 그냥 저장해 두면 달아나버리고, 죽여서 놔두면 썩어서 못 먹게 되므로 발톱으로 지렁이의 머리를 찍어서 반쯤 죽여놓고, 달아나지도 썩지도 않게 하여 한 마리씩 야금야금 먹고 산다.

우리들 주위에는 잔인한 두더지의 발톱에 찍힌 반죽음 상태의 많은 '지렁이 인생'들이 있다. 이들은 탈출할 수도 없고 그렇다고 스스로 죽을 수도 없다. 그저 꿈틀거림으로 하여 끊임없이 살아 있음을 보여주는 것뿐이다.

꼼짝없이 붙잡혀 짓눌려 사는 이들에게 '노력을 해서 잘 살아보라'고 하는 것은 마치 걸어 다닐 수 없는 앉은뱅이 인생들에게 '일터로 가라'고 하는 것과 마찬가지이다.

나는, 두더지의 발톱에 찍힌 이들을 위해 무엇을 할 수 있을 것인가, '지렁이를 짓밟은 풍요'의 노래에 맞춰, 꺽죽꺽죽 곱사춤을 추어야 하는, 자각도 양심도 없는 불감증 환자가 되어버린 사람들에게 무슨 말을 할 수 있을 것인가.

약한 자와 가난한 자의 아픔 따윈 생각하기조차 싫어하고 맹목적인 두더지의 삶만을 부러워하는 마키아벨리언들에게, 어떻게 하면 상처 난 지렁이의 슬픈 울음을 들려줄 것인가, 지렁이의 울음을 대신 울어야 하는 내 목소리가 너무 가냘픈 것은 아닌가.

아무튼 나는, 상처받고 억눌린 자들에게 끊임없이 그들의 존재를 확인시켜 주는 작업을 성실하게 계속할 따름이다.

―『흑산도 갈매기』 중 「작가의 말」에서

이어 그는 한의 고향, 고향의 한을 추적하는 『징소리』(1980)를 냈고, 계속하여 『인간의 벽』(1984)을 냈다. 이 무렵을 전후하여 그의 중요 관심은 분단문제로 쏠린다. 즉 귀향 의지로서의 민중적 한의 세계를 파고들었던 그는 결국 우리 시대 민중들의 한은 분단으로 말미암은 것임을 확인하면서 80년대 전후의 분단문학사를 한풀이 방향으로 바꾸는 선도적 역할을 담당한다.

2

분단체제 아래서 민중들의 갈등과 모순구조를 파헤쳐 나가다가 가장 늦게 마주친 민족분단 문제는 문순태에게 모든 사건 전개의 연결고리이자 해결구조이기도 하다. 예컨대 「달리기」의 선진물산 박정도 사장은 군 출신답게 "인생은 경쟁"이라며 "우리는 모두가 저마다 무기를 들고 인생이라는 전쟁에 임하고 있다고 생각"할 것을 강조하는 전형적인 군 출신 경영인으로 묘사된다. 당연히 이런 회사 풍토인지라 체육대회가 중요시되며, 우승자에겐 승진의 특혜까지 붙지만, 꼴찌는 그에 상응하는 대우를 받는다. 해마다 꼴찌인 최한영은 엇비슷한 '나'(김)와 어울려 "세상 사람들은 두 다리가 아닌 시기심과 복수심, 그리고 증오심과 허위의식으로 달리고" 있는 데 분개하면서 늑장을 부린다. 이런 이야기 속에서 자본주의 경쟁체제가 지닌 각박한 생존 양식을 행간에서 읽을 수 있는데, 작가는 이를 단순한 그런 교훈성에 그치지 않고 이렇게 둘이서 죽이 맞아 달리기를 의좋게 하던 최한영과 나 사이도 목적 지점이 가까워지면서는 불의의 경쟁 관계로 돌입하여, 뜻밖에도 '나'가 꼴찌를 하게 되는 것으로 희화화시킨다. 이미 경쟁은 체질화되어 어떤 인간관계로도 이를 제거할 수 없음을 암시하는데, 그 출구는 사회체제 자체의 기본적인 변모밖에 없음을 느끼게 만든다.

그런데 중요한 점은 이런 사회체제가 지닌 인생론적인 문제를 다루면서 작가는 그 사건구조의 핵을 분단의 비극으로 몰아간다는 점이다. 즉 달리기를 잘하는 사람(처세술의 상징)만이 살아남는 것이 아니라 전혀 못하는 앉은뱅이 조덕보가 버티어내기에 성공한 이야기를 제기함으로써 이 작품은 생기를 더한다. 그는 "달리기를 못 하는 아이는 먼저 출발시키고 달리기를 잘하는 아이는 나중에 출발을 시켜, 달리기를 못 하는 아이가 오히려 목적지에 먼저 도착한 경우가 많았다"고 할 만큼 경쟁이 아닌 공존의 삶을 상징하는 매개적 인물로 부상한다. 이런 인생론적 이야기의 배후에까지도 분단문제는 음험하게 도사린 채 우리 시대 모두의 삶을 틀어잡는다.

그 비슷한 이야기인 「살아남는 법」만 해도 그렇다. 해발 950미터의 산을 밤중에 '후레쉬와 소형 무전기, 작은 칼'만으로 단 혼자 떨어져 오르내리기 훈련을 시키는 기묘한 여행단에 끼인 '나'는 양말공장에서 파업을 선동하다가 직장을 잃었을 뿐만 아니라 아내로부터 이혼까지 당한 신세다. "일찍이 월남전에 참전하여 많은 베트콩을 죽였으며 무공훈장을 받"은 바 있는, "지금까지 살아오는 동안 경쟁이나 싸움에서 단 한 번도 실패해본 일이 없"는 '지도자'의 명령에 따라 '나'는 산행에 오른다. 이때 산에서 만난 버스 옆자리에 앉았던 사내(손칠만)는 지독한 겁쟁이로 아예 옴짝할 엄두를 안 낸다. "살아가는 것조차도 겁을 먹고 있는" 손칠만은 "지금껏 한 번도 다른 사람의 의견에 반대해본 일도 없거니와, 윗사람한테, 아니 저보다 더 강한 사람의 뜻에 도전하기는커녕 반대 의사를 나타내지 못하고 그냥 모가지 주억거리며 예예 하고 살아온 형편없는 겁쟁이"이면서도 20년을 다닌 회사에서는 말단이다.

문순태는 손칠만의 이런 비극의 핵을 또 분단으로 연계 짓는다. 그는 6 · 25 때 일출산을 넘다가 총탄을 피하느라 가족과 헤어졌다. 다시 가족을 찾아가 보니 모두 몰살당해 있었는데 나중에 알고 보니 "아버지는 할머니 때문에, 내 형은 어머니 때문에, 또한 어머니는 어린 내 동생 때문에 산을 넘지 못했다는 사실"이었다. 손칠만이 산을 넘을 수 있었던 것은 "혼자서만 살겠다고 겁도 없이 그 험한 산을 넘"은 "이 세상에서 가장 용기 없는 사람"이었기 때문에 풀이가 성립한다.

사정은 박문도에게도 있었다. 6·25 때 동생을 비겁 때문에 잃어버린 채 영원히 비밀로 새겨둔 장본인이었기 때문이다.

박문도는 손칠만의 이야기와 자신의 경험에서 군 출신 '지도자'가 베푸는 살아남기 훈련을 포기한다. 일상적인 삶의 번잡함과 긴급성에 파묻혀 깨닫지 못했던 올바른 삶의 형체가 이렇게 불쑥 분단체제의 비극을 되새기는 자리에서 밝혀지는 것은 우연이 아니라 이 작가의 치밀한 분단 거부 의식에서 비롯한다. 개인과 개인의 치열한 경쟁은 나아가 분단 당사자와의 경쟁으로 승화하며 이는 또한 세계사적 경쟁으로 확대 심화하는 것임을 암시한다.

이런 거꾸로 선 삶의 혼돈상태는 문순태에게 분단체제를 극복하려는 계열의 작품과 그 체제에 함몰되어 점점 박제가 되어가는 일상적 인간상을 비판하는 작품들, 그리고 강력한 반외세 의식을 담아내는 작품군으로 나눠 살펴볼 수 있다.

6·25를 전후해서 겪었던 갈등은 문순태에게 씻지 못할 원한의 앙금으로 남는다. 즉 혼란을 틈타 개인적인 보복심으로, 또는 불가피한 상황으로 상대방에게 일생을 재기할 수 없도록 치명적인 잔혹한 행위를 가해버리는 것으로 사건은 전개된다. 그런 잔혹 행위 이후 대개의 경우는 고향을 떠나 출세하기도 한다. 그러나 그 주인공은 일생을 자신이 저지른 죄악에 대한 회오로 지내다가 어떤 계기를 빌미 삼아 자신의 과오를 회개하는 것으로 사건은 끝막음한다. 이런 갈등구조에 대하여 작가 자신은 이렇게 말한다.

지금은 과거의 동족상잔에 대해 뉘우치고 속죄해야 할 때이다. 그리고 화해하고 용서해야 한다. 뉘우침이 없는 역사, 속죄할 줄 모르는 사람은 영원히 구제받을 수 없기 때문이다.

우리의 역사에서 뉘우침과 속죄와 화해와 용서가 없다면, 이 엄청난 핏빛 점액질 민족의 한은, 원한을 낳고 복수를 되풀이하여, 영원히 해한(解恨)이 되지 않은 채 두 개의 한의 땅덩어리로 남게 될 것이다.

— 「뉘우침으로 해한을」(후기), 『피울음』

분단 소재 소설에서 문순태는 근본적으로 그런 시각에 서 있기에 어떤 작품도 갈등 — 한쪽의 희생·다른 한쪽의 고향 도피 — 먼 후일 속죄심 발동 — 적당한 기회에 귀향과 동시에 해한의 구조를 갖춘다.

「바람벽」은 지리산 왕시루봉이 보이는 월전리 마을 출신의 박동실이 민애청원으로 활동하다 진압 후 어머니에 의하여 강제자수되어 좌익분자 색출에 동원된다. 실수로 친구 송구만을 지적하여 그를 죽음으로 내몬 후 박은 2년 형을 살던 중 6·25로 풀려나 아예 고향을 등진다. 이름조차 박판석으로 바꾼 그는 이사하기 전에 담장부터 높이는 자기방어벽에 철저하다. 그러나 어느 날 송구만으로부터 전화가 잇따르고 이어 불쑥 그가 나타난다. 박은 이제 담장을 낮춰야겠다고 결심한다.

「어둠의 춤」은 일제 때 헌병보조원을 지낸 아버지가 경찰에서 서장까지 지낸 후 조용히 살다가 죽으며 남긴 유언을 지키고자 은퇴한 한 민속무용가(윤소희)를 찾아 나선 신문기자를 화자로 삼는다. 아버지는 윤소희의 부모를 좌익분자로 처형할 때 결정적인 역할을 했을 뿐만 아니라 그녀와 불륜의 관계가 있는 것으로도 암시된다.

「미명의 하늘」에서 6·25 때 경찰의 신분으로 면당위원장을 지낸 김덕

주는 짝사랑했던 여인(오점례)의 남편 앞에서 그녀를 겁탈한다. 남자는 이내 자살하고 그녀는 양공주로 유전 인생이 된다. 김덕주는 엎친 데 덮쳐 지서장과 불륜의 관계인 아내를 죽인 후 살인죄로 15년형을 마치고 나온다. 김은 자신의 불행보다 오점례에게 지은 죄갚음을 하고자 귀향한다.

「말하는 돌」은 부면장네 머슴이었던 아버지가 6·25 때 나섰다가 도리어 수복 후 비참하고 억울하게 죽은 걸 아들이 출세하여 이장시켜 주는 이야기다. 고향 사람들 몰래 돌로 묻었던 아버지의 묘소(?)를 들춰내어 이장을 마친 '나'는 아버지의 억울한 누명을 벗김과 동시에 무덤의 돌 하나를 서울로 나른다.

이 일련의 이야기들은 모두가 끝에서는 화해에 이른다는 점에서 작가의 의도성이 강하게 작용한다. 그러나 화해에 이르는 방법은 그 원한을 쌓은 원인처럼 여러 가지일 수밖에 없다. 우선 문순태는 원한을 쌓는 방법으로 일정한 역사관을 고집하지 않는다. 즉 분단체제 아래서 남·북 어느 쪽도 보다 전적으로 잘못이나 옳았다는 시각을 두지 않은 채 때로는 좌익 측이 당하는가 하면(「어둠의 춤」, 「미명의 하늘」), 양쪽이 다 당하기도 하고(「말하는 돌」), 좌익끼리 당하는 예(「바람벽」)도 있다. 또한 문순태는 어떤 등장인물에 대해서도 뚜렷한 이념성을 부여하지 않는다. 좌익행위를 한 「바람벽」의 박판석의 아버지 박치도나, 「미명의 하늘」의 오점례 남편, 「말하는 돌」의 아버지 황바우는 다 무산계급 출신으로 그려졌을 뿐 이념성이 안 보이고, 좀 유식했을 「어둠의 춤」의 윤소희 아버지조차도 전연 변혁 운동가적 모습은 나타나지 않는다. 이런 사실은 이 작가가 분단을 보는 관점의 한 방법론이기도 하다. 문순태에게는 아예 분단 기준 자체가 비이념적인 삶의 집적으로 그려질 뿐이다. 예컨대 「바람벽」의 송구만은 아버지(송달수)가 일본 헌병보조원을 지냈고, 박동실의 아버지는 소작인으로 쟁의에 나섰다가 징용을 나가 죽는 것으로 나타난다. 이럴 경우 8·15를 맞아 거의 예외 없이 송구만은 분단체제의 옹호자로 그려지는 게 우리나라 분단소설의 한 공식처럼 되어 있다. 그런데 문순태는 송을 박과 함께 민애청 활동을 하는 것으로 그린다. 물론 살아남기 위한 방편임을 강변하나 이념이 분단에 어떤 영향을 미쳤는가를 그리 중요하게 보지 않는 한 예가 된다. 또한 박동실의 어머니가 아들을 강제자수시킨 것이나 그가 송구만을 좌익활동가로 지목하는 등도 전연 이념형 인간상이 아닌 생명본능만 지닌 인간상으로 그린 결과로 볼 수 있다.

「어둠의 춤」에서는 헌병보조원 출신이었던 '나'의 아버지가 지난날을 회개하는 유언을 남기는데 이것 역시 그 당시의 냉전 이념체제를 과소평가한 것이다. 군경 등 보안계통의 인사들에게서 볼 수 있을까 싶은 의외의 결말임을 느낀다. 「말하는 돌」의 부면장 머슴 황바우가 도리어 주인을 섬기는 태도로 나온 대목 같은 것도 이 작가가 분단을 비이념적으로 보는 단적인 한 예라 하겠다. 말하자면 극악한 좌익도, 극악한 우익도 없는 상황이 빚은 비극으로 분단을 파악한다.

이처럼 분단을 비이념적인 대립으로 보는 문순태는 그 극복방법으로 화해를 가장 강력히 주장할 수 있는 처지가 될 수 있다. 만약 황바우가 옛 상전이었던 부면장을 심판하는 데 적극적이었다거나, 「어둠의 춤」의 경찰서장 출신 아버지가 투철한 반공 이념으로만 굳어진 인간상이라면 아마 해한과 화해는 불가능할지 모른다. 그래서 이 작가는 분단소설에서 일체의 이념성을 탈색시킨 채 갈등구조를 형상화시켜 나갔으며, 그 결과 모든 갈등은 궁극적으로 화해가 가능한 것으로 결말 지운다.

물론 이런 방법론은 반드시 옳지만은 않다. 우선 분단 극복을 위해서는 개인적인 원한에 앞서 역사적이며 민족사적인 원인과 이에 따른 명백한 가치판단과 옳고 그름에 대한 관점이 확립되어야만 화해의 방법이 나올 수 있기 때문이다. 무조건 모든 비극을 씻은 채 잊자는 것은 몰역사주의일 소지도 남기기 때문이다. 화해와 해한의 갈등구조는 문순태의 분단소설이 지닌 강점이자 또한 앞으로 더욱 발전시켜 나가야 할 과제이기도 하다.

3

분단체제가 남긴 또 하나의 영역으로 존재하는 외세인식의 문제에서 문순태는 미국과 일본을 떠올린다. 친일파의 식민근성이 오늘에까지 이어져 오는 과정에서 그린 「한국의 벚꽃」은 정담진 교장이란 인물 하나에 초점을 맞춘다. 그는 우리나라의 한 평범한 소지식인계급의 하나로 친일ー분단체제 순응ー각종 독재체제 옹호를 애국으로 미화시킬 만큼 가치관 자체가 삐뚤어져 있는데도 그 자신은 모른다. '중용지도'를 내세워 모든 역사적인 죄악을 합리화하는 이런 인간상은 분단시대의 체제교육을 상징한다.

「문신의 땅」은 문순태의 특기인 사건 전개의 다양화 또는 극적인 전개가 잘 드러난 반미의식의 소설이다. 우선 노마리아가 6·25 때 시집·친정 식구가 다 죽어간 사정부터 거두절미한 결과만 드러내는 이 작가의 사건 중첩 효과의 수법을 엿볼 수 있다. 그녀가 이른 곳은 결국 양공주 촌으로 "죽은 영혼이라도 한 남자, 그것도 우리나라 남자의 정숙한 아내가 되는 것이 소원"이면서도 끝내는 흑인 트기 아들 노베드로를 낳는다. 원래 남편의 아들 만기는 고향으로 돌아간 채 어머니를 버리며, 흑인 트기 아들이 미군 병사들에 의하여 온몸에 문신이 가능한, 양공주로부터도 퇴역

해 버린 어머니를 돌본다. 이들에게 가톨릭 영서를 내리게 한 것은(사실 마리아의 한국명은 노필순이다) 이 작가의 기교로 외세에 대한 이념적 대결을 둔화시키는 방법으로 볼 수 있다. 흑인 트기가 할 수 있는 일(유흥가에서의 색소폰 연주)로 노태수(베드로의 한국명)는 어머니의 소원인 문신을 수술코자 하나 이내 그녀는 아들 몰래 집을 나가버린다. 그녀는 옛 양공주 시절의 언니 뻘이었던 최점순을 찾아갔다가 더욱 실망하고 돌아선다.

한편 노태수는 어머니의 또 하나의 소망인 배다른 형 만기를 찾기 위하여 어머니의 고향엘 가나 만기로부터 철저히 배격당한다. 문신을 수술해 주겠다고 약속했던 무료진료 봉사단원이었던 '나'(서술자 역할을 함. 순도)는 할머니를 통하여 미국화해가는 우리 사회의 문화 풍토를 반성하는 계기로 삼으나 그게 민족의식의 각성으로까지는 승화하지 못한다. 다만 노태수가 어머니의 고향을 찾아가는 길에서 만난 반미운동으로 학교에서 쫓겨났다는 '오형'이란 젊은이를 통하여 더 나올 법했던 반외세 의식은 아쉬운 대로 이 작품의 핵을 이룬다. 그러나 양공주 소재 소설로 미국의 인식을 바로잡으려던 우리 문학에서 이 작품은 분명 한 걸음 앞선다. 단순한 성행위의 부당성에만 머물지 않고 육체적·정신적으로 받은 수모를 상징하는 그 문신들을 쉽게 수술도 할 수 없다는 데서 그 비극성을 가속화한다. 문신처럼 남은 우리 분단 모습이 상징된다.

이런 반외세 인식으로서의 한계 역시 이 작가가 지닌 근본적인 화해구조와 맞물려 돌아간다. 문순태는, 사건 전개는 잔혹하고 엄청난 파탄을 일으키도록 만들면서 정작 그 속으로는 어떤 정신적·이념적 알맹이를 담지 않는 것을 소설기법의 특징으로 삼는다. 이는 분단 소재 소설이나 외세를 다룬 「문신의 땅」은 물론 한 소지식인의 양심을 그린 「뒷모습」도

마찬가지다. 공명수는 일제 때의 백 선생이 남긴 교훈성을 고이 간직한다. 백 선생은 학생들이 보는 앞에서 일경에 끌려간 지사 풍으로 공명수에게는 남는다. 그러나 그 자신은 1975년 1월 23일 민주회복 국민회의에서 정부의 유신헌법 찬반 국민투표 거부 발표를 보고 이를 지지하는 성명서를 종교단체 교사협의회 주체를 만들어 뿌린 후 연행하러 온 사복들을 보고 학생들 앞에서 당당하게 끌려가지 않고 뒷문으로 피신한다. 이것이 그에게는 오랫동안 남는 아픔이 된다.

그러나 한편으론 공명수 같은 70년대적 투쟁의 모습은 문순태 소설의 모든 주인공에게 적용될 수 있는 양심의 표준치인지도 모른다. 「촌놈 장가 좀 갑시다」의 병태는 신부를 얻기 위해 서울서 가짜로 취직하는 정도의 속임수를 쓰지만, 그 바탕은 공명수 수준의 의협심이 깔려 있음을 느끼게 한다. 사실 이 작가의 거의 모든 등장인물이 이와 같은 삶 그 자체에 충실한 인간상이 아닌가 싶다.

그래서 일상성으로부터 탈출을 시도하는 「호랑이의 탈출」도 끝내는 좌절과 실패로 결국은 따분한 현실적인 삶으로 되돌아가고 만다. 기자인 나(박 기자)와 경이의 불륜관계와 경이의 남편이자 박 기자의 친구인 박 목사의 갈등은 호랑이가 동물원을 뛰쳐나가듯 일상성을 초극함으로써 새로운 출구를 마련할 수도 있을 듯하나 경이의 자살이란 좌절을 맞는다. 이것은 작가의 도덕성 때문이 아니라 이 작가가 지닌 현실성 혹은 건전성이기도 하다. 즉 한을 만들기보다는 풀어나가야 한다는 문학정신의 결과이기도 하다.

방황과 좌절의 극복을 위한 투지에 찬 긴 세월을 보낸 이후 끝내는 고향을 찾는 이야기는 「목 조르기」, 「황홀한 귀향」, 「우울한 귀향」 모두가 해당

된다. 「목 조르기」의 기자인 나는 돌연 꿈에(사실 문순태는 꿈을 너무 흔하게 등장시킨다) 여자아이가 나타나 목을 조른다. 이를 계기로 '나'는 고향에서의 초등학교 6학년 때의 한 사건을 떠올린다. 외지에서 전학 온 오정미란 여학생을 좋아했던 '나'는 그녀의 냉담에 대한 분풀이로 그녀 어머니가 갈보라고 칠판에다 몰래 썼고, 그 충격으로 그녀는 이후부터 학교에 안 나오다가 죽고 말았다. 모처럼 귀향하여 옛 친구들을 만나 그 이야기를 털어놓는 '나'의 모습은 광기 서린 것이긴 하지만 문순태의 주인공다운 면이 있다.

「황홀한 귀향」도 비슷하긴 하지만 그 죄의식인 이중구조를 겹친다. 절뚝발이에 얼금뱅이인 최두삼 영감은 봉사인 화심에게 장가들어 잘살고 있는데 사냥꾼이 지나가다가 아이 하나를 맡기곤 화심을 데리고 사라져 버렸다. 마침 6·25가 터지자 최는 화풀이로 모든 여자를 품다가 수복 이후 보복을 당한다. 간신히 살아나 사냥꾼의 아들(만기)을 데리고 객지에서 한 맺힌 단소를 불며 살아간다. 결말은 예측대로 최의 속죄를 위한 귀향이다. 이 경우 최는 자신의 죄악에 대해서는 속죄를 할 수 있으나 자신이 당한 한은 여전히 남을 수밖에 없을 것이다.

이처럼 귀향 그 자체가 사건 해결의 전부가 아니라 미결인 상태로 남는 예가 「우울한 귀향」이다. 양귀비 섬에서 아편 중독증에 걸린 아버지를 둔 채 아편 감독원과 줄행랑쳐버린 어머니, 그 뒤 아편 한 대 값에 팔려버린 어린 딸 배선옥은 유흥가의 야간 가수로 밑바닥 인생을 살다가 20년 만에 양귀비 섬을 찾아간다. 뜻밖에도 그 섬에서는 자신을 가장 출세했다고 동경하는 풍조까지 있어 당황하나 그녀에게 고향은 자기 인생의 해결처가 아니라 도리어 새로운 고뇌를 안겨주는 것으로 느낀다.

이 일련의 이야기들은 양심의 가책이라는 인간은 내면적인 갈등구조에서 사건이 이루어진다. 양심의 아픔은 정신분석학적 접근에 따라 유년기 시절까지의 모든 행위를 점검하게 되고 이에 따른 원인이 밝혀짐과 동시에 귀향갈등의 해소 또는 미적지근한 새로운 고뇌의 연속이라는 결말에 이른다. 그러나 어떤 경우든 고향엘 안 갈 수는 없는 것으로 나타난다. 이래서 문순태에게는 고향찾기와 해한의 작가라는 별명이 붙을 만큼 귀향의 구조는 법칙화되어 있다.

문순태의 소설은 지나치리만큼 굴곡이 심한 사건의 극적인 전개 과정을 나타내기에 때로는 과장이 아닌가 느낄 소지도 없지 않다. 필연적인 사건만이 아니라 너무 극화劇化되어 나타나는데 이것은 언론인 생활을 한 작가의 특유한 사건 전개 방법이기도 하다. 이는 독자들에게는 흥미를 배가시키는 요소지만 진실성을 담보하는 데서는 공감을 줄일 여지도 있다. 또한 이제까지 이 작가가 추구해왔던 분단구조에서의 화해추구형이 앞으로 통일지향 문학 시대에는 어떻게 전개되어야 할 지라는 점도 한 과제로 남을 것이다. 분명 80년대 후반 이후 우리 소설 문학에서의 분단의식과 소재 및 그 주제는 달라져 철저한 변혁 주체 세력을 부상시키는 경향으로 나가고 있다. 이럴 경우 과연 지금의 화해구조로 그것을 담아낼 수 있을까는 앞으로 이 작가가 새로 개척해 나가야 할 중요한 과제이자 우리 통일지향 문학의 진로이기도 할 것이다. 아마 충분히 이 새 작업을 문순태는 해내고 말 것이며 우리는 그걸 기대할 권리를 가진다.

*이 글은 『문신의 땅』(동아, 1988)에 실린 초판 작품 해설임.

　작가에 있어서 역사란 무엇인가를 생각해 본다. 작가가 어떤 방법으로 역사를 구원할 것인가를 스스로에게 물어본다.

　작가는 이상적 존재인 동시에 현실적, 역사적 존재이다. 작가의 한쪽 발은 현실을 딛고, 다른 한쪽 발로는 역사를 디딘 채 이상을 실현하고자 한다. 그리고 작가는 역사의 주체가 민중임을 파악하고, 지난 역사의 창을 통해 오늘을 재조명하고 더 나아가서는 미래까지도 제시해주어야 한다고 생각한다. 왜냐하면 작가에게 있어서 역사란 과거의 무덤이 아니기 때문이다. 작가는 과거를 통하여 민족의 근원적인 한恨을 파악해야 하기 때문이다.

　역사는 때에 따라서는 혁명가를 반역자로 기록하고, 악인을 능력 있는 자로 기록하는 오류를 범하고 있다. 그러기에 작가는 작품을 통하여 혁명가는 혁명가로, 악인은 악인으로, 바로잡아 주어야 한다.

　나는 장편소설 『달궁』이나 『타오르는 강』에서 잘못된 역사를 바로잡아 보려고 하였다. 그 첫 단계 작업으로는 역사의 주체인 민중들로 하여 역사의 잘못을 확인시켜주는 일이다. 민중들이 역사의 잘못을 인식하게 되었을 때, 비로소 해한의 동기에 접하게 되고, 그 한은 개인적인 한에서 벗어나 민중의 한으로 승화될 수 있기 때문이다. 이때 민중의 한은 민중의 의지로 발전한다.

　역사는 반드시 진전하는 것만은 아니다. 때에 따라서는 정체하기도 하고, 후퇴하기도 한다. 나는 한때 역사의 무의미성을 절실하게 느낀 일이 있다. 1983년 KBS 취재진 일원으로 「신왕오천축국전新往五天竺國展」을 취재하기 위해 인도에 갔을 때, 파키스탄과 아프가니스탄의 국경 카이버 고개에서, 그리고 북인도와 중국과의 국경 인더스 계곡에서, 더는 혜초 스님의 발길을 따라갈 수 없어 발길을 돌려야만 했을 때, 견딜 수 없는 역사의 아픔을 맛보았다. 그것은 엄청난 역사의 후퇴였다. 1천 2백 년 전의 혜초 스님은 이데올로기의 장벽에 구애받지 않고 마음대로 국경을 넘었었는데, 우주선을 타고 달나라에 갈 수 있는 이 시대에, 우리들의 앞을 가로막은 것은 히말라야의 설산도, 건널 수 없는 사막도 아닌, 보이지 않는 이념의 높은 장벽이었다. 우리가 살고 있는 이 땅 위에서도 마음대로 갈 수 없는 곳이 많은데, 우주선을 타고 지구 밖의 달나라에 날아간들 무엇하랴.

과학 문명의 고도화와 함께, 극단적인 이념의 대립으로 곳곳에서 전쟁이 그치지 않고 있는 이 시대에, 작가의 사명은 분명 인류와 함께 역사를 책임진다는 생각으로, 달나라에 날아갈 수 있는 것에 갈채를 보내기보다는, 먼저 이 지구 어디라도 맘대로 갈 수 있도록 이념의 높은 장벽을 허물어버리는 데에 열정을 쏟아야 할 것이다. 탈이데올로기야말로 역사를 인간을 위하는 방향으로 발전시킬 수 있기 때문이다.

나는 역사의 후퇴에 비감하고, 탈이데올로기를 시도하기 위하여, 인도여행에서 돌아와 장편 『성자를 찾아서』(『연꽃 속의 보석이며 완전한 성취여』로 개제(改題)하여 출판)를 썼다.

나는 소설을 통하여 철저하게 역사를 재조명시키려고 하고 있다. 비록 오늘의 이야기를 쓴다 해도 오늘의 이야기 속에는 어김없이 동학, 일제 36년, 6·25의 분단비극 같은 역사의 상처들을 들추어내어 오늘과 역사를 연결하고 있다.

『타오르는 강』, 「비석」 등에서 동학을 재조명하였고, 『징소리』, 『물레

방아 속으로』,『달궁』,「피아골」,「철쭉제」,「말하는 돌」,「어머니의 성」,
「거인의 밤」,「황홀한 귀향」,「미명의 하늘」,「잉어의 눈」,「유월제」,「어
머니의 땅」에서는 분단비극을, 그리고「인간의 벽」,「무당새」에서는 일
제 36년의 아픔을,「달빛 골짜기의 통곡」,「살아 있는 소문」에서는 80년
대 역사의 홀 맺힘을 천착하려고 해보았다.

　내 소설의 상당 부분은 6·25를 통한 분단비극을 오늘의 시점에서 재구
성하려고 시도한 것들이다. 나는 6·25 소설들을 한데 묶은 창작집『피울
음』의 후기에서 "남북분단의 경직화로 우리 민족 간의 이질감은 시간이
갈수록 더 심각해져 가고 있다. 이럴 때 작가는 무엇을 해야 할 것인가 하
는 것은 너무도 그 대답이 분명하다. 우리는 지금 분단시대에 살고 있다
는 민족적 상황을 더욱 절실하게 인식해야 한다고 생각한다. 사실 이보다
더 큰 민족의 비극은 없다. 먼저 작가는 분단의 아픔에 대한 불감증이 더
이상 마비되어 버리기 전에 탈이데올로기의 입장에서 통일을 지향하는
소설을 끊임없이 써야 할 것이라고 생각한다"라고 썼다.

　50년대와 60년대에 많은 작가가 6·25를 소재로 전쟁소설, 혹은 전후
소설을 썼다. 이 무렵에는 전쟁의 극한상황이나, 생명의 존엄성, 상처받
은 전후 세대들의 갈등과 방황을 그린 소설들이 많았다. 그러나 민족사라
는 사관史觀의 입장에서 민족적 동질성을 일깨우는 작업에는 부족했었다.
6·25 소설이란 6·25 당시 전쟁의 실상을 그대로 옮기는 데 그쳐서는 안
되며, 역사의 아픔 속에서 오늘의 자신을 확인시키는 작업이어야 한다.

　현재 젊은 세대, 특히 중산층 중에서 남북통일을 원하지 않는 사람들이
상당수 늘어나고 있다는 리포트는 우리에게 충격을 주고 있다. 통일을 원
하지 않는 이유로서는 통일을 성취하자면 희생이 뒤따르며 혼란에 휘말

리게 되므로, 차라리 이대로 안정을 유지하고 사는 것이 더 좋다는 생각 때문이다. 이럴 때 작가의 사명은 너무나도 분명해진다.

우리에게 절실히 요구되는 것은 분단의 비극적 현실이 존재하게 된 역사적 연유의 탐구로부터 남북의 이질감을 해소하는 작업이다. 물론 이와 같은 과제는 이념적 측면에서나 창작의 측면에서 쉽게 극복될 문제가 아니다. 6·25를 객관적 현실로 소설 속에 수용하기란 너무나 어려운 문제이다. 자칫하다가는 반공 소설 혹은 용공소설容共小說이 되기 쉬우므로 6·25를 소재로 하여 문학의 순수성이나 역사의 객관성을 지키기란 힘들다. 그렇다고 해서 민족의 동질성을 접근시키는 작업을 중단할 수는 없다. 동질성의 회복이야말로 통일의 첫 준비 단계인 것이다.

나의 6·25 소설 속에 나오는 많은 인물은 이념적 무장이 안 된 무식한 사람들이다. 그들은 대부분 민주주의와 공산주의, 우익과 좌익이 무엇인지조차 모른 채 죽이고 죽임을 당했다. 그리고 살아남은 사람들은 자신들의 행위를 뉘우치고 있다. 나는 이들 아픔에서 뉘우침을 통하여 해한을 시도해 보았다. 뉘우치는 사람만이 잃어버린 자신을 회복할 수 있듯이 뉘우치는 역사만이 발전할 수 있다고 생각했다.

많은 사람이 6·25의 마지막 체험 세대인 40대 작가들로서 6·25 소설이 일단 끝나게 될지도 모른다는 우려를 나타내고 있는 것을 결코 가볍게 생각할 수 없다. 이 우려는 앞으로 6·25 소설이 자칫 잘못하면 이념적 갈등이나 동질성의 고통을 잊고 전쟁사 중심의 사건소설이나 역사소설로 전락해버리지나 않을까 하는 것까지도 포함되어 있다. 이것은 70년대 후반부터 나타나기 시작하여 비교적 성공을 거둔 상당수의 6·25 소설들이 40대 작가들의 소년 시절의 체험을 소재로 하고 있다는 것을 예측해본 것이다.

지금은 과거의 동족상잔에 대한 자신들의 행위에 대해 뉘우치고, 속죄해야 하며, 6·25 비극의 뿌리가 어디에 있었는가 하는 것을 규명해야 할 때라고 생각한다. 우리의 역사에서 뉘우침과 속죄와 철저한 원인 규명이 없다면, 이 엄청난 핏빛 점액질의 민족의 한은 다시 원한을 낳고 복수를 되풀이하여 영원히 해한이 되지 않은 채, 두 개의 한의 땅덩어리로 남게 될 것이다.

나는 그동안 6·25 소설을 쓰면서, 이제 우리는 분단이 빚은 민족적인 한을 없애버려야 한다는 생각을 하였다. 한을 비록 생명력 있는 극복의 의지로 승화시킬 수 있다고 하더라도, 결코 우리 마음속에 오래 키워나가야 할 것은 못 되기 때문이다.

우리는 6·25의 이질적 한은 뉘우침과 속죄와 원인을 철저히 규명함으로써 그 매듭을 풀어버리고, 임진왜란이나 일제 36년에 겪은 타학적他虐的 아픔을 민족의 한으로 마음 속에 오래 새겨둘 일이다. 이것이 바로 민족문학의 실현이라고 생각했기 때문이다.

1988년 2월 문순태(*이 글은 『문신의 땅』(동아, 1988)에 실린 초판 작가 서문을 선집 편집 과정에서 작가와 상의하여 윤문함.)

수록 작품 발표 지면

1939년		10월 2일(음력) 전남 담양군 남면 구산리에서 아버지 문정룡과 어머니 정순기 사이에서 장남으로 출생.(출생신고를 늦게 하여 호적에는 1941년생으로 됨)
1946년	8세	전남 담양군 남면 남초등학교 입학. 10대 종손으로 훈장을 모시고 한문 공부를 함.『천자문』,『학어집』,『사자소학』,『명심보감』을 마침.
1950년	12세	초등학교 5학년 때 6·25전쟁 발발, 고향 사람들이 좌우익으로 갈리어 서로 죽이는 광경을 목격함.
1951년	13세	고향이 공비토벌작전지역에 해당되어 소개. 가족이 화순군 이서면 월산리 논바닥 토굴에서 생활. 이후 고향의 전답을 팔고 가족이 모두 광주 무등산 밑으로 이사함. 광주에서 아버지는 두부 배달과 막노동을 하고, 어머니는 도붓장사를 함. 어머니의 도붓장사하는 짐을 대신 지고 광주 인근 마을을 따라 다니거나 무등산에서 땔감을 해다 팜.
1952년	14세	전남 신안군 비금면 신월리로 이사, 비금면에 있는 중앙초등학교로 전학.
1953년	15세	외가가 있는 전남 화순군 북면 맹리로 이사, 화순군 북면 서초등학교로 전학. 공부를 하고 싶어 혼자 광주로 나와 학강초등학교 6학년으로 편입.
1954년	16세	2월 22일 광주 학강초등학교 졸업. 3월 2일 광주 동성중학교 특대장학생으로 입학. 이후 광주에서 자취, 토요일 수업 후, 매주 걸어서 고향 인근 마을에 사는 학생들과 함께 담양의 잣고개와 유둔재를 넘어 학교에서 25km 떨어진 곳에 있는 외가 마을의 집을 왕복함.

1957년	19세	2월 12일 광주 동성중학교 졸업, 3월 2일 광주고등학교 입학. 가족이 광주역 뒤 동계천의 판잣집으로 이사. 시인 이성부와 함께 당시 전남대학교 학생이었던 박봉우 선배를 만남. 광주 양림동에서 김현승 시인에게 시 쓰는 법을 지도 받음. 문예부에 들어가 김석학, 이성부, 윤재성과 함께 '문예반 4인방' 결성.
1958년	20세	서라벌예대 주최 전국 고교문예작품 모집에 시 당선.
1959년	21세	『전남일보』 신춘문예에 가명(김혜숙)으로 시 입선, 『농촌중보』(『전남매일』 전신) 신춘문예에 단편소설 「소나기」 당선, 『농촌중보』 시상식에서 소설가 한승원을 처음 만남.
1960년	22세	2월 20일 광주고등학교 졸업. 전남대학교 문리대학 철학과 입학.
1961년	23세	전남대학교 철학과에서 2학년을 마침, 전남대학교 용봉문학회 창립, 초대 회장을 지냄.
1963년	25세	김현승 시인이 숭실대학교로 옮기자, 숭실대학교 기독교 철학과 3학년에 편입. 숭대문학상에 시 「누이」 당선. 서울 신촌에서 자취를 하며 조태일 시인과 함께 김현승 시인 댁을 자주 방문함. 아버지가 47세로 세상을 뜨자 광주로 내려와 조선대학교 국문학과 3학년에 편입. 조선대학교 부속고등학교에서 독일어 강사로 일함.
1964년	26세	1월 5일 나주 영산포의 과수원집 딸 유영례와 결혼. 장녀 리보 출생.
1965년	27세	『현대문학』에 김현승으로부터 시 「천재들」 추천받음. 조선대학교 국문학과 졸업. 조선대학교 부속고등학교 독일어 교사로 부임.
1966년	28세	5월 6일 전남매일신문사 기자로 입사. 기자 생활을 하면서 전라도 지방의 토속 자료를 수집하고 역사적 사건들을 취재하여 정리한 『남도

의 빛』 발간. 장남 형진 출생.

1968년   30세   제4회 한국신문상 수상. 차녀 정선 출생.

1972년   34세   전남매일신문사 정치부장으로 승진. 신문 기자 생활에 매력 잃고 소설 습작 시작. 매주 서울로 김동리 선생을 찾아가 소설 공부.

1974년   36세   『한국문학』 신인상에 단편 「백제의 미소」 당선. 이때 송기숙·한승원 등과 『소설문학』 동인 활동. 독일 뮌헨대학 부설 '괴테 인스티튜트'에서 독일어 어학 과정을 마치고 귀국. 「백제의 미소」(『한국문학』 6월호), 「불도저와 김노인」(『한국문학』 10월호) 발표.

1975년   37세   조선대학교 사대 독일어과 교수로 자리로 옮겼다가 한 학기를 마치고, 전남매일신문사 편집부 국장으로 되돌아옴. 단편 「아버지 장구령이」(『한국문학』 3월호), 「열녀야 문 열어라」(『월간중앙』 5월호), 「빈 무덤」(『시문학』 6월호), 「상여울음」(『세대』 10월호), 「무서운 거지」(『소설문예』 12월호), 중편 「청소부」(『창작과비평』 봄호) 발표.

1976년   38세   단편 「멋장이들 세상」(『월간중앙』 3월호), 「기분 좋은 일요일」(『뿌리깊은나무』 11월호), 「무너지는 소리」(『한국문학』 11월호), 「여름 공원」(『창작과비평』 가을호) 발표.

1977년   39세   단편 「복토 훔치기」(『월간대화』 1월호), 「고향으로 가는 바람」(『월간중앙』 3월호), 「말 없는 사람」(『신동아』 6월호), 「돌아서는 마음」(『시문학』 10월호), 「금니빨」(『뿌리깊은나무』 12월호, 「금이빨」로 작품명을 바꾸어 본 선집에 수록) 발표. 첫 번째 중·단편소설집 『고향으로 가는 바람』(창작과비평사) 출간.

1978년   40세   단편 「번데기의 꿈」(『한국문학』 3월호), 「안개 우는 소리」(『문예중앙』 가을호), 「깨어있는 낮잠」, 「흑산도 갈매기」(『신동아』 12월호), 중편

「감미로운 탈출」(『한국문학』 7월호), 「징소리」(『창작과비평』 겨울호) 발표. 실록 장편소설 『다산유배기』를 『세대』에 연재. 평전 『의제 허백련』(중앙일보사) 출간.

1979년   41세   단편 「저녁 징소리」(『한국문학』 3월호), 중편 「말하는 징소리」(『신동아』 6월호), 「마지막 징소리」(『문학사상』 9월호) 발표. 장편 『걸어서 하늘까지』를 『일간스포츠』에 연재. 두 번째 중·단편소설집 『흑산도 갈매기』(백제출판사) 출간.

1980년   42세   전남매일신문사에서 반체제 기자라는 이유로 해직당함. 단편 「하늘새」(『뿌리깊은나무』 8월호), 「탈회」(『한국문학』 12월호), 중편 「무서운 징소리」(『한국문학』 2월호), 「물레방아 속으로」(『문학사상』 6월호), 「달빛 아래 징소리」(『한국문학』 7월호), 단막희곡 「임금님의 안경을 누가 벗길 것인가」 발표. 대하소설 『타오르는 강』을 『월간중앙』에 4월부터 연재한 후 순천당에서 1권 출간. 장편 『걸어서 하늘까지』 상·하(창작과비평사), 첫 번째 연작소설집 『징소리』(수문서관) 출간. 성옥문학상 수상.

1981년   43세   천주교에 입교(세례명 프란치스코). 단편 「말하는 돌」(『소설문학』 1월호), 「물레방아 소리」(『문예중앙』 봄호), 「달빛 골짜기의 통곡」(『월간조선』 3월호), 「난초의 죽음」(『소설문학』 11월호), 「황홀한 귀향」(『문학사상』 11월호), 중편 「물레방아 돌리기」(『문학사상』 5월호), 「철쭉제」(『한국문학』 6월호)에 발표. 장편 『아무도 없는 서울』을 『여성동아』에, 『병신춤을 춥시다』를 『신동아』에 연재. 대하소설 『타오르는 강』 1~3권(심설당)과 두 번째 연작소설집 『물레방아 속으로』(심설당) 출간. 숭실대학교(구 숭전대) 대학원에 입학하여 김동리의 소설 창작 강의를 받음. 제1회 소설문학 작품상, 전라남도 문화상, 전남문학상 수상.

1982년　**44세**　문화공보부 주관 문인 유럽여행. 무크지 『제3문학』(한길사)으로 백
　　　　　　　우암 · 김춘복 · 윤정규 · 송기숙 등과 활동. 단편 「살아 있는 길」(『한국
　　　　　　　문학』 2월호), 「잉어의 눈」(『문학사상』 5월호), 「병든 땅 언덕 위」(『정경
　　　　　　　문화』 8월호), 「목조르기」(『소설문학』 9월호), 「노인과 소년」(『기독교사
　　　　　　　상』 12월호), 「탈회」(『행림출판』), 중편 「유월제」(『현대문학』 5월호),
　　　　　　　「어머니의 땅」(『문학사상』 9월호) 발표. 장편 『피아골』을 『한국문
　　　　　　　학』(1982.4~1984.7)에 연재. 장편 『병신춤을 춥시다』(문학예술사),
　　　　　　　『아무도 없는 서울』(태창문화사), 『달궁』(문학세계사) 출간. 장편소설
　　　　　　　『달궁』으로 제1회 문학세계 작가상 수상.

1983년　**45세**　숭실대 대학원 국문과 졸업(석사논문 「한국문학에 나타난 한의 연구」). 광
　　　　　　　주에서 무크지 『민족과 문학』 편집위원으로 참여. 단편 「미명(未明)
　　　　　　　의 하늘」(『현대문학』 1월호), 「패자의 여름」(『소설문학』 1월호), 「거인
　　　　　　　의 밤」(『문학사상』 3월호), 「숨어사는 그림자」(『현대문학』 12월호), 「개
　　　　　　　안수술」(『홍성사』) 발표. 장편 『성자를 찾아서』를 『문학사상』에, 『연
　　　　　　　꽃 속의 보석이여 완전한 성취여』를 『수문서관』에 연재. 세 번째 중 ·
　　　　　　　단편소설집 『피울음』(일월서각) 출간. KBS TV 8부작 〈신왕오천축국
　　　　　　　전〉 취재팀 일원으로 6개월간 인도, 파키스탄 탐방. 인도기행문 『신
　　　　　　　왕오천축국전』 발간(KBS). 역사기행문 『유배지』(어문각), 첫 번째 산
　　　　　　　문집 『사랑하지 않는 죄』(명문당) 출간.

1984년　**46세**　단편 「어둠의 춤」(『소설문학』 1월호), 「비석(碑石)」(『문학사상』 1월호),
　　　　　　　「두 여인 1」(『경향잡지』 3월호), 「두 여인 2」(『경향잡지』 4월호), 「할머
　　　　　　　니의 유산」(『학원』 6월호), 「인간의 벽」(『문학사상』 8월호), 「살아있는
　　　　　　　소문」(『소설문학』 10월호), 중편 「무당새」(『한국문학』 9월호), 「어머니
　　　　　　　의 성(城)」 발표. 네 번째 중 · 단편소설집 『인간의 벽』(나남출판) 출간.

1985년　**47세**　2월 1일 순천대학교 국어교육과 교수 취임. 단편 「대추나무 가시」

(『문학사상』 2월호), 「황홀한 탈출」, 중편 「제3의 국경」(『한국문학』 11월호) 발표. 장편 『한수지』를 『서울신문』에, 『소설 신재효』를 『음악동아』에 연재. 장편 『피아골』(정음사) 출간.

1986년　48세　단편 「어둠의 강」(『현대문학』 5월호), 「사표 권하는 사회」(『문학사상』 7월호), 「살아있는 눈빛」(『소설문학』 9월호), 「안개섬」(『한국문학』 9월호), 「초가와 노인」, 「우울한 귀향」, 「우리들의 상처」, 중편 「일어서는 땅」 발표. 기행문인 『동학기행』(어문각), 다섯 번째 중·단편소설집 『살아 있는 소문』(문학사상사) 출간.

1987년　49세　단편 「달리기」(『문학정신』 1월호), 「살아남는 법」(『문학정신』 1월호), 「뒷모습」(『동서문학』 4월호), 중편 「문신의 땅」(『문학사상』 1월호), 「문신의 땅 2」(『한국문학』 3월호), 「호랑이의 탈출」(『월간경향』 11월호) 발표. 장편 『어둠의 땅』을 『주간조선』에 연재. 장편 『한수지』 1~3권(정음사), 『빼앗긴 강』(정음사), 『타오르는 강』(창작사) 출간. 중편집 『철쭉제』(고려원) 출간.

1988년　50세　순천대학교 교수직을 그만두고 『전남일보』 창간과 함께 초대 편집국장으로 부임. 단편 「한국의 벚꽃」(『현대문학』 3월호), 중편 「꿈꾸는 시계」(『문학사상』 4월호) 발표. 장편 『가면의 춤』을 『부산일보』에 연재. 여섯 번째 중·단편소설집 『문신의 땅』(동아) 출간.

1989년　51세　단편 「녹슨 철길」(『문학사상』 10월호), 장막 희곡 『황매천』(『민족과문학』) 발표. 장편 『대지의 사람들』을 『국민일보』에 연재. 『타오르는 강』 전7권(창작과비평사) 출간.

1990년　52세　단편 「소년일기」(『현대소설』 6월호), 장편 『가면의 춤』 상·하(서당), 『걸어서 하늘까지』 상·하(창작과비평사) 출간. 위인전 『김정희』(삼성출판사) 출간. 작품집 『문순태 문학선』(삼천리) 출간. 일곱 번째 중·단편소설집 『꿈꾸는 시계』(문학사상) 출간.

1991년 53세 『전남일보』 주필 부임. 중편 「정읍사」(『현대문학』) 발표. 소설창작이론집 『열한 권의 창작 노트 – 중견작가들이 말하는 나의 소설쓰기』(도서출판 창) 출간.

1992년 54세 카자흐스탄과 우즈베키스탄 여행. 카자흐스탄국립대학교 한국학과에서 '한국 소설의 흐름' 강연. 단편 「낯선 귀향」(『계간문예』 봄호), 「느티나무와 당숙」(『문학사상』 12월호) 발표. 장편 『느티나무』를 『계간문예』에 연재. 장편 『다산 정약용』(큰산) 출간. 두 번째 산문집 『그늘 속에서도 풀꽃은 핀다』(강천) 출간. 흙의 예술상 수상.

1993년 55세 단편 「최루증(催淚症)」(『현대문학』 7월호) 발표. 장편 『한수별곡』 상·중·하(청암문화사), 『도리화가』(햇살) 출간. 세 번째 연작소설집 『제3의 국경』(예술문화사) 출간.

1994년 56세 중편 「시간의 샘물」(『문학사상』 8월호), 「오월의 초상」(『한국문학』 9월호) 발표.

1995년 57세 광주·전남 민족작가회의 회장. 조선대학교 이사. 단편 「똥푸는 목사님」(『한국소설』) 발표.

1996년 58세 광주대학교 문예창작과 교수 취임. 단편 「흰 거위산을 찾아서」(『문학사상』 8월호, 「흰거위산을 찾아서」로 작품명을 바꾸어 본 선집에 수록), 중편 「느티나무 타기」(『현대문학』) 발표. 장편 『5월의 그대』를 『전남일보』에 연재.

1997년 59세 단편 「느티나무 아저씨」(『내일을 여는 작가』 7월호), 「무등산 가는 길」(『21세기 문학』 가을호), 「세상에서 가장 슬픈 이야기」(『문학사상』 11월호), 중편 「꿈길」(『문예중앙』 여름호) 발표. 장편소설 『느티나무 사랑』

1~2권(열림원) 출간. 여덟 번째 중·단편소설집 『시간의 샘물』(『실천문학사』) 출간.

1998년 60세   장편소설 『포옹』 1~2권(삼진기획) 출간. 대학 교재 『소설 창작연습』(태학사) 출간.

1999년 61세   단편 「똥치이모」(『한국소설』), 「아무도 없는 길」(『현대문학』), 「혜자의 반란」(『문학사상』 3월호) 발표.

2000년 62세   대안신문 『시민의 소리』 발행. 광주·전남 반부패연대 공동대표. 단편 「끝을 향하여」(『문학과의식』 봄호), 「느티나무 아래서」(『문예중앙』 가을호), 「자전거타기」(『정신과표현』) 발표. 장편 『그들의 새벽』 1~2권(한길사) 출간.

2001년 63세   겨울, 척수 종양 수술. 단편 「문고리」(『문예중앙』 봄호), 「나는 미행당하고 있다」(『문학사상』), 「그리운 조팝꽃」(『미네르바』) 발표. 장편 『정읍사-그 천년의 기다림』(이룸) 출간. 오방 최흥종 목사 실명소설 『성자의 지팡이-영원한 자유인』(다지리) 출간. 소설창작이론서 『소설창작 연습-그 이론과 실제』(태학사) 출간.

2002년 64세   단편 「마감 뉴스」(『문학나무』), 「운주사 가는 길」(『문예운동』) 발표. 중편 「된장」(『문학과 경계』 봄호) 발표. 장편 『나 어릴 적 이야기』를 『정신과 표현』에, 『자살 여행』을 『미르』에 연재. 아홉 번째 중·단편소설집 『된장』(이룸) 출간.

2003년 65세   단편 「늙은 어머니의 향기」(『문학사상』 11월호, 「늙으신 어머니의 향기」로 개고해 본 선집에 수록), 「만화 주인공」(『한국소설』), 「대나무 꽃 피다」(『미네르바』) 발표. 장편동화 『숲으로 간 워리』(이룸) 출간.

2004년 66세   단편 「영웅전」(『동서문학』), 「은행나무 아래서」(『작가』) 발표. 「늙으신 어머니의 향기」로 이상문학상 특별상 수상. 광주광역시 문화예술상 수상.

2005년   **67세**   단편 「수줍은 깽깽이꽃」(『한국소설』), 「울타리」(『계간문예』), 중편 「감로탱화」(『문학사상』) 발표. 동화집 『숲 속의 동자승』(『자유지성사』) 출간. 장편 『41년생 소년』(랜덤하우스 중앙) 출간.

2006년   **68세**   광주대학교 정년퇴직. 담양군 남면 만월리 144번지(생오지)로 거처 옮기고 「생오지 문학의 집」개설. 단편 「눈향나무」(『불교문학』), 「탄피와 호미」(『문학들』) 발표. 열 번째 중·단편소설집 『울타리』(이룸), 세 번째 산문집 『꿈』(이룸). 작품집 『울타리』로 요산문학상 수상.

2007년   **69세**   '생오지 문학의 집'에서 소설 창작 강의. 단편 「황금 소나무」(『21세기 문학』), 「대 바람 소리」(『문학사상』), 「생오지 가는 길」(『좋은 소설』) 발표.

2008년   **70세**   국립아시아문화전당조성위 부위원장 임명. 생오지 문예창작촌 개설, 봄과 가을에 생오지 문학제 개최. 단편 「그 여자의 방」(『문학사상』), 「일기를 쓰는 이유」(『한국문학』), 중편 「생오지 뜸부기」(『계절문학』) 발표. 장편 『타오르는 별들』을 『전남일보』에 연재. 작품집 『울타리』로 한국가톨릭문학상 수상.

2009년   **71세**   봄과 가을에 생오지 문학제 개최. 단편 「은행나무처럼」(『21세기 문학』, 「은행잎 지다」로 작품명을 바꾸어 본 선집에 수록). 『전남일보』에 광주 학생독립운동을 소재로 한 장편 『타오르는 별들』 연재 이후, 『알 수 없는 내일』 1~2권(다지리)으로 제목을 바꿔 출간. 열한 번째 중·단편소설집 『생오지 뜸부기』(책만드는집) 출간. 네 번째 산문집 『생오지 가는 길』(눈빛) 출간. 담양군민상 수상.

2010년   **72세**   단편 「자두와 지우개」(『계간문예』 가을호), 「돌담 쌓기」(『시선』 봄호)

발표. 작품집『생오지 뜸부기』로 채만식문학상 수상. 조대문학상 대상 수상.

2011년 73세 (사)광주문화재단 이사. 모친 97세로 소천. 단편「아버지와 홍매」(『21세기문학』, 「아버지의 홍매」로 작품명을 바꾸어 본 선집에 수록), 「안개섬을 찾아」(『문학바다』, 「안개섬을 찾아서」로 작품명을 바꾸어 본 선집에 수록), 「휴대폰이 울릴 때」(『동리목월문학』) 발표. 어린이 그림책『빛과 색채의 화가 오지호』(나무숲) 출간. 다섯 번째 산문집『그리움은 뒤에서 온다』(오래) 출간. 담양대나무축제 이사장.

2012년 74세 대하소설『타오르는 강』(전9권, 소명출판) 완간. 재단법인 생오지문학촌 설립 이사장 취임.『타오르는 강』북콘서트 개최.

2013년 75세 2년제 생오지문예창작대학 개설. 광주문화방송 시청자위원장. 단편「시소타기」(『창작촌』), 조아라 실명소설『낮은 땅의 어머니』(광주YWCA), 시집『생오지에 누워』(책만드는집) 출간. 한림문학상 수상.

2014년 76세 생오지문예창작촌 주최로 영산강문학 심포지엄 개최('영산강, 문학에 스미다'). 대하소설『타오르는 강』의 어휘 사전인『타오르는 강 소설어 사전』(소명출판) 출간. 제9회 생오지문학제.

2015년 77세 광주전남연구원 이사장 취임. 광주U대회 개폐막식 시나리오 작업. 단편「시계탑 아래서」(『문학들』여름호) 발표. 장편『소쇄원에서 꿈을 꾸다』(오래) 출간. 광주일보에 문순태 칼럼 연재.『소쇄원에서 꿈을 꾸다』로 송순문학상 대상 수상. 자랑스러운 광고인 대상 수상.

2016년 78세 박근혜 정부 블랙리스트문인 명단 포함. 단편「생오지 눈무덤」(『문학들』), 「흐르는 길」(『광주전남소설문학회』) 발표. 열두 번째 중·단편소설집『생오지 눈사람』(오래) 출간. 시「멸치」(『딩아돌하』) 발표.『문화일보』에「살며 생각하며」칼럼 연재. 세브란스병원에서 위암 시술.

2017년   79세   세계문학페스티발 행사로「한승원·문순태 문학토크쇼」진행(담양문화원).「창작의 산실 – 나의 문학 어디까지」(『월간문학』).『기억과 기억들』(씽크 스마트)에 현기영 등 한국 대표 분단작가 5명의 작품을 중심으로 분단역사 체험에 대한 인터뷰 수록.

2018년   80세   시집『생오지 생각』(아침고요) 출간. 여섯 번째 산문집『밥 한 사발 눈물 한 대접』(아침고요) 출간. 한국소설가협회 최고위원. 작가협회 주최 '영산강문학 포럼'에서 '영산강과 서사문학' 주제 발표. 광주전남연구원 '남도학 강좌'에서 '영산강의 인문학적 자원' 강연. 시「그 이름」(『세계일보』) 발표. 시「홍어」(『서은문학』) 발표.

2019년   81세   한국산학연구원 '하우 투 리브' 인문학 강연. 광주문학관 건립추진위원. 전남도 인재육성추진위원.

2020년   82세   홍어를 소재로 한 100여 편의 시 가운데 한 편을『한국가톨릭문인회지』 11월호에 발표, 2019 광주 세계수영선수권대회 주제 제정 자문위원장을 역임하고 체육훈장 기린장 수상(12월).